연세 근대 동아시아
번역총서

'재일조선인
문학사'를
위하여

짓고옮긴이 송혜원(宋惠媛, SONG Hyewon)

일본에서 출생. 와세다대학을 졸업한 후, 영국 런던대학에서 석사, 일본 히토츠바시대학에서 석사·박사(학술) 학위를 받았다. 주요 저서로는 『'재일조선인 문학사'를 위하여 – 소리 없는 목소리의 폴리포니』(이와나미쇼텐, 2014), 기획·해제한 자료집으로는 『재일조선 여성 작품집』(료쿠인쇼보, 2014), 『재일조선인 문학 자료집』(료쿠인쇼보, 2016), 『재일조선 문학회 관계 자료집』(해설, 료쿠인쇼보, 2018), 번역서로는 키스 프라트 『조선문화사(*Everlasting Flower : A History of Korea*)』(진분쇼인, 2018)가 있다. kazantou@hotmail.com

'재일조선인 문학사'를 위하여
소리 없는 목소리의 폴리포니

초판1쇄발행 2019년 8월 5일
초판2쇄발행 2020년 8월 10일
짓고옮긴이 송혜원
펴낸이 박성모 **펴낸곳** 소명출판 **출판등록** 제13-522호
주소 서울시 서초구 서초중앙로6길 15, 2층
전화 02-585-7840 **팩스** 02-585-7848 **전자우편** somyungbooks@daum.net **홈페이지** www.somyong.co.kr

값 32,000원
ⓒ소명출판, 2019
ISBN 979-11-5905-430-3 93810

연세 근대 동아시아 번역총서 11

'재일조선인 문학사'를 위하여

소리 없는 목소리의 폴리포니

A Literary History of Zainichi Koreans-Revealing the Polyphony of Silent Voices

송혜원 짓고옮김

소명출판

머리말

 이 책은 2014년 말 이와나미쇼텐에서 펴낸 『'재일조선인 문학사'를 위하여 – 소리 없는 목소리의 폴리포니』를 조선어로 옮겨놓은 책이다. 아카데미아에서 디시플린으로서 제대로 취급되지도 못했고, 여태까지 쓰여진 적도 없었던 재일조선인문학의 역사를 구축하려는 시론적인 성격의 책이다.

 근대 이후 어떤 집단의 문학적 정통성을 보증해온 것이 국민국가였다면, 그런 귀속처가 없는 사람들의 문학활동이 쉽사리 잊히고 사라지는 것은 당연할 것이다. 재일조선인들의 경우 귀속처가 여러 개였다는 것뿐만 아니라 귀속처와 자신들의 관계가 늘 유동적이었기에 그 표현행위의 가시화가 한층 더 곤란했다. 게다가 '해방' 당시부터 독자가 극소수였고, 작품을 객관적으로 평가해주는 평론가도 없었고, 글쓰기로 먹고살 수 있는 시장도 없었기에 문필에 전념할 수 있는 작가가 거의 없었다. 조선어냐 일본어냐라는 언어 선택의 문제도 늘 가로막고 있었다. 경제적 어려움 속에서 겨우 동인지 등의 발표 매체가 만들어져도 곧바로 사라지고 말았고, 그 매체들은 공적 문서고에 보관되지도 못하고 이곳저곳에 흩어져 있었다.

 재일조선인 문학사의 전체상을 그리는 데 큰 장애가 되어 온 것은 이것들뿐만이 아니다. 재일조선인 작가 자신도 일본과 조선반도, 남과 북의 복잡한 관계를 배경으로 해서 말 못하는 다양한 사정을 겪었다. 저자는 2000년대 초반에 구술 청취를 시작했다. 1910년대에 태어난 분이 다수를 차지하고 있던 제1세대 작가들 대부분이 이미 세상을 떠나신 가운데 다행히도 만날 수 있었던 작가나 그 가족 분들은 그동안 털어놓지 못한 속내와 놀라운 사실을 들려주시기도 했다. 그러나 그 후 으레 이렇게 말했다. "이 이야기는 아직 밖에서 말하지 말아 줘요."

돌아보는 사람도 없이 방치되어 온 작품들, 아무도 듣지 않았던 목소리, 그리고 아직도 말 못하는 비밀. 그것들을 담으며 이 책이 제시한 '재일조선인 문학사'는 물론 완전한 것도 아니며 장차 완성될 전망조차도 없는, '정통성'의 보장 같은 건 어디에서도 찾을 수 없는 문학사다. 그러나 그것은 '일본 문학사', '한국 문학사', '조선민주주의인민공화국 문학사' 등 국가 문학사의 테두리에서 벗어나는 독자적이며 고유한 문학사다.

일본판 후기에서 저자는 이렇게 되물었다. "도대체 이 책은 일본어와 조선어 어느 쪽 언어로 쓰였어야 했는가." '해방' 후 재일조선인들이 가진 꼬이고 꼬인 언어문제를 생각하면 당연히 떠오르게 되는 물음이었다. 실은 일본어로 재일조선인 문학사를 쓴다는 행위는 일본 학술계와 때로는 어떻게 협상하고, 때로는 거기로부터 어떻게 도주할 것인가 하는 문제와 맞서는 것이기도 했다.

일본어판을 낸 지 5년이 지나 한국에서 조선어판을 내는 게 실현됐다. 공교롭게도 올해는 3·1독립운동 100주년을 맞이한 해다. 조선반도 남부는 이 책에 등장하는 대부분의 재일 작가들의 고향이 있던 땅이지만 당시 한국 정권을 지지한 재일 작가들은 거의 없었다. 한국과의 문학적 유대도 극소수의 예외를 제외하고는 없었다. 냉전 체제하의 이데올로기 대립, 그리고 재일조선인에 대한 한국 정부의 기민 정책으로 인해 수많은 재일작가들이 고향 땅을 다시 밟지 못한 채 일본에서 눈을 감았다. 이번 조선어판 간행으로 그들의 목소리를 조선어 독자에게 전달할 기회를 얻었다. 그들을 연구 대상으로 하게 됨으로써 저자가 짊어지게 된 그들에 대한 부채의식을 조금이나마 덜 수 있게 된 게 아닐까 생각해 본다.

이 책을 쓰면서 겪은 최대의 난관 중 하나는 어휘 표기의 문제였다. 내용이나 맥락은 다르더라도 일본어나 조선어나 마찬가지였다. 이 책에 나오는 '조선인', '조선어', '재일조선인문학' 등의 단어는 일본에서는 학술용어로서는 몰라도 일반적으로 사용되는 것이 아니다. 저자는 분단된 국가를 초월한다는 긍정적인 의미로 '조선'이라는 용어를 사용했지만, 현재 일본에서는 '조선'은 100년 전과 다름이 없는 식민지주의와 이어진 차별적 용어로서의 의미밖에 가지지 않는다. 이 책에서 '공화국'으로 표기한 조선민주주의인민공화국에 대해서는 2000년대 초반 이후 '북조선'이라는, 국가로 인정해줄 가치도 없는 나라라는 의미를 포함한 경멸의 명칭이 공적으로 정착됐다. 이제는 북조선이라는 말을 쓰지 않으면 '공화국'이나 총련의 지지자 혹은 동조자로 간주돼 경계하고 경원시하는 형국이다. 소위 총련계도 아니고 조선학교 출신도 아닌 저자가 이러한 용어를 선택함으로써 일본사회 혹은 현재의 '재일사회'에서 얻을 수 있는 이익은 전무하다고 단언할 수 있다. 아마 이러한 용어 때문에 잃어버린 일본어 독자도 적잖이 있었을 것이다.

이번 한국판에서도 한국사회에서의 관용이나 상식에 맞춰서 어휘 변경을 하지 않았다. 다시 독자를 잃을 수도 있다는 어리석은 행위를 반복했는지도 모른다. 현재 한국에 사는 사람들에게는 '한국어', '북한', '재일한(국)인'이라는 용어를 사용하지 않는 게 기이하게 보일지 모르지만, 재일조선인문학의 원류가 되는 초기 재일동포들의 리얼리티와 동떨어진 말을 사용할 수는 없었다. 만약 그렇게 했다면 '재일조선인 문학사' 자체의 존립 근거가 없어진다고 생각했기 때문이다.

덧붙이자면, 독재와 민주주의 부재의 기나긴 시대를 스스로의 손으로 변혁해 온 한국에 사는 분들에 대한 존경과 믿음이, 저자의 이런 고집을 가능하게 해줬다는 것도 부인할 수 없는 사실이다.

한국판 간행에 즈음해서 물심양면으로 도움을 주신 분들에게 감사 인사를 드린다. 연세대학교 김영민 선생과 연세 근대 동아시아 번역총서 편집위원의 여러 선생님께서는 많은 이해와 도움을 주셨다.

지면이 제한되어 있어 일본어판 간행 시 지원해주신 수많은 분들의 이름을 모두 올릴 수 없으나 여기서 세 분의 이름만은 다시 들어 감사의 인사를 드리고자 한다. 저자가 재일조선인문학에 관심을 가진 계기가 되었던 작가 김석범 선생님. 결코 원칙을 굽히지 않는 자세와 그것을 뒷받침하는 섬세함과 유연성을 선생님께서는 보여주셨고 늘 큰 자극이 되었다. 와세다대학의 호테이 도시히로 선생님은 타협 없는 엄격한 비판이나 지적과 함께 언제나 격려해 주셨다. 히토츠바시대학의 우카이 사토시 선생님이 가지신 넓은 시야와 깊은 철학적 사고로부터도 많이 배웠다. 또한 본서 한국판 간행은 도쿄대학 대학원에서 교육학을 공부하는 김종구 선생님의 협력 없이는 이루어지지 못 했을 것이다. 자연스러운 '한국어'로 교정해 주신 것뿐만 아니라 본서의 내용까지 깊이 들어

가서 정확한 조언을 해 주셨다.

편집을 맡아 주신 소명출판의 이정빈 씨에게도 감사 인사를 드린다.

미숙한 서술과 분석이지만 이 책이, 이 책에 등장하는 재일 1세대 작가들의 금단의 고향이었던 땅에서 지금을 살아가는 사람들에게 그들의 목소리를 조금이라도 전달하는 역할을 감당할 수 있기를 간절히 바란다.

범례

1. [ ] 안은 저자에 의한 주다.
2. 서명, 신문, 잡지명 뒤 *표는 조선어임을 나타낸다.
3. 조선어문헌은 표기대로 인용했다.
4. 원문에서 판별불능한 문자는 ■로 나타냈다.

용어해설과 주요 단체 일람

| 용어해설 |

재일조선인 : 국적, 정치적 입장에 관계없이 일본 식민지배에 기인하여 일본으로 건너 간 조선인을 총칭하는 용어로 쓴다. 또한, 조선 식민지화가 근인, 혹은 원인이 된 1945 년 이후 일본 도항자도 포함시킨다. 재일조선인의 기원이 1948년 남북 양국가 수립 이 전에 있기 때문에 '재일 한국인', '재일 한국·조선인'이라는 통칭은 사용하지 않는다.

한국, '공화국' : 본서에서는 대한민국을 한국, 조선민주주의인민공화국을 '공화국'이 라고 약칭한다. 당시의 재일조선인들이 가졌던 시점을 존중해서 대한민국을 조선민 주주의인민공화국 중심주의적 약칭인 '남조선'으로도, 조선민주주의인민공화국을 대 한민국 중심주의적인 '북한'으로도 호칭하지 않는다. 단지 1948년까지는 지역을 나타 내는 통칭으로서 각각 남조선, 북조선을 채용한다. 남북분단이 고정화된 1950년대 이 후 재일조선인들은 조선민주주의인민공화국을 부를 때 '조선', '조국', '공화국'을 섞어 서 사용해왔는데 '조국'이나 '조선'은 일반명사이기도 하기 때문에 약간 낯선 용어인 '공화국'을 사용한다. 저자는 오랫동안 제1세대 작가들의 인터뷰를 해왔는데 총련 소 속, 이탈의 구별 없이 대부분의 작가들 입에서 나온 호칭이기도 하다. 현재 대한민국도 '제6공화국'이며 '공화국'이라는 호칭이 완벽하게 타당한 용어라고 할 수는 없지만 중 립적 약칭이 없어 이 용어를 사용한다. 일본사람들은 '북조선·조선민주주의인민공화국'이라고 불러 오다가 2000년대 초 이후 '북조선'이라는 용어가 정착됐다. 일본인 납치 사건과 핵문제를 단서로 종래의 식민지주의적 시선에다가 적대와 모멸의식의 가속이 그 배경에 있다. 본서 일본어판(2014)에서는 '북조선' 대신 '공화국'을 사용했는데 그것은 아주 이례적이었다는 것을 덧붙인다.

'**해방**' : 일본 패전에 의해 형식상 식민지배로부터 해방되었지만 조선의 남북분단이라는 새로운 고난을 끌어들이는 등 그 내실이 해방이라는 말의 본래의 의미와는 거리가 멀기 때문에 따옴표를 붙였다.

'**조국**' : 고향, 조상의 땅, 귀속의식을 가지는 곳, 아직 실현되지 않는 통일국가로서의 조선 등 사람마다 조국이 의미하는 것이 다르기 때문에 따옴표를 붙였다.

'**귀국**' : 협의로는 1959년에 시작된 재일조선인의 공화국 집단 이주. 대부분 사람들은 식민지하의 남조선 출신이었기 때문에 엄밀하게 말해 고향의 땅, 혹은 고국에 돌아가는 행위가 아니었다는 사실에 입각하여 따옴표를 첨부했다. 또한 한국 귀환에도 같은 용어를 사용한다.

'**조선전쟁**' : 한국에서는 '한국전쟁', '6·25', 조선민주주의인민공화국에서는 '조국해방전쟁'이라는 통칭을 사용하지만 본서에서는 '조선반도에서 일어난 전쟁'이라는 뜻으로 the Korean War와 같은 의미로 '조선전쟁'을 채용한다.

| 단체 일람 |

조선 건국촉진 청년동맹(건청) : 민족주의 우파 청년단체. 조련과 관계를 끊고 1945년 11월에 결성. 사상적으로는 반공이며 1948년 4월을 피크로 하는 민족교육 투쟁 당시 조련과 격렬하게 대립했다. 기관지 『조선신문』, 『촉진신문』, 『청년*』 등을 발행.

재일본 조선거류민단(민단) : 1946년 10월에 건청과 신조선 건설동맹 구성원들에 의해 결성된 한국 정부 지지 단체. 재일본 대한민국거류민단(1948), 재일본 대한민국민단(1994)으로 개칭. 『민주신문』, 『동민신문』, 『한국신문』 등을 발행. 문화·문학운동은 저조했다.

재일본 조선인연맹(조련) : 1945년 10월 결성. 처음에는 귀환 지원이나 생활 상조 등을 맡았고 나중에는 재일 민족교육의 기반을 세우기도 했다. 냉전대립의 심화를 배경으로 1949년 9월에 단체 등 규제령에 의해 강제 해산. 준 기관지로서『해방신문*』. 조련 문화부도 설립. 문학단체로 재일본 조선문학자회(1947.2), 재일(본) 조선문학회(1948)가 있다. 잡지『조련문화*』,『군중*』,『우리 문학*』,『봉화*』등을 발행.

재일 조선통일민주전선(민전) : 조련 후계단체로서 1951년 1월 결성. 일본 공산당 민족대책부, 재일 조선 조국방위위원회와 함께 반미・반이승만, 반요시다정권, 반재군비를 내세워 활동. 문화단체로 재일 조선문학예술가총회(문예총, 1952), 재일 조선문화단체 총연합(문단련, 1954) 등. 문학분야에서는 조련기에 이어 재일조선문학회가 활동했다. 잡지『문화전선*』,『조선평론』,『새로운 조선新しい朝鮮』,『새조선新朝鮮』등을 발행.

재일본 조선인 총련합회(총련) : 조선민주주의인민공화국 공민임을 전면에 내세워 1955년 5월에 결성. 초대의장은 한덕수. 1950~1960년대에는 성인학교에서의 문해교육, 조선학교 정비, '귀국'운동, 한일 조약체결 반대운동, 조국과의 자유왕래 운동 등에 주력했다. 문화단체로 재일본 조선인문화 단체협의회(문단협, 1955.6), 재일본 조선인 문학 예술가동맹(문예동, 1959~현재). 기관지로『조선민보*』,『조선신보*』,『조선총련』,『조선시보』,『People's Korea』등 잡지, 서적을 다수 발행. 산하단체로 문예동, 녀맹, 재일본 조선청년동맹, 재일본 조선인 교직원동맹 등 다수.

재일본 조선 민주녀성동맹(녀동, 녀맹) : 조련－민전－총련과 함께 활동한 여성단체. 조련 부녀부를 개편하여 1947년 10월에 결성. 초대 위원장은 김은순. 생활권 옹호 투쟁, 민족교육 옹호운동 등을 한다. 야학, 생활 학교, 성인학교 운영을 통하여 '해방' 직후부터 조선 여성들의 문해교육을 추진했다. 기관지로『녀맹시보*』,『조선녀성*』. 1966년『재일 조선 녀성들의 생활 수기*』간행.

재일본 대한민국 부인회(민단 부인회) : 민단 부녀부를 거쳐 1947년 9월에 오사카에서 결성. 초대회장은 김우분. 1949년에 부인회 중앙 총본부 결성. 현모양처사상이 현저하며 주로 위문이나 접대를 맡았다.

재일(본) 조선문학회 : 1948년 1월, "본국[남조선] 문학가 동맹에 보조를 맞추고 해외에 있어서 조국 민주혁명에 공헌하는 길로 대동단결하여 민주문학운동에 첫걸음을 내딛기 위해서" 결성되었다(1952년 1월에 재결성). 박원준, 김달수, 김원기, 장두식, 리은직, 허남기, 강현철, 윤자원, 김창규 등 '해방' 초기 주요작가들이 참가. 『우리문학*』, 『봉화*』, 『조선문예』, 『조선 문예*』(조선어판), 『문학보』, 『조선문학*』, 『조선문예*』 등을 발행. 총련 결성 후 공화국 문학계와 직결. 1959년에 문예동 문학부로 개편.

재일본 조선인 문학 예술가 동맹(문예동) : '귀국' 실현 직전인 1959년 6월에 결성. 총련 산하단체이며 문학, 연극, 음악, 무용, 영화, 사진, 미술 등 각 예술분야를 망라하여 '해방' 이래 최대 문화단체가 되었다. 초대 위원장은 허남기. 기관지로 『문학예술*』(전 109호), 『조선 문예*』, 『문예활동*』, 『효고 문예통신*』 등이 있다. 간행된 문학작품[번역을 포함]은 수없이 많다.

+차례

문학사를 쓰다

1. '재일조선인 문학사'의 부재

어떤 집단의 문학사를 하나에서부터 쓴다는 것은 까마득한 일이다. 특히 그것이 불특정 다수의 독자를 가지지 못하고, 작가와 작품에 평가를 내리는 절대적인 권위authority도 없고, 게다가 그 집단 내부에서 대립과 혼란이 소용돌이 쳤던 것 같은 경우에는.

문학사란, 극히 단순화해서 말하면 끊임없는 취사선택 끝에 남겨진 작가와 작품을 연대순으로 배치한 것이다. 근대 이후에는 내셔널리즘을 기반으로 해서 정통과 비정통을 엄격히 구별하면서, 여러 나라와 지역에서 문학사가 형성되어 왔다.

최근 수십 년에 걸쳐 그러한 문학사에 대한 비판이나 고쳐쓰기 움직임이 일어나고, 그것이 순식간에 세계 각지로 퍼진 것은 문학사가 얼마나 내셔널적 권위와 친근성을 가지는지를 증명했다. 그러면 재일조선인문학의 궤적을 연대기적으로 기술하고 실체화하려는 본서의 시도는 이러한 경향에 역행하는 것일까? 그럴지도 모르고, 그렇지 않을지도 모른다. 당시의 모습을 가능한 한 충실하게 글로 표현하고 싶다는 의도가 저자를 둘러싼 현재성을 규정하고 있는 이상, 실패했다는 점을 우선 인정하지 않을 수 없을 것이다.

그럼에도 문학사를 쓰고자 하는 것은 무엇 때문인가. 그 이유는 단순하다. 그 어디에서도 재일조선인 문학사를 찾을 수 없기 때문이다. 통사적이며 망라된 문학사를 재일조선인문학은 가지고 있지 않다. 그 속에 잠재하는 헤게모니나 권위를 되묻는 대상으로서의 문학사조차 가질 수 없었던 것이다.

지금부터 써 나가려는 문학사의 목적은 새로운 정전正典을 제시하고 작품을 서열화해 적소에 배치함으로써 재일조선인문학의 '민족적 정통성' 같은 것을 과시하는 데 있지 않다. 역사의 골짜기에 내버려져 있는 작가나 작품에 숨결을 불어넣고 그것들과 대화하는 것이 우선 목표다. 되살아난 작가나 작품들 자체가 어떠한 진리를 이야기해 줄 것을 기대하면서.

* * *

재일조선인문학의 역사는 왜 지금까지 쓰이지 않았던 것일까? 그 까닭은 크게 세 가지로 나눌 수 있다. 첫째로는 재일조선인문학을 일본문학의 "특수한 장르나 아종"[1]으로 보고, 일본어로 쓰인 작품군에 한정해서 착안해 온 적이 있다. 재일조선인 작가가 본격적으로 일본문학계를 시야에 두고 발표하기 시작한 것은 실은 1960년대 후반이라는 늦은 시기이다. 1970년대 이전 일본 문예출판의 역사를 펼쳐 보아도 김달수와 허남기 등이 쓴 몇몇 작품밖에 찾아낼 수 없다. 일본어 작품만을 보면 확실히 1970년 이전은 보잘 것 없었던 불모기라고 할 수 있다. 덧붙이자면 재일조선인문학이 '일본문학'(1990년대 이후에는 '일본어 문학'으로 바꾸어 부르게 되었다)의 권역 내에 있다고 하는 견해는 일본 국내에서만 볼 수 있던 것이 아니다. 1990년대 후반부터 연구가 활발해진 한국에서도 마찬가지다. 미국에서도 역시 재일조선인문학 연구는 주로 일본문학 연구자가 떠맡고 있다.

둘째로는 일본어 작품 편중이 빚어낸 조선어 작품에 대한 무관심과 묵살이다. 조선어로 쓰인 작품은 재일본 조선인 총련합회(총련)='북조선/북한'(본서에서는 '공화국'이라고 약기한다)이라고 단선적으로 결부시키는 경향이 있다. 즉 '북조선'문학에 속하기 때문에 — 총련에서는 '재일조선문학'이라고 부른다 — 재일조선인 문학 범주 외로 간주되는 것이다. '북조선'에 대한 태도 표명에 과도한 긴장감이 강요되는 일본 국내의 특수한 사정에서 본다면, 성가신 것을 다루고 싶지 않다는 심리도 작용했으리라 본다. 총련 조직 내 문학 활동이 '공화국'문학과의 긴밀한 연계를 유지해온 것은 틀림없는 사실이다. 다만 조선어로 쓰자는 기운 자체는 1945년 직후부터 계속 있었으며 총련 결성을 계기로 한 것이 아니다. 실은 1960년대 후반 이후 일본문학계에서 활약한 재일조선인 작가들은 거의 총련 탈퇴자다. 즉 저명한 1세대나 2세대 작가의 대부분은

1 가와무라 미나토, 『태어나면 거기가 고향—재일조선인 문학론』, 헤이본샤, 1999.

정도의 차이는 있지만 조선어로 창작하려는 목표를 가진 민족문학운동 속에 한 때 몸을 던졌던 것이다. 조선어작품을 무시한다면 종래 의미에서의 '재일조선인 문학자'마저 이해하지 못 하게 된다.

셋째로는 작품에 접근하는 게 물리적으로 지극히 곤란하다는 점을 들 수 있다. 일본에서 간행된 단행본은 손에 꼽을 정도이고, 작품이 일본 매체에 게재되는 일도 드물었다. 그러면 어디에 작품이 발표되고 있었는가 하면 재일 민족단체와 관련된 동인지나 기관지였다. 그런데 일본 국회도서관, 대학도서관, 공공도서관에는 그 대부분이 소장되어 있지 않다. 당시 잡지 등이 일본 출판 유통에서 제외되고 있었던 점, 신문과 잡지 발행 부수도 한정되어 있었던 점을 참작하면 일본에서의 이러한 상황은 당연하다고 말할 수도 있다. 문제는 재일 민족조직마저 문학 작품 수집과 보존 같은 작업을 소홀히 해 온 경위가 있다는 것이다. 조직의 방침 전환에 따라 특정한 작가가 가치 없는 것으로 간주되어 보존 대상에서 제외된 일도 때로 있었다. 어딘가를 찾아가면 문학관련 자료를 한꺼번에 쉽사리 열람할 수 있는 것도 아니다.

재일조선인들의 문학 활동을 부감할 만한 장소의 부재. 그것은 재일조선인 문화 운동이 걸어온 우여곡절 역사를 그대로 말해주는 것이기도 하다.

1) 탈식민지화의 궤적을 걷는 여정

식민지배로 인해 한번 자기 존재가 송두리째 부정된 사람들은 식민이후의 세계를 어떻게 살아온 것인가? 중심 없는 재일조선인들에 의한 글쓰기의 총체를 '재일조선인문학'이라고 명명하여 고찰하려는 작업은 이 수수께끼에 접근하기 위해서이기도 하다. 완전히 탈식민지화를 이루는 것은 몽상에 지나지 않는다. 지금이라면 그렇게 말할 수 있을지도 모른다. 옛 지배자에 대한 저항, 가담, 굴종, 도피, 무관심, 그 어느 것을 선택했다고 한들 식민지배의 흔적은 시간의 흐름과 함께 한층 복잡해지고, 비틀어지고, 변형되면서 사람들 감정과 언어생활, 사고방식, 생활에 지속적으로 영향을 끼친다는 것은 이미 자명한 이치다.

그래도 식민지배에서 '해방'을 직접 눈앞에서 본 이들은 어땠을까? '해방' 당시 재일조선인들 사이에서는 반제국주의 지향이 우세했다. 이것은 식민지배를 받은 측으로서 당연한 일이었을 것이다. 자기들을 억압해 온 적을 쓰러뜨리고 민족해방을 완수한다, '해방' 초기 문학운동에 몸을 던진 사람들 가운데 이러한 꿈을 꾼 자는 수없이 많았을 것이다. 다만 작가들의 탈식민지화에 대한 바람이 모두 일본에 대한 대항적 민족주의라는 형태로 나타난 게 아닌 것 또한 사실이다. 무엇보다 눈앞에서 '조국'이 분단된 재일조선인들에게는 단일한 내셔널리즘의 이미지를 그릴 여지도 없었다. 자기 고향을 마음의 의지로 하는 이들도 있었고, 남이나 북의 '조국'에 희망을 거는 자도 있었다. 어떤 자들은 '조국'에서 희망을 찾아낼 수 없어 일본 속에서 우두커니 서있었고, 일본에 귀화하여 일본인으로서 살아가는 경우도 있었다. 한마디로 재일조선인의 탈식민지화라고 해도 지향한 방향은 각양각색이었던 것이다.

식민지와 식민지 이후의 연속성, 그리고 제2차 세계대전 후 동아시아에 나타난 냉전구조. 이 두 가지 조건은 서로 얽혀 재일조선인에게 고향과 '조국'과의 관계를 극도로 정치화시켜 버렸고, 복수의 내셔널리즘을 난립시켰다. 일본에서 사라지지 않은 식민지주의에 여전히 시달리면서 되찾았을 터인 '조국'이 분단되는 새로운 난문마저 껴안게 된 것이다. 작가들에게는 한국문학, '공화국'문학, 일본문학이라는 세 가지 국가의 문학 제도와 어떻게 접속하며 또는 단절할 것인가라는 물음이 언제나 따라다녔다. 창작 언어를 둘러싼 오랫동안 이어져온 혼미는 탈식민지화 과정에서 일어날 수밖에 없는 게 일어난 것이었다. 이것이 재일조선인문학에 부과된 탈식민지화의 전제조건이었다.

2) 왜 1945년부터 시작하는가

문학사 서술에 즈음하여 본서에서는 1945년부터 1970년까지의 25년 간이라는 기간을 설정했다. 시점을 일본 패전 후 = 조선 '해방' 후로 하는 데 대해 즉시 이의가 들려올 듯하다. 1930년대 초를 시점으로 하는 견해가 뿌리 깊기 때문이다. 이 시기는 장혁주張赫宙와 김사량金史良과 같은 일본어 작가가 일본 문단에 등장한 시기다.

초기에는 「아귀도」 등에서 조선 민중을 공감을 담아 그리지만 1940년대 들어 「이와모토 지원병」 같은 대일 협력적인 작품을 발표한 장혁주는 그림자의 존재로 간주되는 경향이 있다. 반대로 빛의 존재로 불리는 김사량은 김달수金達壽, 김석범金石範, 이회성李恢成, 안우식安宇植, 임전혜任展慧 등 주요 재일조선인 작가나 평론가에 의해 평가를 받아 왔다. 김사량의 대표작으로는 민족 정체성과 혼혈을 주제로 삼은 1940년 상반기 아쿠타가와상芥川賞의 후보가 된「빛 속으로」가 있고, 그 외 일제강점기 조선 민중의 모습을 묘사한「무궁일가」,「토성랑土城廊」 등이 있다. 그는 1945년 초에 재지支 조선출신 학도병 위문단 일원으로서 베이징을 향하다가 탈출하여 항일운동에 몸을 던지게 되고 조선전쟁 시에는 '공화국'군에 종군해 전사하게 되는데, 이러한 경력도 뿌리 깊은 지지를 받아온 큰 이유가 된다. 김사량의 작품은 1950~1960년대에 일본 조선학교 학습 도서로서도 사용되었다.

그런데 본서에서는 김사량을 재일조선인 문학사의 기점으로 하지는 않는다. 왜냐하면 일제강점기 일본의 '조선인작가'가 가진 조건과 '재일조선인작가'의 그것은 결정적으로 다르다고 보기 때문이다. 둘 다 지배자의 언어인 일본어라는 지병을 안고 있었기는 했지만 언어를 둘러싼 상황은 완전히 이질적인 것이다. 일제 시기에는 황국신민화를 위한 조선어 말살=일본어 강요 정책이 펼쳐졌다. 문학자들에게는 일본어로 쓸 것인가 아니면 붓을 꺾을 것인가라는 극단의 선택이 부과되었다. 조선문 신문이나 잡지의 강제 폐간으로 조선어로 자유롭게 발표할 여지는 거의 없었다. 만약 일본어를 선택했다고 한들 체제에 동조하는 내용의 글밖에 실질적으로는 허락되지 않았다. 이광수, 임화, 이태준, 박태원, 이상, 염상섭, 김남천 등 일제강점기에 일본 체류 경험을 가진 조선인 문학자는 많다. 그러나 사상검열이 엄격해지는 1930년대 초부터 작가들은 잇달아 일본을 떠나버렸고 1940년 전후에는 거의 일본에 남아

있지 않았다. 조선반도에서 '해방'을 맞이한 기성 작가들에게는 머지않아 남북대립이 초래한 재난이 덮쳤다.[2] 그렇지만 적어도 조선어로 쓰고 읽혀진다는 문학 시스템 자체의 취약성을 우려할 필요는 없었다. 남에서든 북에서든 그 방법은 다르더라도 조선어 부흥이 거국적으로 진행되었기 때문이다. 결국 일본어로 쓴다는 선택사항은 자동적으로 소멸한 것이다.

'해방' 당시 일본에 거주한 조선인들도 조선어 부활이라는 숙원을 똑같이 안고 있었다. 그런데 일본에서는 부활이 그다지 쉽사리 진척되지 않았다. 그것을 막는 큰 원인 중 하나가 일본정부와 연합국 최고사령부 SCAP/GHQ(이하 GHQ)가 나선 민족어 교육 탄압이었다.[3] 일본에 거주하는 조선인들의 탈식민지화 운동을 공산주의와 결부시킴으로써 그들은 그것을 당당하게, 가차 없이 부수어버린 것이었다. 그 때까지 황민화교육으로 그렇지 않아도 일본에 사는 젊은이들의 조선어 능력은 일본어 능

---

2 일본에서 조선으로 돌아간 문학가들의 그 이후 길도 험난했다. '해방' 당초 남조선에서는 조선 프롤레타리아 문학동맹과 남조선 노동당 계열의 조선문학건설본부가 합류한 조선문학가동맹이 큰 세력이 되었다. 이윽고 그 활동이 탄압을 받게 되자 많은 작가들은 북조선으로 향했다. 그런데 월북작가 가운데 임화, 이태준, 김남천, 한설야 등 북조선/'공화국'에서 정쟁에 휘말려 추방과 숙청의 쓰라림을 겪은 문학가도 적지 않다.

3 '해방' 초기 교육 탄압은 한국 정부도 어떤 의미에서는 가담했다고 할 수 있다. 당시 재일조선인들이 놓여 있던 상황은 남에는 거의 실시간으로 전해지고 있었으며, 처음에는 사상적 입장을 불문하고 '일제의 재래'라며 일본 정부에 대한 격렬한 비판이 일어났다. 한신(阪神) 교육투쟁이 일어난 1948년 4월에는 조선어학회와 문학가동맹이 중심이 되어 재일 민족교육 옹호 투쟁위원회[곧 대일 민족문화 수호연맹으로 개칭]가 결성되었다. 당시 남조선 각 정당 협의회는 조선인이라면 민족적 의분을 금치 못하는 교육 박해에 대한 일제 도적의 폭압을 오히려 비호하면서 합리화시키려는 "남조선 단선(단독 선거), 군정도배"의 매국적 태도를 비난하는 내용의 담화를 발표했다(『조선중앙일보˚』, 1948.4.29). 그 후 우파는 조련계 민족교육을 공산주의와 포개놓고 적대시하게 된다. 그리고 단독 선거가 실시되어 한국 정부가 수립된 후 재일조선인 교육 문제에는 거의 관심을 돌리는 일이 없어졌다. 재일조선인 민족교육에 대한 남조선 발행 신문의 논조 변천에 관해서는 송혜원, 「남조선 신문에서 보는 재일조선인 1945~1950」, 『재일조선인사 연구』 33, 재일조선인운동사 연구회, 2003 참조.

력을 밑돌고 있었다. '해방' 후에 일어난 민족교육 탄압은 이 상황에 치명타를 주게 되었다. 1950년대 후반 '공화국'과 직결된 총련이 조선어로의 창작 활동을 궤도에 올렸다는 사실은 있다. 하지만 그 독자는 총련 주변 사람들에 거의 한정되었다. 작가와 독자의 육성, 발표 매체의 정비가 뜻대로 진척되지 않았고 한국 및 '공화국'의 문학 동향에 좌우되는 가운데 신뢰할 만하고 막연하지만 몸을 맡길 수 있는 불특정 다수의 조선어 독자는 결국 탄생하지 않았던 것이다.

한편 일본어로 쓸 경우 적어도 GHQ가 실시한 검열이 끝난 1949년 말 이후는 거의 제약을 받지 않고 글을 쓸 수 있게 되었다. 그래도 일본인 독자를 획득하기까지는 기나 긴 시간이 필요했다. 재일조선인이 오랫동안 일본 사회의 일원으로서 인정받지 못했기 때문이다.

이처럼 조선어로 쓰기, 그리고 일본어로 쓰기가 가지는 의미는 '해방' 전과 후가 완전히 달랐다. '해방' 후에는 독자의 문제도 얽히고 선악, 정의 / 부정이, 강제 / 선택이라는 틀을 넘어 버린 것이다. 그 시대를 산 사람들에게는 식민지기와 그 이후 시기를 분리해서 본다는 것은 난센스일지도 모른다. 그래도 문학을 단서로 해 탈식민지화의 실천 과정을 추적하는 데 있어 일부러 그 사이에 선을 한 줄 그음으로써 부각되는 것은 적지 않을 것이다.

3) 1970년까지라는 일시적 선긋기

문학사를 기술할 때 종점을 정하는 것은 시작점을 정하기보다 더 어려운 일이다. 본서에서는 일단 1970년을 종점으로 설정했다. 그 바탕에는 무엇보다도 먼저 '해방' 후 25년이 지난 이 시기, 즉 냉전구조의 그물코가 둘러쳐진 세계정세, 조선반도 정세, 그리고 일본 사회의 변화와 같은 현실 앞에서 탈식민지화의 의미가 '해방' 당초와는 크게 달라졌다는 것이 있다. 재일조선인 문학운동의 주역이 되어 왔던 총련 작가들이 절반으로 갈라진 것은 한 시대의 종말을 상징하는 사건이었다. 그 직접적인 요인은 1967년에 시작된 '공화국'의 유일사상체계로의 이행과 그 과도한 적응으로 일어난 '총화'라고 불리는 총련 내부의 치열한 비판 사업이다. 그 배경으로는 남북한 힘 관계의 역전도 들 수 있다. 총련에 남은 작가들은 그 후 '공화국' 주체문학의 일단한 부분을 맡게 되었다. 『수령께 드리는 충성의 노래*』, 『영광의 노래*』, 『주체의 한길에서*』 등 1970년 전후에 발간된 작품집 제목은 이를 여실히 보여주고 있다. 또한 '해방' 이후 재일조선여성들에게 거의 유일하게 문해교육의 장을 제공해 왔던 총련의 변화는 여성들의 조선어 글쓰기에도 직접적인 영향을 끼쳤다.

한편 총련을 이탈한 작가들은 발표 무대를 일본문학계로 옮겼다.

이윽고 나는 만원전철 속에서 천연덕스러운 사람들 얼굴과 내 몸 사이에 뭔가 넘어설 수 없는 단절을 느낀 것이다.

사람들의 몸이 나의 몸에 붙어 함께 흔들리고 있을 뿐, 그들은 나를 거부하고 있었다.

'내 주위는 모두 일본인이었구만' (…중략…) 나는 평소 쓰고 있던 일본어로부터 급격한 저항을 받고 있는 것이다. 전철 안에는 일본어가 수런거렸다.

"아, 여기는 일본이구나."

나는 조선어로 중얼댔다. 입술의 그 무거운 울림은 조선어로 구성된 어젯밤 꿈의 분위기를 내 속에 되살아나게 했다. 그것은 기름처럼 무겁다. 그것이 흔들리며 움직이면서 내 마음에 공허를 펴서 넓히며 또 그것은 단절감을 부풀어 오르게 한다.[4]

이것은 대표적 재일조선인 작가로 손꼽히는 김석범이 1969년에 발표한 「허몽담虛夢譚」의 한 구절이다. 꿈, 병, 먼 기억 등이 한데 엉켜 일본어와 조선어의 경계를 떠돌던 김석범의 착미錯迷는 당시 재일조선인문학 상황 그 자체를 말해 주는 것 같다. 이 소설은 김석범이 7년 만에 일본어로 쓴 작품이었다.

그 외에도 김학영(긴 가쿠에이金鶴泳), 이회성, 오림준吳林俊, 고사명高史明, 김시종金時鐘, 김태생金泰生 등 1960년대 후반부터 일제히 일본문학계에 등장한 작가들은 재일 민족문학운동에 어떠한 형태로든 관여했고, 후에 운동에서 이탈한 과거를 공유했었다. 그 중 김학영은 1966년에 「얼어붙는 입凍える口」으로 문예상文藝賞을, 이회성은 「다듬이질하는 여인砧をうつ女」으로 1971년 하반기에 외국 국적으로는 처음으로 아쿠타가와상을 수상해 주목을 받았다. 김석범의 「만덕유령기담万德幽靈奇譚」은 1971년 상반기, 정승박鄭承博의 「벌거숭이 포로裸の捕虜」는 1972년 상반기에 각각 아쿠타가와상 후보작에 올랐다.

1970년은 일본인 작가들에게도 외국인작가와의 만남이 예전에는 없

---

4 김석범, 「허몽담(虛夢譚)」, 고단샤, 1971, 289~290쪽.

던 규모로 일어난 역사적인 해였다. 조선어 시인 강순姜舜이 첫 일본어 시집 『날라리なるなり』를 손수 번역하여 출판한 것도, 10년간 발표할 수 없어 묻혀 있던 김시종의 시집 『니이가타新潟』의 발간도 바로 1970년 이다. 재일 2세대 여성의 첫 번째 시집 『종추월시집宗秋月詩集』은 그 이듬 해에 간행되었다. 오림준도 역시 이 해를 전후하여 평론집과 시집 출판 활동을 마치 봇물을 터트리듯 해나갔다. 1950년대 중반부터 『신일본문학新日本文學』이나 『문예수도文芸首都』 같은 일본 문예지에 발표되었던 김태생의 작품은 1960년대에는 한번 종적을 감췄으나 1970년대에 들어서 다시 일본 문예지에서 볼 수 있게 되었다. 그 후 재일조선인들의 일본 사회와의 접촉이 깊어지고 '재일지향'이 높아짐에 따라 일본어로 쓰는 것에 대한 의문을 던지는 작가는 줄어들었다.

일본(어)문학사의 관점에서 본다면 1970년 무렵 이전의 재일조선인 작가들의 발걸음을 일본(어)문학사 합류의 전사로서 끼워 넣는 것은 그리 어렵지 않을 수도 있다. 하지만 거기에 도달할 때까지의 사반세기를 일본어와 조선어가 뒤섞어 난무하던 탈식민지화의 언어공간으로 본다면 어떨까? 거기에는 전혀 다른 광경이 펼쳐지고 있을 것이다.

2. 일본문학, 일본어 문학, 아니면 ……

재일조선인문학은 도대체 무엇일까? 일본과 한국 독자들에게 어떻게 읽히고 평가받고 혹은 소비되어 왔는가를 검증함으로써 이 물음에 접근해 보자. '공화국' 내 수용 상황에 대해서는 제2장에서 자세히 검토할 것인데 '공화국' 문학 방침과 합치하는지가 평가 기준이 되기 때문에 공식적인 견해가 아닌 개개의 작가론이나 작품론은 거의 볼 수 없다는 점을 지적해 둔다. 그런데 지금까지 재일조선인 문학비평이 대상으로 삼아 온 작품은 허남기와 김달수 등 초기 일본어 작품 또는 1960년대 후반 이후에 발표된 일본어 작품에 한정되고 있다.

1) 일본에서 어떻게 읽혀 왔는가

일본에서는 오다기리 히데오小田切秀雄, 츠루미 슌스케鶴見俊輔, 오에 겐자부로大江健三郎, 고토 메이세이後藤明生, 마츠바라 신이치松原新一, 오다 마코토小田實, 가와니시 마사아키川西政明 등 조선이든, '공화국'이든, 한국이든 공감을 가졌던 평론가와 작가에 의해 대체로 호의적인 관점에서 이른 시기부터 재일조선인문학은 단편적으로나마 논해져 왔다. 1977년부터 현재까지 계속되는 '재일조선인 작가를 읽는 모임'을 주재하며 치밀하고 착실한 논고를 거듭해 온 이소가이 지로磯貝治良는 재일조선인 문학비평의 제일인자라 할 만하다. 재일조선인문학에 관한 최

초의 저작 『시원의 빛-재일조선인 문학론始源の光-在日朝鮮人文學論』(1979)
에서는 김사량, 김달수, 김석범, 오림준, 김시종, 김태생, 고사명, 이회성
을 분석했다. "재일조선인 작가가 일본어로 쓴 작품은 '일본어 문학'일
지도 모르지만 '일본문학'이 아니다"(209~210쪽)라는 기술도 보이며 일
본에서 1990년대 이후 널리 퍼진 '일본어 문학'이라는 개념을 1970년대
후반이라는 지극히 빠른 시기부터 제창한 선구성은 주목할 만하다.

　책 제목인 '시원의 빛'은 권두에 실린 김사량론의 제목이기도 한데,
이것은 당시 이소가이의 입각점을 명백하게 나타내고 있다. "김사량을
재일조선인 일본어 작가의 원점, 혹은 시원의 빛으로 다루는 것은 그의
저항 때문이다. 상실되어 가는 '조선적인 것'의 유지와 회복이 오늘날의
재일조선인 작가의 문학을 짙게 규정하고, 계속해서 문제되고 있을 때
김사량의 존재는 대단히 크다."(9쪽) 다시 말해 재일조선인문학의 요체
를 저항문학이라고 정의한 것이다. 여기서 저자가 지적하고 싶은 것은
식민지배하에서 사람들의 저항자적 측면만을 확대해서 본다는 즉, 역
사관이 '낡았다'는 점이 아니다. 그것보다는 일본 대 조선이라는 이항대
립을 도입함으로써 조선인들의 문학적 영위가 일본이라는 '적'의 존재
없이는 성립하지 않는다는 공범관계를 불러들이지 않을까하는 점이
다. 그것은 일본 문화 영향을 벗어나서 조선인에 의한 조선인을 위한
독자적인 문화 창출을 추구한 탈식민지화 모색 과정이 간과되는 결과
를 초래할 수도 있기 때문이다.

　하야시 고지林浩治는 "뒷날 '재일조선인문학'이라고 불리게 되는 일련
의 작품군의 존재를 이야기한다면 일본 근대문학의 성립기로 불리는
1900년 전후부터 발굴하지 않으면 안 된다"[5]라고 하면서 근대 조선문학

의 창시자로 불리는 이광수, 프롤레타리아 문학운동, 장혁주와 김사량, '내선일체'기 일본어 문학, '해방' 후 김달수, 김태생, 이회성 등으로 그 계보를 이어간다. 조선인에 의한 일본어 문학의 시작을 일본 근대문학 성립기와 겹쳐 놓으려는 시도는 그것을 '일본문학'에 종속시키는 것을 부정하는 것이며 획기적인 시각이라고 말할 수 있다. 그러나 일본어 작품 창작사에만 착안한다는 점에서는 이소가이나 임전혜와 같은 입장에 서 있다.

임전혜는 김사량의 검속으로 일제시기 조선인에 의한 일본 내 문학 활동은 종식되었으며 그 연하의 친구였던 김달수에 의해 '해방' 후의 문학이 시작되었다고 한다. "일본 제국주의에 최후까지 굴복하지 않은 김사량의 애국적 자세는 1945년 이후 일본에서의 조선인문학자 속에 올바르게 계승되었"[6]다, 이것이 바로 임전혜의 재일조선인 문학관이다. 일제 말기 김사량이 조선어 사용이 금지된 가운데 일본어로 작품을 썼다는 것과 '해방' 후 김달수가 일본어로 쓴 것의 의미 차이는 작지 않아 보이는데, 임전혜 자신도 그것을 인정하면서도 다음과 같이 김사량과 김달수를 연관시킨다.

김달수는 (…중략…) 재일조선인 작가가 나아가야 할 방향 중 하나가 굴욕의 문학에서 민족문학 확립에 있음을 밝힌 것이다. 재일조선인 작가 스스로가 이러한 자각을 가졌을 때부터 재일조선인 작가의 일본어에 의한 창작은 "조선민족 문학임과 동시에 일본문학의 하나"(오다기리 히데오)라는 넓

5 하야시 고지, 『재일조선인 일본어 문학론』, 신칸샤, 1991, 17쪽.
6 임전혜, 『일본에 있어서의 조선인 문학의 역사─1945년까지』, 호세이대학 출판, 1994, 232쪽.

은 관점에서의 평가가 일본문학계에 있어서 일반적인 이해가 되어 있다.[7]

여기서 오다기리 히데오의 발언으로 인용된 것은 김달수의『후예의 거리』에 첨부된 소개문「이 책에 대하여」(1947)의 한 구절이다. 당시 오다기리는 김달수 문학을 "일본 민주주의 문학의 독자적인 일익을 형성하고 있다"고 표현했다. 일본의 '전쟁책임'이나 식민지배 책임을 똑똑히 자각하고 있었던 전후 얼마 지나지 않은 시기의 일본인 작가의 입장과 경험을 고려하면 '일본문학의 하나'이기도 하다는 견해는 이해가 간다. 반세기나 전의 이 오다기리 히데오 — 호세이대학 일본문학 연구과 시절의 임전혜의 지도교수이기도 하다 — 의 주장을 끌어 들여 임전혜는 '해방' 전 김사량에서 '해방' 후 김달수를 거쳐 1960년대 후반에 등단한 이회성과 김학영 등 자신과 동세대인 재일조선인 2세 작가로, 라고 하는 일본어 작품을 기준으로 한 재일조선인 문학사를 구성했다.

재일조선인문학을 "조선 민족의 나라에서 거의 수용되지 않는 문학을 '조선 민족 문학'이라고 칭하기에는 무리가 있고, 또 '일본문학' 중 '특수한 장르'라고 하는 위치밖에 실제적으로는 차지하지 않는 문학을 아시아적인 시점에서 재검토하는 것의 유효성을 액면 그대로 긍정할 수는 없다"[8]고 단정한 논자는 가와무라 미나토다. 더욱이 일본 근대문학적 범형範形과 닮은 것으로서 재일문학을 논한 다케다 세이지의 견해를 전략적으로 끌어들이면서 "재일조선인문학은 일본 근대문학의 '식민지'로서 성립되었다"[9]고도 했다. 그러고 나서 "'재일조선인문학'이 일본 전

---

7   위의 책, 241쪽.
8   가와무라 미나토, 앞의 책, 17쪽.

후문학에 있어 중요한 의미를 가지고 있었다면 그 하나는 이러한 '일본 근대문학'의 범형을 이념적으로 재체험하려고 한 것이며 그것은 그 주제성이나 문제성, 그리고 수법에 있어서 매우 '순문학'적인 것으로 전후문학의 질 높은 계승자로 여겨졌다"[10]고 자리매김했다. 즉 일본어로 쓰여지고 '일본문학'과의 관계성 속에서만 성립되고, 게다가 '일본문학'의 하위에 있는 것이 바로 재일조선인문학이라는 주장이다. 현시점에서 보면 상당히 조잡한 논의로서 가와무라 자신도 몇 년 후에는 논조를 바꾸지 않을 수 없었던 것 같으나 그가 1980년대라는 이른 시기부터 재일조선인문학에 착안해 다양한 재일작가를 소개해 왔고, 일본에서 재일조선인문학의 포스트 콜로니얼 비평의 선구자라는 것 또한 사실이다.

1990년대 후반에 재일조선인문학은 일본에서 '재발견'되었다. 이에 따라 '일본문학'을 '일본어 문학'이라고 바꾸어 부르거나 일본문학사의 한 챕터가 재일조선인문학에 할당되었고, 작품집 간행이나 동인지 복간 같은 움직임이 2000년대에 일어났다. 특히 김석범, 김시종, 양석일梁石日의 작품은 다양한 분야의 평론가들에 의해 반복해서 논의되었다. 총련 이탈 후 견실한 일본어 작품을 제일선에서 써 온 작가들이다. 이 무렵 한국에서 진상규명 움직임이 진척되던 4·3사건의 무대인 제주도와의 관계를 그들은 공통적으로 가지고 있었다. 양석일의 「밤을 걸고」(1994), 「피와 뼈」(1998)와 가네시로 가즈키金城一紀의 『GO』(2000)는 영화화되기도 했다. 2000년대에 들어가서는 각종 포스트 콜로니얼 이론을 원용한 다양한 버전의 논고들이 대량으로 생산되었다.

9　위의 책, 24쪽.
10　위의 책, 24~25쪽.

그러나 2010년대에 들어서는 이러한 경향은 전체적으로 수그러진 감이 있다.

2) 한국에서 어떻게 읽혀 왔는가

군사 독재 정권 아래 한국인들은 재일조선인문학을 오랫동안 접할 수 없었다.

한국에 작품이 합법적으로 들어간 시기는 1980년대 후반이었다. 우선 1986년에 이양지李良枝의 소설 『내의來意』, 김달수의 『일본 속의 조선 문화』(일본 속의 한국문화'로 제목이 변경되었다)가 번역 출판되었다. 그 후 민주화를 요구하며 일어난 6월 민중항쟁 이듬해인 1988년 10월에는 총 련 탈퇴 후에도 여전히 경계의 대상이 되어 있던 작가들의 작품이 유입 되었다. 한국정부에 의한 중국 조선족 및 '공화국' 문학 일부를 해금조 치 한 때와 같은 시기다. 그 후 재일조선인문학의 정의를 둘러싸고 한 국에서는 일본에서보다 더 활발한 논의가 벌어졌다. 1948년에 정부가 수립된 후 국민문학 만들기를 모색해온 한국인 독자들에게 재일조선인 문학은 '한국문학'이라는 것이 무엇인가라는 물음의 레퍼런스 역할을 해온 면도 있었을 것이다. 그 비평사로부터 '한국문학'의 정의의 변천도 거꾸로 읽어낼 수 있다.

1980년대 후반의 주된 독자는 민주화 운동에 참여한 사람들이었다. 당시 번역된 작품은 김달수의 『태백산맥』, 『박달의 재판朴達の裁判』, 김 석범의 『까마귀의 죽음』 등 '해방' 직후 조선반도 정세를, 미국과 한국

지배층에 대해 부정적인 관점에서 다룬 작품이다. 평론가 임헌영은 민족사적 문제를 다루고 있다는 이유로 김달수의 작품을 높게 평가한 반면 '우리말'로 쓰지 않은 것을 문제시했다.[11] 동시에 중국 조선족 문학은 우리말로 쓰여져 있기 때문에 '재일교포문학'보다도 우위에 있으며 '우리문학'에 편입되어야 하다고 주장했다. 여기에는 서열화와 편입을 허가하는 결정권이 '우리', 즉 우리말을 사용하는 한국인에게 있다는 함의가 있다. 한편 김재용은 국민국가 중심주의적인 느낌을 주기 쉬운 '교포문학'을 대신해서 '동포문학'이라는 용어를 사용해 중국 조선족 문학도 재일조선인문학도 '민족문학'에 포함시켜야 한다[12]며 논의를 한 걸음 진척시켰다. 1990년 무렵부터 한국에서는 이양지, 김학영, 양석일, 유미리柳美里, 현월玄月, 가네시로 가즈키金城一紀 등 일본 문학상 수상작이 틈을 두지 않고 번역, 출판되었다. 1990년대 중반 이후에는 한국에서도 포스트 콜로니얼 비평이 평론과 학술계를 휩쓸었고 일본문학 연구자들을 중심으로 해서 재일조선인문학에 뜨거운 시선이 쏠리게 되었다.

이한창은 한글로 쓴 작품만이 '국문학'이라는 개념을 확장해야 한다고 말했는데, 다만 그 '국문학'에는 '민족의 생활과 정서'가 담겨 있지 않으면 안되며, 자기 아이덴티티를 확인하려는 욕구에서부터 민족과 조국에 관심을 가지는 것이 전제가 된다고 덧붙였다.[13] '재일 한국인'이 '경계선에 서는 자'라고 정의한 유숙자는 재일조선인문학을 한국과 일본이라는 두 국민국가 사이에 놓았다.[14] 일본과 한국을 이항대립적으

11 임헌영, 「해외교포문학과 민족문학*」, 『해외동포』, 해외교포문제연구소, 1988 가을.
12 「좌담회 : 현대사를 배경으로 한 정치소설에 대하여」, 『오늘의 소설』 2, 현암사, 1988 하반기.
13 이한창, 「민족문학으로서의 재일동포문학 연구*」, 『일본어 문학』, 한국일본어문학회, 1997.6.

로 마주 놓으면 필연적으로 초점화되는 것은 아이덴티티의 문제다. 유숙자가 "재일문학을 관통하는 공통분모를 민족적 아이덴티티의 모색"[15]이라고 말한 것은 상징적이다.

2000년대에 들어서는 이러한 논의에 덧붙여 새로운 움직임도 보였다. 하나는 호칭의 변화다. 그 때까지 한국에서는 '재일 한국인 문학'이나 '재일 교포 문학'과 같은 용어가 사용되어 왔다. '조선'이라는 단어는 '공화국'을 연상케 함으로서 일본과는 다른 맥락에서 기피되고 있었다. 그런데 2000년대 후반 무렵부터는 '재일조선인문학'이라는 호칭도 드문드문 보이게 되었다. 물론 이 '조선'이라는 말은 조선반도 전체를 가리키고 있다. 두 번째는 미국, 중국, 일본, 유럽, 구 소비에트 등에 거주하는 '재외 한인'의 문학이 한국판 디아스포라 문학으로서 급격하게 각광을 받은 것이다. 그 배경으로는 1990년의 한소, 1992년의 한중 국교수립이라는 냉전 후 한국의 국제관계 변화도 있다. 이런 것들과 연동하여 재일작가가 쓴 조선어작품에 관한 논문집도 2007년에 처음으로 간행되었다.

또한 2008년에는 '종소리 시인회' 작품집 『치마 저고리*』도 간행되었다. 종소리 시인회는 정화수, 김학렬, 정화흠 등 1970∼1980년대에 총련 문학운동에서 중추적 역할을 한 시인들의 동인회다. 이런 것들은 재일조선인문학을 '일본문학'이나 '일본어 문학'이라고 파악하는 관점에서는 생길 수 없었던 움직임이다.

---

14 유숙자, 「一九四五년 이후 재일 한국인 소설에 나타난 민족적 정체성 연구」, 고려대 박사논문, 1998.
15 위의 글, 5쪽.

그런데 총련 주변 문학자들 작품을 백주에 당당하게 취급할 수 있게 된 것은 김대중, 노무현 대통령시대의 남북 긴장완화의 파급 효과가 크다. 따라서 한국 내 재일조선인문학에 대한 평가는 앞으로도 한국 국내 정치상황과 연동될 것이기 때문에 가변적이라고 할 수 있다. 최근 '유행'의 이면에는 극복되어야 할 과제도 떠오른다. 예를 들면 내용이 부족하고 분석의 부정확함이 눈에 띄는 인해전술적인 단기간 조사와 연구가 적지 않다는 점이다.[16] 거기에는 조선인 디아스포라문학의 영토화, 바꿔 말한다면 '한국문학'의 외연을 확대하려는 극히 '국민적'인 욕망이 얼굴을 슬쩍 내비치기도 한다.

3) 『'재일'이라는 근거』 다시 읽기

　　다케다 세이지竹田靑嗣의 『'재일'이라는 근거』(1983/1995)는 재일 2세가 쓴 점, 재일조선인 문학평론에 지금도 영향력을 계속해서 발휘하고 있다는 점에서 중요한 평론이다. 여기에서는 1995년 지쿠마 학술문고판

16　1990년대 전반에 관련 간행물이 급증했고 1990년대 후반에 잦아들었다고 하는 한국인 연구자들에 의한 고려사람 연구 실태에 대해 다음과 같은 고언이 나왔다. "[한국인 연구자의] 그 대다수는 러시아어 지식이 없다. 젊은 세대는 러시아어를 구사하는 연구자도 소수나마 나오고 있지만 특히 연배의 세대는 그렇다. 실제로 한국인 연구자들에 의한 소련 코리안 연구서에서 러시아어 문헌의 인용이 전혀 없는 것을 종종 볼 수 있다. 러시아어 문헌이 실려 있다더라도 아쉽게도 저자가 그것을 읽지 않았거나 아니면 읽지 못 하는 게 분명하다. 게다가 한국에서 나온 간행물을 보면 이른바 '전격' 답사라고 형용할 수밖에 없는 것에 바탕을 두는 경우가 많다. 코리아어밖에 말하지 못하는 연구자가 예를 들어 우즈베키스탄을 단 2, 3주 정도 방문한 후 바로 한국으로 돌아가 소련 코리안에 대한 책을 출간하는 따위로 학자의 오만이 허용되는 것에 경탄할 수밖에 없다." 게르만. N. 김·로스. 킹, 「서론」, 고전혜성 감수, 카시와자키 치카코 역, 『디아스포라로서의 코리안―북미·아시아·중앙아시아』, 신칸샤, 2007, 376쪽.

에 수록된 「'재일'이라는 근거－이회성, 김석범, 김학영」 및 「가라앉는 것의 광경－'재일'의 '민족'과 배리沈みゆくものの光景－〈在日〉の「民族」と背理」를 참조하면서 그의 재일조선인 문학론을 다시 읽어 보고자 한다.

이 책은 이회성이 정正, 김석범이 반反, 김학영이 합合이라는 변증법적인 구성으로 되어 있다. 다케다가 김학영 문학을 높게 평가하는 것은 말더듬이로서의 괴로움이라고 하는 작가 고유의 '지금, 여기'라는 현실에서 출발하기 때문이다. 다케다는 김학영 문학을 "항상 공동체에서 쫓겨나고 그 때문에 세계와 유화할 수 없는 인간의 상황 그 자체를 '재일'의 삶의 광경에서 끄집어내 독자 앞에 놓는다"[17]고 평한다. '조국'에서 이상을 찾아보지만 실제로 그 거리는 줄어들지 않고 그렇다고 해서 일본 사회로부터도 여전히 국적이나 민족 차별로 배제되고 있는 현실. 이것이 바로 '공동체에서 쫓겨난' 상태다.[18] 이러한 출구 없는 상황에서 김학영 문학은 "당분간 어떤 '신信'의 공동체에서도 떠나 무릇 다양한 공동체가 서로 자기를 주장하고 있는 '세계'의 상대성에 대해 끊임없이 이의 제기를 함으로써 간신히 자기의 최후의 가능성을 찾아낸"[19]다는 것이다.

그 몇 년 전에 이소가이 지로가 주장한 것처럼, 민족적 저항의 측면에서가 아니라 인간 내면을 끝까지 탐구하는 점에 그 가능성을 찾아냄으로써 다케다는 재일조선인문학에 새로운 빛을 비추었다고 할 수 있을 것이다. 그 의의는 크지만 여기에는 두 가지 문제점을이 지적된다. 첫째로 세대론의 애매함이다. 다케다는 재일조선인 2세대라는 자신의 입

---

17 다케다 세이지, 『'재일'이라는 근거』, 고쿠분샤/지쿠마분코, 1983/1995, 260쪽.
18 위의 책, 205~206쪽.
19 위의 책, 267쪽.

장을 명확히 내세우면서 '전 세대'이기도 한 1세대를 비판을 하고 있다. 아래의 문장은 다케다의 김석범에 관한 언급이다.

> 작가가 움켜쥐고 있는 것은 '민족', '조국', '민중', '해방' 같은 문제계인데, 이 관점은 '부인' '차별' '불우성(不遇性)' '가족과의 마찰' '자기확인' '화해'와 같은 전후적(戰後的)인 '재일'의 삶의 영역을 억지로 깎아내 버리지 않으면 안되는 (…중략…) 전세대는 언제나 그들의 세대에 리얼리티를 부여하며 살아가게 했던 '물음'들로 후세대의 '삶'의 의미를 채단해 버리고 마는 것이다.[20]

이 당시 세대 간 갈등이 얼마나 격렬하고 2세대들이 당한 폐색감이 얼마나 심했는지 잘 짐작되는 글이다. 그러나 문제는 '조선'과 직결된 존재로서의 '1세'를 다케다가 실체화하고 있다는 점이다. 실은 1세대 대부분이 일제강점기하에서 일본적인 문화를 신체화했던 사람들이다. '해방'후 아이덴티티 위기를 경험하지 않을 수 없었던 '1세'들에게 탈식민지화는 그야말로 '차별'이나 '불우감'을 극복하고 '자기 확인'을 하는 작업이기도 했던 것이다. 또 당초에 김석범을 전형적인 1세로 정의해 놓고 후일그것이 사실은 오인이었음을 인정하면서도 예전 글의 논지를 변경할 필요가 없다고 했는데 여기에서도 세대론 정의의 애매함을 볼 수 있다.

두 번째 문제점은 재일조선인문학을 일본적인 가치관과 역사관으로 논의하고 있는 점이다. '전후적'이라는 용어를 주의 없이 사용하는 데다가 재일 2세대를 "전후 민주주의 교육 속에서 자랐고 나아가 일본 사회

---

20 위의 책, 126쪽.

속에서 '불우성'에 빠져 있"[21]는 존재라고 표현하기도 한다. 여기에서는 2세대들 대부분이 조선 민족교육이 아니라 일본 민주주의 교육을 받게 된 배경이 등한시된다.

재일조선인문학을 주저 없이 일본 근대문학과 포개는 것도 같은 뿌리에서 나왔을 것이다. 다케다는 재일조선인문학을 "시라카바파白樺派 이후 정통 일본문학의 구조를 가진 사소설私小說", "전후 민주주의라는 이데올로기를 체현한 것"이라고 표현한다. 또한 자기 자신을 포함한 2세대를 "'재일'의 아들 세대"라고 명명하는데 그렇게 함으로써 "부자간의 대립과 화해"라는 일본 근대문학의 핵심으로 인식되는 요소와의 아날로지를 스스로 끌어들이기도 한다. 2세대 작가들 대부분이 전후 일본 민주주의 교육의 영향을 받았을지도 모른다. 그렇다면 그것을 가져다 준 미국이 일본과 조선에 정반대라고도 할 수 있는 태도를 취한 것, 그와 관련해 일본의 소위 민주주의 문학이 다름 아닌 조선전쟁에 이르는 과정에서 혼란해지고, 퇴색해버린 점까지 염두에 두어야 한 것이 아닐까? "전후적인 '재일'의 삶의 영역"이라는 문제군은, 일본 국내의 상황만이 아니라, 제2차 세계대전 이후의 동아시아를 부감하는 관점에서 입론되었어야 했던 것이다.

본서에서 검증하듯이 '해방' 초기에 주류를 이루었던 재일조선인 문학운동은 조선전쟁 이후인 1950~1960년대에는 일본과의 관계가 상당히 약화되어 있었다. 그러나 다케다는 일본인과 재일조선인이 같은 언어를 사용하고 같은 공간에서 동시대를 살고 있었다는 이유만으로 '일

---

21 위의 책, 181쪽.

본문학'과 '재일조선인문학'을 쉽사리 결부시켜 버리고 만다. 다케다가 '민족인가 동화인가'라는 궁극적인 양자택일을 재촉받은 것은 본서에서 다루는 시기의 종반, 즉 1960년대 후반이다. 현재도 재일조선인 문학비평에 있어 세대론과 아이덴티티론이 자주 채용된다. 그것이 실은 이러한 재일 2세대 논자에 의해 발단되었다는 것의 역사적 의미부터 우선 검증할 필요가 있다고 본다.

3. 클리셰를 되묻다

'해방' 후 재일조선인문학의 초창기는 김달수의 독무대였다. 1950년대 초 조선전쟁 시기에는 「화승총의 노래火繩銃のうた」, 「조선 겨울 이야기朝鮮冬物語」 등 허남기許南麒의 저항시가 큰 반향을 일으켰다. 잠시 공백기를 두고 1960년대 후반이 되어 김학영이나 이회성 등 2세대 작가들이 일본 문예출판계에 등장했다. 김석범, 김태생, 고사명, 오림준, 정승박, 김시종 등이 그 뒤를 이었고, 1970년대에는 재일조선인문학이 급격하게 꽃을 피운다. 한편 여성작가가 나온 것은 그보다 20년 정도 늦어 1989년에 아쿠타가와상을 수상한 이양지가 나오기까지 기다리지 않으면 안되었다. 그 후 유미리, 현월, 가네시로 카즈키金城一紀 등 아쿠타가와상과 나오키直木상 수상 작가들이 나타났고 현재는 귀화해서 일본 국적을 가진 작가나 부모 한쪽이 일본인인 혼혈작가도 활약하게 되었다.

일반적으로 유포되는 재일조선인문학의 역사를 서술한다면 이렇게 될 것이다. 이 이야기를 지탱하는 것은 세대론과 아이덴티티론, 그리고 기점으로서의 김달수라는 세 가지 요소다. 상관관계를 가지는 이것들은 실은 재일조선인 문학사가 쓰여지는 것을 막아왔던 주요 요인이기도 하다. 이것들의 어떠한 점이 문제일까?

1) 세대론의 한계

재일조선인문학을 설명할 때 '해방' 후부터 현재까지를 세 시기로 나누는 것이 통례이다. 이소가이에 의한 정의를 빌려 살펴보자. 첫 번째는 '해방' 직후부터 "1960년대 초의 조국귀환 사업을 정점으로 하는 '정치의 계절' 시대", 두 번째는 독자적인 장르로서의 재일조선인문학이 성립된 1960년대 중반부터 시작되는 약 20년(민족운동 후퇴와 재일조선인의 '정주화 의식'의 맹아가 보이는 시기), 세 번째는 1980년대 중반 이후의 귀화, 일본인과의 결혼, 일본 학교로의 진학 등으로 인한 일본 사회로의 동질화에 따른 "'재일문학'이라고 부를 수밖에 없는 문학 상황"[22]의 시기다.

이 구분법은 사회학적인 세대 변천과 문학사의 그것을 동일시함으로써 성립된다. 이러한 연대기적 수법은 재일조선인문학의 전체상을 파악하는 단서가 되어왔다. 즉 1세대는 민족주의적 경향이 강하며, 2세

---

22 이소가이 지로, 『'재일'문학론』, 신칸샤, 12~16쪽

대가 되면 일본 사회와의 갈등으로 아이덴티티 위기에 빠진다. 3세대 이후는 일본에 동화가 더욱 진행됨과 동시에 정체성의 다양화 현상도 일어났다, 라는 식이다. 일본뿐만 아니라 한국에서도 이렇게 파악하는 경향이 보인다.[23]

재일조선인문학을 정리, 분류할 때 세대론이 편리한 것은 사실이다. '조국'과의 심리적 거리 혹은 거주하는 일본과의 거리감이 세대마다 다른 것은 불가피하며 그것이 작품에 반영되는 것 또한 이상할 게 없기 때문에 설득력도 가지기 쉽다. 그러나 어떤 나라나 지역의 문학을 논할 때 발표 매체와 독자의 문제, 시대 배경 등 복수 요소를 가미하지 않는 일이 있을까? 사회학적인 어프로치로만으로 파악하는 일은 아마도 없을 것이다. 그런데 재일조선인문학의 경우에는 이러한 사실이 기묘하게도 등한시되어 버린다.

(1) 다양한 '1세'들

세대론이 많이 쓰여 왔다고는 하지만 세대 구분의 검토조차 제대로 된 적이 없었다. 도대체 1세란 누구일까? 본서에 등장하는 '1세 작가'들에 입각해 살펴보자. 우선 일제강점기에 이미 문학 이력이 어느 정도 있었던 작가 가운데 '해방'을 일본에서 맞이한 작가는 정연규鄭然圭(1899년생, 1960년 한국에 귀환), 김문집金文輯(1909년생, 일본에 귀화), 장혁주 등 손에 꼽을 정도다. '해방' 후 일본에서 창작 활동의 중심이 된 작가는 그들

---

23 예를 들어 김윤식,「교포 문학의 위치*」,『한일 문학의 관련 양상』, 一志社, 1974; 이한창,「재일 한국인 문학의 역사와 그 현황*」,『일본연구』5, 중앙대 일본연구소, 1990; 이한창,「재일 교포 문학 연구*」,『외국문학』41, 외국문학, 1994; 유숙자,『재일 한국인 문학 연구*』, 월인, 2000.

이 아니라 20~30대 청년들이었다. 즉 1930년대에 시작된 황민화교육을 정도의 차이는 있을지언정 받은 세대라고 할 수 있다. 따라서 1세라고 하면 연상되는 민족어나 민족성을 신체화한 토착적인 조선인상과는 미묘하게 일치하지 않는다는 것을 우선 유의할 필요가 있다.

그들이 일본으로 건너간 시기도 각양각색이다. 교우 기도/강위당姜魏堂(1901년생)처럼 도요토미 히데요시 치세 하에 끌려왔던 도공 자손은 예외로 하더라도 김달수(1920년생), 소설가 김태생金泰生(1924년생), 미스터리 작가 레이라/려라麗羅(1924년생), 시인이자 평론가인 오림준(1926년생)처럼 유년기에 가족과 일본에 건너온 이들도 있으며, 허남기(1918년생)나 강순(1918년생)과 같이 학생으로서 도항한 경우도 있다. 대하 장편소설『화산도』로 널리 알려진 김석범(1925년생)은 그 작품으로 인해 1세대로서 자주 분류되지만 사실은 어머니가 제주도에서 오사카로 건너온 직후에 태어난 2세다.

'해방' 후 일본으로 건너온 1세들의 존재도 무시할 수 없다. 비정규 입국자, 소위 '밀항자'들이다. 생활고 등으로 인해 일본으로 (다시) 건너온 사람들과 더불어 '해방' 직후부터 일어난 조선 내 정치 이데올로기 대립 과정에서 수많은 학생들이나 활동가들이 일본으로 유입됐다. 이들 지식층 청년 가운데 김시종(1929년생), 김재남金在南(1932년생), 윤학준尹學準(1933년생) 등 후일 재일조선인 문화운동에 공헌하게 되는 작가들도 나왔다(4장 참조). 그들은 '해방' 직후 조선에서 들이마신 조선어 부활이나 조선문화 부흥의 공기를 일본으로 가져오게 되었다. 그들도 역시 철저한 황민화교육을 조선에서 받은 이들이다.

'해방' 전후 시기에 사람들이 조선과 일본을 왕래하고 있었다는 사실

도 간과할 수 없다. 예를 들면 일본에서 자란 김달수는 1940년과 1943년에 조선으로 건너갔는데 그 경험은 『후예의 거리後裔の街』, 『태백산맥』에 직접적으로 활용되었다. 전후 일본인 독자의 관심을 끈 것도 바로 이러한 조선 체험에 관한 부분이었다. 한편 김석범은 일본에서 나고 자랐기는 했지만 1943년부터 1946년 사이에 수차례 조선에서 생활한 경험이 있다. 오림준과 려라는 '해방' 당시 일본군 지원병으로 조선 땅에 있었다. 려라의 경우는 그 후에 미군 통역관으로서 조선전쟁에 종군하러 조선으로 건너갔다가 다시 일본으로 되돌아온 경험도 있다.

이처럼 1세대들의 경험은 무척 다양해서 간단히 일괄할 수 없다. 종래의 세대론은 일본과 조선(특히 한국) 사이에 끼어있는 자신의 아이덴티티를 토로하는 일본에서 태어난 작가들을 2세대라고 하고 그 이전 작가들을 막연하게 1세라는 범주에 밀어넣어 왔다. 그것은 식민지 이후의 조선반도 정세와 이에 따른 사람들의 이동 ─ 조선에서 일본으로, 일본에서 조선으로, 그리고 일본에서 기타 지역으로 ─ 을 제대로 설명하지 못하는 한 요인이 되고 있다.

2) 아이덴티티를 찾는 자는 누구인가

재일조선인 작가가 쓴 작품을 손에 든 독자의 주요한 관심사 중 하나는 작가 자신의 아이덴티티일 것이다. 역사의 산증인으로서의 1세대에 대해서는 타자로서 두려워하는 마음을 가질지라도 2세대 이후의 작가에 대해서는 그 내면을 들여다본다는, 즉 지근거리에서 접근하는 경우가 허다한 것 같다.

　이소가이는 1세, 2세, 3세 문학의 각각 특징을 아래와 같이 이해했다.

　　제1세대 문학의 경우 그것은 아주 명료했다. 일본에 의한 식민지 침략이라
는 역사적 경험을 바탕으로 그 고뇌와 저항을, 그리고 해방 후(전후)를 제재
로 한 작품에 있어서도 민족 분단이라는 조국 상황에 대한 일체적인 시선을
잃어버리지 않으며 구체적으로 조국 상황을 그리지 않은 작품에서조차도
나라에 대한 귀속감정이나 소망을 농후하게 포함하고 있다. (…중략…) 제2
세대 작가에게도 조국[에의 시선]은 추체험으로서 짙게 살아 있으며 조국에
대한 심리적, 이념적인 귀속의식이 '반쪽바리'를 사는 자의 컴플렉스나 데라
시네[조국으로부터 추방당한] 감각을 극복하는 계기가 된다. (…중략…) 그
러나 이제는 '민족' 또는 '민족적 아이덴티티' 의식은 다양한 소리를 내면서
삐걱거리고 있다. (…중략…) 새로운 문학세대 중에서 일본인 또는 일본　사
회를 묘사하기 시작했다는 것은 그만큼 일본사회와의 관계성이 깊어지고
자신의 아이덴티티('재일적 아이덴티티'라고 불러야 할까)를 탐구하는 데 있
어 그 과제를 외면하는 것은 불가능해지고 있다는 것일 게다.[24]

　제1세대는 조선에 자기 동일화하는 경향이 강했다. 제2세대가 되면
일본 사회의 현실과 이념으로서의 '조국' 사이에서 흔들리기 시작한다.
제3세대 이후는 일본으로의 동화의 경향이 짙어짐과 동시에 혼혈화나
국제화로 인해 찾고자하는 아이덴티티의 지향점도 다양화된다. 여기

24　이소가이 지로, 앞의 책, 47~52쪽.

서는 세대와 아이덴티티가 직선으로 이어져 있다. 소속을 어디에 둘 것인가. 이것은 외부의 타자를 어떻게 파악하는가하는 문제라고도 할 수 있는데, 재일조선인들, 특히 일본에서 출생한 이들에게 외부세계라고 하면 1970~1980년 무렵까지는 실질적으로 일본 사회뿐이었다.

왜 그랬을까. '밀항' 등 비정규 출입국이나 '공화국' '귀국' 등을 제외하고는 거의 새장에 갇힌 새와 같은 상태에 있었기 때문이다. 일본 밖으로 나가는 기회가 제한되었던 이유는 국교정상화의 난항이나, 국적 문제가 꼬여 있었기 때문이다. 게다가 한국 정부는 한국 국적 취득자에 대해서조차 한국 방문 금지를 일찌감치 1955년에 발표했다. 1959년에 '공화국' '귀국'이 실현되었지만 거기로 옮겨 간 가족을 일본에서 방문하는 것은 오랫동안 이루어지지 못했다.[25]

시간의 경과와 함께 자동적으로 일본인이 되어 가는 것 — 그러한 일면도 물론 부정할 수 없지만 — 을 자명한 이치로 삼으며, 일본 정부의 동화 정책이나 민족교육의 제한, 재일조선인의 귀환을 둘러싼 남과 북의 정부와 일본과의 흥정, 불안정한 조선반도 정세가 미친 영향 등 '해방' 이후 재일조선인의 고유한 사정은 고려하지 않은 채 사회학적 방법론이 계속해서 원용되어 왔다. 이게 팩트가 아닐까?

같은 맥락으로 재일조선인문학을 일본 사회라는 틀 속에서만 파악

---

25 한국 정부는 1988년까지 한국에 거주하는 자국민도 해외로의 일반 도항을 금지했다. 또한 1965년의 한일 국교 수립 시에 맺어진 한일 법적 지위 협정에서는 한국적자만을 대상으로 일본 협정 영주 자격이 부여되었다(조선국적자에 대한 일반 영주 자격 부여는 1982년). 민단과 한국정부는 현재에 이르기까지 한국 국적자의 여권 발급을 정치적으로 이용하고 있으며 발급 거부 또는 제한의 예는 최근도 적지 않게 보고되고 있다. 또한 일본 정부가 발행하는 재입국 허가증밖에 가지지 않는 조선국적자의 해외여행은 아직도 무척 불편하다. 한국 입국은 한국 국적으로의 변경이라는 조건부이며 제3국으로 갈 경우에도 목적지의 각 주일대사관에 가서 사전에 성가신 유료비자를 신청해야 한다.

하려면 작가들의 "나를 찾는 문학"을 '일본문학'의 사소설과 접속해 버리고 만다. 그렇게 하면서 거기에서 벗어난 시기에 대해서는 실제로 무엇이 일어났는지를 깊게 묻지 않은 채 지나쳐 왔던 것이다. 작가의 아이덴티티를 추구하는 것도 좋을 것이다. 문제는 지금까지 재일조선인문학이 자기 정체성을 물을 필요가 없다고 믿는 일본이나 한국 독자들의 아이덴티티, 혹은 내셔널 아이덴티티의 유지와 강화에 너무나 손쉽게 이용되어 왔다는 것이다. 즉 재일조선인문학 자체를 내재적으로 분석해 온 일은 거의 없었다고 할 수 있다.

3) 김달수는 재일문학의 효시인가

긴 타츠즈 혹은 김달수라고 하면 일본인 독자 사이에서는 1960년대 무렵까지 조선인작가의 대명사와 같은 존재였다고 할 수 있다. 초기에는 『후예의 거리』, 『현해탄玄海灘』, 『태백산맥』 등 격동하는 동시대 조선반도를 무대로 한 소설로, 그리고 만년에는 일본 각지에 남아있는 고대 조선의 흔적을 답사하는 『일본 속의 조선문화』 시리즈로 알려진 작가다. 오다기리 히데오, 나카노 시게하루中野重治, 츠루미 슌스케, 시바 료타로司馬遼太郎 등 그 교우관계도 매우 화려했다. 1970년까지 약 20권이나 되는 저작이 일본 출판사에서 간행되었는데 이것은 같은 세대의 다른 작가들의 추종을 불허하는 것이었다. 그러나 굳이 이렇게 묻고 싶다. 과연 김달수는 정말로 재일조선인문학의 선구자이며 대표적 작가냐고. 여기서 김달수의 궤적을 일제강점기로 거슬러 올라가서 간략히

더듬어 본다. 일본대학日本大學 전문부 예술과 동인지 『신생작가』의 발행을 거쳐 김달수는 1940년에 단편 「위치」의 발표를 시초로 「오야지を やじ」, 「기차 도시락汽車弁」, 「족보」, 「잡초」 같은 작품을 차례로 발표했다. 또 1941년에는 와세다대학교계 동인지 『소엔蒼猿』에 참가하고 그 후 이 잡지와 합병한 『문예수도文芸首都』의 동인이 되었다. '해방' 이후에는 재일본조선인연맹(조련)에 소속돼 동포 친구들과 1946년 4월에 『민주조선』을 간행하는 등 문화활동에 재빨리 착수했다. 이와 거의 동시에 일본에서 급격하게 고조된 민주주의 문학운동의 물결에도 가담했다. 즉 김달수는 '해방'/패전 후 일본에서 일어난 재일조선인과 일본인에 의한 두 가지 문학운동에 거의 동시에 관여한 것이었다.

(1) 재일조선인 문화 운동 속에서의 위치

우선 재일조선인들과 협력해 벌인 문학 활동을 살펴보자. 김달수는 '해방' 직후부터 잡지, 문예지 간행에 정열을 기울였다. 1950년에 『민주조선』이 종간된 후에도 『새로운 조선新しい朝鮮』(1955), 『계림』(1958), 『조양朝陽』(1963) 등을 발간했다. 총련 탈퇴 후에도 김석범, 역사학자 이진희李進熙 등와 함께 『계간 삼천리季刊三千里』(1975)를 창간했다. 모두 일본어로 된 잡지다. 또 김달수는 오랫동안 재일 민족 문학운동의 중추에 가까이 있었다. 1948년에 조련 중앙 총본부 문교부 차장, 1949년에는 일본어 담당 교원으로 도쿄조선고등학교의 교단에 섰다. 1952년 1월에는 다시 결성된 재일조선문학회 위원장(1953년 말부터는 서기장)에 뽑히고 같은 해 12월에 결성된 재일조선문학예술가총회(문예총)의 서기장도 맡았다. 총련 산하 재일본조선문학예술가동맹(이하 문예동)이 1959년 말에

결성되었을 때에는 부위원장을 맡았다.

김달수는『문예수도』를 통하여 김사량과 직접 교류가 있었다. 김달수가 1940년대 전반에『경성일보』문화부에 근무했을 때 조선군 보도반원의 완장을 찬 김사량을 만났다는 일화도 있다. 또한 훗날에 총련 문학운동에서 중심적인 존재가 되는 박원준, 리은직, 허남기와도 학생시절부터의 지기였다. 장두식 등의 일본어 작가들 그룹과의 관계도 있었고, 총련 초대 의장이 된 한덕수韓德銖와도『민주조선』이래 개인적 친교가 있었다. 이렇듯 풍부한 인맥도 행운이었다.

그러나 1950년대 후반부터 총련과의 알력이 명백한 형태로 드러났다. 총련은 이와나미신서岩波新書로 출간된 김달수의『조선—민족·역사·문화』(1958)에 드러난 역사관을 놓고 기관지 등에서 격렬한 비판 캠페인을 벌였다. 그 후 완전히 관계를 끊은 것은 1970년경이었다. 총련과의 관계가 악화된 원인은 김달수가 저술한 내용이 총련—'공화국'의 정치방침이나 문예방침과 괴리되었던 것, 또 당시 재일문학운동의 맥락을 무시하고 김달수가 한결같이 일본어로 썼다는 것 등이었다.

(2) '진보적 지식인'과의 상호의존

조선인 작가 김달수를 지지한 일본인들은 식민지배와 아시아문제에 대한 관심과 속죄 의식을 가진 소위 진보적 지식인들이었다. 김달수는 1946년 10월에 구 프롤레타리아 작가들을 중심으로 결성된 신일본문학회 회원이 되었다.『민주조선』이 창간된 지 불과 반년 후의 일이다.『민주조선』창간호(1946.4) 편집후기에서 김달수는 다음과 같이 말한다.

도쿄에서는 이미 조선(글)의 활자를 주조할 수도 있고 조선민중신문 등이 발행되고 있지만 저주받은 운명 아래에서 습득했다고는 하더라도 일본어를 이렇게 구사한 이러한 잡지가 하나둘 존재하는 것도 우리들 조선인에게, 또 일본인에게도 꼭 필요한 것이라고 믿고 있다. 그리고 일본인도 또한 앞으로 우리 조국에서 조선어로 쓰인 이러한 잡지가 발간되는 것을 희망하고 있는 것이다. 그것이 또한 자유와 해방이라고 하는 게 아닐까?

일본어를 '구사'한 잡지의 존재가 "꼭 필요하"다, 이렇게 김달수는 주장한다. 하지만 그렇게 말하기 위해서는 우선 조선어를 사용한 문화와 문학 활동의 현황에 대해서 언급하지 않으면 안되었다. 일본어 사용에 대한 떳떳치 못함이 빤히 들여다보이는 것 같다. 인용문 후반 부분은 지극히 현실성이 없으며 억지로 붙인 느낌이 나는 걸 부정할 수 없다. "조선과 조선인에 대한 일본인의 그릇된 인식을 바로잡기 위한 잡지를 내고 싶다"[원용덕元容德이 쓴 『민주조선』 창간사 한 구절인데 이 부분은 김달수의 아이디어였다고 한다], 분명히 김달수는 이 자세를 한평생 관철했다.

그러나 김달수가 가진 이러한 일관성은 당시 재일조선인들에 의한 문화, 문학 운동의 맥락에서는 특이한 것이었다. 여기에는 김달수라는 한 조선인작가와 전후 일본 문학자들 사이의 공생관계가 있었다. 1945년 12월에 신일본문학회의 창립대회가 개최되었다. 그 자리에서 "우리들은 일본에서의 민주주의적 문학 창조와 그 보급, 인민대중의 창조적·문학적 에너지의 앙양과 그 결집을 자기 임무로서 자각"하고, 그것을 위한 구체적인 활동방침으로 "일본 전 인민에게 응답하고 동시에 전 세계 인민, 특히 중국 및 조선의 인민에게 응답하려고 하는 것이다"라는 대회

선언이 채택되었다. 일본의 전쟁책임에 자각적이어야 한다는 결의하에 중국인과 조선인작가를 받아들일 준비는 마련되어 있었던 것이다.

1947년 『신일본문학』 10월 호의 「편집 비망록」에도 "신일본문학회는 세계의 진보적 작가와 연락 협동을 강령으로서 내세우고 있다. 그 하나로서 조선문학과의 교류는 꼭 필요하다. 본지가 재일본 조선인작가의 작품을 싣는 것은 그 첫걸음에 다름 아니다"라고 명확히 쓰여져 있다. 김달수는 첫 장편 『후예의 거리』를 높이 평가하는 오다기리 히데오의 요청으로, 결성 후 1년도 채 안 된 신일본문학회에 가입했다. 그 후 1946년 10월에 열린 신일본문학회 제2회 대회에서 김달수는 중앙 상임위원으로 선출되었다. 물론 김달수 자신도 이 인선이 지닌 정치성을 충분히 인식하고 있으며 "내가 이때 상임 중앙위원에 뽑힌 것은 바로 내가 '조선인'이었기 때문이다. 일본에서 조선인이라서 득을 본다는 것은 있을 수 없으나 이것은 그 예외의 하나다"(「사실을 사실로서─신일본문학회원의 10년」)라고 훗날에 적었다.

지금에 와서 보면 의외로 보이기도 하지만 당초 김달수에게는 조선문학의 번역자, 소개자로서의 위치가 주어졌다. 당시 쓴 평론 제목을 열거해 보면 「북조선의 문학」, 「조선 문학에 있어서의 민족의식의 흐름」, 「새로운 조선문학에 대해서」, 「8・15이후 조선문학」, 「조선 남북의 문학정세」, 「조선문학의 사史적 비망록」 등이 있다. 김달수는 고전과 근대문학을 포함한 조선문학에 정통한 것도 아니었고 조선어로 소설을 쓸 능력도 없었다.[26] 실은 김달수가 조선문학에 눈을 뜬 계기가 된

---

26 조선어로의 창작 활동을 원칙으로 삼은 총련 시대에도 김달수는 조선어작품을 한 편도 쓰지 않았다. 재일조선인 작가들의 조선어작품집 『찬사*』(1962)와 『조국의 빛발 아래*』(1965)

것도 『모던일본 조선판』 1939년 10월 호에 수록된 김사량, 이광수, 이태준이 일본어로 쓴 작품으로부터였다.

일제 통치하에서 청년기를 보낸 작가들이 억압된 조선문학에 대한 소양을 충분히 익힐 리 없었다. 그러나 가령 허남기나 리은직이 조선어 작품을 일본어로 번역하는 활동을 오랫동안 계속했으며 조선어 창작 활동도 지속적으로 한 데에 비추어 보면 김달수가 본격적으로 '조선문학'을 만들어 내려고 한 것 같아 보이지는 않는다. 실상은 일본인들의 기대에 부응하는 형태로 '조선 문학자' 역할을 담당한 것이다. 『민주조선』은 GHQ에 의한 집요한 검열과 괴롭힘을 당한 끝에 1950년 7월의 33호로 종간하게 되었다. 그와 동시에 일본 민주주의 문학 세력도 『아카하타アカハタ』의 무기한 정간 명령이나 빨갱이 숙청에 의한 직장 추방 등으로 약화된다. 이러한 일본 내의 언론탄압이 조선전쟁 발발의 한 요인이 된 미국의 동아시아 정책과 연동돼 있었던 사실은 말할 필요도 없다.

조선반도가 전쟁터가 되었을 때 일본에서는 노동자와 학생들 사이에서 써클 문화 운동이 고조되었다. 반전·평화 기운의 고양을 배경으로 노마 히로시野間宏의 『진공지대眞空地帯』와 같은 소설도 쓰여졌다. 김달수가 『후예의 거리』의 속편이 되는 『현해탄玄海灘』을 발표하여 일본인 독자에게 인지되기 시작한 것은 마침 이러한 때였다. 『현해탄』은 일제 말기 조선을 무대로 일본 제국주의에 저항해 민족독립운동에 나선 청년들의 군상을 그린 자전적 작품이다. 주인공의 한 사람인 서경태西敬

가 간행될 때도 김달수 단 한 사람만 이미 일본어로 발표한 「장군의 상」과 「밤에 온 사나이」를 각각 번역해 실었다. 평양간 『조선문학』 5〜6월 호(1965)에 게재된 「손영감」도 마찬가지다. 그 번역도 자신이 한 것이 아닌 것으로 알려지고 있다.

泰는 김달수의 분신이다. 1964년에 연재를 시작한『태백산맥』으로 이어지는 3부작 중편으로 자리매김되는 소설이다. 조선인 저항자들을 그린『현해탄』은 패전 후 일본인 독자에게 신선한 놀라움을 안겨다 주었다. 오다기리 히데오는 이 작품을 다음과 같이 평가했다.

재일조선인 가운데 전후의 대표적인 작가인 김달수는 그의 고국에 폭탄을 떨어뜨리러 가는 미군기 폭음 아래에서 장편『현해탄』(쇼와27년[1952] 1~12월『신일본문학』)을 써나갔다. 자신과 자신의 민족의 체험을 파고 들면서 피억압 민족의 고뇌와 저항에 선열한 리얼리스틱한 표현을 부여하고, 일본어에 의한 반전·반제국주의 문학으로서 높은 성취를 일구어 냈다.[27]

동포끼리의 살육에 김달수가 마음을 아파하면서 작품을 집필했던 걸 의심하는 게 아니다. 민족해방투쟁에 참가할 수 없었던 식민지기의 스스로의 아픈 과거를 등장인물에 가탁해 극복하려고 한 것도 이해해야 할 것이다. 그러나 '반전·반제국주의' 의식을 높이고 있었던 당시 일본인 독자들에게 때를 만난 것으로 받아들여지는 위와 같은 평을 보다 보면 작가와 독자의 관계가 예정조화적이라는 인상은 지울 수 없다. 1950년대 후반 재일조선인 작가들 사이에서는 재일조선인과 그 생활을 제재로 해서 쓰면 문학작품의 질이 떨어진다고 믿고 있었다. 그러한 관점에서 보면 과연 김달수가 힘 쏟아 쓴 중편과 장편은 거의 조선반도가 무대이고[28] 재일조선인이 등장하는 작품은 기록문학적인 소품 — 당시

---

27 오다기리 히데오 편,『강좌 일본 근대문학사』5, 오츠키쇼텐, 1957, 208쪽.
28 예외로 일본 공산당의 내분과 혼란을 그린「일본의 겨울」(1956)과 조선전쟁 시기 정치 망

재일조선인 모습을 이해하는 데 무척 귀중한 기록이지만 — 이 많다. 저항하는 민중의 전형을 그려내서 화제가 된『박달의 재판』(1959)도 역시 조선전쟁 후의 한국이 그려져 있다. 머슴 박달은 빨치산과 내통했다는 자신의 기억에도 없는 죄로 어느 날 돌연 경찰에 잡힌다. 함께 수감된 '사상범'과 '정치범'들의 가르침에 따라 박달은 38도선에서 조선이 분단된 의미를 알게 된다. 그 후 박달은 일부러 경찰에 잡힐 언동을 해서 검거되고 곧 전향을 표명한 후 석방되는 식의 행동을 되풀이한다. 이 작품에서는 막 갓 탄생한 한국이라는 국가의 비틀림을 조선 민중이 자신의 몸으로 느끼며 이해하고 저항자가 되어 가는 과정이 그려져 있다. 그런데「박달의 재판」은 아쿠타가와상 후보에 추천되어 심사위원들에게 높은 평가를 받았지만, 저자가 이미 많은 작품을 발표했다는 석연치 않은 이유로 수상대상에서 제외된 작품이다. 이 작품에는 후일담이 있다. 발표된 지 10년이 지난 후 츠루미 슌스케와 김달수가 대담했을 때다. 그 자리에서 츠루미가 김달수의 작품 가운데「박달의 재판」을 가장 애독했다고 말하자 김달수는 다음과 같이 화답했다.

　　그것은 츠루미 씨가 그렇게 말씀해 주시지 않으면 곤란합니다(웃음). 왜나하면 당시 (…중략…) 츠루미 씨들이『전향(轉向)』을 펴내고 전향 문제에 대해서 꽤 논의하셨지요. 그것에 촉되어서 그 작품을 썼거든요. 그 작품이 나온 지 얼마 안 되어서 어느 모임에서 만났지요. 그때 '재미있었다'고 말씀하셔서 저는 제 뜻대로 되었구나 하고 생각했습니다.[29]

명자를 다룬「밀항자」(1963)가 있다.
29「구전 전후사-제31회 김달수 성장하고 싶은 마음」,『사상의 과학』92, 1969.9.

여기에는 일본문학계의 상황을 곁눈질하며 일본인 독자의 반응을 의식하면서 쓴 김달수의 창작 태도가 엿보인다. 김달수가 그리는 조선과 조선인상이 일본문학가와 독자들의 요구와 일치한 것은 당연한 것이다.

1950년대 후반부터 김달수는 픽션을 덜 쓰게 되었다. 원래 일본식 사소설 작법에서 강한 영향을 받았다고 자인하고 신변잡기적인 작품을 쓴 적이 많았지만 이 무렵부터 그 창작 활동의 중심을 본격적으로 논픽션이나 기록문학으로 옮겨간 것이었다. 『밀항자』(1958)[30]에서 그 조짐이 보이는 고대 조일관계사 탐구에 정열을 기울인 김달수는 그 후 『일본 속의 조선문화』 시리즈 집필을 라이프워크로 하게 된다. 1964년에는 3번째 장편 『태백산맥』에 착수해 1969년에 단행본으로 펴내지만, 속편을 쓰고 싶다는 희망을 자주 표명하면서도 더 이상 쓰지는 않았다. 그 후에도 소설은 산발적으로 썼다. 그러나 이전과 같이 조선을 무대로 한 픽션 구축에 대한 의욕은 1970년대를 앞두고 고갈해 버린 것 같다. 김달수가 소설을 그만 쓰게 된 데에는 예전에는 저항자로서의 조선민중상을 기대한 일본인 독자들의 수요가, 일본사회나 조선반도 정세, 그리고 공산주의운동의 변화와 함께 감소되었다는 점도 있을 것이다. 1970년대가 되면서 한국의 민주화투쟁에 연대하는 움직임이 퍼져갔다. 그것은 일본 패전 직후 공산주의적 지향이나 '공화국'에 대한 공감과는 다른 각도에서 생겨난 관심이었다. 1955년에 열린 아시아·아프리카

---

30 『밀항자』는 도요토미 히데요시의 조선 침략 시에 끌려온 조선인 자손인 마츠키 마사후사를 통해 고대 조일관계사에 대해 상세하게 언급하고 있다. 마츠키의 모델은 작가 강기당이다. 또한 「일본 속의 조선문화」(『새로운 세대』, 1962.1)와 「고마신사와 신다이사(高麗神社と深大寺)」(『조양』1, 1963) 등을 쓰는 등 1960년대 초에 이미 그 관심이 깊어져 가는 모습을 확인할 수 있다.

회의 개최를 계기로 한 제3세계에 대한 주목이 이 새로운 사조의 형성을 재촉한 측면도 있을 것이다.

일본인 독자가 바라는 조선상을 만들어 낼 수 없어졌기 때문에 소설 집필 자체를 포기하지 않을 수 없었다. 감히 말하자면 이것이 사실이 아니었을까? 이런 식으로 픽션 창작을 그만 둔 것은 그 때까지 작품들이 일본 독자들과의 공동작업이었음을 말해주는 것이다. 상업적 문예지와 작품을 향수하는 불특정 다수의 독자가 1970년 이전의 재일조선인문학에는 결정적으로 결여되어 있었다. 그런 가운데서 김달수가 어떻게든 '해방' 후 얼마되지 않는 시기부터 작가로서 자립할 수 있었던 것은 패전 직후 일본인 문학가나 독자들이 원했던 단 한 자리의 피억압 민족 출신자라는 몫을 지켜 냈기 때문이라고 말할 수는 없을까?

(3) '그 외의 다수'를 전경화前景化한다

순수하고, 정통적인 재일조선인문학이라는 건 불가능하다. 그런 이념형을 만들어 가두려 하면 다 튕겨져 나가버리고 만다. 재일조선인문학을 단선적으로 설명하지 못 하는 이유는 여기에 있다.

그 중에서도 '일본문학'과의 영향관계는 틀림없이 재일조선인문학을 독해하는 데 중요한 요소일 것이다. 그러나 그 '일본문학'이라는 것도 역시 재일조선인문학에서 보면 하나가 아니다. 1948년에 '우리들의 방담'이라는 좌담회가 열렸다. 출석자는 김달수, 김원기, 허남기, 리은직, 원용독, 장두식이다. 회람잡지 『계림』(동인으로 김달수, 김성민金聖珉, 리은직, 장두식)이나 일본대학교계인 『예술과芸術科』(허남기, 김달수, 리은직, 리진규李珍珪) 등에 발을 담그고 있던 식민지 시절부터 일본어로 창작 활동을 해

온 남성작가들이다. 이 좌담회에서 박원준은 다음과 같이 발언한다.

우리 문학에 종사하는 조선인이 일본문학을 통해서 일단 공부하고 있다
는 말이다. 그런데 참된 의미로 일본문학을 재미있다고 해서 읽은 적이 있
는가? 재미있게 읽은 적은 없지. 예를 들면 시가 나오야(志賀直哉)의 경우
그 문장의 간결함에는 감복하지만 작품에 대해 공감하지는 않아. 우리들은
일본문학으로부터 배웠다고 하나 사실은 그게 아니라 일본어로 번역된 외
국문학을 통해서 우리들은 배웠고 여기에 협조한 것이지.[31]

조선문학이 부정되고 일본문학에 편입된 시대에 일본어로 번역된
작품을 통해서 '일본문학' 앞길을 지향한 식민지 출신 청년들. '일본인
에게 호소하기 위해서'에만 머무르지 않는 일본문학과 일본어의 가능
성이 여기서 시사된다. 박원준, 허남기, 리은직은 『민주조선』에 참가한
주요한 작가였지만 조선어로의 창작도 병행했다. 결론을 미리 말하자
면 일본어와 조선어 사이에서 갈등하고 있었던 작가들이야말로 전형적
인 '해방' 직후 재일조선인 작가의 모습이었다고 할 수 있지 않을까? 일
본인 독자에게 지나치게 아첨했기 때문에 김달수가 재일조선인 작가의
대표로서 마땅하지 않다고 말할 작정은 아니다. 한 번은 김달수를 여러
사람들 속에 되돌려놓을 필요가 있지 않을까하는 것이다. 그것은 곧 작
품의 서열화, 출판 유통, 문학사라고 하는 시스템의 총체로서 '일본문
학'의 틀에서 한 발 물러서는 것이라고 본다. 그 때 비로소 지금까지 아

---

31 「우리의 방담」, 『민주조선』, 민주조선사, 1948.4.

득히 후경으로 물러나 있었던 많은 재일조선인 작가와 그 작품들이 그 모습을 보여줄 것이다.

4. 문학사의 구축

1) '식민지 엘리트 남성의 일본어 문학'으로부터의 해방

재일조선문학사의 시점을 1930년대의 김사량이나 1945년 이후의 김달수로 할 때 거기에는 전제가 있다. 일본에서 고등교육을 받은 '식민지 엘리트'의 '남성'이 쓴 '일본어 작품'이 기준이 되고 있다는 것이다. 이 떼어서 따로 생각하기 어려운 세 가지 조건을 극복하지 않는 한 '일본(어)문학'의 주박을 푸는 것은 아마 불가능하다. 근대 일본문화를 내면화하고 복제한 조선인 남성 엘리트들의 동향을 쫓는 것만으로는 재일조선인문학은 정통적인 '일본문학'을 정점으로 한 문학 서열화에 가담하고, 영원히 '일본문학'의 닮은꼴을 그릴 수밖에 없을 것이다. 거기에서 벗어나기 위해서는 다음과 같은 절차가 필요하다. 즉 일본어 작품과 조선어 작품을 등가로 다룬다, 작가의 국적(조선적, 한국적, 일본국적, 기타)이나 순혈과 혼혈, 성별을 가리지 않는다, 일제강점기에 일본으로 건너온 자들과 더불어 1945년 이후 일본으로 건너온 자들도 편입한다, 일본 매체와 함께 재일조선인들이 발행한 매체도 살핀다, 협의의 '문예작품'뿐만 아니라 수기, 작문, 일기까지 넓게 다룬다. 이렇게 함으로써 더 폭넓은 문학적 영위를 대상으로 삼을 수가 있다. 일반적으로 '비존재'로 치부해온 여성 작가들을 드러내는 길도 열린다. 또한 재일조선인들이 짊어진 숙명인 월경의 문제도 다룰 수 있게 될 것이다.

이 모든 것의 기반이 되는 것은 가장 먼저 언급했던 일본어와 조선어 양쪽을 동등하게 보는 관점이다. 최근 일본에서는 창작언어와 작품의 국적을 분리하는 사고방식이 받아들여졌지만 '일본문학'에서 '일본어 문학'으로의 패러다임 변화를 강조한 나머지 그 독자성과 역사성을 간과하고 일본어 사용의 타당성만이 강조되는 경향이 있다. 그럼에도 역시 조선어 작품을 무시할 수는 없다. 조선어 창작의 중요성은 누구보다도 재일조선인 작가들 스스로가 뼈아프게 자각하고 있었다. 특히 '해방' 직후에는 그 정당성 자체에 이의를 제기하는 자는 없었고, 불리한 여건 속에서도 조선어로 창작을 실천해 왔다. 또 초기 1세대 여성들에게는 문해교육이란 조선어 교육이었고 그 글쓰기는 거의 다 조선어로 된 것이다. 그런 의미에서 조선어로 쓰인 글을 외면한 채 재일조선인문학을 말하기는 어려울 것이다. 그렇다고 해서 조선어 작품이야말로 재일조선인문학의 정통이라고 주장하고 싶은 것은 아니다. 조선어로 쓰인 작품군을 덧붙임으로써 재일조선인문학이 얼마나 다채로운지를 보여주고 싶은 것도 아니다. 이유는 훨씬 단순하다. 일본어 작품과 조선어 작품을 나눠서 논의할 수 없기 때문이다. 두 가지 언어 틈에서 작가와 작품이 흔들리는 것, 그것이 바로 '해방' 후 재일조선인문학의 근원이기에.

2) 아동문학, 희곡, 한시

본서에서 주로 다루는 장르는 시, 소설, 평론, 수필이다. 작가와 작품 수가 압도적으로 많기 때문이지만 하이쿠와 단가, 센류 등도 없지는 않았다.[32] 지면의 제한도 있어 본서에서는 자세히 논하지 않지만 재일조선인 문학사의 일익을 담당해 온 문학장르인 아동문학, 희곡, 한시에 대해 1970년경까지의 개요를 간결하게 서술해 둔다.

(1) 민족교육 속에서 태어난 아동문학

아동문학은 '해방' 직후 조선어교육의 개시와 함께 시작되었다. 1946년에는 이미 『비둘기*』, 『우리동무*』, 『어리니통신*』 등 동요집이나 아동 교양잡지가 발행되었다. 당초에 아동을 대상으로 한 문학을 쓴 작가들은 어당, 림광철, 리은직 등이었다. 1950년대에는 남시우南時雨가 아동시집 『봄소식*』(1953)을 출판하고 허남기, 류벽柳碧, 김민, 리금옥 등도 『해방신문*』, 『조선민보*』, 『조선시보』 같은 조직의 기관지 등에 단발적으로 동화나 동시를 발표했다.

전문적으로 아동문학을 다룬 작가로는 1950년대 후반부터 활동을 시작한 한구용을 들 수 있다. 한구용은 조선어와 일본어 두 언어를 활

---

32 1970년 전후에는 한무부 시집 『양의 노래』(오우카쇼린, 1969)나 강기동 구집(句集) 『반족발이』(오오야마 모토토시, 1973[사가판]) 등도 출판되었다. 구류락천원 고원 단가회가 편찬한 단가집 『야마기리(山霧)』(신세이쇼텐, 1966)에는 재일조선인 한센병 환자가 쓴 단가가 수록되어 있으며, 가네야마 미츠오 단가집 『고원』(쿠사츠 락천원 고원 단가회)도 간행되었다고 한다(무라마츠 타케시, 「라이 속의 조선 (1~5)」, 『조선연구』, 일본조선연구소, 1970. 1~5). 또 정승박은 1961년에 『센류 아와지(阿波路)』를 창간했고 소설가로 알려지기 전에 센류를 썼다.

용한 이중언어 작가이며 대표작에 『바닷가의 동화』(1973), 『서울의 봄에 작별 인사를ソウルの春にさよならを』(1976) 등이 있다. 그는 아동문학 연구자이자 아동문학 번역가이기도 하다. 한구용에 의하면 초기 아동문학을 담당한 작가는 리금옥, 이회성, 고찬유高贊侑, 신영호辛榮浩 등 총련 산하 문예동맹원들이며, 본격적인 아동문학의 시작은 1970년대 후반부터라고 한다[33]

(2) 생활, 정치, 연극

희곡 또한 '해방' 직후부터 긴 역사를 가진다. '해방' 직후에는 일제강점기의 대일협력자, 민족교육 투쟁, 남조선의 빨치산 투쟁 등이 제재가되었다. 리은직, 박원준, 허남기, 정태유鄭泰裕 등 총련계열 작가들이 많이 썼고 그들과 떼려야 뗄 수 없는 강위당도 '해방' 직후부터 잇달아 희곡작품을 발표했다. 문맹자도 많고 영화나 텔레비전도 보급되지 않았던 당시에는 연극이 동포 위안, 대중 계몽, 선전 공작을 위한 불가결한 수단이었으며 문화사를 기술하는 데 빠뜨릴 수 없는 요소였다. 당시 쓰여진 희곡은 희망좌(1948년 설립), 모란봉극장(1949년 설립), 조선연극연구소(1952년 설립) 같은 민족조직 내 극단에서, 혹은 청년 활동가나 조선학교 학생들이 중심이 된 문화공작대(문공대)에서 무대에 올렸다. 특히 문학 활동이 부진했던 조선전쟁 전후 시기에 문공대의 활약은 놀라운 것이었다고 전해진다.

1960년대에는 비총련계 연극운동도 일어났다. 거기에서 활약한 인

---

33 한구용・나카무라 오사무・시카타 신, 『아동문학과 조선』, 고베학생센터출판부, 1989.

물이 안도운安道雲이다. 1961년에 개최된 '남북통일 문화제'에 즈음해 민단과 총련 쌍방의 출연자가 공동상연한 「검은 발자국」의 각본도 담당했다. 이 작품은 1960년 4·19혁명을 소재로 한 것으로 배우이기도 한 안도운은 직접 주연을 맡기도 했다. 그는 1962년 1월에 결성된 극단 '황토'의 대표도 맡았다. 또한 이 연극 운동에도 참여한 소설가 김경식金慶植은 근로기준법 시행을 요구하며 분신한 노동자 전태일 어머니를 소재로 한 영화 「어머니」(1970)의 제작을 시작으로 영화감독으로서도 활약했다. 한편 1960년대 총련에서는 허남기를 비롯해 윤채, 서상각, 황보옥자 등이 조선어로 희곡을 창작했다. 그 작품들은 1965년 1월에 결성된 재일조선연극단에서 상연되었다.

(3) 표면 무대에서 사라진 한시

연령층이 비교적으로 높은 남성들의 표현 수단이었던 한시는 '해방' 직후부터 1950년대에 걸쳐서 『해방신문*』, 『조선 평론』, 『새로운 조선』 같은 재일조선인들이 발행한 매체에 빈번하게 보인다. 조련 효고현본부 위원장이었던 박주범朴柱範이 1948년 한신阪神교육투쟁 때 체포되고 난 후 옥사(정확하게 말해 가출옥한 지 4시간 만에 타계)하는 1949년 11월까지 옥중에서 『해방신문*』에 써 보낸 작품도 한시였다. 또 이 신문에는 때때로 하와이에 사는 조선인으로부터도 한시의 투고가 있었다.

1950년대에는 해동시사海東詩社, 교토시사京都詩社, 죽림시사竹林詩社 등 시를 전문으로 취급하는 출판사가 세 군데나 존재했다. 전통적인 교양을 갖춘 이들이 '해방' 후 잠시 동안 어느 정도 일본에 존재했다는 증거이다. 1953년에는 문정명이 19세기 방랑시인인 『김립시집金笠詩集』을 계명출판사에서 복각해 냈다.[34] 전해건全海建은 1979년에 『오구라햐쿠닌잇슈 신한시역小倉百人一首新漢詩譯』, 그 다음해에 『화산·전해건한시집華山·全海建漢詩集』을 간행했는데, 그는 1905년에 태어나 일본으로 건너온 다음 해인 1923년에 관동대지진을 기회로 민족 독립운동에 헌신, '해방' 후는 조련 효고현 본부 결성 준비위원장을 비롯해 조국통일협의회와 한국 민족자주통일동맹 등에서 요직을 역임했다.

『칠언율시집 동도50년七言律詩集 東渡五○年』(1990)을 간행한 정운경鄭運慶은1909년에 경상남도 진주에서 태어나 7세부터 한문 사숙에서 배워 20세 때 일본으로 건너온 인물이다. 또한 유고집으로 『사향思鄕』(2003)을 남긴 오천은 1905년 제주도 서귀포에서 태어나 일본으로 오기 전인 1930년대 초까지 서당의 교원으로 있었다. 1950년대에는 한시 동인지 『해동시보』, 『관산음觀山吟』 등에 발표했는데, 민전에서 총련으로 조직 편성되는 과정에서 조직 활동으로부터는 멀어졌다고 한다.

작가 최석의崔碩義는 재일조선인 한학자로 이홍육李泓郁, 김병직金秉稷, 진평원秦坪源, 신종선愼宗宣, 위성택魏成澤, 문정명文正明, 유돈식柳敦植, 전해건全海建 등의 이름을 든다. 그에 의하면 해동시사가 1973년에 『원조국 평화통일 한시집願祖國平和統一漢詩集』을 출판한 후 표면적으로는 한시 창작 활동이 끊어졌다고 한다.

---

34 최석의, 「재일 1세 한시인들」, 『동양경제일보』, 2005.10.28. http://www.toyo―keizai.co.jp/news/essay/2005/post_1455.php(2018.9.7)

3) 식민지 이후의 역사를 어떻게 엮을 것인가

본서에서는 이곳저곳에 흩어져 있던 일본어와 조선어작품을 모아 가면서 재일조선인들이 엮어낸 표현행위의 역사를 내재적으로 더듬어 간다. 한국과 '공화국'이라는 두 국가의 문학이 끼친 영향도 고려하면서 조선과 일본의 경계를 물리적 또는 사상적으로 넘나든 조선인들의 문학적 영위를 동적으로 파악해 나간다. 그것은 실제 이상으로 증폭되거나 억측이나 인상에 의해 간과되어온 부분을, 재일조선인 작가와 그 작품의 자리로 한 번 돌려놓는 시도일 것이다.

본서의 구성은 다음과 같다. 「원류로서의 여성문학사—문해·글쓰기·문학」에서는 1970년 이전 재일조선여성들에 의한 표현행위들을 살펴본다. '해방' 후 재일조선인들의 글쓰기의 근원은 그녀들의 문해(당시의 말로는 식자識字)학습과 문필행위에 깃들어 있다. 재일여성들의 문학은 존재하지 않았다는 통념을 재검증하고, 배우고 써왔던 그녀들의 일상을 여러 자료로부터 발굴해 나간다.

「문학사의 주류—재일민족문학운동의 주된 조류」에서는 조련—민전—총련 조직 내에서 벌어진 문학운동에 초점을 맞춘다. 1970년 이전에 쓰여진 문학작품 가운데 8할에서 9할은 이 운동에 참여한 이들이 쓴 작품으로 채워져 있다고 해도 좋을 것이다. 남조선 문학운동과 접속하려고 한 초창기, 조선전쟁을 전후로 한 긴 혼미기, '공화국' 문학화의 시작, 조선어 창작 활동의 개화, 김일성의 집권화와 작가들의 반응 등이 다루어진다.

이어서 「몇 줄기의 흐름—대안적인 문학행위」에서는 한국을 지지한

단체나 작가를 중심으로 제2장에서 본 주류 문학운동 외부에서 일어난 움직임으로 눈을 돌린다. 일본에 머무른 식민지 작가들의 그 후, 좌우 합작의 모색, 4·19혁명의 임팩트, 박정희 군사독재 정권의 영향을 검토한다.

「바다를 건넌 문학사—월경과 이산을 품고」는 '해방' 후 일본으로부터 혹은 일본으로의 이동에 착안해 재일조선인 문학사의 다이너미즘을 고찰한다. 남조선에서 온 (재)입국자, 오무라 수용소 수감자들, 정치 망명자, '공화국'으로의 '귀국'자, 한국 국적('한국적韓國籍') 사람들의 움직임과 그 속에서 태어난 문학작품을 검토한다.

「재일조선인문학, 또는 언어가 대결하는 장」에서는 본서를 통해서 몇 번이고 등장한 언어문제를 다시 고찰한다. 언어 선택과 독자를 둘러싼 문제, 재일조선인 작가와 번역, 두 가지 언어 사이에서의 흔들림에 대한 고찰을 통하여 재일조선인문학이란, 재일조선인 문학사란 무엇인가를 되묻는다.

어느 장이고 할 것 없이 누구를 위하여, 무엇 때문에, 무엇에 대해서 쓸 것인가라는 문제가 슬그머니 얼굴을 비친다. 물론 이러한 물음과 무관한 문학은 없을 것이다. 그러나 그 물음들이 특히 재일조선인 작가들에게는 날것 그대로 들이밀어졌다고 할 수 있다. 재일조선인문학의 특수성이라는 것을 문학이론을 끌어들여서 성급하게 정식화 또는 보편화하고 싶지는 않다. 작가나 작품에 입각해 하나하나 사실관계를 쌓아감으로써 '전후일본'이라는 시공간에서 '해방' 후 조선인들이 '문학'이라는 물음과 마주했던 그 발자국을 더듬어가고자 한다.

1장

원류로서의 '여성문학사'

문해 · 글쓰기 · 문학

1. 왜 여성들로부터 시작하는 것인가

민족과 젠더라는 이중의 식민지화에 시달린 조선여성에게 글의 세계는 "꿈의 세계"였다. 문자문화에 접근하는 것은 그녀들이 조선인에서 '재일조선인'이 된 후에도 오랫동안 곤란한 상태였다. '해방' 당시 여성들의 문해율은 10퍼센트 정도밖에 안 되는 것으로 알려졌다. 여성들의 자기표현의 길이 얼마나 험난했는지를 드러내 주는 숫자다.

그런데 일반적으로 알고 있는 것처럼 재일조선여성들이 1970년대 이전에는 아무것도 쓸 수 없었던 것은 아니다. 자주 지적되는 것처럼 유교적 질서와 빈곤으로 여성들이 교육의 기회를 빼앗겼다는 사실은 재일조선인사의 한 측면을 설명하는 것으로는 타당할 것이다. 하지만 그것만으로는 충분하지 못하다. 그 역사의 특수성과 이 문제의 고유성에까지 깊이 파고드는 작업은 당연히 필요할 것이다.

그러나 그 작업에 실제로 착수하려고 하자마자 난문에 부딪친다. '여성문학'이라는 범주에 가둠으로써 재일조선여성들을 본질주의적으로 해석하고 한층 더 '식민지화'하는 데 가담해 버리는 것이 아닐까하는. 그러나 그러한 위험을 무릅쓰고라도 역시 여성들의 문학행위를 우선 앞부분에 쓰지 않으면 안 될 것이다. 여성들이 문자표현 행위를 받아들인 사실을 증명하지 않고서 재일조선인 문학사는 시작되지 않기 때문이다.

'해방' 후에도 유교사상이 남아있던 재일조선인 사회에서는 남성들이 여성들의 문화 활동을 방해하는 일이 흔했다. 또한 남성 작가들의 생계는 거의 예외 없이 그 아내가 지탱했다. 남녀 사이에 이러한 압도적인 사회적, 계층적인 불균형을 외면할 수는 없을 것이다.

그렇다고 해서 여기서 다룰 여성들의 문학이 탈정치화된 뭔가 여성 특유한 것이었다고 말할 작정은 아니다. 재일조선인들의 존재 자체가 국가나 국제관계에 의해 강하게 규정되고 있었던 만큼 여성이든 남성이든 그 정치성을 회피하거나 무시할 수는 없다. 냉전구조라는 조건 하에서 생활 궁핍, 차별, 출구 없는 일상. 그 현상의 방식에 차이는 있다할지라도 여성들도 그 일상을 살 수밖에 없었던 것이다.

일본 출판사에서의 간행물이 거의 존재하지 않는 재일조선여성문학사를 더듬는다는 것, 그것은 재일조선인문학이란 무엇인가를 탐색하는 단서가 될 것이다.

2. 글의 획득을 향한 기나긴 길

'해방' 후 재일조선인들은 조선어와 일본어가 섞인 언어세계 속에서 살았는데 거기에서 여성들은 무슨 언어를 어떻게 배웠던 것일까?

1) 1945년 이전

일제강점기 전부터 조선여성들의 교육은 유교적 규범에 의해 오랫동안 가로막혀 있었다. 식민지 시기에도 일본에 유학 온 학생들 같은 예외를 제외하면 대부분의 조선여성은 문자세계와는 인연이 멀었다.

일본의 식민지교육 정책도 결국은 대다수 조선여성을 민족 및 젠더 요인에 의해 "항시적 취학불능"의 상태에 놓이게 했다.[1] 1942년 단계에서는 조선에 거주하는 여성 세 명 중 두 명이 학교에 다닐 기회를 전혀 받지 않았다고 한다. 가령 학교에 다녔다고 해도 식민지하에서의 교육은 원칙으로서 일본어로 진행되었으며 조선어 문해교육은 하지 않았다. 그런데 조선여성이 근대교육의 혜택을 입지 못한 원인에 대해서는 "식민지 경제와 전통적인 젠더 차별에다 이민족 지배에 의한 근대화의 본질을 피부로 느끼고 있었던 서민이 특히 딸에게 근대교육을 시키는 것을 경계했다"[2]라는 지적도 있다.

---

1 김부자, 『식민지기 조선의 교육과 젠더−취학·불 취학을 둘러싼 권력관계』, 세오리쇼보, 2005.
2 송연옥, 『탈제국의 페미니즘을 찾아서』, 유시샤, 2009.

(1) 도일 후의 생활과 문자

조선여성의 일본 도항사는 1910년대 중반 무렵까지 거슬러 올라간다. 당초에는 오사카 지역의 방직공장의 '여공'이나 해녀로서 노동에 종사하기 위한 도일渡日이었다.

제1차 세계대전 후의 불황이 회복된 1920년대 후반부터는 일본에서 일하는 남편 뒤를 쫓아 주소가 쓰인 종이쪽지 한 장에 의지해 도항하는 여성들이 늘어났다. 그러한 여성들에게는 공부를 하거나 학교에 다니거나 할 경제적 융통도 시간적 여유도 없었다. 소녀시절에 조선에서 아버지한테서 한글을 배웠다는 증언도 가끔 보이지만 일본으로 건너간 조선여성의 대부분은 조선어로든 일본어로든 문해교육을 의미하는 초등교육조차 충분히 받을 수 없었다.

일제강점기 일본에 체류했던 조선여성들의 문해율은 어느 정도였을까? 예를 들면 오사카 거주 조선인 세대주를 대상으로 한 1934년의 조사 「재판在阪조선인의 생활상태」(오사카부 학무부 사회과)에 의하면 그 배우자인 성인 여성 10,593명 중 학교교육을 전혀 받지 못한 자는 95.32%로 10,097명에 달했다. 즉 학교에 다녀 본 적이 있는 여성은 5%도 안 된다. 여기에는 일본인 배우자가 85명 포함되어 있기에 조선여성만을 보면 그 비율은 더욱 떨어질 것이다. 또 그 5% 미만의 여성들 대부분은 초등교육 기관인 조선의 보통학교나 일본의 심상초등학교, 고등초등학교의 졸업자나 중퇴자이며 고등교육을 받은 여성은 극소수다.[3]

---

3 오사카부 학무부 사회과 「재판(在阪) 조선인의 생활 상태」에서 보고된 전체 숫자는 다음과 같다. "배우자 중 학교 교육을 받지 않은 자는 10,097명에 대해 95.32%의 비율로 거의 전부를 차지하고, 나머지 4.68%에 해당하는 불과 496명이 교육을 받은 자인데, 그 중 보통학교 졸업자가 216명으로 가장 많았고, 보통학교 중퇴자가 157명으로 그 다음이고 심상소

여성들이 글이나 문화로부터 격리되어 있었던 것은 다음과 같은 재일조선여성들의 증언에도 나타나고 있다.

'글 공부'란 말만 해도 게[계]집애가 그런 걸 배우면 '기생'된다느니 '사당'된다느니 하면서 구박만하는 판이 아니었던가. 그런 세상 모를 그때 그는 17세의 시골 처녀로 13세의 코'물 홀리는 신랑을 만났다. 그것은 결혼이라기보다 오히려 시가에 일'손이 모자라서 일하러 가는 것에 지나지 않았고 친정의 입을 더는 수단에 지나지 않았다. 그러니 남편은 어느덧 일본으로 돈'벌이 하느라고 가 버리고 혼자 생활할 수가 없어 남편 데리러 간다는 것이 도일 리유로 되였다.*4

나는 빈농가 큰딸로 태여 나서 일곱 살 때 아버지 어머니를 따라 일본 교토에 왔었다. 아버지는 자유로동을 하셨고 어머니는 쓰레기통을 뒤지는 일을 해야 겨우 연명을 하게스리[원문 그대로] 억척 같이 생활이 곤난했다. 동생들도 수다하고 하여 나 하나 학교 갈 처지가 좀처럼 못 되였다. 그러나 늦게야 억지로 학교라고 다니게 되여도 무진 욕을 다 먹다가 월사금을 못 내여 할 수 업시 소학교도 5 학년으로 그만 두게 되였다.*5

이들의 증언으로부터 문해나 취학을 가로막는 요인이 몇 겹이나 겹

학교, 고등소학교 졸업자 또는 중도퇴학자가 97명으로 되여있다. 그리하여 고등여학교 졸업자가 12명, 중퇴가 3명, 고등보통학교 졸업자가 6명, 중퇴자가 1명 있고 또 사범학교 졸업자 2명, 여자상업학교 및 여자직업학교 중퇴자가 각 1명씩 있다."

4 「늙은 할머니도 며느리에게 배우며 우리 국어 공부에 성심이 나서−松戶市小山町로 분이씨 고부 간의 경우*」, 『조선신보*』, 1962. 5. 11.

5 안상남, 「생활수기 : 나의 행복*」, 『조선신보*』, 1962. 5. 11.

처 있음을 알 수 있다. 우선 여자에게는 학문은 무용하다고 하는 봉건적 가족 — 아버지 혹은 그 규범의 한때 피해자였던 어머니나 시어머니 — 으로부터의 압력이 있다. 게다가 식민지배로 심각해진 빈곤 때문에 생계유지를 위한 생산 노동에다 며느리나 어머니로서 재생산 노동에 일찍부터 종사해야 했던 것이다.

이러한 민족, 계급, 젠더 차별의 한복판에서 여성들은 글과 어떻게 관계 맺고 있었던 것일까? 일본에서 노동한 여성들은 읽고 쓰는 것을 못해 불이익을 당하는 일이 적지 않았다. 계약 내용이나 노동 일수, 근무량 등을 고용주가 속이고 착취하는 사례도 있었던 것 같다. 그 부당한 취급에 독자적으로 글을 고안해 대항한 여성도 있었다.

소녀 시절은 글을 모른 탓으로 부지런히 일을 했어도 일제의 고용조합 서기들은 문서로 속이면서 일한 대로 돈을 치르지 않았다. '그날도 나는 놀지 않았수다'고 항의를 하면 '그런 거짓말 하지말라!'고 하면서 심지어는 입에 못 담을 소리로 모욕마저 하는 것이였다. 그럴 때마다 그는 어디에도 하소연할 데 없는 울분으로 눈물만 짓고 말 때도 한두 번이 아니였다. 그러나 늘 그놈들에게 속히울 수도 없었다. 일을 나간 때는 벽에다 줄을 그러 일자와 량을 기엇했으며 빠졌을 때는 동그라미를 그려 속히지 않으려 했다.[*6]

한편 1930년대 오사카·기시와다岸和田 방직회사에서는 조선인 '여공'의 기숙사 내에서 야학이 열렸다.[7] 주로 사회운동, 노동운동, 민족독

---

6 「《우리 글을 배우니 세상이 훤해진다》 58세부터 시작하여 이젠 《신보》도 읽고 편지도 쓰고 東京台東 김이규 할머니에 대한 이야기"」, 『조선신보*』, 1962.1.20.

립운동을 하고 있던 같은 공장에서 일하던 남성들이 선생님이 되어 몰래 학교를 열었다가 종업원들의 정치화를 경계하는 회사측에 의해 해산되기를 되풀이하고 있었다고 한다. 일하는 여성들을 조선어 학습으로 이끈 것은 무엇보다도 조선에 남은 가족과 연락하고 싶다는 절실함이었다.

우리가 야학에서 글을 배우고 싶다고 절실하게 생각한 것은 고향에서 오는 편지를 읽을 수 없고 고향에 편지를 보낼 수 없다는 것이 직접적 동기입니다. 편지 쓰는 것을 순사 아저씨에게 부탁할 때도 아저씨들에게 이렇게 써달라고 말하면 알았다, 알았다하면서 종이에 쓱쓱 써서 읽어줍니다만, 읽고 있는 내용은 긴데 실제로 종이에 쓴 게 2, 3줄뿐이니 이상하다고 생각해도 스스로 글자를 읽을 수 없는 게 서글퍼 그대로 편지를 보낼 수밖에 없었습니다. 그래서 야학에서 배우고 싶었던 것인데, 어쨌든 주간의 일로 녹초가 되어 지쳐 있었기 때문에 힘들어서 오래 가지 못하고 그만두는 사람이 많았어요. (양현숙 씨 담)[8]

이 두 가지 사례에서 알 수 있는 것은 식민지배로 촉발된 조선여성의 생활양식의 변화 즉 생산노동 종사와 조선 밖으로의 이동이 문자습득의 필요성을 낳았다는 것이다.

---

7   김찬정, 『조선인여공의 노래-1930년·기시와다방직 쟁의』, 이와나미쇼텐, 1982.
8   위의 책, 127쪽에서 재인용.

(2) '의무교육'의 실정

한편 일본에 거주하는 조선 아동에 대해서는 1940년 일본문교부의
통지에 의해 의무교육이 적용되었다. 그런데 조선인 아동에게는 입학
신고제와 허가제를 취했기 때문에 그 실태는 의무교육과는 거리가 멀
었다. "의무교육제는 종주국 일본에 한해서 속지적으로 시행된 것처럼
보이지만 그 실태를 보면 제국 일본—식민지 조선을 넘어서 '일본인/조
선인'이라는 카테고리를 바탕으로 속인적으로 지향"되고 있었으며,
1942년 시점에서 취학률은 64.7%에 지나지 않았다고 한다.[9]

이러한 일본의 상황에서 여학생 비율이 남학생에 비하여 더욱 낮았으
리라는 것을 쉽게 추측할 수 있다. 그 원인 중 하나는 소녀들에게 당연하
듯이 부과되는 가사노동이다. 성률자成律子의 소설『이국으로의 여행異國
への旅』(1979)에서는 주인공 최령희와 그 친구 하숙순을 통해 일본 학교에
다니는 조선인 소녀들의 모습이 생생하게 그려지고 있다. 아래의 인용
은 숙제를 해오지 않는다고 해서 학교에서 선생님의 호된 구박을 받고
돌아온 소학교 4学년 령희(사이모토 레이히)와 그 어머니와의 대화다.

> "난 기저귀를 빨고 아기 보기만 해서 제대로 숙제 같은 건 해 본 적이 없
> 어. 숙제할 시간이 어디 있나. 벌 서는 건 당연하지. 오빠만 귀여워하고. 왜
> 나같은 걸 낳았어?" "령희, 너 미쳤니? 부모한테. 아버지가 보면 엄청 야단
> 칠 거야. 여자는 공부하면 안돼, 색시로 데려갈 사람이 없어지는 거야." "무
> 슨 말이야. 여자는 사람이 아니냐? 난 대학까지 갈 거야. 색시는 무슨 역겨

---

9 김부자, 앞의 책, 17쪽.

워." "어처구니없는 말을. 아버지가 들으면 큰일 나. 다시는 그런 말 하지마라, 아이구."[10]

령희 반 담임은 수업 중에 다른 아이들 앞에서 이름을 더 일본 이름답게 바꾸라고 쏴붙이기도 하는 일본인 남성이다. 책을 좋아하고 공부에 의욕이 있는데도 령희에게는 학교는 고통의 장소일 뿐이었다.

> 수업 시작 전의 한때를 즐거운 놀이에 흥겨워하는 친구의 모습은 령희에게는 도저히 이해가 가지 않는 부분이었다. 학교가 그렇게 즐거운 장소일까? 실제로 교문은 '귀문鬼門'처럼 여겨졌다. 또 저 문 속에서 반나절이나 묶여 있어야 하는가 생각하면 위 속에서 치밀어오를 것 같은 구토감에 사로잡히는 것이었다.[11]

한편 동생들을 위해 어머니를 대신해야 하는 하숙순은 령희보다 더 괴롭힘을 당하고 있었다. 어느 날 숙순은 "조선인이 제대로 시집 갈 수 있다고 생각하냐!"라는 욕설을 들으면서 3명의 중학생들에게 강간당한다. 우연히 그것을 목격한 령희는 근처 절 주지에게 도움을 청하지만 피해자가 조선인 소녀임을 알아차린 주지는 범인들보다도 오히려 숙순을 질책하는 것이다.

일본사회의 축소판인 학교에서 식민지 시기 조선의 소녀들은 그 서열의 밑바닥에 놓여진 것이었다.

---

10 성률자, 『이국에의 여행』, 소주샤, 1979, 73쪽.
11 위의 책, 48쪽.

2) 1945년 이후

(1) 학교의 소녀들

'해방'의 시점에서 취학기를 지났는지 아닌지는 재일조선여성들의 문해에 있어서 중요한 의미를 가진다. '해방' 후에는 어떻게든 학교교육을 받는 기회가 현격히 늘어났기 때문이다. 그러나 그녀들은 일제강점기와는 또 다른 의미에서 조선어와 일본어라는 두 언어 사이의 줄다리기에 농락당해 갔다.

'해방'에 따라 아이들의 학습 환경에는 큰 변화가 일어났다. 무엇보다도 컸던 것은 조선어 강습소나 조선인학교의 건설이 일본 각지에서 진행된 것이다. 당초에는 조선에 돌아간 후 생활에 대비할 목적으로 하고 있었던 학교들 대부분은, 조선으로 귀환, 생명 재산의 보호 등을 위한 상호부조 단체로서 설립된 재일본조선인연맹(조련) 사람들에 의해 건설되었다. 그리고 "1946년 9월까지 북쪽의 홋카이도에서 남쪽의 규슈 가고시마鹿兒島에 이르기까지 일본 전국에, 초등학교 525개와 중등학교 4개, 청년학교 12개"가 설립되었다.[12]

그러나 조선으로의 귀환은 이미 1946년 여름에는 정체되기 시작했다. 조선반도 내의 콜레라 유행, 재산반출 액수 제한, 조선반도 정세의 정치적 긴박, 생활 기반이 없어 조선에서의 생활이 유지되기 어렵다는 등의 사유 때문이다. 한번 귀향한 이들의 일본 재도항도 빈번하게 일어났다.

---

12 조선인교육대책위원회, 「재일조선인 교육의 실정」(1948), 오자와 유사쿠 편, 『근대민중의 기록 10, 재일조선인』, 신진부츠오라이샤, 1978, 368쪽.

이러한 정세 변화에 따라 조선인학교는 일시적인 강습소에서 본격적인 민족교육의 장으로 그 위상이 바뀌어 간다. 1948년 4월까지 일본 전역의 평균을 보면 초등학교 취학연령 아동의 70퍼센트 정도가 조선인학교에 재적하게 되는데, 도시의 조선인 집단거주지역 아동의 대부분이 조선인으로서의 교육을 받은 것으로 보인다.[13] '해방' 당시 민족단체 내부에서는 남녀평등의 이상을 내걸고 있어 여학생의 교육을 후원하는 분위기도 있었을 것이다. 그런데 70퍼센트라는 숫자는 1948년 4월까지라고 하는데 그것은 무엇 때문일까?

동아시아 반공포위망을 본격적으로 구축해 나감에 따라 미군정과 일본정부는 조선인학교를 공산주의 교육기관으로 간주해 갔다. 1947년 10월에 GHQ 민간 정보국의 지령을 받아 1948년 1월 일본 문교부는 "조선인 자제라 하더라도 학령에 해당하는 것은 일본인과 마찬가지로 시읍면립 또는 사립의 초등학교 또는 중학교에 취학시키지 않으면 안 된다"라고 각 도도부현都道府縣 지사 앞으로 통보했다.

이 통보에 대한 저항운동이 1948년 4월의 한신阪神(오사카와 고베지역의 명칭) 민족 교육 투쟁을 정점으로 하는 민족교육 사건으로 발전했다. 미군 점령하의 일본에서 이때 처음으로 비상사태 선언이 나왔다. 조선인들의 항의에도 허무하게 같은 해 5월 5일 일본 문교부와 조련 산하에 있던 조선인교육 대책위원회 사이에 "조선인의 교육에 관해서는 [일본의] 학교기본법 및 학교 교육법을 따를 것"이라는 각서가 교환되어 조선어, 역사, 문학, 문화 등 민족교육은 정규 교과로 인정받지 못하게 되었다.

---

13 도노무라 마사루, 『재일조선인 사회의 역사학적 연구―형성·구조·변용』, 료쿠인쇼보, 2004, 419~421쪽.

그리고 1949년 10월 조선인학교에 폐쇄 해산 권고를 지시하기에 이르렀다. 이에 따라 조선인학교는 중립계로 인정된 백두학원 1개교를 제외하고 괴멸 상태가 된 것이었다.

이 무렵 조선인학교에 다니던 한 초등학교 6학년 소녀는 마이크를 잡고 다음과 같은 가두연설을 했다.

> 우리는 일본학교에는 가기 싫다. 일본정부에서는 —전 한 푼 안받고 우리 아버지 어머니들이 많은 돈을 재가지고 우리의 학교를 짓고 그리고 다달이 많은 돈을 재가지고 우리를 자기들과 같은 눈뜬봉사를 안 만들려고 공부시키고 있다. 우리의 아버지와 어머니의 피땀으로 세워진 우리 학교를 버리고 또 다시 자기 나라 말도 글도 역사도 모르는 일본학교에는 죽어도 안가겠다. 우리들은 일본학교가 싫은 것이 아니고 우리의 말과 글과 역사를 배우고싶다.[*14]

조선 '해방' 후 불과 4년. 일련의 재일조선인 운동에 대한 탄압과 1948년 5월 10일 남조선 단독선거 강행에 이르기까지의 동향은 미국의 조선반도 정책의 두 바퀴로서 단기간에 바다를 낀 두 지역에서 동시 진행되었다. 해방 직후 재일조선인들의 사조는 민족성 회복과 '조국' 통일에 대한 희구와 뗄 수 없을 만큼 결부되어 있는데, 그것은 이러한 민족교육의 부정과 조선의 분단이라고 하는 '해방' 후 신체에 다시 새겨진 억압의 경험에서 생겨나 형성되어 갔다고 볼 수 있다.

---

14 전정자, 「우리 학교를 어떻게 지키고 싸워 왔는가」, 재일조선인 교육자동맹 편, 『재일조선인 아동작문집』, 조선인학교 PTA연합회, 1951.3.

조선인학교의 폐쇄 후에는 도쿄 도립都立 조선학교를 비롯해 효고현과 아이치현 등에서의 자주학교, 공립 조선인 분교, 민족학급, 오후/야간 학교 등 형태를 바꾸어가며 존속한 학교도 있었지만 전체적 규모는 축소됐다. 1950년대를 통해 초등교육의 조선인학교 재적율은 실제 10에서 15퍼센트 정도까지 줄었다고 한다.[15]

조련은 한신 교육투쟁으로 약 4개월 후인 9월 8일, 즉 조선민주주의인민공화국 창건 일주년의 전날에 '단체 등 규정령'에 의해 강제 해산되었다. 그 후 일본 공산당과 함께 동아시아 동시 혁명의 일익을 담당하기 위해 일본 혁명을 목표로 해 무력투쟁을 한다는 일본 공산당 민족대책부, 재일조선 통일 민주전선(민전), 조국방위 위원회(조방위)의 시기로 들어간다. 그 후 일본 공산당과 관계를 끊고 1955년에 재일본조선인총연합회(총련)가 결성되었다.

'공화국'과 직결돼 세력을 신장해 나간 총련은 학교 재건에 주력했다. 1957년 4월부터 시작된 김일성에 의한 재일조선인 학생을 위한 장학금 송부도 순풍이 되었다. 1960년 전후에는 일본학교에서 조선학교로의 전학을 추진하는 캠페인도 대대적으로 벌였다.

한국 정부 지지를 표방하는 민단은 조직 내에서 아이들 교육을 담당할 만한 인재와 조직력이 절대적으로 부족해 자기 부담으로 대안적인 민족교육 제공은 거의 하지 못했다. 조선학교가 없는 지역의 아이들 또는 일본 정부의 조성 대상 외로 분류되어 수업료나 통학을 위한 정기권 교통비 등의 부담이 커서 다니지 못 하는 아이들, 조련-민전-총련과

---

15 도노무라 마사루, 앞의 책, 422쪽.

정치적 입장이 다른 사람들의 아이들은 일본의 의무교육제도에 편입하게 되었다.

그렇다고 해서 재일조선인 학생들이 모두 일본의 학교교육의 혜택을 받은 것은 아니었다. 예를 들면 1952년 5월에 가나가와현 교육위원이 실시한 재일조선인 학생에 관한 조사에 의하면 초등학교에서는 장기 결석자를 포함해서 취학하지 않는 자가 3분의 1이며 중학교에서는 3분의 2에 달했다고 한다. 이 자료를 소개하면서 전국적으로 보면 6할 가까이가 취학하지 않은 상태라고 추측한 리은직은 당시 아이들을 다음과 같이 묘사했다.

오사카(大阪), 시모노세키(下關) 등 조선인 밀집 지역에 가면 취학하지 않는 조선인 아동들이 골목길에 떼를 지어 모여 있다. 그리고 길거리에는 이 아이들이 하는 담배장사나 구두닦이 등 눈을 돌리게 하는 불쌍한 풍경이 펼쳐지고 있다. 그런 지역에 가면 영화관 개관과 동시에 아침부터 떠들어대고 있는 것은 대부분 조선사람의 아이다.[16]

일본의 전후 민주주의 교육은 조선인 학생들에게는 이상적인 학습 환경이라고는 말할 수 없었던 것이다. 오사카 초등학교 출석부에서는 일본인 학생부터 두 열 정도 사이를 떼고 그 아래에 조선인 학생을 배치하는 곳도 있었다고 하는데, 그 중에서도 여자는 남자보다도 한층 아래에 두었을 것이다.

---

16 리은직, 「나는 호소한다―한 재일조선인으로」, 『문학보』 4, 재일조선문학회, 1953.8, 30쪽.

(2) 여성들의 "문맹퇴치"

'해방' 후 성인 여성들은 어떻게 글씨를 익혔고, 또는 익히지 못 했을까? 1945년부터 1955년까지 10년간의 문해교육의 실천 과정을 우선 더듬어 본다.

① 녀맹의 야간 강습회

"여성 해방, 남녀 동등 실현, 열여덟 살 이상 남녀 인민 선거권 피선거권 향유, 반봉건적 노예적 인습 폐지, 일반 여성 문맹 퇴치", 이것은 1946년 3월에 설치된 조련 부녀부 강령의 일부다. 미신이나 구습에 얽매이지 않고 합리적으로 생활한다고 하는 가정 근대화 등과 나란히 내걸렸다. "일반 부인의 문맹 퇴치"는 그 출발 당초부터 부녀부가 목표로 내세운 것이었다.

1947년 10월에는 조련 부녀부를 대신해서 재일본 조선민주녀성동맹(녀맹, 초기에는 "녀동"이라고도 약기 되었다)이 결성되었다. 위원장 김은순金恩順 이하 강광숙姜光淑, 강수자姜秀子, 서경숙徐庚淑, 전영덕全永德 등이 중심적인 역할을 했다.

그 주요한 활동 중 하나가 동포여성을 위해 지역에 뿌리 내린 야간 강습회 개강이었다. 거기에서는 재봉 등 가정생활 향상을 위한 기술 교수와 "국어"(조선어)의 문해교육을 중심으로 한 민족교육과 계몽교육이 곁들여져 있었다. 예를 들면 1947년 11월에 오사카 본부에서 열린 강습회에서는 약 40명이 참가하여 사회발전사, 여성문제, 조선역사, 조직문제, 시사문제, 생활개선, 조선어를 등을 일주일간에 걸쳐 학습했다고 한다. 다만 이것은 여성들의 민족적 자각을 촉진시킬 뿐만 아니라 조직

활동가인 남편이 하는 일을 이해하고 돕기 위한 것으로서 기능한 측면도 있었다고 볼 수 있다.

리은직의 단편 「살아 있다면生きてありなば」(1947)에는 조선인 가정이 200호 모여 사는 조선부락에서 국어 강습회에 참가한 여성들이 그려져 있다. 주인공 분희는 남편의 잔소리에 귀를 막고 강습회에 나간다. 와 보니까 참가자는 손꼽을 정도밖에 없었다. 매회 개강 당초에는 여성들이 많이 모이지만 생활에 쫓겨 곧 그만두게 되어버리고 만다. 작품에서는 남편이 봐주지 않아 어쩔 수 없이 데리고 온 갓난아기가 울어 대거나 사회 정세 강의를 하는 남성강사에게 조선어를 모르니까 일본어로 설명해 달라고 여성들이 부탁하거나 하는 상황 등이 묘사되어 있다. 녀맹은 1947년 말에 기관지 『녀맹시보*』를 창간했다. 재일조선여성들 독자를 대상으로 한 발행부수 5천부의 월간지다. 남녀평등 사회를 실현한 북쪽 여성의 화려함과 남쪽 여성들의 비참함을 대비한 남북 조선여성의 사정, 녀맹 활동보고, 위생, 요리, 의복 등 가사를 하는 법 해설, '국어 공부란'이라는 한글과 한자 학습을 위한 읽을거리, 재일 남성들이 기고한 시, 평론, 단편, 소설 등으로 구성되었다.

이 신문은 여성들이 쓴 기사나 수필도 게재했다. 다만 위원장 김은순 이하 모두 교육기회의 혜택은 받은 녀맹 간부들이 쓴 것으로 일반 독자들의 투고는 보이지 않는다. 며느리가 녀맹에 참가할 수 있도록 시어머니들의 협력을 호소하는 김은순의 「이해많은 시어머니*」(1947), 집안에서 학대 받아 온 여성들의 지위 향상을 호소하는 전영덕의 「신가정생활 ─가정에서 전제專制를 없애자*」(1948), 아이에 대한 가정교육의 중요성을 설명한 서경숙의 「자녀교육*」(1948) 등 계몽적인 내용이 대부분을 차지한다.

녀맹에서는 지도자육성과 교사양성을 위한 집중적인 전문교육도 실시했다. 같은 시기에 조련 기관지『조련중앙시보*』가 속성 기자양성 사업에 여성들의 참가를 호소하거나『해방신문*』이 여성기자를 모집을 한 것도 확인할 수 있다. 이렇게 조직 운영상의 필요도 있어 여성단체와 청년단체의 활동가나 지도자, 교사, 기자 같은 일에 종사할 젊은 여성 세대의 육성도 진행되었다.

1948년의 오사카, 고베지역을 중심으로 한 일련의 민족교육 투쟁 때는 당사자인 소녀들, 젊은 여성교사들, 그리고 어머니들도 많이 항의운동에 참가했다.『녀맹시보*』에 의하면 그때 녀맹원 수십 명이 검거되어 그 중 두 명이 군사재판에 회부되었다고 한다. 조련 남성활동가들이 미군이나 일본 경찰 그리고 적대하던 조선건국촉진청년동맹(건청)에 의한 습격 때문에 앞에 나서서 활동할 수 없었던 사정도 있어 녀맹은 각종 연락이나 집회 준비, 붙잡힌 이들의 구명 운동, 전국적인 구명 모금, 서명 활동을 전면적으로 담당했다.[17] 오사카 녀맹에서는 한국으로 강제 송환이 결정된 여섯 명의 가족의 구원을 요청하기 위해서 맹원들이 교섭위원이 되어 미군정과 직접적인 담판을 가지기도 했다.[18]

야간 강습회에서 조선어를 배운 여성들은 교육투쟁 때 수감된 동포 앞으로 위문편지를 썼다.[19] 또 효고현에 거주하는 활동가들은 면회와 주먹밥을 넣어준 것 등에 감사하는 서한을 옥중에서 녀맹에 보냈다.[20]

---

17 『녀맹시보*』, 1948.6.25.
18 『녀맹시보*』, 1949.4.25.
19 오규상,『다규멘트 재일본 조선인연맹 1945~1949』, 이와나미쇼텐, 2009, 390쪽.
20 『녀맹시보*』, 1948.5.25.

당시 여성들은 조선인학교를 지키기 위해서 만난 적도 없는 동포와 편지를 통해서 연대하려고 한 것이었다. 그런데 민족교육을 둘러싼 일본 정부와의 공방은 그 후에도 계속되었다. 그 과정에서 녀맹 활동가, 어머니들, 초등학생부터 대학생까지의 여학생들이 쓴 작문이나 수기 등이 많이 생산되었다.

조련이 1949년 9월에 단체 등 규정령 제4조에 의해 강제해산되자 녀맹은 집단적으로 일본 공산당에 가맹했다. 1953년 녀맹 활동 보고에는 "부인의 권리가 없는 사회에서만 생활이 괴롭고 실업이 생겨 민족차별이 있다"[21]라는 기술이 보이는데 계급문제를 젠더의 문제와 직접 결부시켜 그것을 민족 문제보다 우선시키는 일본 공산당 방침의 영향을 거기에서 볼 수 있다.

② 조선전쟁 시기의 문해 학교

『해방신문*』에 장기에 걸쳐 연재된 전철의 「똘똘이」라는 네 컷 만화가 있다.

1953년 5월 23일 자 게재 분은 다음과 같은 내용이다. 생활학교에 다니고 싶다고 호소하는 갓난아기를 안은 아내에게 여자에게 교육 따위는 필요 없다고 남편이 호통친다. 그 후 밖에 나온 남편은 주위의 남성들과 아이들이 모두 가사와 아이 보기를 하는 것을 알아차린다. 그것을 본 똘똘이 소년의 아버지가 타일러 주어서 남편은 집에 돌아가자마자 자기가 아기를 볼 테니까 어서 생활학교에 가라고 아내를 재촉해 댄다.

---

21 「당면 일본 정세 특징과 재일조선 녀성들의 현상*」, 『일반 정세와 활동보고 및 향후 정책 '선언, 강령, 규약*』, 녀맹 제5회 전국 대회, 1953.4.21~22, 43쪽.

여기서 부부싸움의 씨앗이 되는 생활학교란 1951년 1월에 결성된 민전 산하에 들어간 녀맹이 조직한 문해교육 학교이다. 여성을 계몽하기 위한해 국어와 사회지식, 조선민족 역사, 풍속, 습관, 의식, 주의, 재봉, 요리, 뜨개질, 생리위생, 문화예술 등 생활과 결부된 학습운동을 진척시키기 위해서 생활학교운동이 일어나고, 1953년에는 일본 전국에서의 83군데에서 995명이나 참가했다.[22]

또 학습회를 자주적으로 조직한 여성들도 있었다. 예를 들면 "29세부터 37, 38세까지 아이를 둘에서 다섯이나 키우며 하루하루를 보내기도 힘든" 여성들 5명이다.[23] 도쿄에 사는 그녀들이 쓴 체험기에 의하면 "공부는 매주 화, 목, 토 3일간, 시간은 오후 여덟 시부터 열 시까지 두 시간으로 정했다. 책임자도 우리들 가운데서 뽑았"고, 강사의 생활이 힘든 것을 감안해 "한 사람 당 한달 200엔씩 내서 강사의 교통비로 쓰게 하고 학습날 저녁밥은 우리가 차례로 해 주자"고 정했다고 한다. 거기에는 "우리 선생님은 다른 사람은 아무도 걱정해 주지 않다, 우리 선생님은 우리가 지키겠다"는 "최대한의 마음"이 담겨 있었다. 배우는 이도 가르치는 이도 생활고 속에서 서로 지혜를 짜내고 있었던 것이었다. 조선전쟁 시기 문해 학습은 이렇듯 장애를 하나하나 극복하면서 이루어졌다. 그러나 후일 "대중의 조건과 감정을 살리거나 끝까지 흥미를 지속시키는 것이 불충분했다"고 녀맹 내부에서 반성이 나오기도 했다.[24]

여성들의 '문맹퇴치'에 따라다니는 곤란은 의욕의 결여나 생활고만

---

22 재일본 조선민주녀성동맹 중앙위원회, 「제12차 중앙대회 결정서」, 1961.5, 79쪽.
23 김종혜·고경자, 「우리는 이렇게 글을 배웠다」, 『새로운 조선』 2, 새조선사, 1954.12.
24 재일본 조선민주녀성동맹, 앞의 글, 80쪽.

의 문제가 아니었다. 이 점은 김민의 단편 「부부싸움*」(1953)에 선명하게 드러나고 있다. 생활학교를 둘러싼 부부간의 싸움을 그린 이 작품은 아래와 같이 시작된다.

"아 이때까지 그래 무얼 하구 있었어?" "에구! 누가 낮잠이래두 잔줄 아우?" "글쎄 밤마다 무슨 놈의 국어야? 인제 국어를 배워서 언제 써 먹자는 거야?" "자기가 모르니 허는 소리지 알아두면—" "주둥이를 대댁처—녀편네가 밤늦게 돌아다니는 게 그리 장해? 서방질을 허구 다니는거야?" "아—니 뭐라구요? 아무리 누깔이 당달봉사기로 글 배우는 게 서방질을 허는 걸로밖에 안 보인단 말이유"

문서방은 녀편네의 머리채를 휘여 감고 동댕이를 친다. "아야아야……" 안해는 금시 비명을 울린다. 그러면서도 "……내가 못 아야야……못할 짓을 했니? 아야……" 하며 씨근거린다. 아이들이 서로 쥐여뜯고 있는 부모를 바라보면서 마른 울음을 시작한다. "게집년이 무슨 말대답이야 이년 이 죽일년" "죽여라 자 죽여라 담박 죽여라" 안해도 와이샤쓰 목아지에 달려 붙는다. 옷이 짝 찍어친(찢어진?)다. "아 요년이 정말 죽구 싶어 요년" 남편의 우박스런 주먹이 안해의 가슴팍을 쥐어 박자 안해는 방바닥에 푹 쓰러진다. 아이들이 "가아쟈 가아쟈—앙" 하며 달려붓는다. 문서방은 씨근거리는 숨을 내어품으며 찢어진 샤쓰를 뺏어 던지고 벽에 기대어서 담배불 들그어대며 "게집년들이 건방지게 무슨 글이야" 하고는 가래침을 찢어진 창 건너로 내여 뱉는다. 그러자 아랫배를 웅크려쥐고 쓰러졌든 처는 온 힘을 다하여 몸을 비트려 이르키며 "뭐 내가 잘못했다고 밤마다 때리고 차고 하는 거야. 내가 뭐 잘못했기로 이렇게 언어맞어야 하는 거야" 하다가 그만 서름에

복받쳐 엉엉 대성통곡을 시작한다.*[25]

문서방은 일본인이 경영하는 피혁공장에 근무한다. 그의 아내는 매일 아침 다섯 시에 일어나 아침식사 준비와 남편과 아이 도시락을 싸고 자신은 먹는 둥 마는 둥하고 날품팔이 일을 받으러 '직안'(고용안정센터)을 향한다. 육체노동을 끝내고 늦은 시간에 돌아오면 이번에는 저녁식사 준비에다 빨래에 쫓겨 눈코 뜰 새도 없는 매일을 보내고 있다. 그러한 가운데 아내는 저녁밥도 먹지 않고 지친 몸을 질질 끌면서 생활학교에 다니는데 그런 하루의 마지막에 기다리고 있는 게 남편의 폭력이다. 자신도 남편에게 얻어맞으면서 야학에 다니는 옆집 박서방 아내가 싸우는 소리를 듣고 문서방을 보고 퍼붓는 다음과 같은 말은 조선인 부부 사이에서 셀 수 없을 만큼 벌어졌을 이러한 광경의 뿌리에 있던 것을 정확하게 지적한다.

남자들은 뭘 잘한다고 늘 자기 예편네를 때리구 차구 허는 거요? 네? 말 좀 해 봐요. 돈을 안 주는 공장에서는 왜 그 주먹질을 하지 못하고…… 네? 헐말이 있으믄 당장 해 봐요.*

'해방' 후 재일조선여성들의 '문맹퇴치'는 조선의 전근대적 봉건 유습이나 일본 제국주의라는 관념적인 것뿐만 아니라 가장 가까운 남성인 조선인 남편과의 나날의 싸움이었던 것이다.

---

25 김민, 「부부 싸움*」, 『해방신문*』, 1953. 7. 23.

③ 민단부인회의 문해교육(?)

이어서 녀맹의 반대편에 있었던 민단계 여성단체의 활동으로 눈길을 돌려 보자. 민단 부녀부, 변경된 후의 민단부인회는 가정을 지키는 현모양처가 되는 것을 최대 목표로 삼았다. 여성의 교양은 부끄럽지 않은 어머니와 남성의 사랑을 받는 여성이 되기 위한 것이었다. 민단부인회 오사카 본부 회장 김우분金又粉[分은 남녀평등에 관해 1948년에 다음과 같이 말했다.

> 우리들은 여성의 가두 진출을 결코 부정하는 것이 아니다. 여성의 본분에 따라서 해야 할 것이며 여성의 임무에 의해 강제적으로 유도하는 것은 찬성할 수 없다. 가족제도에 있어서도 종래 대가족주의 병폐는 개혁해야 하나 가정을 자본주의 사상의 온상으로서 파괴하려는 것은 여전히 인정할 수는 없고, 남녀평등을 위해 남녀투쟁을 더욱 유도해 남녀간의 불화내지 남녀간의 투쟁을 조장하는 소련식 혹은 북한 공산주의적 남녀평등을 옳다고 인정할 수는 없음과 동시에 이혼을 자유라고 해서 이혼을 선동, 조장하는 양식을 환영할 수는 없는 것이다.[26]

이러한 생각은 "아름다운 차세대 국민을 육성하는 현명하고 위대한 어머니가 되어", 국어, 국문, 역사, 예술, 문화적 생활, 사교 등 교양을 갖추어 "부끄럽지 않은 어머니가 되도록 노력하는 방법", "경제적 합리적 생활 운영에 힘쓰자"라는 1951년 민단부인회의 활동목표와도 연결되

---

26 김우분, 「남녀 평등권 문제」, 『민주신문』, 1948.11.27 · 12.4.

는 것이다.

조선전쟁 시기에는 민단부인회는 한국군 부상병 위문, 재일조선인 자원병 송별과 귀환병 마중, 유가족 접대, 민단 중앙의사회를 위한 식사 준비와 접대 등의 활동을 했다.[27] 이와 대조적으로 같은 시기 녀맹은 조선전쟁 반대를 위한 평화서명과 동사무소에 생활보호 수급이나 직장 알선을 요구하는 생활투쟁에 동분서주하고 있었다. 문해 교육을 위한 구체적 실천은 거의 하지 않았던 모양이다. 그 내부사정은 1960년에 발표된 내부비판문에서 짐작된다. 이 글을 쓴 최숙자崔淑子는 민단계열의 문화 활동에서 중심적 인물이었던 최선의 일본인 아내다.

민단 중총[중앙총본부], 현 본부, 지부 어느 대회든 대부분이 인사문제에 집중되어 그 때문에 적지 않은 돈을 쓰게 되고 음식이 따라다닌다. 단장이나 임원들의 의견이나 시책의 차이로 뽑는 것이 아니라 얼굴이나 이런저런 연줄로 선출된다. 이십년간 지속된 악폐를 다시 부인회가 계승해서는 각성한 여성도, 신여성도, 나아가 강력한 민주적 단체 같은 건 있을 수 없다. (…중략…) 부인회 임원 여러분이 부인회를 특정 부인들의 사교장으로 만들게 아니라, 보기 좋은 화려한 일보다 수수한 일에 더 많은 힘을 쏟아서 생활에 허덕이며 아이들 장래에 노심초사하고 있는 잊혀진 수많은 부인들의 좋은 대화 장소, 향상의 교실, 레크리에이션의 장소가 되는 부인회를 창조했더라면 얼마나 멋진 일일까?[28]

---

27 민단 중앙 집행부, 「제10회 전체대회 경과 보고서*」, 1950.10; 재일본 대한민국 부인회 중앙본부, 「제1회 정기 총회 보고서*」, 1952.6.
28 최숙자, 「흰 연필—이런 것까지 흉내 내지 않아도」, 『백엽』 14, 백엽동인회, 1960.7, 48쪽.

당시 민단부인회는 민단 간부들의 아내를 비롯해 경제적으로 풍족한 일부 여성들의 살롱적인 모임이 되어 조선어 강습회는커녕 일반 여성들의 조직도 갖추어지지 않았다. 녀맹, 민단부인회 모두가 남성중심적인 상부단체 방침에 컨트롤되고 있었음을 부정할 수 없다. 그러나 실제 활동을 비교하면 녀맹이 해 온 착실한 노력은 두드러진다.

(3) 분출한 남성에 대한 불만

1950년대에 접어들 무렵부터 여성들의 투고가 민족신문에 드문드문 보이게 된다. 『해방신문*』에 '남성들에 대한 여성들의 부탁'이라는 란도 등장했을 정도로 초기에는 남성에 대한 직소가 주된 내용이었다. 최정자의 「가정생활을 개선합시다*」는 합리적인 생활을 위해서 남성들이 개선해야 할 점 세 가지를 들었다. 그것은 첫째로 가정에 대한 이해 부족을 반성하고 가사나 육아에 더욱 참가할 것, 둘째로 아내의 부담이나 가계를 생각하지 않고 손님에게 식사를 챙겨주는 습관을 고치는 등 계획성 있는 생활을 할 것, 셋째 여성해방 없이는 남성들의 참된 해방도 없다는 것을 자각하고 밖에서 얻은 견문을 아내에게 이야기해 주거나 영화를 보러 데리고 가거나 하라는 것이었다.[29]

또 리순자는 밖에서는 달변이고 용감하다고 칭찬받는 민전 활동가들이 가사와 육아를 일체 하지 않고 심지어는 가족에게 폭력을 휘두르는 데 대해 분노했다.

---

29 최정자, 「가정 생활을 개선합시다*」, 『해방신문*』, 1950. 2. 4.

가정에 있는 부인들이 가난한 살림을 맡아 가지고 아동교육 기타 모든 생활을 간얄픈 두어깨에 지고 종일 허덕이고 있는 데 대하여 감사한 마음을 갖어본 일이 있을까요? 남성활동가 여러분! 부인에게 감사하는 깜파니야라도 한번 전개할 용기는 없을까요?*[30]

이것은 민전 주변 여성이 쓴 글이지만 대립적인 입장에 있던 민단 측에서도 비슷한 불만이 나왔다. 민단 중앙 총본부 친목회가 간행한 잡지에는 민단 사무원으로 보이는 여성이 아래와 같이 썼다.

하루종일 1초가 아까워 혹사하고 그 끝에 "사탕을 사줄게"라면서 아기같은 존재로밖에 여기지 않고 사람을 ■■■ 속이고 있는 사람, 나는 그 사람이 공산당보다 싫습니다. 사탕이 탐나서 일을 합니까? 더욱 우리 여성을 인간으로서 사회인으로서 존중하고 자주성을 가질 수 있는 환경을 주십시오. 나는 조금도 민주적인 기분을 맛보지 못하고 있습니다. 여성을 노예처럼 악착같이 뒤쫓고 있는 사람이라고 해도 과언이 아니지요. 그 사람에게는 그 사람의 할 말이 있겠지요. 그러나 아무리 민주주의를 외쳐도 우리들의 신변을 압박해 느끼는 불만을 이해하지 못한다면 결국 아무런 가치도 없습니다. 일을 시킨다면 더욱 깊은 이해심이 있는 사리에 맞는 일을 시켜 주십시오.[31]

정치적으로 양분되어 격렬하게 대립하였다고는 하지만 우파든 좌파

---

30 리순자, 「남성들에 대한 여성들의 부탁」, 『해방신문*』, 1953. 4. 16.
31 訴人, 「호소하고 싶다」, 『전진』 7, 민단 중앙 총본부 친목회, 1950.

든 남쪽이든 북쪽이든 남성들에게는 똑같이 유교사상이 배어들어 있었다. 재일조선여성들이 일본 사회를 향해서 발언할 수 있는 그런 시대 상황이 아니었던 것도 있겠으나 그녀들의 글쓰기가 무엇보다도 먼저 동포 남성의 봉건성 비판으로서 나타난 것은 매우 흥미롭다.

3. 연필을 쥐며

여기에서는 글을 배울 기회를 놓친 채 아내가 되고 어머니가 된 후에 해방을 맞이한 1세대 여성들의 글쓰기를 보기로 한다. 실질적으로 글을 읽을 수 있게 된 것은 주로 총련 주변 사람들이었기 때문에 여기에서도 녀맹 주변 여성들을 중심으로 보게 된다.

1) 조선어 학습열의 폭발적 확대

(1) '문맹은 조국에 대한 수치다'

1955년 5월, 조선민주주의인민공화국의 공민이 되는 것을 전면에 내세운 총련의 결성은 여성들의 문해를 둘러싼 환경에도 큰 변화를 가져왔다. '문맹퇴치'는 아이들의 학교 건설과 함께 총련의 가장 중요한 과제 중 하나였다. 정통 '공화국어'로서 조선어를 이해하는 것은 '공화국'

공민으로서의 '주체성의 확립'을 위한 필수조건이었기 때문이다.

자본주의 나라에서 일상생활을 일구어가면서 사회주의 '조국' 공민으로서 행동한다는 복잡한 개념조작을 원활하게 하기 위해서는 '조국'의 신문, 잡지, 서적, 라디오 방송 등에서 발신되는 정보를 받아 소화하는 능력을 가지지 않으면 안 된다. 이 시기 '문맹퇴치'에 있어서 최대의 목적은 당시 자주 쓰인 용어로 말하면 "사회주의적 애국주의적 사상으로 무장"한다는 "사상교양사업"의 기반을 확고히 하는 것이었다.

총련에 가맹하기로 결정한 1955년 9월에 열린 제7차 전체임시대회에서 녀맹은 지금까지 활동을 "과거 운동 속에서 형식적으로만 언제나 문화운동이란 점에서 부르짓어 왔으나 실지로 녀성들은 언제나 쌀감파 하는데 밥부게 쫓아다녔으며 검속된 동포들을 구하는 운동에 녀동" 이 가장 주적인 활동을 하여 나왔든 것입니다."라고 총괄했다. 여기에서는 아직도 "문맹자가 대부분"인 현상을 반성하는데, 주목할 만한 것은 '문맹'이 가진 의미다.

> 조국과 떨어진 일본 땅에 거주한다고 할지라도 재일조선녀성이 공화국의 공민으로서의 자각을 튼튼히 못가진 채 문맹과 무지 속에 있는 현상은 실로 부끄러운 현상입니다.[32]

여기에는 새로 도래한 공화국 공민 시대에 재일조선여성들과 글의 관계가 단적으로 드러나고 있다. 봉건적 유교사상이나 식민지배 등의

---

32 「녀성들의 정치 교양 사업의 강화 발전을 위하여"」, 『녀맹 제7차 전체 임시대회 일반 방침 (초안)』, 재일본 조선민주녀성동맹, 1955.8, 198쪽.

외적요인뿐만 아니라 '조국'에 대한 '부끄러움'이라는 내면 문제로서 "문맹"은 새롭게 읽혔던 것이다.

왜 부끄럽게 여겨야 하는가? 그것은 '공화국' 공민의 결격자임을 의미하기 때문이다. 당시의 여성들은 조선어 문해 능력을 획득해 '공화국' 공민이 되어 민족해방과 여성해방을 동시에 이룰 수 있다고 믿었다. 즉 문자 세계의 입구와 남녀평등이 실현된 '조국'의 입구는 같은 것이었다.

1960년 초부터는 문해교육의 다음 단계로서 독서운동이 시작되었다. "모범에서 배우자"라는 김일성의 교시를 받아『항일 빨치산 참가자들의 회상기*』등 '공화국' 서적을 통해서 '공화국' 혁명 전통을 배우는 운동에 온 조직이 착수했다. 이 운동은 공민이라는 의식을 심어 공민답게 행동하는 것을 북돋웠다. 특히 여성들에게는 "타락한 미국식 생활양식의 배격"이라는 슬로건 아래, 민족적이며 사회주의적인 생활 실천이 요청되었다. "우리들은 이국생활을 하고 있다고 해도 항상 '공화국' 녀성으로서 긍지를 가지고 자신의 민족성을 지켜, 세계에 부끄럽지 않는 '공화국' 공민답게 살며, 어린이들의 민족교양을 더욱 높이지 않으면 안 된다"[33]는 내셔널리즘을 버팀목으로 한 일본의 타자로서의 자부심과 여유가 싹튼 것도 이 당시에는 보인다. 민족의상을 일상적으로 입는 게 여성들에게 권장된 것도 이 시기다.

---

33 윤수미, 「더욱 고상한 품성의 소유자로*」, 『조선신보*』, 1962. 10. 13.

(2) 성인학교의 열기

"조선말과 글을 해독할 수 없는 재일의 전 성인(만15세 이상)들에게 조선말과 글을 해독할 수 있도록 함으로서 '공화국' 공민으로서의 영예로움과 고상한 도덕적 품성을 가지도록 하는 것."[34] 이러한 목적을 가지고 총련 시기에는 생활학교를 이어받아 성인학교가 설치되었다. '공화국' '귀국' 운동의 고양된 분위기가 뒷받침되어 1961년 시점에서는 성인학교에 4천 명이 다녔다. 1965년에는 청년학교를 포함한 학교 수가 전국에서 천 2백 개에 달해 1만 명 이상의 성인들이 조선어를 배웠다고 한다.[35]

거기에서 배웠던 사람들 대부분이 기혼여성 — 소수나마 남성도 참가하였다 — 이었다. 미혼여성에게는 총련 산하단체 재일본조선청년동맹(조청)이 주최하는 청년학교라는 장소가 따로 마련되었다. 조청에서 파견된 젊은 남녀나 강사양성 강습을 마친 일반 여성들이 강사를 맡아 총련 분회나 녀맹원 자택에서 수업을 했다. 여성들은 일이나 가사, 육아의 틈을 타거나 때로는 남편의 눈을 피해 몰래 시간을 짜내 배웠다. 성인학교 상급반 졸업에 즈음해 어떤 여성은 이때까지 고생한 것을 아래와 같이 썼다.

그러나 오늘날에 이르기까지에는 우여곡절도 많았습니다. 가정 주부로서 많은 식구를 거느리고 남편의 일을 돌봐 가면서 배우러 나온다는 것은 사실 여간한 일이 아니었습니다. 집안 처리도 잘 못 하면서 무슨 글 배우기

---

34 「성인학교 설치요강」, 김덕룡, 『조선학교의 전후사 : 1945~1972』, 샤카이효론샤, 2004, 182~183쪽.
35 재일본 조선민주녀성동맹 중앙위원회, 「제12차 중앙대회 결정서*」, 한덕수, 『주체적 해외교포운동의 사상과 실천』, 미라이샤, 1986, 209쪽.

냐고 남편의 꾸지람을 듣지 않으려고 남편 모르게 더 많은 일을 해야 하였으며 세탁 같은 것이 많이 나와 미쳐 할 시간이 없을 때는 눈에 뜨이지 않게 감춰 놓고 학교에 나가군 하였습니다. 때로는 남편이 돌아 오는 한 시간 전에 집을 나오는 일이 있어도 아버지가 돌아 오면 지금 곧 나갔다고 말하라고 아이들에게 타일러 놓고 나갔습니다.*36

당시 연령대의 폭이 넓었던 1세대 여성들은 조선어를 생활어로서 일상적으로 사용한 경우가 많았다. 그래서 2세대들이 조선어를 거의 처음부터 학습하지 않으면 안 되어 악전고투한 데에 비하면 문해학습의 성과는 비교적 빨리 나타났다고 한다. 한글이 표음문자인 데다가 '공화국'에서는 한자를 폐지해 한자 숙어를 고유어로 바꾸는 작업을 정책적으로 추진한 것도 1세대 여성들에게는 다행이었다. 여성들의 문해학습에서 한자는 큰 장애가 되었다. 실제로 1953년에는 "한자와 어려운 말" 때문에 여성들에게는 이해하기 어렵다는 직언을 어느 여성 독자가 『해방신문*』에 투고하기도 했다.

또한 정치용어를 빈번하게 사용하는 "일본어와도, 본래의 전통적 조선어와도 다른 조직 내 코드"37는 당시 재일조선인들 사이의 방언, 주로 제주도와 경상도의 두 지역 언어 차이에 따른 소통 곤란을 극복하는 역할도 했다.

어느 여성 강사는 당시 성인학교의 모습을 다음과 같이 회상한다. 이

---

36 리정애, 「성인 학교 졸업을 앞두고 ─ 상급반을 졸업하는 기쁨*」, 『조선신보*』, 1964. 4. 20.
37 소냐 량, 나카니시 교코 역, 『코리안 디아스포라 : 재일조선인과 아이덴티티』, 아카시쇼텐, 2005, 116쪽.

여성은 민족교육 탄압 사건을 중학교 시절에 경험했다.

두 시간쯤 가르치는데 어쨌든 연필을 쥐는 것도 처음이라는 분이 대부분이고 노인도 젊은 어머니도 뒤섞여 있습니다. "이렇게 나이를 먹어도 부모도 가르쳐 주지 않은 국어를 김일성 원수님 덕택으로 배울 수 있다", "자신이 맛 본 고생을 아이나 손자가 맛보게 하는 일은 없도록 하자. 시간을 변통해서 정한 시간에는 모두 잘 모입니다. 큰 소리로 읽고 조금씩 써니 넉달이 지나 작문을 할 수 있게 되었습니다. 노인은 말을 알고 있으므로 글을 배우면 문장은 비교적 편하게 쓸 수 있습니다만 젊은 사람은 말을 모르므로 단어도 하나하나 기억하지 않으면 안됩니다. (…중략…) 노인들은 배운 것을 곧 잊습니다만 비내리는 날도 바람부는 날도 결코 쉬지 않고 와서 젊은 사람과 어깨를 나란히 해 배우는 것이 즐겁다고 합니다. 이런 어머니들이 문맹을 벗어나 편지를 쓸 수 있게 되어 고향의 친지들과 소식을 교환한 기쁨을 나에게 이야기해 줍니다.[38]

사람을 사이에 끼지 않고 고향 가족이나 친구 등과 연락을 할 수 있게 된 것은 학습의 큰 효용이었다. 한편, 강사양성 강습을 마친 또 다른 여성이 성인학교 강사는 글을 가르칠 뿐만 아니라 김일성의 교시와 총련 방침을 대중 속에 침투시켜 관철하는 가장 영예로운 사람임을 깨달았다고 썼듯이[39] 성인학교에서의 문해교육은 계몽 사상교육과 불가분한

---

38 고갑선(당시 38세)의 증언. 무쿠게노 카이 편, 『신세타령 재일조선인 여성의 생애』, 도토쇼보, 1972, 147~148쪽.
39 부순녀, 「강사의 중책을 깨닫고˚」, 『조선신보˚』, 1964.2.10.

것이었다. 학교라는 장소 자체가 가지는 의의도 컸다고 본다. 각자의 생활에 급급한 여성들이 정기적으로 한 곳에 모이거나, 다른 지역에서 사는 면식도 없는 동포여성과 편지를 주고받거나 하는 것 등 지금까지는 있을 수 없는 일이었다. 서로의 과거와 현재 경험을 공유하며 같은 미래를 향해 나아가는 동포로서의 연대의식을 가지는 데도 성인학교는 중요한 역할을 했다고 할 수 있다.

(3) 문예 작품 모집과 기관지의 재간

1957년, 녀맹에서는 창립 10주년 기념 문예작품을 모집을 했다. 응모 작품은 30편쯤 되는데 가정생활이나 교원생활, 과거의 회상 등 생활기록을 조선어로 쓴 글이 대부분을 차지했다. 응모자 중 최연장자는 조선여성의 긍지를 표현한 오사카에 거주하는 리지숙이란 여성이었다. 당시 63세, 즉 1896년 전후에 태어났다.

특등으로 뽑힌 것은 후쿠오카에 사는 당시 30세였던 박영순의 생활기록 「행상－돼지껍데기 장사*」였다.[40] 생활력이 없는 활동가 남편과 자식들을 부양하기 위해서 돼지껍데기 자전거 행상을 용기를 내어 시작할 때까지의 마음의 움직임이 현장감 있게 그려져 있다. 덧붙이자면 글쓴이는 1950년 11월에 미군점령 정책 위반으로 남편과 함께 체포되어 4개월간의 형무소 생활을 경험한 여성이었다.

다음 해인 1958년에는 녀맹 기관지 『조선녀성*』이 창간되었다. 1960년대 후반 이후 지면을 보면 '공화국'정세, 총련이나 녀맹 방침과 활동을

---

40 박영순, 「행상(行商)－돼지 껍데기 장사*」, 『조선민보*』, 1957.9.28～10.12.

전하는 기사와 동시에 맹원들을 소개하는 기사나 수필이 게재되었다.

2) "꿈같은 세상" - 1세 여성들의 표현 세계

(1) 『조선신보*』 제4면과 여성들

『조선민보*』는 1961년에 『조선신보*』로 지명을 바꿨다. 총련은 이 기관지를 사람들에게 가장 가깝고 일상적인 조선어 미디어로서 침투시켜 갔다. 그 마지막 면인 제4면은 '공화국'과 총련 문학, 연극, 무용, 영화 등을 소개하는 문화란뿐만 아니라, 가정란, 여성란, 학생란, 아동란을 두었다. 제4면은 또한 수기, 일기, 수필, 작문 등 여성들의 글을 발표하는 장이 되기도 했다.

(2) 독후감상문을 쓰다

앞에서 언급한 독서운동의 경우 『조선신보*』는 독후감 게재를 통해 이 운동을 거들었다. 김명화의 『불굴의 노래*』는 1967년 이전에 재일조선여성들 사이에서 가장 많이 읽힌 '공화국' 작품이었다. 김일성과 같은 부대에서 싸웠다는 전 빨치산 여성의 회상기다. 조국 독립을 위해서 사랑하는 자식들과 떨어져 무기를 들고 싸운다는 새로운 조선여성상을 제시한 『불굴의 노래』는 해방된 여성의 롤 모델로서 폭넓은 연령층의 재일여성들에게 감명을 주었다. 당시 『조선신보』지상에 게재된 수많은 감상문에서는 그녀들이 김명화라는 실재하는 여성 빨치산을 정신적 지주로 해서 일본 사회의 차별이나 생활고, 가정과 노동과 녀맹활동의 정립鼎立이라는 일상생활에서 겪는 난관을 극복하려는 모습이 보인다.

그런데 처음에는 조국을 위해서 용감하게 싸우는 래디컬한 여성으로 해석되었던 김명화는 1960년대 후반에는 '모범적 어머니'로서 수용되게 되었다. 이 변화의 배경에는 1960년대 이후에 '공화국'에서는 가정에서 여성들의 전통적 역할이 다시 강조되었다는 점이다. 그 시초가 된 것이 1961년에 평양에서 열린 조선민주녀성동맹이 주최한 전국 어머니대회에서 김일성이 한 연설 "자녀교육에 있어서의 어머니의 임무"다. 여기에서 김일성이 외친 여성성과 모성과의 직결은 1967년 이후에는 그 어머니인 강반석 관련서 정전화로 이어져 간다.

(3) 난생처음으로 쓴 작문

당초 『조선신보*』는 읽고 쓰게 된 여성들을 취재 기사로 소개했지만, 이윽고 그녀들이 쓴 작문을 직접 게재하게 되었다. 도쿄에 사는 여성 문옥체가 처음으로 쓴 작문은 다음과 같다.

밝고 맑은 세상은 꿈 같은 세상입니다. 저는 성인학교에서 글을 배운 덕택으로 밝고 맑은 세상을 제 눈으로 볼 수 있게 되였습니다. 교실에 앉아서 공부를 할 적마다 저는 지나 온 옛날을 생각하였습니다. 정처 없이 일본으로 건너 온 우리 식구들이 헐벗고 굶주리던 생활들을……. 그리고 코를 흘리는 아홉살에 일본인 공장에서 일을 하여 18전의 일급을 받은 일들을……. 추운 겨울 날 눈 우에 앉아서 얼음 같은 찬물에 빨래를 할 때면 손은 터져 피가 흘렀습니다. (…중략…) 몇 푼 안 되는 일급을 일본 놈에게 속하여도 글을 모르는 탓으로 말 한 마디 못 하고 지냈습니다. 그러나 지금은 다릅니다.

글 배우리간 꿈에서밖에 생각 못 하던 우리들이 이렇게 마음 대로 글을 배우게 되였으니 이 얼마나 좋은 세상입니개원문 그대로]. 비록 내가 살고 있는 이 땅은 옛날과 다름 없는 일본 땅이나마 우리 조선 사람들의 처지는 달라졌습니다. 우리는 경애하는 수령님을 모신 아름다운 제 나라 강산에 제 손으로 더욱 아름다운 꽃을 피우는 '공화국'의 떳떳한 공민입니다. 원수님 정말 고맙습니다.[*41]

1960년대가 되어서 그녀들의 그 오랜 꿈이 이루어진 것이었다.

(4) 일기를 쓰다

이 시기 『조선신보』에는 여성독자나 녀맹활동가들이 쓴 일기도 게재되었다. 거기에는 가사, 육아, 노동에 쫓기면서도 짬을 내서 녀맹활동에 참가하는 사람, 가정과 노동 사이에서 딜레마에 빠지면서도 그것을 극복하려는 교원 등 여성들의 생활 실태가 생생하게 기록되고 있다. 이러한 란이 마련된 배경에는 조선어 학습의 일환으로서 일기 쓰기를 권장하고 나아가서는 일기 쓰기를 통해서 여성들의 자기규율화를 촉구하고, 또는 빈곤 속에서도 성실하게 사는 모범적인 재일조선여성상을 제시한다는 신문사의 의도도 있었던 것이다. 설령 그렇다하더라도 일기를 쓰기로 결심한 까닭을 "나의 오늘날까지의 생활이 너무나 풍파에 차고 곡절이 많은 길이였기 때문이다. 나는 내가 겪은 그 가지가지의 일들 속에서도 평생을 두고 잊을 수 없는 일들을 다시 생각하여 그것을

---

41 문옥채, 「밝고 맑은 세상은 꿈같은 세상°」, 『조선신보°』, 1964. 12. 5.

꼬박꼬박 적어 후대들에게 '어머니는 일본에서 이렇게 살았단다'고 떳떳이 이야기할 수 있도록 하기 위해서입니다'고 적은 여성처럼[42] 자기 인생에 대해 스스로 써서 남기고 싶다는 희망을 가진 수많은 여성들의 존재가 분명히 있었던 것이다.

(5) "달린다 달린다 통일 열차가 달린다"

『조선신보*』 제4면에는 여성들이 쓴 문예 작품도 실렸다. 그 대부분이 시와 가사이며 작자는 리금옥, 최설미 등 재일본조선문학예술가동맹(문예동) 맹원, 녀맹이나 조청활동가, 조선학교 교원, 조선대학교 학생, 조선학교 학생이 차지했다. 그 가운데 일반 여성독자들이 쓴 작품도 여기저기 보인다. 아래는 그 하나인 시모노세키 성인학교에서 배운 56세 여성 김남이가 쓴 시 「통일을 념원하여*」(1964)의 전문이다.

달린다 달린다
통일 렬차가 달린다.

이 곳에도 통일이야
저 곳에도 통일이야

마을마다 통일이야
도시마다 통일이야

---

42 박영순, 「나는 일기를 이렇게 쓰고 있다―나의 일기장에서 몇 토막*」, 『조선신보*』, 1963.11.2.

모두들 한결같이
통일을 부르짖네

남북을 향하여
달리는 통일 렬차는
우리 삼천만 동포의
행복을 안고 달린다.

통일 열차 달린다
미제를 쫓아 내는 렬차가 달린다.

미제야 물러 가라
조선에서 빨리 나가라

미제 등 우에는
불벼락이 쏟아진다.*43

남북통일을 막는 요인으로서 '미제'를 지명하고 그 '미제'만 내쫓으면
조선에 행복이 온다는 사고법은 총련적인 논리라고 할 수 있다. 그렇기
는 하지만 단순한 어구를 구사하며 소박하게 지은 이 시에는 조선 분단
에 마음 아파하는 글쓴이의 절실한 마음도 잘 드러나고 있다. 그 넘치

---

43 김남이, 「통일을 념원하여*」, 『조선신보*』, 1964.4.11.

는 질주감에는 글을 익힘으로써 '조국'의 운명을 담당한 자로서의 자각을 얻은 자부심도 스며 있다.

(6) 어머니들의 문집

젊은 재일 2세대 어머니들은 조선학교에서 배우는 아이들에게 자극을 받아 성인학교에 다니겠다고 결의를 한 경우가 많았다. 지바현 조선학교 어머니회에서는 조선어와 일본어가 혼재한 작문집『어머니의 문집*』을 1963년에 엮어냈다. 1966년에는 '공화국' 남녀평등권법령 발포 20주년을 기념해서 어머니들 16명이 조선어로 쓴 수기를 엮은 『재일 조선 녀성들의 생활 수기*』가 녀맹 중앙에서 출판되었다.

3) 전환기의 방문

(1) 김일성과 그 어머니 강반석의 절대화

읽고 쓰기를 한다는 "꿈같은 일"은 "'공화국'과 김일성원수님" 덕택으로 실현되었다. 당시 여성들은 이렇게 입을 모은다. 말하자면 그녀들은 '공화국' 공민화 프로그램에 편입됨으로써 문자를 획득하고 '공화국' 공민으로의 귀속의식의 변환이 동시에 이루어진 것이다. 1967년에 김일성 10대강령이 발표되어 유일사상체계가 시작되자 김일성 절대화의 움직임이 가속화되었다. 성인학교에서 진행된 문해교육의 중점도 김일성에 대한 충직함으로 옮겨갔다. 1968년 5월에 쓰인 어느 녀맹원 수기에는 다음과 같이 적혀 있다.

하루 일을 다 마치고 내가 집에 돌아오면 밤 한 시 가까이 됩니다. 달콤하게 잠자는 가족들의 얼굴을 바라볼 때마다 나는 몸이 지쳐 있어도 삶의 보람을 느끼게 되며 래일에 대한 희망과 용기가 솟아오르군 합니다. 지부 일군으로서 사업하는 남편, 우리 총련기관에서 일보는 아들과 둘째 딸, 청년학교에서 우리말을 열심히 배우고있는 맏딸…… 그리고 4월부터 교원으로 나서게 된 망냉이. (…중략…) 나는 경애하는 수령 金日成원수님의 보살핌 속에서 온 가족이 그이의 가리키시는 길을 따라 조국의 자주적 통일을 성취하는 길에 나설 수 있는 기쁨을 억제할 수가 없습니다. (…중략…) 강반석녀사의 빛나는 생애와 활동은 혁명하는 남편을 어떻게 도우며 자제분들을 어떻게 키워야 하며 시부모를 어떻게 혁명화해야 하는가를 가르쳐주는 모든 조선녀성의 훌륭한 생활의 거울입니다. (…중략…) 이국땅에 살면서도 경애하는 수령님의 따사로운 손길이 펼쳐지고 잇으며 총련의 올바른 지도가 있는데 무엇이 어렵다고 뒤걸음을 칠수 잇겠는가! 이렇게 생각을 하니 그 어떤 일이라도 해치울 수 잇을 것만 같이 느껴집니다.*[44]

"경애하는 수령 김일성원수님", "강반석녀사의 빛나는 생애" 같은 표현은 이 무렵에는 정형구가 되어버려 더 이상 글쓴이의 창의성이 파고들어갈 여지는 없었다. 재일조선여성들은 김일성 어머니를 본받아 혁명가＝총련활동가와 그 부모를 모시는 아내, 며느리로서 훌륭한 혁명가의 알＝조선 학교에 다니는 아이들을 기르는 어머니로서, 그리고 스스로도 투쟁에 참가하는 애국투사＝녀맹 활동가라는 초인적인 여

---

44 리재규, 「강반석 어머니를 따라 배우며 생활하리*」, 『조선신보*』, 1968. 5. 18.

성상을 이상으로 삼게 된 것이었다. 1968년 2월경부터 총련에서 시작된 강반석에 관한 학습 성과가 명백하게 보이는 글이다.

　같은 해에는 총련 중앙 지도 밑에 도쿄에서 조선문학교실이 개강되었다. 그 제1기 수강생인 한 여성이 쓴 가사 「'100일간 혁신운동'의 노래*」는 다음과 같다.

　　　수령님께 충직하자 다지는 맹세
　　　六〇〇만 온 가슴에 타번진다네
　　　〈一〇〇일간 혁신운동〉 세차게 밀어
　　　나라의 스무돐을 승리로 맞으세
　　　(후렴) 이운동 원쑤들을 때려눕히고 통일의 그날을 앞당긴다네

　　　수령님의 주체사상 위대한 사상
　　　더더욱 학습하여 무장을 하고
　　　일체의 낡은 사상 모두 가시고
　　　조국통일 지향하여 용감히 나가세
　　　(후렴) 이운동 원쑤들을 때려눕히고 통일의 그날을 앞당긴다네

　　　공민권과 제반권리 굳게 지키고
　　　년간지표 앞당기여 관철해가세
　　　수령님의 일군된 영예도 높이
　　　조국통일 그날 향해 싸워 나가세
　　　(후렴) 이운동 원쑤들을 때려눕히고 통일의 그날을 앞당긴다네*45

백일간 혁신운동은 "모든 총련활동가와 재일조선인에게 주석의 사상을 학습시켜 그들을 주석 곁에 굳게 결집하게 하여 민주주의적 민족 권리 옹호와 조국의 자주적 통일의 촉진으로 나아가게 하는 것을 목적으로 하는 대중적 애국운동"[46]이다. 1968년 6월부터 9월에 걸쳐 실시되었다. 인용한 가사에는 이러한 총련－'공화국'의 정치방침이 구석구석에 침투해 있는데 뒤집어 말하면 그 이상을 찾아내기 어렵다.

이와 같이 1967년 이후에는 '총련형식'이라고도 명명할 만한 표현의 정형화가 현저하게 진행되었다. "사천만 조선인민의 경애하는 수령 김일성원수님"과 같은 고정문구 등은 물론 자기 행복을 김일성의 배려나 지도력에 환원시키는 논법, 미제 괴뢰정권 아래에서 '생지옥' 상태에 놓여 있는 남쪽 동포에 대한 언급, 각 시기 총련 방침에 근거한 운동(귀국협정 연장 요구, 조국 자유왕래 요구, 한일조약 반대, 외국인학교법안 반대 등)의 중요성 강조 등 그 내용과 표현 형식의 균질화가 이루어졌다.

1970년대 이후에는 이전처럼 1세 여성들 글이 『조선신보』의 제4면을 차지하는 일은 없어졌다. '공화국' 방침을 보다 정확하고 명확하게 구현한 총련 교육 체계의 토종 학생, 녀맹 활동가, 문예동맹원들의 작품이 자리를 차지해 갔다. 덧붙인다면 총련－'공화국' 문화운동이 문학에서 무대예술로 그 역점이 옮겨간 것과 연동해 이 즈음부터 재일조선 여성들의 자기표현 수단도 무용, 악기 연주, 가창 등 신체예술로 이행했다. 원래 문해교육에 중점을 두었던 성인학교에서도 무용이나 음악 강습회에 더욱 힘을 쏟게 되었다. 여성들에 의한 고유하고 다양한 자기

---

45 리방자, 「'100일간 혁신 운동'의 노래*」, 『조선신보*』, 1968.7.3.
46 한덕수, 『주체적 해외교포운동의 사상과 실천』, 미라이샤, 1986, 223쪽.

표현의 가능성은 이러한 시대의 흐름 속에서 일단 닫히게 되었다. 『조선신보』가 총련 기관지인 이상 피할 수 없는 결말이었다.

(2) 일본 야간학교와의 만남

1960년대 종반에 들어가면서 일본에서는 야간학교 증설운동이 성과를 맺기 시작했다. 그 덕분으로 총련과 인연이 없었던 재일 1세대 여성들에게도 문해교육을 받을 기회가 찾아왔다. 1세 여성들이 일본어로 쓴 작문이나 시가 탄생하는 것은 그 이후다. 시인 종추월宗秋月이 1980년대 중반에 소개한 다음과 같은 시도 이러한 흐름 중에서 태어났다.

> 종이 한 장이 나를 바꾸었다
> 저기도 여기도 불빛이
> 비친다 검정도 빨강도 보입니다
> 저것이 이것이
> 인생이었구나 생각해요
> 그래도
> 아직
> 길은 멀다[47]

종추월은 조선어 간섭을 받은 1세대 여성의 일본어에서 '미美'를 찾아냈다. 글을 배움으로써 세계관을 변화시킨 기쁨을 나타낸 이 시를 "자

---

47 문금분, 「나의 길」, 1984.5경; 종추월, 「문금분 어머니의 사과(文今分オモニのにんご)」, 『신일본문학』, 신일본문학회, 1985.3에서 재인용.

아의 체험으로부터 오는 지식뿐만 아니라 타자의 체험도 흡수하는 문자와의 만남에 힘입어 '아직도 길은 멀다'라며 내일이라는 미지에 희망을 가지게 된 것이다"고 해석했다.[48]

일본 땅에 뿌리를 내려서 일본 생활이 조선에서의 그것보다 오히려 길었던 1세대 여성들에게 실용성이 높은 일본어 문해학습을 받는 데 망설임은 아마 없었을 것이다. 그것이 생활상의 불편을 해소하기 위한 것이었던 1세대 여성과 일본어가 제1언어였기 때문에 아이덴티티 위기에 직면한 2세대 여성과는 일본어가 가지는 의미는 색다른 것이었다.

지금까지 살펴봐 왔듯이 조선어로 글을 쓰는 것은 탈식민지화와 민족해방, 그리고 '조국'과의 유대를 공고히하는 것을 목표로 한 총련 방침으로부터 자유롭지 않았다. 민족적인 과제가 무엇보다도 우선되었기 때문에 여성의 내면세계나 개성을 표현할 기회가 제한되었다는 구조적인 문제도 생겼다. 그렇다면 여성들은 일본어로라면 '자유롭게' 쓸 수 있었던 것일까? 1970년대 이후 야간학교에서도 역시 언어와 인간관계의 폴리틱스는 작용하고 있었다. 일본인 선생님을 우러러보는 조선 여성인 학생이라는 역할 — 선의를 가진 무수한 일본인 교사들이 그녀

---

48 1세 여성들이 쏟아내는 일본어의 매력을 발굴한 종추월의 공적은 무척 크다. 하지만 "타자의 경험도 흡수하는 글자"라고 할 때 그것이 일본어로 쓰여진 일본인의 글을 배타적으로 지시하는 점에 종추월은 무자각이지 않았을까. "지금 [야간 중학교에서 일본어를] 공부하는데 우리 나라 말이 아니에요. 일본어입니다. 로마자도 배워요. 그래서 언젠가 우리나라 말이나 글자도 공부하려고 생각해요"라고 문금분 씨가 말하는 에피소드를 소개하면서도 종추월은 조선어보다 먼저 일본어와 로마자를 배운다는 뒤틀림을 간과하고 있는 듯하다. 또한 조선과 일본의 역사를 공부하고 싶다는 의향에 "아니, 어머니는 지금 있는 그대로로 충분하다고 생각합니다"고 단언해 새로 배운 지식을 창작에 적극적으로 도입하려는 문금분 씨를 제지한다. 정치용어나 진부한 표현의 사용을 피함으로써 문금분 씨가 원래 가진 표현을 꺼내려는 의도는 이해할 수 있다고 해도 그녀를 '1세 여성'이라는 이미지의 틀에 가두려는 무의식적인 행동도 지적할 수 있다.

들을 지지, 지원해 준 것은 아무리 강조해도 모자라지만 — , 또는 일본 국내 피차별민족 집단의 일원이라는 배역을 그녀들은 맡지 않을 수 없었다. 그래서 일본어로 쓴 1세대 여성들의 작품들은 좋은 일본인인 선생님에 대한 감사, 식민지 시기에 대한 회상, 차별적인 일본 사회에 대한 고발 등 일본의 식민지주의에 비판적 관점을 가지는 일본 사람들의 심금을 울리는 내용으로 채워지는 경향이 높았던 것이다.

또한 특히 초기에는 총련계가 아닌 여성들이 야간학교에 많이 다녔기 때문에 '조선' 대신 '한국'이나 '한국인'이라는 단어가 사용되었고 한국 쪽의 시점에서 쓴 게 많다는 경향도 보인다. 이와 같이 어디에서 무슨 언어를 배웠는지는 재일여성들 각각의 사상이나 아이덴티티의 (재)형성에 직접적으로 작용했다. 이것은 바로 1세 여성들이 얼마나 특수한 식민지 이후 세계를 살아갔는지를 보여주는 것이다.

그리고 그 이전의 사실로서 재일조선여성들 대부분이 조선어에도 일본어에도 접근할 수 없어 글을 획득하지 못했다. 이러한 사실을 한 번 더 상기하면서 이 절을 닫는다.

4. 이야기 계보를 더듬어 가다

여기에서는 젊은 제2세대 여성들의 문학 활동을 살펴본다. 그 활동은 주로 남성이 주도하는 민족조직 내 문학단체나 서클 등에서 이루어졌다. 우선 전체를 부감해 보자.

재일조선여성 작가의 선구자는 1940년대 후반부터 시를 발표하기 시작한 리금옥李錦玉이다. 조련－민전－총련계열 각 문화단체에 소속돼 처음에는 일본어로 나중에는 조선어와 일본어 양쪽을 다 사용하면서 시와 동화를 발표한 인물이다.

1950년대 초에는 오사카에서 발행된 시잡지『진달래ヂンダレ』에 젊은 주부나 노동자 여성들이 모여들었다. 일본 공산당이 주도한 써클 문화운동의 영향이 짙고, 1955년 총련 결성 이전에 그녀들의 작품 발표가 집중된 것이 특징적이다.

그 후 1957년에 창간된 종합 잡지『백엽白葉』에서 일본의 고등교육을 받은 안후키코安福基子, 유묘달庾妙達이라는 작가들이 나왔다.『백엽』은 한국을 지지하는 최선을이 주간을 맡고 있던 종합문화지다. 이 잡지가 동인들의 일본인 아내들 ― 최숙자, 김리영 등 조선이름을 사용했다 ― 의 발표의 장이 된 점도 중요한 사실이다.

1958년에는 열 살이 된 재일조선 소녀의 일기『둘째 오빠にあんちゃん』가 간행되어 일본 독자들 사이에서 큰 반향을 일으켰다. 글쓴이인 야스모토 스에코安本末子는 규슈·사가현佐賀縣에서 1943년에 태어난 재일 2세로, 그녀의 일기는 아버지가 죽은 후 49일째인 1953년 1월부터 시작된다. 일본방송NHK의 라디오 연속극으로도 만들어졌고, 이마무라 쇼헤이今村昌平 감독에 의해 영화로도 만들어지는 등 지지를 많이 얻은 작품이다.

1960년대에 들어갈 무렵부터는 총련 토종 작가들이 탄생했다. 정춘자, 최설미, 황보옥자 등은 조선학교 교원이나 녀맹 활동가로서 일하면서 조선어로 창작 활동을 했다. 고마쓰가와小松川 사건 용의자인 이진우와의 교류로 알려진 박수남도 총련 조직에서 배출된 인물이다. '해방'전에 일본에서 활동한 조선인작가를 연구한 임전혜는 박수남의 고교시절 동기다.

1929년생인 리금옥을 제외하면 1930년대부터 1940년대 초에 걸쳐 그녀들은 태어났다. 그런데 그 거주지역, 가정환경, 교육 정도, 소속된 민족단체 등 그 배경은 각양각색이며 창작 언어도 일본어, 조선어, 혹은 둘 다 쓰는 등 제각각이다. 공통된 것은 '해방' 후 민족교육이 곤란한 길을 걸은 것, '조국'에 관한 정보가 극히 한정됨으로서 압도적으로 일본 활자문화 속에 놓여 있었던 점이다.

이들 여성들이 쓴 시, 소설, 평론을 이제부터 살펴본다.

1) 사랑과 분노와 자유를 노래하다

(1) 최초의 여성시인 리금옥

1929년에 미에현三重縣에서 태어난 리금옥은 1949년에 긴조여전金城女専 국문과를 졸업한 후 욧카이치四日市에서 조선인학교 교사로서 일한 후 도쿄로 올라왔다. 도쿄에서는 김달수 등과 『민주조선』 편집에 종사하면서 시를 발표하기 시작했다. 1948년에 결성된 재일조선문학회에서 몇 안되는 여성회원의 한 사람이었다. 시인 허남기와 작품을 서로 비평한 적도 있었다고 한다.[49] 처음에는 일본어만으로 시를 썼는데 1960년대부터는 조선어로도 작품을 발표를 한 이중언어의 시인이다.

가장 빠른 시기 작품으로 1950년 7월 『민주조선』 종간호에 실린 「바람」과 「강연회」가 있다. 「바람」에서는 당시 20세 안팎의 그녀가 막 눈을 뜬 민족의식을 맑고 찬 필치로 읊었다.

바람이여 휘몰아 쳐라
내 마음속에 싹튼
부드러운 민족사랑을
더욱 흔들어 주렴.

바람이여 차가워져라
설사 체온을 빼앗아간다 할지라도
내 마음속에 싹튼
아름다운 것이
바람에 찢어진다고 생각하는가

바람아
나의 머리를
나의 육신을
나 자신을
더욱 더욱
흔들어다오

---

49 박일분, 「'빨간 새 문학상'을 수상한 시인, 아동문학자—리금옥 씨」, 『조선신보*』(WEB판), 2005.8.29.

마음속에 싹튼

순수한

따뜻한 것을

무럭무럭

바람의 숨결로

강하게 길러다오.[50]

　이 시에서 바람은 복층적 의미를 가진다. 그것은 "휘몰아치"고 "차가워지는" 시련이며 동시에 "마음속에 싹튼 부드럽고 따뜻한 것"을 "강하게 키우는" 것이다.

　조선인학교 탄압을 교사의 입장에서 겪었던 작가는 민족애를 육성하는 길이 결코 평탄치 않음을 알고 있다. 게다가 이 시가 활자화되었을 무렵에는 '조국'에서는 전쟁이 발발하고 있었다. 그런 역경을 만나도 이제야 긍정할 수 있게 된 출생의 긍지를 지켜내겠다는 강하고 조용한 의지가 시에는 담겨져 있다.

　1950년대 전반에는 「시초詩草」(1953), 「경애여」(1953), 「게」(1955) 등의 시작품들이 민족단체 기관지에 드문드문 발표되었다. 1950년대 말부터 십년간은 총련 일본어기관지 『조선총련』이나 『조선시보』에 단속적으로 시가 게재되었다. 예를 들면 「겨울 나무」, 「입학」(1959), 「평화통일의 소원을 담아서—7・30기념 집회장에서」(1961), 「저고리」, 「어머니」,

---

50 리금옥, 「바람」, 『민주조선』 33, 민주조선사, 1950.7.

「장고」(1962),「염원」,「나의 학교」,「언어」,「항아리」(1965),「꽃봉오리」, 「이야기」,「봉오리」,「비가 갠 사이에」,「버선」,「운동회」(1966),「민족 교육을 지키는 싸움의 나날에」(1967),「그 날은 멀지 않다—조국해방 기 념일에」(1968) 등이다.

리금옥의 시 세계에는 조선 풍물, 어린이, 조선학교가 자주 등장한 다. 각각의 시에는 아름답고 올바르고 긍정적인 것으로서 조선이 표상 된다.「장고」,「저고리」,「항아리[이조백자]」,「버선」등에서는 전통적인 조선 풍물이 알기 쉽고 명료하게 묘사되어 있다. 시와 관련된 사진이 함께 게재된 것이 많아 교육적인 의도를 품고 있음을 엿볼 수 있다.

재일조선 어린이들의 모습을 그린 작품 중 하나인「겨울 나무」의 전 문을 아래에 인용해 본다.

겨울 잡목림은 밝고 생명이 가득차 넘치고 있어 활기차다

손가락 하나 하나 사이로 들여다보는 듯한 가지와 가지가 교차하는 틈 새로

무수한 다른 모양의 푸른 하늘이 팔랑팔랑 들이친다

"언제" "우리들" "조국에" "돌아가니, 돌아갈 수 있을까".

겨울 잡목림은 빨간 싹 흰 싹 파란 싹 모두 충실하고 싱싱해서 즐거운 마 음이 조용히 솟아난다.

위로 뻗은 도약의 자세 그것이 겨울 나무 싹 마침내 손가락과 손바닥이

조용히 펼쳐지는 주먹 그것이 겨울의 나무 싹

"머지않아" "반드시" "돌아갈 수 있다" "조국에 조국에".

무성한 나무숲을 빠져나가 나무뿌리를 밟고 다지며 아이들이 몰려 온다

가스 풍선을 날리며 잘 울려퍼지는 리듬과 같은 말소리를 지르면서 양손을 높이 뻗고 온 몸으로 달려 온다.

겨울 잡목림은 밝고 너무 맑아서 새로운 생명이 가득 차 넘치고 있다.[51]

생명의 약동감을 간직한 겨울의 잡목림 숲 사이를 씩씩하게 달리는 아이들을 배치해 시공간은 밝은 미래를 예감하는 맑고 싱싱한 공기로 채워지고 있다. 겨울 추위를 견디어 내는 나무 속에서 쑥쑥 커가는 새싹이란 엄중한 일본 사회 속에서도 늠름하게 성장해 가는 조선 어린이다. '공화국'으로의 '귀국' 실현이 목전에 다가온 1959년 당시의 기대와 불안이 뒤섞인 시기에 쓴 작품이다.

총련 문화 운동에 몸을 던진 리금옥은 총련과 녀맹 방침에 준해 조직 내 정치행동이나 행사에 맞춰서 시를 쓰기도 했다. 예를 들면 「어머니」(1962)는 불볕더위에 땀을 뻘뻘 흘리며 시위에 참가하는 연로한 1세 여성에 대한 찬가다. 성인학교에 다니는 1세 여성을 어머니라고 부르며 그 모습을 경의와 공감을 가지며 묘사했다.

1960년대 이후에는 『조선신보*』나 문예 동기관지 『문학예술*』 등에 조선어 시도 발표했다. 「어머니의 다짐*」(1962), 「고사리여, 샘물이여*」, 「얘야, 가서는 안된다*」, 「감사를 드립니다*」(1965), 「부모된 의무로 하여*」(1966), 「길*」(1968) 등이다.

여기서 평양 『문학신문*』에도 실린 「고사리여, 샘물이여*」의 전문을 아래에 인용해 본다.

---

51 리금옥, 「겨울 나무」, 『조선총련』, 1959.1.11.

눈보라 몰아치는

저 험한 산기슭에도

여기 나직한 산 언덕에도

지금 고사리들은

그 부드로운 주먹을 무수히 쳐들어

대지를 뚫고 뛰여 날 지점에

그 힘을 축적하고 있노라.

두터운 얼음'장 뒤덮은

저 바위'장 밑에서

여기 나무뿌리 틈 사이에서

지금 샘물은

줄 지어 움직이며

나직이 속삭이는 소리 ……

지금 샘물들은

굳은 얼음'강을 뚫고

때리고 부서야 할'지점에

그 힘을 축적하고 있노라

우리의 뜨거운 노래 소리와 더불어

지금 샘물과 고사리는

남녘 땅 한 모퉁이에 그 힘을 모으리라

반석 같이 그 힘 다지리라

그 힘 그 노래 온 천지에

울려 퍼질 때

눈보라도 숨 죽이고

무겁게 드리운 암흑을 헤치고

해'살도 대지 우에 꽃씨를 뿌리리라

새들도 잠 깨여 새봄을 노래하리라

바위 밑에서 얼음'장을

서서히 녹이고 있는 물'줄기여

선렬들이 걸어 온 길을 따라

얼음을 뚫고

바위를 깎아

그 힘들 모아

대하에 격랑을 일으켜라

눈 밑에서

주먹을 무수히 쳐든 고사리여

대지를 제치고

태양을 향하여

삶과 해방의 함성을 높이라

남녘 땅 봉우리마다에

사람들의 심장마다에

높이높이 메아리쳐라!*[52]

고사리는 조선반도, 그리고 재일조선인들 사이에서도 자주 먹는 흔한 산나물인데 그 고사리 끝이 돌돌 말린 모습을 주먹에 비겨서 읊고 있다. 눈이나 얼음 같은 혹독한 겨울 시대의 시련을 연약한 산나물이나 졸졸 흐르는 샘물이 타파하고 봄을 맞이한다는 줄거리로 지배와 억압에 대한 민중의 저항 — 여기에서는 '미제'에 대한 한국 민중의 저항 — 을 자연 묘사와 중첩시키면서 솜씨 좋게 표현한다.

한편 조선 학교에 다니는 우리 아이들을 애지중지하며 현재의 행복을 음미하는 「어머니의 다짐*」, 「부모된 의무로 하여*」, 한국군의 베트남 파병을 규탄하는 「얘야, 가서는 안된다*」 등 어머니 시점을 전면에 내놓은 시도 많다. 1967년 이후에는 몰개성적인 슬로건 시라고 할 만한 작품도 몇 편 썼다. 그러나 리금옥의 본령은 역시 재일조선인을 둘러싼 엄격한 상황을 날카롭게 파악하면서 자연이나 아이들에 대한 따뜻한 눈길을 머금은 시에 있다. 정치 정세나 외압에 대한 비판의 눈과 생명에 대한 자애의 정이 융합하고 있는 점이 1970년대 이전의 리금옥 시의 고유의 맛이다.

당시 재일조선여성들의 창작 활동에서 최대 벽이라고 할 수 있는 결혼, 출산, 육아를 이겨내고 계속 써 나간 점으로도 리금옥의 존재는 특필되어야 할 것이다. 오히려 부모가 된 1960년대에는 어머니가 된 기쁨

---

52 리금옥, 「고사리여, 샘물이여*」, 『조선신보*』, 1965.1.9.

이나 어린 아이에 대한 사랑, 육아를 위한 조용한 결의를 담은 시가 잇달아 나왔다. 총련 문학운동에 대해서는 그 배타성이나 권위주의 등 문제점은을 여러가지로 들 수 있다. 그러나 이 조직과 그것을 지탱하는 이들의 존재가 없었다면 리금옥이 이 시대에 지속적으로 작품을 발표할 수 없었을 거라는 것도 사실이다. 리금옥은 『조선화보*』 편집부에서 일하면서 창작 활동을 했는데 이렇게 일터와 발표의 장을 작가에게 제공할 수 있는 문화활동의 기반을 확고히 다진 것은 오로지 조련-민전-총련 주위에 모인 사람들이었기 때문이다.

1980년 이후 리금옥은 시를 씀과 동시에 일본 초등학교 3학년 '국어'(일본어) 교과서에도 수록된 『삼년 고개』(1981), 『줄어들지 않는 볏단』(1985) 등 조선 민화를 일본어로 재현하는 번역 활동에도 착수했다. 두 언어 사이를 오가면서 어린이들에게 '조선'을 알린다는 자세를 리금옥은 관철했다고 할 수 있다.

(2) 『진달래』와 오사카의 2세 여성들

『진달래』(총 20호)는 1953년부터 5년 반에 걸쳐 오사카에서 발행된 시잡지다. 김시종과 양석일의 원점이 된 잡지로서 알려져 있지만 여성이 쓴 작품이 많다는 것도 그 두드러진 특징이다.[53] 5호에서는 「여성4인

---

53 『진달래』에 게재된 여성 작가의 작품은 다음과 같다(학생작품은 제외함). 송재낭 「도쿄의 노랫소리」(창간호); 이성자 「잠 못 이루는 밤」(2호); 이정자 「감옥에 있는 친구에게」, 안희자 「욕망」, 최혜옥 「각성」(3호); 안희자 「우치나다 접수 반대에 전체 주민이 일어선다!-주간 요미우리에 게재된 카메라 르포를 주시하며」・「우리 조국」, 이정자 「고향의 강에 부쳐」, 홍공자 「조선의 어머니」, 송재낭 「정전」(4호); 송재낭 「이 노래 속에-간사이의 노랫소리에 부쳐」・「마음의 어머니에게」, 이정자 「삐라 붙이기」, 강순희 「사랑의 샘」, 김숙희 「가계부」(5호); 강청자 「새장 속 작은 새였던 나에게」, 강순희 「돌아가는 길」, 이정자 「모자의 노래」, 안희자 「의지」, 라안나 「자동차 소리」, 고순희 「당신과 함께」(6호); 이정자

집」, 14호에서는 「이정자 작품 특집」이라는 특집을 구성했다. 조련—
민전계열 재일조선문학회 회원이었던 이정자를 비롯해 노동자, 야학
생, 주부 총 15명 정도가 시나 수필을 투고했다.

그 주제는 여성 해방, 생활과 노동, 시사문제 등 여러 갈래로 나눠져
있는데 어느 시에나 새 시대 여성으로서 자부심을 갖고 적극적으로 살
자고 하는 자세가 보인다. 여성해방을 읊은 시에는 안휘자安輝子의 「욕
구」, 최혜옥崔惠玉의 「각성」, 강청자康淸子 의 「새장 속 작은 새였던 나에
게」, 「어머니에게」 등이 있다. 「새장 속 작은 새였던 나에게」는 다음과
같은 시다.

> 새장 속의 작은 새여
>
> 자 자유롭게 날아라
>
> 풀어놓은 바구니 밖의
>
> 대기의 넓이와 자유를 알 때
>
> 너는
>
> 진실한 기쁨의 노래를 부르리라.

「노동복의 노래」, 강청자 「어린 재단공을 위하여」, 원영애 「K 동무에 보내는 편지」[수
필](7호); 안휘자 「죽음의 상인들은 노리고 있다」, 원영애 「수소 폭탄과 여성」[평론], 강순
희 「고목」, 홍공자 「나의 하루」, 라안나 「일과를 마치고」(8호); 강순희 「일의 노래」, 안휘
자 「오미견사의 처녀」(9호); 송재낭 「잊을 수 없는 11월 15일」, 조영자 「느낀 그대로의 기
록—진달래의 밤」[수필](10호); 원영애 「아버지의 파쇼」[수필], 강청자 「어머니에게」, 이정
자 「사과」·「천장」(11호); 강청자 「비」(13호); 강청자 「오사카의 어느 한 구석에서」, 이정
자 「밭을 갈며」·「어느 구두」·「유리의 노래」·「감옥에 있는 친구에게」·「고향의 강에
부쳐」[재록·「노동복의 노래」(14호); 이정자 「눈물의 골짜기」, 이혜자 「카네이션」, 안휘
자 「조선인 소학교에서 배우는 아이들에게」(15호); 강춘자 「야학생」(16호); 강청자 「우리
집」(17호).

나는

나의 생활을 노래한다

그 생활의 기쁨과 고통을

밝은 리듬으로 노래 부른다.

다시는 새장 속으로

돌아오지 않는 작은 새처럼

모두가 좋아했던

옛날의 나로

되돌릴 수는 없다.[54]

　"새장 속"은 조선의 유교적 가족관과 남녀관에 얽매인 생활 세계다. "모두가 좋아했던" 과거의 '나' 즉 타자 = 남성의 시선으로서만 존재했던 '나'와 결별하고 자기 의사를 가진 새로운 자신을 긍정하려는 결의의 시다. 과거의 조선여성들의 삶의 방식을 비판적으로 극복하려고 하는 이러한 관점은 "슬플 때는 혼자서 몰래 울고 / 괴로울 때에도 꾹 참고 / 묵묵히 생활해 온 어머니에게는 / 이해할 수 없겠지만 / 나는 인생의 기쁨과 고통을 솔직하게 / 그리고 아이처럼 / 제멋대로 노래부르고 싶습니다"라고 쓴 같은 작가의 「어머니에게」에서도 보인다.

　또한 1954년작 강순희의 「돌아가는 길」에서는 4년 전에 참가한 조선인학교 폐쇄령 철회운동과 인민군 창건 6돌을 맞이하기 위한 모임에 다

---

54 강청자, 「새장 속 작은 새였던 나에게」, 『진달래』 6, 오사카 조선시인집단, 1954.2.

니는 현재가 중첩된다. "가령 이해 부족한 내 부모님이 / 늦게 돌아오는 나를 힐책하더라도 / 나는 동무들과 관계를 끊지 않는다 / 내일도 또 내일도 / 이 길을 계속 다닐 것이다". 부모의 낡은 가치관과 대결하면서 같은 세대 젊은이들과 연대하려는 한 여성의 마음의 움직임이 여기서 그려져 있다.

한편 "예에서 빠지지 않는 편벽되고 봉건적이며 파쇼적인 아버지"에 대한 딸이 올린 비판의 목소리도 보인다.

> 결혼은 딸의 의사도 묻지도 않고 집안 간의 권력으로 맺어졌다. 아버지와 딸이라는 혈연을 떼어놓고 해석할 때 딸은 하나의 상품이었다. 그 상품 매매는 권력이라는 화폐로 이루어졌다. 딸의 의사 없이 혼약을 정하는 것이 당연했으며 딸의 의사로 선택하는 것은 치욕이라고 여겼다. (…중략…) 장녀인 나는 열일곱 살에 혼약이 정해져 있었다. 반항하면 하루종일 두들겨 맞았다. 학교에도 보내주지 않고 외출은 금지되었다. 친척들은 아버지에게 한마디 충고도 하지 않고 오히려 나를 설득하러 왔다. 학교에 가는 길과 집밖에 모르는 딸은 아버지가 무섭고 사회가 무서웠다. 그러나 옳지 않은 일에 지고 싶지 않았다. (…중략…) 신헌법은 불효자를 만들었다고 한다. 과연 헌법 개정 전에는 불효자가 적었고 개정 후에는 불효가 속출했을까? 부모에게 효행을 강제하는 것은 천황에게 충성을 다해 그것이 재군비 사상으로 연결되는 것은 말할 필요도 없다.[55]

---

55 원영애, 「아버지의 파쇼」, 『진달래』 11, 오사카 조선시인집단, 1955.3.

1955년이라는 재일조선인들 세계에서 보면 지극히 이른 시기부터 재일조선여성판 '딸의 반항'이 문장화되어 있었던 점도 그렇지만 글쓴이인 원영애가 그것을 전후 일본사회 비판으로 연결시키는 점이 주목된다. 자기 경험을 바탕으로 부권제에 대한 비판적 사고를 길러 가는 '해방' 후 재일조선여성들 사상의 맹아를 여기에서 볼 수도 있다.

　　원영애가 말하는 바의 "상품의 매매"와는 정반대 편에 있는 남녀간의 연애를 읊은 시도 많다. 강순희의 「사랑의 샘」, 고순희高順姫의 「당신과 함께」, 강청자姜淸子의 「내 집」 등이다. 「당신과 함께」는 이런 시다.

　　　당신이 나아가는 길이
　　　가시돋친
　　　가시밭길일지라도
　　　나는 알고 있다
　　　당신은 새로운 내일에의
　　　빛난
　　　을 걸고 있는 것을.

　　　깊게 추구하는
　　　진실에 보답하기 위해서
　　　주저할 일도 없이
　　　오로지 전진한다

　　　당신이 나아가는 가시밭길을

나는 당신과

모두를 함께 해서 나아간다

우리들 일하는 자들의

사회를 만들기 위해서

평화를 사랑하기 때문에

나는 당신의

보다 좋은 협력자로서

그리고

보다 좋은 동지가 되고 싶습니다.[56]

이 시에서는 '나'와 '당신'의 새로운 관계를 보여준다. 그 사랑은 공산주의의 사상적인 동지애도 띠고 있다. 시의 "보다 좋은 협력자로서"라는 부분에 나타나 있듯이 작자는 종속적인 위치에 머무르고 있어 완전히 대등한 관계가 실현됐다고 하기는 어려울지도 모른다. 그래도 예전에 평균적 조선여성에게는 상상조차 못했던 자유연애가 긍정되어 있어 재일조선여성들의 가치관에 격변이 일어나고 있었음에 틀림없다. 남성작가들 대부분이 그랬듯이 대체로 당시 지식층 조선남성은 근대적 가치관을 지닌 비교적 고학력의 일본인 여성과 연애나 결혼을 했다고 한다. 아직 재일여성의 대부분이 중매결혼을 했던 시기에 『진달래』에 모인 2세대 여성들은 남성들과 새로운 관계를 모색하고 있었을 것이다. 능동적인 연애, 그것은 구세대를 뛰어넘으려는 실천이었던 것이다.

---

56 고순희, 「당신과 함께」, 『진달래』 6, 오사카 조선시인집단, 1954.2.

한편 김숙희金淑姬의 「가계부」, 홍공자洪恭子의 「나의 하루」, 라안나羅安那의 「일과를 마치고」, 강순희 「일의 노래」에서는 나날의 노동이나 생활을 시로 옮겨놓았다. 라안나의 「일과를 마치고」는 조선학교 교사의 입장에서 쓴 시이며 「일의 노래」는 가혹한 매일의 노동을 견뎌내면서도 일본 사회의 변혁에 종사하는 자부심을 옮겨놓은 작품이다. 김숙희의 「가계부」는 이런 시다.

파 10엔 된장 15엔
유부 10엔 간장 5홉
그리고 보리 2킬로와 쌀 1말
전부 430엔.

이것은 어제 기입표입니다
페이지를 펼치면 한이 없을 만큼
자잘한 숫자를 만납니다
마치 돈이라는 물건을
잘게 썰어서 먹고 있는 듯해서
목에서 꾸르륵 소리가 납니다

병약한 남편을 거느리고
한 달 6000엔도 안 되는 변통
"크림값 150엔"이라는 숫자조차
겁내지 않으면 안되는 나의 생활

하지만 나도 남편도

실망 같은 건 한 적이 없습니다

이러한 비참한 세상이기 때문에

하나하나 잘게 써는 마음으로

매일의 생활을 계산하는 것입니다.

나막신 끈 30엔 꽃 20엔

우동 2끼 양파 10엔[57]

　식료품과 일용품 이름과 값을 나열하면서 담담한 말투로 가계를 변통하는 일상이 기술된다. 시 가운데에서 "실망같은 건 한 적이 없습니다"라고 표현한 것처럼 작자의 늠름한 생활력이 강조된다. 그러나 그러므로 "잘게 써는 마음으로 매일의 생활을 계산하는 것입니다"라는 표현에서는 무시무시함조차 감돈다.

　정치투쟁을 직접적으로 다룬 시도 『진달래』에 많이 투고되었다. 송재랑의 「도쿄의 노랫소리」, 「이 노래 속에-간사이關西의 노랫소리에 부쳐-」, 안희자의 「우치나다內灘 접수 반대에 온 주민이 일어선다!」, 「무기 상인들은 노리고 있다」, 「오우미견사近江絹絲의 아가씨」 등은 일본 공산당과 공동투쟁을 그대로 묘사하고 있고, 강청자의 「어린 재단공을 위해서」, 「오사카의 어느 한 구석에서」에는 밑바닥에 처해 있는 일본 노동자와의 연대를 볼 수 있다.

57　김숙자, 「가계부」, 『진달래』 5, 오사카 조선시인집단, 1953. 12.

조선이나 재일조선인을 그리는 것도 그녀들에게는 큰 과제였다. 이 성자의 「잠 못 이루는 밤」, 이정자의 「옥중의 벗에게」, 「고향의 강에 부쳐」, 안희자의 「우리 조국」, 「조선인 초등학교에서 배우고 있는 어린이들에게」, 홍공자의 「조선의 어머니」, 송재랑의 「정전」, 「마음속의 어머니에게」 등에서 그것을 볼 수 있다.

아직 보지 못한 고향이나 뿔뿔이 흩어진 육친에 관한 시도 썼다. 송재랑의 「마음의 어머니에게」는 생사불명인 제주도에 계시는 어머니를 그리워하는 시다. 식민지 시기에 어쩌다가 딸만 혼자 일본에 살게 되었는지, '해방' 후에 어머니가 먼저 조선에 돌아간 후 연락이 끊어졌는지 등은 시에서는 읽어낼 수는 없으나, 조선반도 정세의 긴박화로 조선－일본간 왕래를가 어렵게 되어 가족의 이산이 고착화되어가는 상황이 투영된 작품이다.

『진달래』는 일반적인 재일조선여성들 앞에 처음으로 열린 '표현의 장'으로서도 기억되어야 할 잡지다. 예를 들면 당시 최대 문학단체였던 재일조선문학회의 명부(1951년 작성)를 봐도 전체 회원 51명 가운데 여성은 리금옥과 강수자 두 사람뿐이다(『진달래』의 이정자는 1952~1953년경 문학회에 가입했다). 게다가 녀맹 중앙위원으로 추측되는 강수자의 작품은 찾을 수 없다. 『진달래』와 같은 시기 도쿄에서 활동한 시 서클 불씨동인회에는 여성이 한 명도 없었던 점에 비추어 보아도 지역에 뿌리내리려고 청년 남녀를 폭넓게 받아들인 점에서 『진달래』의 활동은 이채로웠다.

『진달래』 주변의 여성들 다수는 일본 학교에서 초등교육과 중등교육을 받은 것 같다. 탄압 전의 조선인학교에서, 또는 탄압 후 형태를 바꾸어가며 계속된 민족학급 등에서 배운 사람도 있었을 테지만 표현 수단은 모두 일본어였다. 그녀들은 당시 일본에 울려 퍼진 '평화'나 '노동자들을 위한 사회 건설'이라는 이념에, 거기에 내포되었을 터인 민족문제를 뛰어넘어서 공감하며 거기에서 자신의 민족적 아이덴티티를 긍정하는 탈식민지화의 회로를 찾아냈다. '미제'를 일본과 조선의 공통의 적으로 설정해 아시아 독립을 목표로 한다는 일본 공산당의 논리에서 크게 벗어나는 일이 없었다는 것은 분명하다. 그러나 한 가지 확실한 것은 그녀들의 시에 사용된 일본어는 이미 그녀들에게는 강요당된 지배자의 언어가 아니었다는 것이다.

『진달래』는 1958년에 종간되었는데 그보다도 일찍 여성들은 『진달래』에서 종적을 감췄다. 왜 그녀들의 거처가 없어졌던 것일까? 우선 생각할 수 있는 것은 『진달래』의 내부 분열 및 총련과 대립이다. '공화국' 공민으로서 조선어를 사용해 창작한다는 총련의 문화방침에 어긋난다고 해서 『진달래』는 1955년 이후 거센 비판을 받게 되었다. 조선어로 읽고 쓰는 게 충분하지 않았던 여성들에게 그것은 시 쓰는 활동 자체가 부정되는 것과 같은 의미를 가졌다. 다음으로 『진달래』가 고등교육을 받은 남성 지식인들의 일본 시단을 겨눈 발표의 장으로 서서히 그 성격을 바꾸어 간 것이다. 호를 거듭해 갈수록 여성들은 능력이나 지식의 부족함을 깨닫게 되었을지도 모른다.

거기에다가 결혼과 출산에 따른 좌절도 무시할 수 없는 요소다. 『진달래』 14호에 실린 홍종근洪宗根의 「이정자작품 노트」에서 언급되듯이 결혼 후에는 주변에서 일어난 일을 다룬 시시한 시밖에 쓰지 못하게 되었다는 이정자의 고뇌가 드러내는 바대로다. 사고와 창작 시간을 물리적으로 확보하지 못하는 것, 집 밖의 세계와 연계가 끊어지는 것, 그리고 선진적으로 보였던 남편에 배어든 봉건성에 직면하지 않을 수 없었던 것 등 부정적 요소는 한없이 들 수 있을 것이다.

생활에 급급한 아마추어 시인이었던 여성 회원들은『진달래』종간 후에 일본 시단에서 활약할 수 있었던 것도 아니었고, 새로운 동인지를 창간할 수 있을 만큼의 실력이 있었던 것도 아니었다. 총련에 소속된 여성들도 적지 않은 것으로 추측되지만 후일 조선어 작품을 발표하는 일은 거의 없었던 것 같다.

2세 세대 여성 문학으로서의 다양한 가능성을 품고 있었던 그녀들의 일본어로의 표현 행위는 이렇게 하여 공중에 붕 뜬 상태가 되었다.

(3) 조선어와 격투한 총련 시인들

괴멸 상태에서 서서히 재건된 민족교육 시스템 속에서 자라난 여성들은 1950년대 후반부터 조선어로 문학활동을 시작했다. 1957년에는 처음으로 청년을 대상으로 한 문예작품 모집이 진행되었는데 소설 부문에서 일등에 당선한 이는 19세의 여성이었다. 1960년대 조선어 시인에는 당시 녀맹 도쿄도본부 상임이었던 정춘자, 최설미, 황보옥자 등이 있다. 덧붙이자면 한미비라는 인물의 작품이 1960년대에 빈번하게 보이지만 이것은 남성 아동문학자 한구용과 동일인물이다.

녀맹 중앙 상임으로 조선학교 교사였던 최설미는 조선신보사가 주최한 1962년 제1회 신인 문예작품 현상모집에서 「연단에 선 어머니*」가 선외 가작에 뽑힌 후『조선신보*』나 문예동 기관지『문학예술*』에 작품을 발표를 하게 되었다. '귀국'하는 남동생에게 보낸 「떠나는 동생에게*」(1961), 베트남전쟁을 제재로 한 「원한의 길 — 남부 웰남에서 아들을 잃은 한 어머니의 이야기*」(1966), 귀국협정 연장을 호소하는 「귀국의 길은 계속 틔워야 한다*」(1967), 「충성의 노래*」(1968) 등 조직 활동가다운 정치색이 짙은 작품이다.

1963년작 「녀인도女人図*」에는 최설미의 조선여성관이 나타나고 있다. 시에서는 우선 옛 시기 학대당한 조선 여성들, 다음으로 현재 한국 여성들의 비참, 그리고 이것과는 대조적인 '공화국'의 이상적인 '무지개의 여인도'가 각각 묘사된다. 마지막으로 분노와 적개심으로 '미제'를 때려눕히고 남북의 조선여성들이 손잡고 하나의 여인도를 만들자고 매듭짓는다. 오랫동안 유교 규범에 의해 억압되어 온 조선 여성들인데 한국에서는 지금도 그 억압이 계속되고 있다. 한편 '공화국'에서는 여성해방이 이미 달성되었으며 나머지 일은 '미제'에 의한 지배의 종언으로 한국 여성들도 해방될 것이라는 내용이다. 여기에서는 사회주의적인 남녀평등이야말로 현실적인 여성해방의 길로 파악되고 있다.

또한 새해를 맞이하는 시 「새날이 동터옵니다*」(1968)에서는 어머니세대 여성들을 노래했다. 이 작품은 최설미를 포함한 3명의 '집체작' 즉 '공화국'에서 자주 보이는 공동 창작이다. 그 첫머리 부분을 인용해 본다.

천리마조선의
영광찬란한 새날이

1
첫닭도 단장을 하는가 소리없어

만물이 고요한 새벽

따르르 따르르

재봉기소리가 울려옵니다

어머니의 눈매에

뜨거운 무엇이 반짝입니다

리별, 리별 생리별에

남에 두고온 딸을 생각하시며

무지개 나비저고리

세배옷을 만드시는 어머니 눈매에…

아, 내딸아

굶주림에 날이 새고

기아에 해지던 고향살이

너무나도 처량하고

고생스럽던 우리

설이라 새버선, 새고무신 한켤레

사주지 못한 이 어미를

원망치 말라

징용으로 끌려간 아버지가

어둠침침한 탄광속에

영영 묻히였다는 비통한

바람소식에
부두가에 버터앉아
통곡하던 어미가
어찌 내뿐이랴

고향산천 천리만리 눈물속에 두고
〈아버지 유골을 찾아오리니…〉
이 말이, 아, 이말이
너에게 한 마지막말이 될 줄이야
내 어찌 상상인들 했으랴

(…중략…)

2
어머니는 아시리라
우리가 누리는 참된 삶의 뿌리를—
고난의 가시밭과 생눈길에 뒤덮인
15성상의 나날에도,
하늘이 울고 땅이 뒤흔들린
포화의 그 나날에도
조국의 운명을 한몸에 지니시고
몸소 고난의 선두에 서신 분이
바로 온세계를 밝히시는 수령이심을

(…하략…)*58

작자들은 조선 어머니들이 겪어 온 고난을 대필해 그때까지 노고를 보답하는 현재의 행복—그것은 '공화국' 공민으로서 위대한 수령을 받드는 것으로 도래한다—을 축하한다. 어머니들의 역사를 발굴해 작품화하는 것은 식민지하 조선 여성들의 삶을 자기 체험으로 받아들이는 것이다. 그것은 또한 사회주의적 민족교육을 받은 딸들에 의한 어머니의 긍정이기도 하다. 이미 어머니는 단지 무식한 채 나날의 생활에 쫓기기만 하는 여성이 아니다. 글을 배우고 역사와 사회를 배우는 발전하는 여성이다. 어머니와 딸이 서로를 존중하면서 같은 이념을 향해 손에 손을 잡는다는 여성들끼리의 새로운 관계가 여기에서 모색된다.

한편 인용한 시에서 나타나듯이 '공화국' 공민임을 지나치게 강조한 나머지 재일조선인 사회의 현실과 '공화국'적 남녀평등 이념사이의 괴리를 지적하는 게 불가능해지는 결과도 생겼다. 재일조선여성들의 불행의 근원을 식민지기든 식민지 이후든 모두 일본에 돌린다는 태도도 마찬가지다. 1960년대 후반이 되면서 현모양처적 가치관이 점차로 공고히 되어가는 가운데 총련 여성시인들은 그것을 감수하면서 창작 활동을 계속해 갔다. 그녀들은 총련—'공화국' 여성관에 입각하면서 주위 여성들을 계몽하고 동원한다는 자기에게 기대되는 역할을 정면으로 받아들인 것이다.

그런 그녀들이 『진달래』에 시를 발표한 여성들처럼 남녀 간의 사랑

---

58 최설미·황보옥자·홍순련, 「새날이 동터옵니다」, 『문학예술』 28, 재일본조선문학예술가동맹 중앙, 1969. 2.

을 노래하지 않았던 것은 그다지 신기하지 않다. 그녀들에게는 사랑이란 단지 사회주의 조국에 대한 조국애이며 민족애, 동포애이며, 자식에 대한 사랑을 의미했다. 젊은 총련 시인들이 쓴 어색한 직역조의 시를 읽다보면 일본어로 쓰면 오히려 그 풍요로운 감정을 순수하게 표현할 수 있었지 않았을까 상상하지 않을 수 없다. 솔직히 말하면 작품의 완성도도 특별히 높다고는 할 수 없다. 조선 사람을 위하여 조선어로 쓴다는 탈식민지화의 왕도를 걷기로 한 그녀들은 자기 안에 있는 일본어를 억압하면서 조선어와 마주하고 있었을 것이다.

2) 3명의 소설가

재일조선여성들에 의해 일본에서 출판된 맨 처음의 소설은 1976년에 간행된 성률자의 『이국의 청춘』이다.[59] 그러나 실은 그 이전에도 소설을 쓴 여성들이 존재했다. 1950년대부터 1960년대에 걸쳐서 등장한 윤영자, 안후키코, 유묘달이 그들이다. 윤영자는 조선어로 안후키코와 유묘달은 일본어로 창작을 했다. 이 세 여성작가들은 어떤 소설을 썼을까.

---

59 성률자의 『이국의 청춘』은 일본 사회에서 살 길을 모색하는 재일 2세 청년들에 대한 이야기다. 남성을 주인공으로 삼았기 때문에 "아무래도 깔끔하지 않았다"(성률자, 「후기」, 『이국으로의 여행』, 소주샤, 1979)고 하여 3년 후에 간행한 게 1940년대 일본을 무대로 한 조선인 소녀의 이야기 『이국으로의 여행』이다.

(1) 윤영자—아버지와의 슬픈 갈등

재일조선여성 최초의 소설로 추측되는 「아버지와 나*」는 다음과 같이 시작된다.

> 겨울도 추움이 한층 심한 二월의 어느 날 밤이었다.
>
> 방 안에는 여름왜[원문 그대로] 같이 판자쪼각의 벽사이에서 바람이 슬슬 들어 오며 문을 열고 들어 간 나의 얼굴에 찬기가 확 들어서썼다.
>
> 그 방에서 아버지는 곱세와 같이 몸을 옆으로 굽히고 머리까지 이불을 덮고 주무시고 계셨다. 나는 이불 속에 바람이 들어가지 않도록 단단히 덮어 주었다.
>
> 아버지는 잠이 오는 듯하는 소리로써 "누고"하면서 이불 속에서 얼굴을 내셨다. 그와 함께 술 냄새가 나의 코를 확 찔렀다. "아버지 또 술을 마셨어요?" 나는 아버지를 나무래는 듯이 말했다. 아버지는 부끄러움을 감추는 듯이 웃음 소리를 내면서 "아니―마시고 싶어서 마신 것이 아니다. 몸이 괴로우니 마신다야"하며 이를 빠득빠득[원문 그대로] 갈고 있었다.*60

이 단편은 총련 산하 재일본조선민주청년동맹(민청) 창립 10주년 기념 문예작품 모집에서 소설부문 일등에 뽑힌 작품이다. 작품 전체 길이는 6쪽 정도로 지극히 짧지만 예외적으로 당시 총련 기관지 『조선민보*』 제1면에 게재된 것으로 보아 상당히 높이 평가된 작품이었음을 알 수 있다. 발표 당시 19세였던 작가 윤영자는 후쿠오카시 요시즈카 소학교 민

---

60 윤영자, 「아버지와 나*」1~5, 『조선민보*』, 1957.3.30~4.9.

족학급 교원으로 일하고 있었다. 인생의 기로에 서있는 '나'＝옥희의 내면을 응시한 자전적 작품이다. 강 위에 지은 판잣집에 식구 7명과 사는 '나'는 교사로서 번 박봉을 송두리째 집에 가져다 바치는 생활에서 벗어나가기를 원한다.

어느 날 술을 들이켠 후 자고 있는 아버지를 보고 반발심을 억누를 수 없게 된 '나'는 문득 자신의 모습을 거울에 비춰 본다.

나는 경대 앞에 서서 거울에 비치는 자기의 모양을 바라보았다. 무엇인지 몸 전체가 마치 마음이 비틀어진 듯이 비틀어져 보인다. 그렇게 생각하면서 거울을 보고 있으니까 그렇게 보이는 것이 아닐까. 아니 다소간은 마음이 비틀어져 있는 것이지……. 그것은 지금의 생활이 매우 참기 어려운 것이기 때문이다.

고등학교 졸업 후 '나'는 가까스로 동생들의 생계를 꾸리면서 나날을 보내고 있다. 자신의 힘으로 무언가 하고 싶지만 마음대로 안 되고 초조함을 참고 있다. 아무리 일해도 부모가 충분한 수입이 없어 자기가 번 돈을 자기에게 투자할 수 없는 것이다. 세탁소라고 하는 익숙지 않은 육체노동을 하는 아버지는 매일 술에 취해 있는 불쌍한 중년남성이다. 예전에는 조직 활동가였던 지식인 아버지는 지금 볼품없이 빈곤에 빠져 있다. '나'는 이날 난생 처음으로 아버지에게 불만을 토로한다. 그런 '나'에게 아버지는 한심한 자신의 모습을 딸 앞에 드러낸다.

"아버지는 네, 여러가지로 생각하고 있다. 그러나 어떻게도, 참말로 아무

리도 못하고 있는 것이야. 아버지의 이야기를 들어 주는 사람은 아무도 없
는 것이야. 아버지는 고립되고 있는 것이야…. 한 사람도 돌보지 않는다"
(…중략…) "아버지에게는 정말로 이야기 하는 사람이 없다. 아버지는 그것
이 참 섭섭하다. 상담하는 사람이 없다 야. 그래서 말이지. 옥히는─옥히는
아버지의 이런 마음을 리해하여 줄 것이지 하여, 언제나 그 기회를 찾고 있
었으나 나까나까 없다. 그렇지 옥히"*

인생의 패배자임을 숨기지도 않고 오히려 자신을 이해하라고 요구
하는 아버지에게 '나'는 동요한다. 아버지에게서 신뢰받고 있다는 사실
에 기쁨을 느끼는 반면 현상타파의 방도는 역시 아무것도 없는 것이다.
'나'의 어머니는 딸에게 "시집가서 효도해라"고 태연하게 내뱉는 '무식'
한 여성이다. 그렇기 때문에 아버지는 '나'에게 자신의 이해자가 되기를
기대하고 구원마저 요구한다. 지식을 익힌 딸에게 기대하면서도 그 딸
의 노동 없이는 식구들을 부양할 수 없는 것이 그가 직면한 현실이다.
자신의 비참한 인생을 한탄하는 것만으로도 힘에 부치는 아버지에게는
아무런 타개책이 없는 것이다.

나는 무엇 때문에 울고 있는가─고 자기 자신에게 물어 보았다.
너는 불상한 아버지를 동정하여서 울고 있는가? 그것이 아니면 너는 너
무나 아무리도 되지 않는 집을 생각하여 울고 있는가? 그렇지 않으면 너는
더욱 공부하고 싶었던 것이─그런 꿈을 그리고 있었던 것이 결정적으로 불
가능한 것에 부딱친[원문 그대로]것을 눈 앞에 보았기 때문이냐……?
나는 이렇게 밖에 답할 수는 없었다. ─나에게도 모르겠다. 그러한 것 전

부가 지금의 나의 마음을 슬프게 하고 있는 것만은 정말이다.

그러나 이런 생활에 진다는 것은 생각할 수 없는 것이며 설마 실제에 가능하지 않다 하더라도 그 희망만큼은 잊지 않는다. 희망을 잊은 생활을 나는 계속 할 수는 없을 것이다. 나는 참지는 못한다. 나는 항상 생각하고 있다. 무엇인가를 하고 싶다. 그것이 어떠한 일일지라도 자기 몸을 그것에 정녕 받칠 수 있는 일이라면. 그러나 그것이 어떠한 것인가 하는 것은 나 자신도 아직 막연한 것이었다.

딸인 '나'는 아버지의 협력과 이해로 고등학교를 졸업할 수 있었다. 그러나 그 아버지가 생활 능력이 결여되어 결국은 집에 매여 있다는 딜레마를 안는다. 극복해야 할 아버지가 증오해야 할 봉건적인 아버지도, 반동적인 아버지도 아니라는 데에 바로 '나'의 절망적인 고뇌가 있다. 장래 희망을 가차 없이 빼앗기는 현상에 저항하는 '나'의 한계점에 달한 정신상태가 치밀한 심리 묘사에 의해 서정적으로 표현되고 있다. 아버지에 대한 존경심을 잃지 않으며 그렇다고 해서 미화하는 것도, 필요 이상으로 추악하게 그리는 일도 없이 있는 그대로의 아버지의 모습을 작품은 그려낸다. 탈식민지화라는 이상에 불타고 어느덧 꿈이 깨진 한 조선인 남성의 비애를 의도치 않게 그려냈다는 점에서도 이 단편의 가치를 볼 수 있을 것이다.

작가는 그 후 어떤 인생을 보낸 것일까? 남편과 아이를 거느리고 나날의 생활에 매몰되었을지도 모른다. '공화국' '귀국'에 희망을 걸었을지도 모른다. 활동가 부부를 그린 「젊은 생활」(1962) 이후에는 작품이 발표된 흔적이 없으므로 계속 소설을 쓰지 않은 것만은 확실한 듯하다.

(2) 안후키코와 고뇌하는 2세들

　　현재 이 방 젊은이들은 모두 같은 늪에 있었다.

　　부모님들의 암시장이나 소주 제조를 도우면서 그들은 그곳에 뿌리를 내릴 수 없었다. 젊은 육체는 태양 아래에서 온 몸에 빛을 쬐고 싶어했지만 조선인에게 일자리는 없었다. 도회라면 변장해서 몰래 들어갈 수 있을지도 모른다. 그러나 이 작은 시골 마을에서는 몰래 들어갈 그림자도 구멍도 존재하지 않았다.

　　모두 학교에 있을 때는 졸업만 하면 …… 이라는 희망을 한번쯤 가져 본 적이 있었지만 학교에서 내팽겨쳐지면 바람은 한층 강했다.

　　그리고 아무런 목적도 없어졌다. 뇌를 운동시킬 시간도 힘을 소비할 곳도 없어져서 모두 형처럼 번민하고 있었다.[61]

　이것은 안후키코 「뒤늪裏沼」(1959)의 한 구절이다. '백엽동인회'가 창설한 제1회 백엽 문학상 준입선작(입선 해당작 없음)이다. 주인공 모리오守男는 졸업을 앞둔 고등학교 3학년생이다. 형 마사오正男는 고등학교 졸업 후에 도회에 일하러 가나 조선인이라는 사실이 드러나 해고당한 과거가 있다. 나고 자란 간사이關西 벽촌의 조선인부락에서 부모와 함께 밀조주를 만들고 암거래 쌀을 파는 수밖에 살아갈 길이 없음을 뼈저리게 느낀 마사오는 "불안과 고뇌의 수렁에 빠져"있다. 모리오는 형처럼 불행해지는 것을 두려워하고 있으나 그것은 시간 문제였다.

---

61 안후키코, 「뒤늪」, 『백엽』 13, 백엽동인회, 1959.11, 75쪽.

취직시험에 계속 떨어져 졸업 후 전망이 불투명한 것이다. 모리오와 마사오에게는 이웃에 사는 기미코君子와 아키코秋子라는 조선인 소꿉친구 자매가 있다. 언니 기미코는 마사오를 좋아했지만 장사하는 다른 조장래희망선인과 중매결혼해 오사카로 간다. 그러나 머지않아 낙태가 원인이 되어 죽어버린다. 그 사실을 안 마사오는 어디 간다는 소리도 없이 부락에서 종적을 감춘다. 이 사건 후에도 모리오는 취직할 전망도 없이 묵묵히 졸업시험 공부를 하고 있었다. 그러던 어느 날 모리오는 그를 따르는 이웃집 소년 하루오春男에게서 아키코가 쓴 편지를 받는다. 그녀도 역시 자신의 숙명을 벗어나려고 부락을 떠난 것이었다. 아키코를 사랑하고 있었다는 것을 알아차린 모리오는 자신의 마지막 것까지 잃게 되었다는 것을 깨닫는다. 그 다음 날 퉁퉁 부은 모리오의 익사체가 부락 뒤 늪에서 인양되었다.

고여 있는 늪은 재일조선인 청년들의 폐색된 상황의 상징이다. 예전에 마사오나 기미코가 조선인이기 때문에 받은 처사에 절망하고 빨려들어가듯이 이 늪 심연에 서 있었던 것을 모리오는 목격한 적이 있다. 결국 모리오는 거기에서 자살한다. 그러나 이것으로 조선인부락 젊은이들의 비극에 종지부가 찍힌 것은 아니다. 아키코가 쓴 편지를 전한 하루오가 늪에서 끌어 올려진 사체를 부여잡고 우는 마지막 장면은 2세 청년들의 숙명이 이 소년에게 분명히 전달되었음을 암시한다. 그 어떤 구원도 찾아낼 수 없는 작품이다. 젊은이들이 발버둥치며 괴로워한 끝에 패배하고 마는 모양이 담담하게 묘사되고 있을 뿐이다.

모리오, 마사오 형제와 양친과 사이에는 메울 수 없는 균열이 있고, 그것 사이에는 갈등조차 일어나지 않는다. 부모들은 목숨을 연명하는

데 급급하고 자식들은 아무도 이해하지 못하는 고독과 격투한다. 모리오에게는 "아버지의 악센트가 강한 일본어나 어머니의 거친 울림을 가지는 조선어가 무척 신경을 건드린다". 이 두 아들에게는 부모들 세대와는 달리 교육을 받을 기회가 주어졌다. 그러나 공교롭게도 일본의 교육은 그들을 조선이나 조선어로부터 보다 멀어지게 하여 부모와 자식 간의 균열을 보다 깊게 하는 결과를 초래한다. 그렇다고 일본 문화나 사회규범을 몸에 걸친다고 해서 전망이 열릴 리도 없다. 일본 학교에서 우등생이었던 모리오는 조선인이라는 단 한 가지 이유로 일자리를 찾지 못 한다는 현실에 내면이 비참하게 파괴된다.

그런데 이 소설의 주인공은 실재한 인물을 상기시키지 않는가? 바로 1958년에 일어난 고마쓰가와小松川사건의 "범인"인 이진우다. 조선인 부락에 살며 일본 학교에서 우등생이었지만 사회에서 거절되었다는 설정도 매우 흡사하다. 「뒤늪」을 이 사건에 촉발되어서 썼는지는 분명치 않으나 실은 옥중에 있었던 이진우도 이 작품을 읽었다. 그의 후원자였던 박수남으로부터 요청받은 저자 안후키코는 스가모巢鴨 형무소에 면회를 갔고 그 후에도 서면 교환을 했다고 한다.[62] 덧붙이자면 당시 총련 측에 있었던 박수남과 민단 측의 안후키코를 이은 것은 다음에 살펴볼 유묘달의 소설 「어머니」에도 언급되는 1961년에 열린 조국평화통일 남북문화교류촉진 문화제였다.

---

62 안후키코는 이진우를 면회한 후 그 태도를 보고 "응석 부리고 있다"고 느꼈다. "그런 처지는 모두에게 있었어, 그 시대. 모두 가난하고 모두 찌부러지고 만 그런 시대였지. 그래서 말이야, 모두가 범죄를 저지르면 큰일난다고. 모두 참고 목숨을 부지해야 한다고. 그래서 그는 한국 사람이니까 그렇게 됐다는 소리는 듣고 싶지 않았어요"라고 말했다. 안후키코 씨의 증언, 2004.6.12.

「뒤늪」의 작품 세계로 되돌아와 보자. 주인공은 남성일지라도 이 작품에는 여성들의 모습도 자세하게 묘사되고 있다. 이들 여성의 삶의 태도에서 폐색 상황을 돌파하는 조그마한 가능성을 걸고 있는 듯하다. 늘 집에 있는 할머니는 아이들이 유일하게 마음 놓고 이야기할 수 있는 어른이다. 할머니가 조선말로, 모리오와 아키코가 일본말로 이야기를 주고받는다. 모리오는 자신의 부모를 포함해 주위 사람들이 사용하는 조선말에 혐오감을 가진다. 그것은 일본에서는 무가치와 다름없는 언어라는 열등감으로부터 오는 것이다. 그래도 할머니가 이야기하는 말만은 "시처럼 아름답다"고 느낀다. 할머니는 조선을 통째로 몸에 안고 있는 듯한 조선 토착성을 가진 성품이 너글너글한 여성이다. 아키코가 예전에 김치 냄새 때문에 학교에서 놀림을 받았을 때 할머니는 "무엇이 부끄럽냐? 이 세상의 쓰케모노(야채 절임)는 일본의 누카즈케(소금겨에 담근 야채)뿐만이 아닌데"라며 아키코의 용기를 북돋운다. 일본을 상대화하는 지혜도 가지고 있는 것이다.

모리오는 일본에 물들지 않은 이 할머니의 존재에서 자기 존재의 원점을 찾으려 했다. 그러나 조선과 이어지는 유일한 고리였던 할머니의 죽음으로 모리오는 조선도 일본도 아닌 어정쩡한 상태에 내버려지게 된다. 모리오는 "집안에서는 몸 둘 곳을 찾기 어려워진"다. '재일'로서의 고뇌가 본격적으로 시작된 것이다.

이웃집에 사는 기미코는 경제력 있는 동포남성과 결혼하기를 기대하는 부모의 뜻을 존중했다. 중매결혼은 당시 젊은 여성이 살아남기 위한 거의 유일한 길이었던 것이다. 기미코와 마사오는 서로 사랑하고 있었지만, 고생시킬 것을 걱정한 나머지 마사오가 자신을 거절했음을 기미코는 가슴 아프게 알고 있었다. 그러기에 기미코는 부모가 정한 결혼을 받아들인 것이었다. 그 후 얼마 안 되어 임신한 기미코는 스스로 무리하게 낙태해서 목숨을 잃는다. 그것은 자신의 세대에서 불행을 끊지 않으면 안된다고 외곬으로 생각하며 고민한 절망의 표현이며 뜻과는 다른 혼인에 대한 저항이며, 또 자신의 목숨을 건 마사오에게 바치는 사랑의 표명이었다.

억척스러운 여동생 아키코는 무르고 상처받기 쉬운 모리오와는 대조적인 성격을 가진 소녀. 기미코의 죽음을 받아들이지 못한 모리오와는 달리 아키코는 그 죽음의 의미를 확실하게 이해한다.

"왜 누나는 비참한 죽음을 택한 거야? 어째서 지푸라기라도 잡고 살려고 하지 않았을까?" 원망의 외침은 모리오 마음을 심하게 흔들어 놓았다. "지푸라기를 잡는다고 해서 떠오를 수 없잖아? 아무런 무기도 갖지 않은 언니는 도망칠 수밖에 없었던 것이야. 여자는 남자처럼 반항 속에서 살아가는 곡예는 못 한단 말이야. 우리들 여자는 아버지들이 현해탄을 건널 때 짊어지고 온 낡은 사상에 얽매어 있고 게다가 현재 생활하고 있는 나라인 일본의 감정에 무정하게 차여서 번민하고 번민하고 번민한 끝에 시들어 갈 뿐이야. 어디에 있어도 무엇을 해도 끝까지 비참한 것은 여자인데?"

"아버지가 떠메고 온 낡은 사상"과 "일본의 감정", 즉 유교사상과 식민주의는 조선여성들을 괴롭히는 장벽이 되어 가로막고 있다. 아키코는 모리오와 동갑이지만 고등학교에는 가지 않았다. 초등교육을 간신히 마친 후 쭉 가사노동을 해 왔다. 가족을 위해서 결혼했던 언니와 같은 길을 걸을 수밖에 없음을 아키코는 잘 안다. 일본에서 받은 교육을 자본으로 삼아 일본 사회에서 어떻게든 살 길을 찾는다는 모리오가 품은 희망조차 가질 수 없는 것이다. 그런 아키코가 가진 현실적이며 냉정한 시점은 '조선'과 마주하는 방법에도 나타나 있다. 아래의 인용은 현재 겪고 있는 불안과 괴로움이 언제까지나 계속되지는 않을 거라는 취지로 아키코가 모리오와 나눈 이야기다.

> "할머니도 그렇게 생각하고 있었단 말이야. 그래서 꿈을 걸고 아버지를 낳았어. 근데 할머니의 희망은 이루어졌니? 네 어머니도 아마 그렇게 생각해서 널 낳았어. 근데 너는 어머니 꿈을 얼마만큼 이루어지게 해 줬니? 아버지들과 형태는 다르더라 해도 내용엔 다름이 없어. 조선인의 괴로움은ㅡ. 우리 아이들은 기적이라도 젊어지고 태어난다고 생각하니? 사람 마음에 기적따위는 없어! 사람 마음은 무거운 것이야. 참 무거워. 구르지 않아?" "근데 우리가 고향에 돌아가면……." "고향? 조선말이네. 아버지들 고향은 아버지들 고향이야. 자기 어머니조차 이해할 수 없다는 네가 거기 가서 어떤 표정으로 살 작정이니? 아무도 이방인 취급을 하지 않더라도 너의 마음은 영원히 이방인이야. 봐 봐! 우리 고향은 저기야. 저기뿐인데?"

모리오는 조선에 귀환하여 일본에서 겪은 괴로움을 타개하려고 아련한 기대를 걸지만 아키코는 자기 상황을 똑똑히 분별한다. 일본에서 나고 자란 재일조선인은 이미 어디에 있어서도 이방인이다. 아키코는 자기 고향이 동경이나 이상향으로서의 조선이 아니라 일본에 있는 조선인부락임을 받아들이고, 거기에서 자신의 인생을 살아가려고 하는 것이다.

이 소설은 총련이 주도한 '귀국'운동의 고조가 피크에 도달해 많은 재일조선인이 '조국' '공화국'에 동경과 희망을 품고 있었던 시기에 쓴 것이다. 총련 조직과는 연관 없다고 설정된 「뒤늪」 등장인물들이 말하는 '고향'이나 '조선'은 한국을 가리킨다.

> 지금 우리가 조선에 돌아가면 우리 아이들은 고향에 모순을 느끼지 않게 돼. 하지만 나는 미래의 아이 때문에 자신을 괴롭히고 싶지 않아. 지금은 자기를 위해 살고 싶어! 힘껏 살고 싶어! 온몸의 주름을 펴고 살고 싶어!

"지금", "온몸의 주름을 펴고" 살고 싶다. 이 절실한 바람을 이루어 주기 위해 아키코는 마침내 나선다. 기미코의 유품정리를 하러 오사카에 간다고 가족에게 거짓말을 하고 도망쳐 행방을 감춘 것이었다. 그때에 모리오에게 부친 편지에는 다음과 같이 적혀 있었다. "이것을 기회로 나는 스스로 살 길을 찾아 갈 생각입니다. 나는 마사오 오빠나 언니처럼 되는 게 두렵습니다! 앞으로 나는 우리에게는 아무런 책임도 없는데도 우리들에게 고뇌의 배내옷을 입힌 부모의 무기력함을 원망할 것입니다."

조선인부락을 뛰쳐나오는 것은 유교적 관념이 지배하는 집에 저항하는 것이다. 아키코는 자신의 괴로움을 부모 탓으로 여겨, 그 집을 매개로 한 결혼제도에서 튕겨져 나오는 것도 두려워하지 않는다. 그런데 역시 부락을 떠난 아키코의 앞길이 밝다고는 도저히 말할 수 없을 것이다. 그것은 아키코가 스스로 "타락해도 좋으니까"라고 절망적으로 표현하는 대로다. 남성조차 제대로 취직하지 못하는 시대에 조선여성이 일본 사회에서 혼자 살아가는 것은 도저히 생각할 수 없는 일이었다. 그래도 아키코에게 부락을 떠나는 것을 결의시킬 만큼 젊은이들에게 불행을 초래하는 늪의 어둠의 흡인력은 강대했던 것이다.

안후키코는 1935년에 경상도에서 태어나 5세에 도일, 시가현립滋賀縣立 다카시마 고등학교를 졸업했다. 「뒤늪」으로 백엽 문학상을 수상한 후 『백엽』 주간인 최선의 권유로 상경했다. 조선장학회, 한국YMCA, 산업기술연구회 사무국 등에서 일하면서 창작 활동을 했다. 민단학생회 여자부, 『한국신문』, 『와코우도若人』 창간시에 참가하기도 했다. 1961년에는 한국 펜클럽 회원이 되어 주로 일본 펜클럽과 중개 역할을 하거나 한국정부에 탄압을 받는 작가들의 구원운동을 하거나 했다. 1970년까지 소설 4편과 시 수몇 편, 그리고 인터뷰 기사, 르포 등을 모두 일본어로 썼다.

「뒤늪」 이외에는 일본 어촌에서 벌어진 재일조선인과 일본인 간의 마찰을 그린 「현해탄玄界灘」(1960~1962), 부실한 조선인 남편에게 5년간 괴롭힘을 당한 끝에 이혼을 결단하는 재일여성이 등장하는 「무궁화」(1961), 관동대지진으로 죽은 조선인들의 혼령이 붙은 집을 무대로 한 「학살의 영령」(1964)이 있다. 등신대인 젊은 2세들의 실태에 깊이 들어가서 표현했다는 점에서 그녀의 작품은 독특한 위치를 차지한다. 총련의 문화 운동이 압도적으로 우위였던 이 시기에 민단에 속하는 이들이나 민족조직과 인연이 없었던 이들이 작품에 묘사되는 것 자체도 드문 일이었다.

안후키코가 창작 활동을 지속할 수 있었던 것은 몇 가지 행운이 겹쳤기 때문이다. 우선 고등학교 진학, 단신 상경, 당시로서는 늦은 결혼 등은 부모의 경제력과 이해 없이는 불가능했을 것이다. 안후키코 자신도 보통의 경우 젊은 여성이 글을 쓰려고 하면 아버지에게 꾸중을 들었을 것이며, 책을 읽는 것조차도 불쾌하게 여겼을 것이라고 회고한다.[63] 또한 상경 후 『백엽』 발행을 담당한 최선과 최숙자 부부로부터 물심양면으로 지원을 받을 수 있었던 것도 행운이었다. 정인이 되면 자금원조를 하겠다는 민단계 자산가도 있었다고 한다.

1970년대에 들어가기 전, 안후키코는 활동을 중지하고 재일의 여러 단체와 관계를 끊었다. 『백엽』의 종간, 결혼, 출산이라는 전기도 컸겠지만 한국의 정치적 긴장이 재일 한국계 단체에까지 파급을 미쳐 치열한 정치투쟁의 무대가 되어가고 있었던 것에 회의를 느꼈기 때문이었다.

(3) 모녀 2대 반생기─유묘달

유묘달은 시인으로서 알려지는 인물이다. 1950년대부터 단발적으로 시를 발표하고 나중에 시집 『이조추초李朝秋草』(1990), 『이조백자李朝白磁』(1992) 등을 출판했다. 1933년에 경상남도에서 출생해 교토 여자대학 문학부 사학과(동양사전공)를 졸업한 후 『국제 타임스』 기자로서 근무하는 등 당시 재일조선여성으로서는 아주 드문 경력을 가진다.

유묘달의 「어머니ウムニ」(1961)는 「뒤늪」에 이어 제2회 백엽문학상을 수상한 소설이다. 작품 속의 연대는 발표 때와 같은 1960년대 초로 28세인 경순과 그 어머니 천순이라는 재일조선인 모녀의 좌절과 재생을 다

---

63 안후키코 씨의 증언.

룬 이야기다. 돼지우리에서 구정물 냄새가 코를 찌르는 시즈오카현 아베가와安倍川에 위치한 조선인부락에서 자란 일곱자매의 장녀인 경순은 일 년 반 전에 일본인 남자와 결혼하고 상경했다. 남편이 바람을 피워도 모르는 척하고 시어머니의 "기묘한 증오가 섞인 표정"을 참아내는 나날이었다. 그러던 어느 날 아버지가 갑자기 세상을 떠나 경순은 아베가와에 돌아온다. 부락의 판잣집들에 한없는 애착을 새삼스레 느낀 경순은 자기가 조선 사람이라는 사실에서 벗어나려고 일본 사람과 결혼했음을 깨닫는다.

경순은 예전에는 부락에서도 인정받는 부지런하고 꿋꿋한 여성이다. 일본 여학교를 졸업했으며 아버지의 봉건성을 비판하는 눈도 가지고 있다. 그 '자립성' 때문에 민족해방보다도 자신, 즉 여성해방이 앞서야 한다며 아버지 반대를 뿌리치고 일본인과 연애결혼을 결단한 것이었다. 그러나 시어머니의 업신여김으로 인해 거꾸로 민족의식이 싹트고 거기에다 아버지의 죽음까지 겹치면서 "조선인으로서 살아 보자"고 생각하게 된다. 그리고 이혼해서 혼자 살기로 결단한다.

한편 남편을 여읜 어머니는 사는 의미를 잃어버려 술에 빠져 자살 직전까지 간다. 남편은 14살 때 징용으로 일본으로 건너온 이후 46년에 걸쳐 중노동을 해 왔다. 그는 "사회적으로는 아무런 지위도 실력도 없고 갈지자 코스와 굽은 길만 걸어왔"지만 "일곱 명의 딸들에게는 여자라도 학문만은 익혀라며 가난을 감수하고서 학자금을 벌었다". 어머니는 그런 남편을 절대적으로 신뢰하고 존경했다. 그렇다고 해서 어머니는 남편을 무조건 따르고 자식에게 보상 없는 사랑을 바치는 현모양처 타입이 아니다. 술을 마시면 자신의 감정을 모조리 쏟아내는 어머니를 본

채 만 채 집을 나가 버리는 것은 남편 쪽이었다. 남편이 세상을 떠난 후 술에 취해 장소를 가리지 않고 사납게 떠들어대는 어머니는 달래는 딸을 향해 "그래, 주정뱅이 늙은이라고 생각하는 거지? 내 마음을 알기나 해?", "정신병원에라도 보내고 싶냐. 뭐야 그 눈초리와 얼굴은 부모를 보는 얼굴이 아니야!"라고 호통치기도 한다.

어머니와 딸들 사이는 경제적으로도 정신적으로도 상호의존 관계가 아니다. 남편 사후에도 스스로 육체노동을 해서 목숨을 이어가는 어머니는 딸에게 "아버지와 나는 하고 싶은 것도 못하고 너희들 자식들을 위해 전력을 다했어. 불쌍하게도 아버지는 돌아가셨고 너희들은 내게 무엇을 해 줬어…"라고까지 말하기도 한다. 이러한 그녀는 아들을 의지하며 사는 어머니라는 판에 박힌 조선인 여성상과는 거리가 멀다. 딸들은 어머니 때문에 애먹으면서도 그런 어머니를 사랑하고 절망의 구렁 속에 있는 그녀를 격려한다.

딸들은 "학교 문 앞에도 가 보지 못" 했던 부모가 한 노동의 대가로 교육을 받았다. 그러나 어머니는 딸들과 단절되어 무지한 채 뒤떨어져 있는 것은 아니다. 딸들은 어머니 생각을 존중하면서 자기가 얻은 지식을 어머니에게 환원해 간다. 아버지가 일제강점기 때 표창을 받은 게 화제에 올랐을 때 자랑스러운 듯한 표정을 짓는 어머니에게 둘째 여순은 무심코 "조선인 비위를 맞춰서 그런 일을 한 거예요"라며 그것이 일본에 의한 회유정책의 일환이었음을 지적한다. 그래도 개의치 않고 어머니가 남편 자랑을 계속하자 여순은 어머니에 동조하며 다가선다.

그런 딸들의 버팀목으로 점차로 회복한 어머니는 곧 아베가와에서 열릴 예정인 '국어강습회'[성인학교를 가리킨대에 다니려는 의욕을 보여준다. 여순은 그런 어머니를 "곧 쓸 수 있게 될 거예요"라며 격려한다. 그러자 어머니는 "그럼, 내가 글을 배우면 대단할 거야. 내가 자라난 내력을 소설로 쓸까 보다"고 자신감을 보인다. 어머니는 자신의 무지를 자각하면서도 비굴해하거나 겁내지 않는다. 그것이 시대 환경 탓이었음을 딸을 교육시킨 경험을 통해 잘 알고 있기 때문이다. 자기 인생이력을 자기 손으로 쓴다는 의지를 보이는 어머니는 틀림없이 자기 긍정의 길을 찾아낸 것이었다.

1961년에 열린 조국평화통일 남북문화교류촉진 문화제에 어머니와 경순이 같이 참가하는 장면에서 이 작품은 클라이맥스를 맞이한다. 거기에서 경순은 '조국'을 위해서 일하는 사람들을 처음으로 직접 보고 감동을 느낀다. 문화제가 끝난 후 오래간만에 식구가 모두 모여 여성들 각각의 힘찬 재출발을 예감시키며 막이 내린다.

재일조선인문학의 원형으로 간주되는 경향이 있는 아버지를 중심에 둔 가족 이야기와는 반대 편에 있는 작품이다. 일곱 자매라는 작품 설정은 부모가 사내아이가 태어나기를 끊임없이 희망한 것을 암시하지만, 작품 속에서는 그 여성들만의 가족에서 아버지가 죽음으로 유일한 남성도 배제된다. 즉 「어머니」라는 작품은 가부장제로 지배된 집의 테두리를 부수어 여성들을 그 바깥에서 해방하고 있는 것이다. 여성들 여덟 명이 산뜻한 민족의상 '치마저고리'를 입고 조국통일을 위하여 건배하면서 유쾌하게 웃는 장면으로 끝나는 작품 세계는 밝은 희망으로 가득찬다. 「뒤늪」과 거의 같은 시대를 다룬 「어머니」 속 등장인물에게도 일본 사회에서 살아가는 게 간단치 않다는 데에는 변함이 없다. 그러나 그녀들에게는 자신답게 사는 길을 찾는 데 근거가 되는 '통일된 조국'이라는 이상이 있는 것이다.

「어머니」가 백엽문학상을 수상할 때 선고위원은 김달수, 김일면, 리은직, 안후키코, 최선 등 5명이었다. 총련에 소속한 김달수나 리은직이 참여한 까닭은 1960년 4·19혁명에 따라 재일조선인들 사이에서 화해의 기운이 높아지고 있었기 때문이다. 「어머니」도 이러한 고양한 분위기 속에서 쓰여진 것이었다.

(4) 남성소설가들과의 단절

지금까지 세 여성들이 쓴 소설을 분석해 왔다. 윤영자는 자신의 힘으로 미래를 개척하기를 기원하나 가족을 부양해야 하기 때문에 꼼짝 못하는 '나'의 고충을 밑바닥까지 떨어진 아버지와의 갈등을 통해 표현했다. 안후키코가 쓴 작품에서는 전 세대의 식민지 출신자가 지닌 불행을 그대로 이어받은 젊은이들의 번민이 그려져 있다. 유묘달은 조선인이라는 사실을 받아들이면서 자신의 발로 서려고 하는 여성들을 조형해 냈다. 매우 흥미로운 것은 각각 작품에 있어서 아버지가 차지하는 위치다. 「아버지와 나」에서는 아버지는 연민의 대상이며, 「어머니」에서는 아버지의 죽음은 여성들이 활기차게 자신의 길을 찾아 가는 계기가 된다. 「뒤늪」에서도 아버지는 아득한 원경에 있다. 김학영, 이회성, 양석일 등 안후키코나 유묘달과 같은 세대인 1930년대에 태어난 2세대 남성 작가들은 절대권력자인 아버지와 그것에 반발하는 아들이라는 전형화된 사소설적 작품을 1960년대 후반 이후에 집필하기 시작했다. 그러나 여성작가들이 그들에게 앞서 그린 아버지상은 전혀 다른 것이었다.

그런데 세 명밖에 안 되는 여성작가 가운데 두 사람이 『백엽』과 인연을 맺었다는 것은 우연히 아니다. 『백엽』은 당시 문학지망생들에게 완충지대로서 기능하고 있어 남성중심주의적 조직의 굴레로부터 비교적 자유로웠던 여성들에게 접근하기 쉬웠던 것으로 보인다. 다시 말해 『백엽』자체가 여성들에 의한 소설의 출현을 불러들인 것이다3장 참죄. 『백엽』현상모집 요강에는 일본어, 조선어 어느 쪽으로 써도 된다고 적혀 있다. 그러나 실제 응모작품은 모두 일본어로 쓰여졌다고 한다. 당시 총련계 매체와는 달리 『백엽』에서는 일본어 작품을 당당하게 발표할 수 있었다. 이런 점도 일본의 고등교육을 받은 그녀들에게는 안성맞춤이었던 것이다. 윤영자만은 조선어로 썼지만 「아버지와 나」는 아주 짧은 작품이며 수준 높고 유려한 글이라고는 말하기 어렵다.

윤영자도 그 일원이었던 총련 주변 여성들은 이때까지 시나 수필을 다수 발표하고 있었지만 이 작품 이외에는 소설이라곤 거의 없었다. 당시 여성들의 생활환경에서는 소설을 쓸 수 있는 뭉텅이 시간이 없었다는 사정도 있겠지만 조선어로 소설을 쓸만큼 조선어 능력이 따라주지 못한 것으로 추측된다.

1970년 전후로 재일조선인 작가들이 일본문학계에서 주목을 받게 되었을 때 세 여성은 이미 사라졌다.

3) 식민지 문제를 파고드는 지성

(1) 임전혜, 통렬한 친일작가 비판자

『일본에 있어서의 조선인 문학의 역사―1945년까지』(1994)의 저자로서 알려진 식민지기 조선문학 연구자 임전혜는 호세이대학 대학원 일본문학연구과에서 배운 재일 2세다. 1955년에 도쿄 조선고등학교를 졸업한 임전혜는 평양에 있는 김일성종합대학의 진학을 지망했다. '귀국' 운동이 대대적으로 전개되기 몇 년 전이었다. '공화국'은 1956년 1월에 진학을 희망하는 재일학생에 대한 생활준비금과 장학금 지급을 발표했고, 이에 따라 총련은 '공화국' 진학생 파견운동을 전개하였다. 임전혜는 진학을 실현하기 위하여 일본 적십자사, 외무성, 후생성 등에 2년에 걸쳐 밤낮으로 진정을 넣었다고 한다. 그 결과 일본 적십자사의 조치로 스웨덴국적 선박으로 상해를 경유하는 개인 도항이 실현될 듯했으나 일본 외무성에 의해 물거품이 되고 말았다. 이러한 끝에 임전혜는 일본에서 문학연구를 하기로 결심한다. "자신의 의지와 상관없이 '재일'을 강요당한 데에 분노를 느끼지 않을 수 없었다. 일본에 머무르는 이상 대학 진학은 일본문학과로 가자고 결심했다. 거기서 자기 자신의 '재일'의 의의를 찾아내려고 했다"고 술회한다.[64]

그러한 임전혜가 연구 주제로 고른 것은 일제강점기까지 일본에서 활동한 조선인작가들이였다. 장혁주의 작품을 비판적으로 논한 「장혁주론」(1965)에서 임전혜가 보여준 입장은 명쾌하다.

장혁주는 일본제국주의의 식민지정책을 단지 긍정했을 뿐만 아니라 이러한 식으로 많은 "이와모토"들을 일본 제국주의의 침략전쟁에 휘몰아 사지로 내몬 것이다. 재일조선인 문학자의 전쟁책임 추구는 우선 장혁주부터

---

64 임전혜, 「수상-오다기리 선생님에 대하여」, 『일본문학지요(日本文學誌要)』 36, 호세이대학 국문학회, 1987.3.

시작해야 된다고 계속 생각해 온 근거는 여기에 있다. 제2, 제3의 장혁주를 만들어 내지 않기 위해서도 이것은 피해갈 수 없는 문제다.[65]

"이와모토"란 1943년에 발표된 소설 「이와모토 지원병」에 등장하는 인물이다. 1938년에 개시된 조선인을 대상으로 한 지원병제를 배경으로 일본에서 자란 조선인 소년 이와모토와 작자인 '나'와의 왕래를 통해서 일본 황군에 지원하기를 북돋우는 작품이다. 임전혜는 "민족이라는 시점에서 장혁주를 생각해 보려고 한다"[66]고 쓴다. 거기에는 조선문학을 탈식민지화하겠다는 강한 의지가 엿보인다.

대표격 친일작가로 간주되는 장혁주를 비판하는 움직임은 '해방' 직후에는 다소 있었지만 친일문학 문제 자체를 정면에서 다루는 일은 일본에서도 그때까지 거의 없었다. 친일파를 추궁하는 것은 긁어 부스럼이 된다, 즉 재일작가들 자신들의 과거가 문책될 가능성이 내포되어 있다는 사정도 아마 있었을 것이다. 분명히 조선총독부가 발행한 『경성일보』에 근무한 김달수나 장두식, 일본의 조선인노동자 관리단체인 공화회에서 동포를 지도하는 역할을 했던 리은직 등 그 내력을 보면 그들이 일제강점기부터 일관되게 반제국주의나 민족주의적 경향을 가졌는지 의문도 남는다. 일본에서 입신출세를 바라는 조선인이 친일적 행위를 피하는 것은 현실적으로 어려웠다. 바꿔 말하면 식민지 말기 일본에서 문학을 지망한 것 자체가 친일행위라는 비난을 모면할 수 없다는 구

---

65 임전혜, 「장혁주론―첨부・1945년 이전의 재일조선인문학 관계 연표」, 『문학』 33-11, 이와나미쇼텐, 1965.11, 1,255쪽.

66 위의 글, 1,248쪽

조가 엄연하게 존재했던 것이다.

임전혜는 일본문학이라는 디시플린을 선택함으로써 식민지기 조선인작가들의 문제점을 날카롭게 도려냈다. 그것은 조선어 사용을 원칙으로 삼아 일본문학으로부터 한결같이 거리를 두려는 입장에서는 다룰 수 없는 것이었다. '해방' 후 조선학교에서 배운 임전혜가 일본어로 조선인 일본어작가들의 '전쟁책임'을 정면에서 맞붙는다는 사실의 의의는 그것이 남성이 아닌 여성에 의해 나왔다는 점도 포함해 더욱 강조되어야 할 것이다.

1970년대 이후 임전혜는 조선문제연구회가 발행한 잡지『해협』을 편집을 하면서 거기에 논문「조선시대의 다나까히데미쯔田中英光」,「조선인 유학생 잡지에서 보는 여자들의 발언」,「조선에서 번역·소개된 일본문학에 대해서」 등을 발표했으며, 1984년에는『조선 문학 관계 일본어문헌 목록』을 간행하는 등 재야에서 연구활동을 계속하고 있다.

(2) 박수남─식민지 문제로서의 2세 문제 추구

1994년과 2000년에 각각 김일성 주석과 김정일 총서기를 단독 인터뷰해 주목을 끈 문명자라고 하는 여성이 있다. 1930년에 대구에서 태어나 1970년대 전반부터 망명처인 미국을 거점으로 활동한 인물이다. 그녀는 조선전쟁 중인 1951년에 유학생으로서 일본 메이지대학과 와세다대학 대학원에서 배우면서『백엽』동인으로서도 이름을 올렸다. 일본에서 배웠다는 그녀의 존재도 재일조선인사에 있어서는 중요하지만, 일본을 근거지로 삼아 활동한 저널리스트 가운데에서 맨 먼저 이름이 오르는 사람은 박수남이다.

1936년생인 박수남은 고마쓰가와사건 범인으로 수감된 네 살 밑의 사형수 이진우와 1961년부터 교류를 시작해 그를 위한 구명운동에 분주했다. 이진우가 1962년 11월 교수형에 처해질 때까지 교환한 편지는 『죄와 죽음과 사랑과』(1963/1984), 『이진우 전서간집』(1979)에 정리되었다. 총련의 대변자와 같은 민족주의자로 이진우의 사상과 대조적으로 다루어질 때도 있지만 당시 박수남이 한 다채로운 활동을 보면 결코 그것만으로는 설명되지 않는다. 일본 사회로부터 소외되면서 단련된 이진우의 사고 궤적은 박수남이라는 신뢰할 만한 수신인 없이는 아마도 남겨지는 일이 없었을 것이다. 또한 재일조선인의 발밑에서 일어나는 여러 문제에 재빨리 착안한 그녀를 '재일론'의 선구자로 위치를 부여할 수 있을 것이다. 일본 출판계에 초점을 두고 본격적으로 문필 활동을 시작한 최초의 재일조선여성이기도 하다.

일본 친구들이 던지는 돌에 맞아 조선인임을 부끄러이 여겼다는 소녀 시절의 박수남은 '해방' 후 아버지에게 이끌려서 간 조선인학교에서 민족성을 되찾았다. 그와 거의 동시에 일본인 경찰관의 곤봉에 맞아 어깨뼈가 부러지기도 했다. 민족교육 탄압을 문자 그대로 몸으로 경험한 것이었다. 도쿄 조선중등학교에서 반전평화운동을, 그리고 도쿄 조선고등학교 재학시에는 원자수소폭탄금지 운동을 했다고 한다. 고등학교 졸업 후 시가현 오츠시내 초등학교에서 민족학급교사를 지낸 후 잡지 『새세대新しい世代』 편집에 종사했다. 17세의 재일조선인 소년소녀 독자를 상정한 총련계 잡지다. 이진우와 만난 것은 이 시기였다. 이진우는 소년법 적용 외로 돼 내려진 이례적인 사형판결을 감수하려 했다. 그런 이진우에 대해 박수남은 자신의 존엄 회복을 위해서 조선인으로

살라고 납득시키고 그에게 조선어를 배우는 계기를 주었다.[67]

 '조국'(애초에는 '공화국'을 가리키고 있었다)을 가지고 민족성을 되찾으라고 이진우에게 호소했지만 그 '조국'을 매개하는 총련으로부터는 1962년 1월에 '추방'되었다. 첫 번째 서간집 『죄와 죽음과 사랑과』는 1963년에 간행되자마자 총련에서 일시적으로 금서 취급을 받았다고 한다. 당시 상황에 대해서 나중에 박수남은 다음과 같이 술회했다.

> 민족의 위신과 존엄을 "현저하게 더럽히고 상처입"힌 이진우의 존재는 빛나는 우리나라[공화국]에는 존재하지 않는 것이다. 이진우의 범죄는 굶주린 짐승이 미개한 암흑을 찢는 것처럼 사람을 죽이고 존재 사이를 질주하고 사라진 악몽이다. 사라져 가는 현상을 불러일으켜 명명해서는 안 된다는 것이었다. 또한 소년의 범죄를 초래한 모순의 공개는 차별과 편견을 조장해 좋은 일본인과의 우호와 신뢰를 손상하는 것이라고 하며 결국은 내 발언을 결박해가는 것이다. 하물며 '극악무도한 살인마'를 남동생이라고 하며 그 동일성을 호소하는 나의 작업은 공동체 일원으로서, 빛나는 공민의 한 사람으로서 있어서는 안되는 것이었다.[68]

 박수남이 총련으로부터 규탄을 받은 것은 그녀가 재일조선인의 고

---

67 이진우는 체포된 4년 후, 박수남 등 다양한 지원자들에 의한 설득 끝에 그 때까지 계속 거부해온 특별사면을 신청했다. 그러나 그것은 허용되지 않았고 그 신청 다음 날 센다이로 반송되어 즉시 사형이 집행되었다. 이 전례 없는 사태를 박수남은 "이 나라의 식민지 지배가 낳고 이 나라의 사회가 키운 부정적인 전형인 이진우들의 모순의 개시는 한일 협정의 비인간적 본질에 날카롭게 충격을 가한 것이다. 일본인에게도 우리 반쪽발이에게도"(박수남 편, 『이진우 전 서간집』, 신진부츠오라이샤, 1978, 452쪽)라고 표현하며 "한일 일체 체제, 즉 일본에 의한 조선의 재식민지화 기획에는 이 사건이 고약한 것이었다"고 해석했다.
68 박수남 편, 『이진우 전 서간집』, 신진부츠오라이샤, 1978, 449쪽.

유성에 눈을 돌렸기 때문이었다. 일본에서 태어난 재일조선인 2세를 '반#일본인' 혹은 '결여한 존재'로 정의한 박수남은 2세 문제와 정면으로 마주하는 것이야말로 반식민지를 위한 싸움이라고 확정했다. 그 후 연이어 나오게 되는 '2세의 고뇌'를 표현한 남성들이 쓴 문학보다도 훨씬 빨리 이 문제를 언어화하고 현재화했다고 할 수 있다.

"국외추방과도 닮은 비통한 망명이었다"고 박수남이 형용한 총련으로부터의 이탈은 '공화국' '귀국'이 실현되어 1세 여성들이 앞다투어 조선어를 습득하고 민족교육이 궤도에 올라 학생 수를 늘리고 있던 총련 최전성기의 일이었다. 한편 박수남은 민단에 소속된 같은 세대 청년들에게도 이진우 구명운동의 협력을 호소했지만 아무런 반응도 얻을 수 없었다고 한다. 이승만대통령 퇴진을 요구한 4·19혁명과 5·16군사쿠데타 발생이라는 1960년대 초 당시 긴장된 한국 국내 분위기가 민단 내에도 감염되어 있었던 것이다.

박수남의 자리는 당연히 일본 사회에도 없었다. 서간집『죄와 죽음과 사랑과』초판에서는 총련과의 알력이 숨겨져 있었는데 나중에 그 까닭을 이렇게 설명했다. "우리 민족전체가 한 덩어리가 된 미·일의 식민지배 위기에 포위되고 있을 때 나는 내 추방을 일으킨 국가─집단의 모순이 어떤 식으로든 '공화국'을 부인하거나 집단을 비방하는 재료로 이용되고 사취되는 것을 염려하고 두려워했다."[69]

두 개의 재일 민족 조직과 일본이라는 3자에게서 길이 막히면서 박수남은 당시 거의 주목받지 않았던 여러 재일조선인 문제를 탐구하는 데

---

69 위의 책, 454쪽.

몰두했다. 1964년 2월에는 개인잡지『젊은 조선과 일본』을 창간했다. 이 잡지에는 이진우가 사형집행 직전까지 옥중에서 계속하고 있었던 박지원의「양반전」번역을 비롯해 김시종, 박춘일, 무라마츠 다케시村松武司, 그리고 구명운동에 종사한 고마쓰가와고등학교 교사 등도 기고했다. 작품 발표의 장을 스스로 만들어낸 박수남의 행동력은 뛰어난 것이었다.

박수남은 일본 학교에 다니는 재일조선인 학생들을 대상으로 청취조사를 해나가면서 2세문제가 일본 식민지정책의 연장선에 있다는 견해를 점차로 확고히 해나갔다.

> 나는 나를 부인하는 권위들의 가치로부터 자립하는 것, 싸우는 것, 나의 출신과 내력─반쪽발이인 그 존재의 양의성을 부정하는 것이 아닌, 그 모순의 이율배반, 부조리 그 자체를 살아내는 수밖에는 어디에도 자기 '안주의 장소'가 없는 것이다.[70]

1965년 이후는 히로시마 거주 조선인피폭자 면담조사에 착수했다. 『조선·히로시마·반일본인』(1973/1983)을 출판, 그 외 영어판 팜플렛 "THE OTHER HIROSHIMA"(1982)도 간행했다. 조사 대상자들에게서 항상 민단측인가 총련측인가라는 질문을 받았다고 했듯이 심각한 조선반도의 남북대립이 반영돼 같은 일본 땅에 살면서 재일조선인들도 분열되어 있었다. 그러기에 전체 재일조선인의 생활과 처우에 직결될 일본의 전후보상문제는 뚜껑이 덮인 상태가 되어 있었던 것이다.

---

[70] 위의 책, 452쪽.

민단은 한일조약을 체결하려고 기를 쓰는 한국정부를 방해하는 행동을 일으킬 수 없었다. 한편 총련은 '공화국' 공민으로서의 '주체성의 확립'을 전면에 내세운 나머지 여러 가지 갈등을 안으면서 일본에서 사는 재일조선인들의 부정적 부분을 과도적인 것으로서 억제하려고 했다. 박수남은 남북 양쪽의 조직으로부터도 튕겨져 나왔다. 그러나 결과적으로 보면 바로 그렇기 때문에 국가의 테두리에서 밀려난 문제에 몰두할 수 있었던 것이다. 박수남은 조선학교에서 자랐다. 민족교육이라는 밑바탕이 있었기에 이진우를 같은 동포로서 받아들이며 교류할 수 있었는데, 바로 그를 이해할 수 있었던 같은 이유로 당시 압도적인 조직력을 자랑한 총련을 떠나지 않으면 안 되었다.[71] 거의 일본어로만 글을 썼지만 그 활동은 이진우의 아버지나, 또는 히로시마에서 피폭당한 조선인들과 대화가 그러했듯이 조선학교에서 기른 조선어를 사용한 커뮤니케이션 능력이 뒷받침된 것이었다.

2세들에게 있어서 주된 언어인 일본어는 가정 내 언어환경과 간극을 안고 있으면서도 일상생활 속에서 공기처럼 흡수하고 있었던 언어였다. 반대로 조선어는 조선학교에 다니지 않는 한 배우고 쓸 수 없는 언어가 되고 말았다. 어느 쪽 언어를 선택할지는 순수하고 중립적인 언어 간의 양자택일따위가 아니었다. 다만 학교에서 배운 언어와 그 후 선택한 창작 언어가 일치하지 않는 경우도 적지 않았다. 엄청난 일본 활자

---

[71] 1980년대에 들어가서 박수남은 기록영화감독으로 전신했다. 조선인 피폭자를 다룬 〈또 하나의 히로시마―아리랑의 노래〉(1987), 오키나와 도카시키도에 종군시킨 일본군 '위안부' 강제연행을 소재로 한 〈아리랑의 노래―오키나와에서의 증언〉(1991)에 이어 2012년에는 오키나와전 당시의 아카도, 게라마도에서 일어난 조선인 군속과 '위안부'의 집단자결을 취재한 〈누치가후―옥쇄장에서의 증언(命果報―玉砕場からの証言)〉, 2017년 12월에는 〈침묵―일어서는 위안부〉가 공개되었다.

문화의 영향 아래에 있었다는 기본 전제가 있다 해도, 일본 교육을 받았다고 해도 나중에 스스로 배운 조선어로 쓰는 경우도 있었고, 또 임전혜와 박수남과 같이 조선어교육을 받았으나 창작 언어로서는 일본어를 택한 경우도 있었다. 또 가령 일본어로 쓰더라도 완전치는 못하지만 조선어를 알고 있기 때문에 독특한 시점이나 언어감각, 커뮤니케이션 능력이 글에 배어들어 있는 경우도 있다. 반대의 경우도 마찬가지다. 리금옥처럼 일본어-조선어-일본어라는 식으로 언어가 변경될 때도 있었다. 2세 여성들도 역시 두 가지 언어 사이에서 흔들리면서 사고하며 글을 쓰고 있었던 것이었다.

5. 쓰인 것과 쓰이지 않았던 것

지금까지 '해방' 후부터 25여 년 동안의 '여성문학'사를 살펴봤다. 이 시기에 1세대 여성들도 2세대 여성들도 그냥 침묵하고 있지만은 않았다. 여성들의 목소리는 일본어와 조선어가 교착하는 식민지 이후의 언어세계에서 끊임없이 발화되고 있었던 것이다. 그렇다고 하더라도 본서에서 다룰 수 있었던 것은 어떠한 형태로든 민족조직과 접점이 있었던 여성들만이다. 이 시대에는 재일조선여성들이라는 속성을 '무기'로 해 일본 독자들을 향해서 작품을 쓸 수 있는 길도 열려 있지 않았다. 민족 조직과 무관하게 활동한 여성들이 전무하지는 않았으리라 추측되지만 일본에서 다소라도 이름이 알려진 작가는 한 사람도 들 수 없다.

작가로서 본격적으로 창작 활동을 한 1세 여성이 나오지 않은 원인은 남성들에 비해 식민지기에 학문을 하기 위해서 일본에 온 여성이 지극히 적었다는 일본 도항사에 있어서의 젠더 차이와도 무관하지 않을 것이다. 경제적 자립의 어려움이나 아버지나 남편으로부터 협력받지 못했다는 현실문제도 무겁게 누르고 있었다. 1세에 대해서는 말할 나위도 없지만 젊은 2세대 여성들에 있어서조차 지속적인 창작 활동은 용이한 일이 아니었던 것이다.

안후키코는 주변 여성들이 작가가 되기를 꿈꾸면서도 좌절해 간 1960년대 당시 모습을 다음과 같이 말한다.

그 시대에는 직업도 없지요. 여성에게는. 일본에도 없었던 시대잖아. 근데 교포 남자들이 일할 때도, 모두 숨어서 이름도 전부 바꿔서 물장사라든가 점원이라든가 했지. 그렇다고 해도 뻔해요. 여자가 혼자 먹고 살 수 있는 월급을 주지 않았잖아 그 시대는. 뜻있는 사람이 몇 있었다고 생각해. 근데 모두 좌절했어. 응, 생활 때문에 좌절됐어. 남자도 좌절하는 시대였지. 여자들은 무언가 꿈을 가지고 나오는데 말이에요. [하지만] 글을 쓸 시간도 없고 또 여유도 없어서 드롭아웃 하고. 올라가기도 전에, 깊이 관여하기도 전에 생활에 매몰되는 사람이 많았던 게 아닌가요?[72]

정도의 차이는 있을지라도 모든 재일조선여성들 앞에 이러한 벽이

---

72 안후키코 씨의 증언.

막아서고 있었다. 그러니까 그와 같은 경우에 처해 있으면서도 여성들은 일본어나 조선어로 작품을 써나간 것이고, 각각의 작품들은 그 나름의 무게를 가진 것이다. 그리고 그 배후에는 글에 접근조차 못 한 채 생애를 마친 여성들, 쓸 시간과 장소를 결국 못 찾았던 여성들에 의한 쓰여지지 않았던 방대한 작품군이 가로놓여 있다. 그러한 부재한 작품의 존재야말로 재일조선 '여성문학', 그리고 재일조선인문학의 연원이 되어 있다고 할 수 있을 것이다.

2장

문학사의 주류

재일 민족문학운동의 주된 흐름[1]

---

1 2장에서 다루는 주제는 이미 어느 정도 연구성과가 있다. 우선 들 수 있는 것은 공안 조사청 법무사무관인 츠보이 토요키치, 『재일조선인 운동의 개황[법무 연구 보고서 제46집]』3호(법무연구소, 1959) 중 문화 관련 항목이다. 기타 야마네 토시로, 『까마귀여 시체를 보고 울지 마라―조선 인민 해방가요』(조세이샤, 1990), 하야시 고지, 「비일문학론(非日文學論)」(신칸샤, 1997), 타카야나기 도시오, 「『조선문예』에서 보는 전후 재일조선인문학의 출발」(『문학사를 다른 음으로 읽는 '전후'라고 하는 제도』, 임팩트출판, 2002), 미야모토 마사아키, 「해제」(박경식 편, 『재일조선인관계 자료 집성 (전후편)』8~10, 2001), 호테이 토시히로, 「해방 후 재일 한국인문학의 형성과 전개―1945~1960년대 초반을 중심으로*」(『서울대학교 人文論叢*』 47, 2002) 등이 중요한 선행연구이다. 츠보이의 연구에서는 최근까지 열람이 어려웠던 재일조선인 관련 자료가 풍부하게 활용되고 있다. 분석 내용은 조련―민전―총련에 대하여 분명히 부정적이며, 사실 관계가 정확하지 않은 부분도 곳곳에서 보인다. 또한 야마네 논문에서는 츠보이 토요키치의 보고서를 비롯해 『해방신문*』과 재일조선문화연감 편집실의 『재일조선문화연감 1949년판*』(조선문예사, 1949) 등의 자료를 참조하고 있어 이 시기 문화, 문학운동을 살핀 것으로는 가장 빨랐고 귀중하지만 사실관계를 정리하는 데 주안점을 두고 있다. 타카야나기, 미야모토, 호테이의 논문은 모두 새로운 자료를 발굴, 소개, 해설한 선구적인 연구이다. 2000년대에 들어서부터 접근할 수 있게 된 미점령기 자료군인 고든·W·프랑게문고, 앞에서 언급한 박경식 자료도 이러한 연구의 진전을 가능하게 했다.

1. 탈식민지화를 가로막는 장벽

1) 조선 문학부흥과 냉전대립의 그림자

해방은 도둑같이 왔다

— 함석헌

일본이 패전한 결과 느닷없이 찾아온 '해방'에 예비작가이었던 일본 거주 조선인 청년들은 기뻐하면서도 당혹하지 않을 수 없었다. 문학활동의 조건이 하루아침에 변한 것이다. 떳떳하게 민족문학의 창조를 목표로 하게 된 작가들에게 최대의 현안, 그것은 일본어로 쓸 것인가 조선어로 쓸 것인가라는 사용언어의 문제였다. 조선어로 창작한다는 것이 민족윤리적으로 옳다는 것이 자명하다해도 그 길은 험난했다. 1946년 4월에 창간된 조선어잡지 『조련문화*』에는 조선어로 쓰여진 원고가 모이지 않는다는 고민스러운 상황이 벌써 언급된다.

무엇보다도 우선 작가들에게는 조선어 능력이 결여돼 있었다. 실질적으로 '해방' 직후 문학운동을 떠맡은 것은 일본에 머무르게 된 무명 청년작가들이었는데 조선에서 『시인부락*』 동인이었다는 이색적 경력을 가지고 있는 강순을 제외하면 박원준, 허남기, 리은직, 김달수 등 대부분은 주로 일본어로 습작을 하고 있었다. 장래의 작품발표의 장을 일본 문학계로 내다보고 있었기 때문이었다. 또한 조선어 활자를 인쇄할 만한 시설이 일본에는 거의 없었던 점, 독자가 일본 거주 조선인에 거의 한정된 점, 더구나 재일조선인 가운데 대부분이 조선어를 읽을 수 없었다는 점 등 불리한 조건만 갖추고 있었다.

이러한 역경 속에서도 문학청년들은 신조선 건설이라는 희망에 불타 문학동인회나 문화단체를 조직해 창작 활동에 착수했다. 그들 대다수는 당시 일본 최대 규모 조선인 대중단체였던 재일본조선인연맹(조련)에 소속했다. 조련 본부에는 문화부가 설치되어 문화, 교육, 계몽에 관한 출판 활동이 활발히 이루어졌다. 1946년 가을에는 각 출판물을 합친 발행 부수가 백만 부나 되었다고 한다.[2] 그 중에는 『조선시*』나 『조련문화*』 등 문학관련 잡지도 포함되었다. 1946년 4월에는 김달수, 원용독, 박원준, 장두식, 김원기 등이 중심이 되어 가나가와현 요코스카에서 『민주조선』이 창간되었다. 발행자는 조선문화사 사장인 조련 가나가와현 본부 위원장 한덕수였다. 나중에 초대 총련의장이 되는 인물이다.

『민주조선』이나 『해방신문*』에 작품을 발표를 하고 있었던 김달수, 김원기, 장두식, 리은직, 박원준, 허남기, 강현철, 윤자원들은 1947년 2월에 재일본조선문학자회를 결성했다. 같은 해 10월에는 그들이 중심이 되어 조련산하 조선문예사에서 잡지 『조선문예』가 창간되었다.

(1) 재일조선문학회의 결성

재일본조선문학자회는 결성으로부터 1년 후인 1948년 1월 17일에 "본국 문학가동맹에 보조를 맞춰 해외에 있어서 조국민주혁명에 공헌하는 길로 대동단결해 민주문학운동에 첫걸음을 내디디기 위해서"[3] 재

2　『해방신문*』, 1946.9.15.
3　박삼문 편, 『재일조선문화연감 1949년판*』, 재일조선문화연감 편집실(어당·허남기), 조

일본조선문학회(1953년 이후는 주로 '재일조선문학회'라는 명칭이 사용되었다. 본서에서는 재일조선문학회로 표기한다)라고 개칭했다. 이 문학회는 이후 단속적으로 약 10년 동안 계속되었다. "본국 문학가동맹"은 1946년 초 남조선에서 결성된 좌파작가 연합인 조선문학가동맹을 말한다. 조련 주변 작가들은 당초 지리적, 심리적 거리가 가까웠던 남조선 문학자들과 접속을 시도한 것이었다. 1946년 1월 18일에는 "조련 서울시 위원회"가 설치되어 활동가들을 서울로 파견하기도 했다. 그렇다고 해도 문학가동맹은 남조선 노동당의 비합법화 등에 의해 1947년 2월경부터 이미 그 움직임은 퇴조를 향하고 있었다. 그 때문에 구체적인 문학교류의 흔적은 찾기 힘들다.

재일조선문학회는 재일본 조선 문학자회, 조련 산하에서 예술의 대중화를 목표로 한 예술가동맹, 강면성姜冕星(강순), 김경식, 정달현, 박희성朴熙盛, 허남기가 편집동인이 된 백민사, 신인문학회, 청년문학회 등 난립하고 있었던 여러 단체가 발전적 해소를 해 결성된 것이다. 나중에는 간사이지부도 설치되었다.

백민사 멤버였던 김창규(김일면)은 당시 모습을 다음과 같이 회고하고 있다. 교바시京橋의 조련도쿄본부 사무실에서 리은직의 사회로 모임이 열렸을 때이다.

그 때 재일문학도들을 한덩어리로 하는 조직을 만들자는 요구가 나왔다. 나의 인상으로는 리은직이 주도자로 제1차 준비 모임이 오차노미즈(御茶

선문예사, 1949, 67쪽.

の水) 부근에 있는 불에 타지 않고 남은 어느 빌딩의 이층이었다. 비가 내리는 날이었고 인원수는 7명 정도였다. 목표로 하는 것은 『재일조선문학회』 결성이었다.[4]

재일조선문학회 강령은 ① 일본 제국주의 잔재 소탕, ② 봉건주의 잔재 청산, ③ 국수주의 배격, ④ 민주주의 민족문학 건설, ⑤ 조선 문학과 국제문학의 제휴, ⑥ 문학의 대중화이다. 처음 다섯 항목은 앞에서 언급한 「본국」 조선문학가동맹의 강령 그대로이다.

6번째로 부가된 「문학의 대중화」는 문화와 인연이 없는 생활을 보내고 있었던 일본 거주 조선인들의 실정을 반영한 것이라고 할 수 있다.

1948년에 작성된 회원명부에 의하면 회원은 전원 36명에 이른다(그 중 여성은 강수자姜秀子 한 명뿐).[5] 여러 단체가 모인 집단이었지만 그 멤버를 보면 역시 조련 문화부가 힘을 가지고 있었던 것 같다. 거기에서는 다채로운 활동이 벌어졌다. 예를 들면 허남기, 강순, 리진규에 의한 시낭독회, 〈오페라 춘향전〉 시청회, 김달수의 『후예의 거리』 출판 기념

4 김일면, 「후진성에 있어서의 인간 갈등 양상 ― 재일문학조직에 관한 조선작가동맹에게 보내는 공개 서한」, 『조선평론』, 오사카 조선인문화협회, 1960, 8쪽.
5 재일조선문학회, 「회원 명부」, 『우리문학』 창간호, 재일조선문학회, 1948.8. 구성원은 다음과 같다(외)는 외국 문학을 나타냄). 도쿄 : 박수향朴水鄕(시), 전영춘全永春(소설), 리진규李珍珪(시), 김경천金敬天(평론), 강수자姜秀子(시), 박원준朴元俊(희곡), 김창규金昌奎(소설), 림광철林光澈(고전), 천종규千宗珪(소설), 김수식金壽植(시), 정태위鄭泰裕(아동), 리은직李殷直(소설), 강면성姜冕星,강순](시), 김경식金慶植(소설), 정달현鄭達鉉(평론), 강현철康鉉哲](외), 안섭安涉(시), 리창규李昌奎(희곡), 은무암殷武巖(시), 리■렬[李■烈](소설), 어당魚塘(시), 홍만기洪萬基(소설), 장비[張飛](희곡), ■우정[■宇正](외), 고성호高成浩(시) / 후쿠시마 : 리중춘[李中春](시) / 사이타마현 : 허남기[許南麒](시) / 가나가와 : 윤자원[尹紫遠](시), 정백운[鄭白雲](시), 김원기[金元基](소설), 김달수[金達壽](소설), 장두식[張斗植](소설) / 기후 : 鄭■烈[정■열] / 오사카 : 리찬의[李贊義](시), 강율[姜律](소설), 박명■[朴明■](시).

회, 허남기작 〈국경선〉 연극 상연 — 리은직, 허남기, 박원준, 홍만기, 김달수, 림광철 등이 배우로서 출연했다 — , 3회의 연구 발표회(강현철의 「내가 본 사르트르」, 김달수의 「조선 민족문학론」 등)이다. 리은직 저, 허남기 그림의 그림연극 〈늑대와 개〉나 〈3 · 1기념일의 의의〉가 제작되어 조선인학교의 아이들에 의해 상연되었다.

재일조선문학회의 가장 중요한 성과 중 하나는 조선문 잡지의 발행을 실현한 것이다. 1948년 3월에는 조선어판 『조선문예*』가 창간되었다. 5개월 후에는 편집인 어당, 발행인 리은직의 등사판 책자 『우리문학*』, 1949년 6월에는 『봉화*』가 각각 발간되었다. 『봉화』는 리은직이 편집 겸 발행인을 맡은 조선 문학회기관지(활판인쇄)이며 분량은 60페이지로, 그 무렵의 잡지로서는 페이지수가 꽤 많다. 또한 재일조선문학회에서 발간된 박삼문 편 『재일조선문화연감 1949년판*』(편찬위원 : 허남기, 어당)은 '해방' 직후의 문화, 문학 활동을 살펴보는 데 아주 귀중한 자료이다.

(2) GHQ-일본정부의 강습

1949년 9월 단체 등 규정령 제4조에 의해 조련은 강제해산되었다. 조련 해산 당일 우연히 그 자리에 있었던 김달수는 다음과 같이 당시 상황을 기록하고 있다.

아침부터 교바시(京橋) 경찰서에 대기하고 있었다는 카키색 무장 경관들은 우리 눈 밑에서 흰 트럭에서 잇달아 내려서자 그다지 능숙하지 않은 산개를 하면서 곧바로, 우선 교통을 차단하고 우리들이 있는 조련회관의 건물을 빙 둘러싸기 시작했다. 권총이 무거워 보였다. (…중략…) 나는 의장단실 비스듬히 맞은편의 고즈넉이 닫혀 있는 교재편집 위원회의 문을 열고 들어갔다. 거기에는 시인 허남기와 림광철, 어당 등 편집위원회의 친구들이 조용하게 각자의 일을 생각하며 앉아 있었다. 허남기는 시를 등사 인쇄해 5층의 옥상에서 아래의 무장 경찰들의 머리를 겨누어 내리치려고 연필을 끄적이고 있었다. (…중략…) 그렇지만 우리들은 이 시를 인쇄할 수는 없었다. 사회부장 박장호가 거기에 있던 모두를 불러모아 교섭위원 8명을 남기고 전원 질서를 지키며 퇴출할 것을 지시했다. 다들 결국 나가지 않으면 안되는 것이다. 마침내 최후의 시간이 온 것이었다. 그러나 거기에 있었던 30여 명은 주위를 되돌아보거나 하며 쉬이 출구 쪽으로 향하려고 하지 않았다. (…중략…) 모두 뒷쪽을 뒤돌아보고, 또 뒤돌아보면서 계단 쪽으로 나갔다. 젊은 직원과 여직원들은 눈물이 그렁그렁한 눈으로 뒤를 돌아보고 있었다. 우리들도 따라 나갔다. 어두운 계단을 두 줄로 줄을 지어 내려서자 누가 말하지도 않았는데 선두 쪽에서 갑작스럽게 〈인민항쟁가〉의 노래 소리가 울려퍼졌다. 그러나 무장 경관의 대열 사이를 지나가는 모두의 그 노래 소리는 눈물 때문에 목이 메고 곡도 엉망진창으로 흐트러졌다. 그 눈물은 먼 옛날 8·29, 3·1, 6·10, 9·1 등 수많은 날에 그들의 조부모가 흘린 눈물에 이어지는 것이었다.[6]

여기에서 언급된 허남기의 시는 「양치 종족의 부활」이다.[7] 조련의

6 김달수, 「재일조선인의 운명」, 『세계평론』 4~12, 세계평론사, 1949.12, 73~74쪽.
7 허남기의 「양치 종족의 부활」(『아카하타』, 일본공산당 중앙위원회 출판부, 1949.9.10)은
   다음과 같은 시다. "오 너 양치 종족들이여 / 불과 4년 / 아직 불에 탄 철골도 합석도 / 모두
   가을비에 그대로의 모습으로 젖어 있는데도 / 너만은 벌써 옛날의 모습을 십이분 되찾아 /

강제해산에 이어 조선인학교 폐쇄, 나아가 조련의 준기관지 역할을 하고 있었던『해방신문*』의 정간 처분(1950.8.2)으로 말미암아 재일조선인 문학운동은 큰 타격을 입었다. 조선 활자를 다루는 출판 시설이 괴멸 상태에 빠져버려 이후의 조선어에 의한 문학 활동에 지장을 초래했다. 조선인학교 폐쇄는 그 때까지 교원으로서 생계를 유지하면서 창작을 하고 있었던 사람들의 활동을 제한하기도 했다. 당시는 문학 활동과 교육 활동의 담당자가 거의 겹치고 있었기 때문이다. 1950년 7월에는『민주조선』이 종간되었는데 여기에도 조련의 강제해산이 그림자를 드리우고 있었다고 할 수 있다.

이렇게 해서 '해방' 후에 급격한 고조를 보인 문학운동은 5년도 지속되지 않고 시들어 갔다. 조선전쟁이 발발하게 됨에 따라 사람들이 당초 마음속에 품은 새로운 조국건설이라는 희망은 완전히 깨지고 말았다.

2) 난산하는 조선어, 다산한 일본어

'해방' 직후부터 1949년 9월의 조련강제 해산까지 발행된 잡지나 신문은 상당한 수에 이른다. 문학관련의 발표 매체로서는『조선 시*』,『조련문화*』,『우리문학*』, 조선어판『조선문예*』,『봉화*』,『해방신문*』,『조선신보*』 등의 조선어잡지/신문이나『민주조선』, 일본어판『조선

이제 군화 소리도 요란하게 / 이 건물을 둘러싸고 있다 / 너 일본군국주의여 / 우리는 이 / 60만의 피 눈물을 짜내어 쌓아 올린 건물 옥상에서 / 개미처럼 아우성치는 너희들에게 / 지금 잠시 이별을 고한다 / 양치 종족 너희들아 / 그러나 기억해두라 / 양치의 세기 뒤에 빙하의 세기가 이어진다는 것을 (…하략…)."

문예」,『청년회의』 등의 일본어 잡지가 있다.

아래에서는 '해방' 직후로 거슬러 올라가 그것들을 소묘해 본다.

(1) 최초의 문예지 『조선시*』

『조선시*』는 조련본부 문화부 내의 조국문학사 간토關東 본사에서 발행된 등사판의 시지인데 '해방' 후 가장 먼저 나온 문예지의 하나다. 1945년 말부터 1946년 초 무렵에 창간되었다.

편집인 길원성吉元成은 조선 시인으로서 바람직한 모습에 대해서 다음과 같이 말했다.

> 祖國이 朝鮮詩人에게 要望하는 건 朝鮮人民을 爲하야 自由的이고 平和的
> 이고 純粹的인 世界平和建設에 貢獻할 만한 偉大한 朝鮮詩의 創造를 要望
> 하고 期待하고 있지 않는가? (…중략…) 文化朝鮮建設에 詩人에 責任을 自
> 覺하자— 只今우리들이 살고있는 日本땅은 如何튼 우리 朝鮮은 아름다운 純
> 粹的 詩的으로 아름답고 살기 조흔 나라를 건설 하지 안으면 안되겠다.[8]

아마추어들의 소박한 시를 끌어모은 것이라는 느낌을 지울 수 없다. 그래도 작품 하나하나를 손으로 써서 빽빽하게 배열한 『조선시』의 지면에서 조선어로 창작하려는 기개가 전해져 온다. 「애국연설」, 「조선청년대」, 「조련 찬가」, 「평화」 등의 제목에서 배어나오듯이 조선 부흥을 짊어진 긍지와 자부심을 청년들이 노래한 것이다.

---

8 길원성, 「조선 시인에게 寄함*」,『조선시*』 2, 조련본부 문학부 조국문학사 간토 본사,
   1946.3.

(2)『조련문화*』

'祖國'建設은 卽文化建設를 意味한다. 政治와 文化는 別個의 것이 아니다. 建國自体의 表裏에 지나지 않는다. 이 朝鮮民族의 完全한 解放과 完全自主獨立의 歷史的課業은 다―같이 우리의 双肩에 걸치고 있다. 나아갈 길은 확연하다. 世界的潮流의 民主主義路線은 宣明하게 旗빨은 날리고 있다. 무엇을 躊躇하랴? 日本帝國主義 封建的殘存勢力의 掃討과 反動的모―든 陰謀를 白日下에 暴露하야 啓蒙에 指導에 建議에 与論에 文化人은 參列하라!*9

등사판인『조련문화*』는 1946년 4월에 조련 문화부가 창간한 잡지다. 위의 인용은 조련문화부장의 머리말이다. 조선 독자문화의 조성으로 "일본 제국주의의 봉건적 잔재"를 씻어내고 완전한 '해방'을 쟁취하자는 힘찬 결의를 담았다. 이러한 지향을 가진 잡지가 조선어지로서 출발한 것은 필연적이었다고 할 수 있다.

하지만 발간계획 이후 간행에 이르기까지 6개월이나 걸렸다고 했듯이 그 시작은 순조롭지 못한 듯하다. 그것은 인쇄 기술의 문제에 더해 원고를 쓸 수 있는 사람이 많지 않았다는 데에 기인한 것이었다. 조선어로의 창작운동을 생각대로 수행하지 못하는 데에 대한 초조함을 작가이자 역사가인 림광철은 다음과 같이 썼다.

---

9 리상요, 「권두언 : 민족 해방의 길은*」,『조련문화*』창간호, 조련문화부, 1946.4.

W'日本語로 쓰면 좀 쓸 수 있는데'라고 말하는 이도 있다. 그러나 朝鮮사람으로서의 原稿內容이라면 日本語로서 適合한 表現이 可能할까? 萬若그렇다면 文章에 있어서 구태여 朝鮮語를 主張할 必要도 없으리라고 생각한다. 그럼에도 不拘하고 모ー든사람이 朝鮮文이 아니면 안된다고 생각하는 理由는 어듸 있는가를 생각해볼 必要가 있다고 말하여둔다. 原稿難의 問題를 一言而蔽之하면 工夫가 不足하다는 것밖에 없다. 이런 意味에? 좀더 原稿內容이나 表現技術이나를 莫論하고 우리는 工夫할 必要가 있다.[*10]

『조련문화』에는 '조국'조선을 위해서 자기 몸을 바칠 결의를 노래한 허남기의 시 「내피를*」, 「청춘*」, 리은직의 평론 「춘향전과 조선인민 정신*」, 1944년 가을의 어느 가난한 농촌을 무대로 한 차영[리은직]의 희곡 「땅을 파는 사람*」, 림광철의 소설 「너 눈이 밝구나*」 등이 게재되었다. 2호 이후는 발행되지 않은 것으로 보인다.

(3) 두 가지 『조선문예』

조선문예사는 일본어판 『조선문예』(1947년 10월 창간) 총 여섯 권과 조선어판 『조선문예』(1948년 3월 창간) 한 권을 발간했다. 집필자는 『민주조선』과 거의 겹치는 허남기, 리은직[필명으로 송차영], 박원준, 윤자원, 장두식, 김원기, 김달수 등이고 소설, 시, 평론, 수필이 잡지에 발표되었다. 소설이 충실했는데 귀환 후의 조선을 그린 「폭풍嵐」 외에도 리은직의 「거래」, 「침체」, 「폭풍의 전야」, 김원기의 「이누코군犬子君이여 잘 자

---

10 림광철, 「예술과 인민대중—문화부 활동 보고에 대신하여*」, 『조련문화*』 창간호, 1946.4.

거라」, 김달수의 「상혼」, 박원준의 「연대기─『해방에의 길』제1장」 등의 작품이 수록되었다. 식민지배하에서 조선인들이 겪은 고난을 리얼리즘 수법으로 그린 것이 많아 같은 시기의 『민주조선』의 게재 작품의 경향과 거의 변함없다. 그 중 허남기치고는 드문 소설 「신 광인일기」가 눈에 띈다. 한편 1호만 펴낸 조선어판에는 강순의 시 「동소*」, 김원기의 소설 「불효*」, 김달수의 「문학자에 대해서─제일의 고백 1*」이 게재되었다.

(4) 『우리문학*』

1948년 8월에 창간된 『우리문학*』에는 강순의 「그 날*」, 리진규의 「풍경화단편*」(시), 김원기의 「무거운 짐*」, 김경식의 「술먹는 화가*」(소설), 허남기의 「이은직소론*」, 어당의 「문학의 대중화문제*」, 이은직의 「우리의 당면한 일*」(이상은 평론) 등의 작품이 게재되었다.

조련에 가맹하지 않았던 김경식의 이름이 보이는 점이나 「누나의 결혼」, 「봉구奉求의 혼」, 「남동생의 출분」, 「손점치의 '천벌'」 등 『민주조선』에서 일본어로 작품을 발표하고 있던 김원기가 여기서는 조선어로 작품을 발표했다는 점 등 '일본 제국주의 잔재의 소탕'을 내걸고 재일문화인들의 연합을 도모한 재일조선문학회의 특색이 나타나 있다.

(5) 『봉화*』

『봉화*』(등사판)에서는 어당의 「조선민요 보자기*」, 허남기의 「신작로*」, 강순의 「천당天塘」, 「산 소나기*」, 「반쪽발이의 노래*」 등의 시편, 그리고 이은직의 「살 곳을 찾아서 : 어린이 식민사 1*」, 남악의 「청춘명령靑春命令*」 등의 소설이 게재되었다. 그 중에서도 특히 주목할 만한 작품은 한신阪神 민족교육 투쟁 때의 유치장을 무대로 한 박원준의 「군중*」이다. 당시 『해방신문*』 편집국장이었던 작가의 실체험을 기초로 한 작품이다. 이 잡지가 '돈 한 푼도 종이 한 장도' 없는 상태로부터 기획되었다는 것, 『해방신문*』에 부설된 조선문 인쇄소에 원고를 맡기고 나서 잡지가 완성될 때까지 반년이나 걸렸다는 점 등 수많은 고생 끝에 간신히 발행된 경위가 「편집후기」에 적혀 있다.

그 밖에도 문화관련 기사나 문학작품을 게재한 발표 매체는 적지 않다. 1946년경 창간된 『조련청년*』(편집인 윤근, 발행인 김기택), 역시 조련계의 『인민문화』 등이다. 『인민문화』에는 리진규와 허남기의 시, 오수린吳壽麟의 산문이 게재되었다. 허남기의 대표작 『화승총의 노래』가 처음 모습을 드러낸 잡지이기도 하다.

그리고 실제로 간행까지 이르렀는지는 확인되지 않으나 『조선*』과 『조국문학*』이라는 잡지가 시 전문지로서 편집되었다는 기술이 『재일조선문화연감 1949년판*』에 있는 것 이외에 『해방*』(1948), 『로선*』(1949)이라는 조선문 종합잡지의 간행 예고도 『해방신문*』에 보인다.

(6) 『해방신문*』

신문지상에서도 문학작품은 많이 게재되었다. 조련 준기관지의 역할을 한 『해방신문*』(도쿄/오사카)은 『조선신보*』(오사카)와 더불어 조선어 작품의 주된 발표의 장이 되었다. 1950년경까지는 한시도 상당한 비중을 차지하고 있다. 재일조선인 문학운동의 주류는 되지 않았지만 '해방' 직후에 어느 정도 애호가가 존재하고 있었던 점을 헤아릴 수 있다.

주된 집필자는 시 분야에서는 허남기, 정백운, 남시우, 강순, 리진규, 소설 분야는 리은직, 박원준, 오수린, 남악이었다. 신문지면의 제약도 있어서인지 모두 단편적이다. 초기에는 채숙일의 「춘풍＊」, 강순의 「그 날＊」과 같은 조국독립의 기쁨을 읊은 시, 또는 조선 농촌이나 일본 탄광에서 겪은 고난을 그린 배광영의 시 「맥림麥林＊」, 허남기의 「초상＊」, 박원준의 「풍진風塵＊＊」과 같은 소설이 발표되었다. 모두 식민지배의 잔인성을 파헤쳐 희생된 조선 동포들을 진혼하는 내용이다.

그러나 해가 갈수록 '미제'나 이승만 정권과 그들을 도운 구친일파를 비판한 리진규의 「향수단편＊」, 북조선 / '공화국'을 찬양하는 허남기의 「국기」, 남시우의 「빨간 별의 찬가＊」 민족교육 투쟁에 관한 허남기의 「마을교원의 시＊」, 조련의 강제 해산을 노래 한 허남기의 「우리들은 망국의 국민인가?＊」 등 조선반도 정세를 직접 투영한 작품이 늘어난다. '해방'을 드러내놓고 기뻐하는 것조차 허락되지 않은 재일조선인에게 다가온 엄혹한 정치상황이 작품 내용을 변질시킨 것이었다.

(7) 『민주조선』의 성공

1946년 4월의 창간으로부터 1950년 7월의 종간까지 33호를 펴낸 『민주조선』은 당시 어느 잡지도 따라오지 못할 만큼 알찬 내용을 보여줬다. 시, 평론, 희곡, 소설 등과 동시대 조선 문학의 번역, 오다기리 히데오, 미즈노 아키요시水野明善 등 일본인 문학가도 참가한 좌담회 등도 게재되어 있다.

시에서는 허남기나 윤자원, 소설에서는 김달수(朴永泰, 孫仁章, 白仁, 金文洙 등 몇 가지 필명을 사용했다), 리은직(송차영), 장두식, 강위당/교기도,

희곡에서는 박원준, 평론 분야에서는 강현철 등이 각각 왕성한 집필활동을 했다. 특히 소설 작품이 큰 비중을 차지하고 있다.

비슷한 멤버들로 같은 시기에 발간된 『조련문화*』나 『우리문학*』은 1, 2호밖에 발간되지 않았다. 어떻게 해서 『민주조선』은 오랜 기간에 걸쳐 활동을 지속할 수 있었던 것일까? 역시 그것이 일본어 잡지였기 때문일 것이다. 『민주조선』에서는 새로이 조선어와 격투할 일없이 식민지기에 단련해 온 일본어로 그대로 발표할 수 있었고 쓸 수 있는 사람의 수도 많았다. 이 잡지에 자주 등장하는 김달수, 장두식, 강위당, 윤자원 등의 이름은 조선어 매체에서는 거의 볼 수 없다.

당시 일선에서 활약하고 있었던 일본 문학자들이 기고나 좌담회 참가라는 형태로 협력을 아끼지 않은 것도 『민주조선』의 성공에 크게 기여했다. 일본어 사용의 의의를 적극적으로 인정하려 했던 점에 『민주조선』의 최대의 특징이 있었고, 따라서 『민주조선』은 일본인의 이해와 지원을 받을 수 있었던 것이었다.[11]

---

11 일본인에게 호소하는 데 그치지 않는 뛰어난 작품도 역시 『민주조선』에서 나왔다. 박원준 「김양의 일」(18호)이 그 한 예이다. 조선인 단체가 운영하는 간부양성학교 남자 교사인 '나'의 시점에서 과거 중국에서 종군 간호사로 일하던 젊은 여성이 민족적으로 각성해 가는 모습이 그려져 있다. 해방된 지 얼마 안 된 시기가 작품의 시간대로 설정되어 있다. 예전에 김주득미소노 후미코은 오로지 일본 천황과 성전을 믿고 있었다. 일본 패전에 의해 반년전에 복원선으로 일본으로 돌아오는데 일본 사회의 급격한 가치관 변화에 자기 마음이 따라가지 못한다. 그럼에도 조선인학교 입학을 스스로 결정해 주위 조선인들과 함께 천황제와 자본주의를 이해하려고 필사적으로 배우고 있다. 미소 공동위원회 격려대회나 메이데이 집회에 참가하면서 김양은 부화뇌동하는 대중이 아니라 역사를 창조하는 대중의 존재를 체득해 나간다. 그러던 어느 날, 조선 여성의 모임에서 어느 여성이 "조선은 언제 독립할 수 있겠습니까?" 라고 말한 후 절규하며 울음을 터트리는 장면을 '나'와 김양이 목격한다. 김양은 이것이야 말로 조선대중의 "살아있는 현실"이라고 이해한다는 내용이다. '애정'을 추상적으로 믿던 김양은 스스로 지원해 일본군의 종군간호사까지 되었다. 그 올곧음이 있었기에 일본 패전 후 아무 반성도 없이 무조건 좌익 전성기가 된 조선 민족운동에 뛰어들지 못하고 있다. '나'는 그런 김양의 성실함을 평가하고 그녀와 진지하게 마주한다. 계급투쟁과 민족운동을 동시에 배움으로써 변혁을 이루려 노력을 기울이는 한 조선

『민주조선』 발간 후 얼마 되지 않아 김달수, 허남기, 리은직 등은 신일본문학회의 회원이 되었다. 그 후『근로자문학』,『문학시표』,『조류』,『아카하타(적기)』 등 일본인이 발행하는 매체에 활발히 발표하게 되었다.

김달수의『후예의 거리』(1948/1949), 리은직의『신편 춘향전』(1948), 허남기의『조선 겨울 이야기』(1949), 김달수의『반란군』(1950), 허남기의『일본시사시집』(1950) 과『서정시집』(1950), 윤자원의『38도선』(1950) 등 일본 출판사에서의 작품 간행의 길은 이렇게 하여 이루어졌다.

3) 일본어 우세라는 '괴이한 사실'을 둘러싸고

(1) 어당의 집념

『재일조선문화연감 1949년판*』에는 이러한 기술이 있다.

여기서 問題가 되는 것은 우리國語로 制作되는 作品에 比하야 日文으로 制作되는作品이 數的으로도 낫다는 怪異한 事實이다. 이것은 勿論, 여러가지 答辯이 있겠지만 在日文化人들이 早急히 淸算해야할 課題고 또 各組織에서도 이 사람들에게 充分한 國語文學의舞臺를 提供하야 在日文學運動이 朝鮮文化史上에 어떤 意義를 줄 수 있게 해야할 것이다.[12]

여성의 내면적 변화가 상세히 묘사된 수작이다.
12 박삼문 편, 앞의 책, 60쪽.

이 부분의 집필 담당은 어당으로 짐작된다. 어당은 1948년에 『조선신보*』지상에서도 김달수와 언어논쟁을 하고 있는데, 그의 조선어 사용에 대한 강한 애착은 인용문 중의 "괴이한 사실"이라고 하는 표현에서도 볼 수 있다.

다른 부분에서는 "착취와 폭압으로서 강요당한 일본어로 조선문학의 가능한 문학이 될 수 있다는 피상적인 관찰은 정치성의 빈약과 소시민적이고 주관적인것"이며 "조선문학의 정통에 배치"한다고 단언하고 있다.

이 주장의 근저에 있는 것은 "인민대중의 문화계몽 운동"이라고 하는 관점이다. 여기에 『민주조선』이 그 독자를 일본의 진보적 지식인으로 정한 것과 근본적인 차이가 있다.

어당은 "인민대중" 즉 "문맹"이 대부분을 차지하는 일반 재일조선인에 의한 재일조선인을 위한 문화운동을 키우자는 의욕을 가지고 있었다. '해방' 후 일관되게 조선어교육과 초등교육에 전념해 온 어당에게 있어서 조선어로 조선문화를 쌓아올려 가는 것은 양보할 수 없는 대원칙이었다. 그리고 그것은 '해방' 직후의 재일조선인 지식인들의 주된 흐름이기도 했다.

일본어판 『조선문예』 1948년 4월 호에서는 「용어문제에 대하여」라고 하는 특집이 꾸며졌다. 리은직, 어당, 김달수, 그리고 도쿠나가 스나오를 포함한 4명이 각각 수필을 투고했다. 어당은 「일본어에 의한 조선문학에 관해서」에서 "편집부에서 제시한 '일본어에 의한 조선 문학'이라는 테마가 이상하다. 문학이 언어예술인 이상 그 민족의 문학은 그 민족어에 종속해야 한다는 것은 상식이기 때문이다. 환언하면 조선어

없이 조선문학은 성립되지 않기 때문이다"고 하며 일본어에 의한 창작을 싹 잘라 버리고 있다.

그 기저를 이루고 있는 것은 "지금 조선어의 순문예지를 발매했다고 가정하자. 재류 60만 동포 속에 얼마만큼 소화되어 읽혀지고 이해될 것일까, 아마 1%도 안 될 것이다. 이것으로 문예부흥을 이룰 수 있을까. 참으로 조선 문학을 사랑하고 이에 종사하는 사람이라면 유사 이래의 '조국'민중혁명의 문학자에게 맡겨진 사명을 느끼지 않으면 안될 것이다"라는 현상인식이다.

즉 어당에게 재일조선인 작가의 사명이란 "재류 60만 동포"를 향한 집필활동과 문해교육, 초등교육을 통한 독자 양성을 동시적으로 진행한다는 것이었다.

(2) 일본어 사용이 가지는 두 가지 의미

어당과 김달수 사이의 대립은 『조선신보*』에 이어 『조선문예』지상에서도 보이는데 여기에서는 리은직의 「조선인인 나는 왜 일본어로 쓰는 것인가」와 김달수의 「하나의 가능성」이라는 수필 두 편에 눈을 돌려보자. 필력이 있고 발표 작품수도 많은 이 두 작가는 '해방'전 일본대학 日本大學 예술과 재학시절부터의 지기였다.

리은직은 1948년 당시 일본어로 창작 활동을 하는 까닭에 대해 "드디어 옛날 저 격렬한 분노와 호소를 일본문으로 쓰지 않고는 견디지 못할 마음이 되었다"며 일제강점기에 자신을 차별한 일본인을 향해 쓰기 위해서라고 말하고 있다. 이 결론만을 보면 김달수의 주장과 겹치지만 「드디어」라고 하는 부분에서 김달수와의 결정적 차이가 있다. 거기에 이르기까지 소년시절부터의 발자취를 리은직은 자신의 수필에서 회고하고 있다.

리은직은 일본 보통학교(초등학교에 해당함)에서 조선어를 배운 후 완전히 일본인과 일본어 속에서 생활해 왔다. 청년기에 쓴 글도 일본어에 의한 것으로 그 작품들은 "우리들을 업신여기는 일본인에 대한 분노와 일본인 전체에 대한 호소였다"고 한다. 막상 '해방'을 맞이했을 때 "나는 멍하니 있었다. 국어를, 우리들의 글을 막힘없이 술술 구사할 수 있도록 열심히 공부하지 않으면 안 된다고 초조해하면서도 나는 역시 습관적으로 멍하니 일본어로 무언가를 쓰고 있었다". "일본에서 조선인들의 운동이 왕성해져 나도 그 가운데에 뛰어들었지만, 활자도 활자를 줍는 사람도 없는 현실 이어서 조선어로 된 문학출판물은 거의 나오지 않았고 일본어로 된 출판물 쪽이 오히려 위세 좋게 우리들 안에서 튀어나왔다. 나는 깊은 자각도 없이 몇 편의 단편을 발표했다. 단지 쓸 수 있기 때문에 써냈다는 말을 들어도 어쩔 수 없는 태도였다."

이렇듯 리은직은 편하게 쓸 수 있는 쪽이 일본어임을 솔직하게 인정하고 있다. 그러나 노력을 기울여 조선어를 다시 공부해 조선어로 창작활동을 실천하고 있는 도중이었다. "최근에 와서 나는 자신의 국어와 글자로 드디어 문장을 쓸 수 있다는 기쁨에 넋을 잃고 글을 쓰고 있다". 최초에 인용한 "드디어"라는 부분은 이 문장에 이어지는 부분이다. 즉 리은직에게 조선어로도 쓰고 있다라는 자부심은 일본인을 향해 쓰기 위한 일본어 사용의 담보가 되고 있었던 것이다.

한편 김달수가 쓴 수필에서는 일본어 사용의 의의를 진술하는 데에 그 대부분이 할애되고 있다. 조선인의 과거와 미래를 일본인에게 전하는 것의 중요성을 강조하는 김달수는 그것이 "독립의 도상에 있는 우리들의 큰 임무"이며 "일본에 머무르고 있는 우리들 조선인의 큰 의무"이기도 하다고 말한다. 더욱이 "일본의 문학 환경의 자극을 받아 독특한 그 자신 안에서 '조선 문학'이 생길 것이다. 이것을 나는 조선 문학의 하나의 가능성이라고 말하고 싶은 것이다"라고 하면서 일본어로 쓰여진 '조선 문학'이라는 새로운 카테고리의 창출을 시사하고 있다.

재일이라는 독특한 조건 속에서 독자적인 문학을 창조해야 한다는 주장은 1950년대 후반의 김시종을 필두로 하는 『진달래』 회원들의 주장을 연상케 한다. 『진달래』 논쟁의 경우는 일본에서 태어난 2세 문제와 관련되어 논의된 것이다. 그러나 '해방'으로부터 겨우 2년 반 정도 지난 시점에 김달수는 어떻게 그 정당성을 말하려 한 것일까?

김달수는 재일조선인 작가에 의한 일본어 문학의 존립 조건으로서 "우리들이 그 역사적 계급성에 눈을 떠 일본의 이 계급과 협력해 싸우는 것"을 들고 있다. 즉 일본의 "이 계급"[프롤레타리아트]과 "협력"으로 성립되는 계급문학을 추구한 것이다. 그 당시 국제 공산주의운동의 맥락에서 생각한다면 민족보다도 계급을 우선한다는 김달수의 논리 전개는 그다지 무리가 있는 게 아닐지도 모른다. 그러나 적어도 김달수가 재일조선인의 독자성을 추구하고 있지 않았던 것도 명백하다.

리은직과 김달수의 주장에 공통되는 점은 많이 있지만 그 내실은 꽤 다르다.

리은직은 어떻게든 조선어로 초등교육을 받았고 또 식민지 말 조선에서 춘향전 등 고전을 배울 기회를 다소남아 가진 데에 비해, 김달수는 거의 완전히 일본어로 자기형성을 해왔다. '해방' 후 리은직이 조선어를 다시 배우면서 작품을 쓰려고 한 것에 비해 김달수는 일본어 일변도의 태도를 바꾸는 일은 없었다.

리은직은 앞서 예로 든 『우리문학*』 조선어판, 『조선문예*』 『봉화*』의 모든 조선어문예지의 편집에도 종사했으며 당시 민족문화 운동의 중심적인 존재였다. 한편 김달수는 일본인 사이에서는 가장 잘 알려진 조선인 작가였으나 문해교육과 혼연일체가 되어 있었던 초기의 재일 민족문화 운동 속에서는 고립되어 있었다고 할 수 있다.

『민주조선』 창간호부터 연재가 시작된 김달수의 『후예의 거리』는 일본의 출판사에서 간행되기 전년인 1948년에 조련산하의 조선문예사에서 단행본화되었다. 일본에서 성장한 조선인 청년이 식민지 말기 조선으로 건너간 이후를 그린 작품이다. 일본인 독자들로부터 호평을 받은 것과는 정반대로 이 소설에 대한 조련 주변의 재일조선인 문화인들의 반응은 시원찮았다.

『후예의 거리』가 동포들에게서는 완전히 묵살되었으며 동지적인 축하도 없다는 지적까지 나왔다.[13] 새로운 민족문화 창조가 긴요한 과제인데 지금 왜 일제강점기의 창백한 지식인 청년의 이야기 따위를 다루는가 하는 의문을 많은 사람들이 품은 것이었다.

'해방' 후 5년간 조련 주변에서 수행된 문학운동은 그 활동의 근간에 영향을 미치는 사용언어의 문제를 미해결한 채 암중모색으로 진행되었다. 만약 같은 조건을 가지는 두 언어 사이에서 선택의 문제였다면 일은 더욱 간단했을 것이다.

그러나 실제로는 조선어로의 창작 활동은 일본어로의 그것에 비해

---

13 구안생, 「『후예의 거리』를 읽고*」, 『해방신문*』, 1948.6.5.

극단적으로 곤란했다. 작자의 언어능력이나 인쇄 기술의 문제 등에 더해 조련 각 조직의 행동강령이었던 "민주주의 민족문화의 수립"과 "문맹퇴치"도 "완전히 공염불空念佛이였고 무엇하나 이렇다 할 성과成果를 지적할수없는 처지"[14]이었다.

즉 읽는 사람조차 없었던 것이다.

(3) 조선어 출간물도 검열 대상으로

'해방' 직후의 재일조선인 문화운동은 1945년 9월부터 1949년 11월까지 실시된 GHQ의 검열에도 고심했다.[15] 검열 대상이 된 것은 점령군 비판, 조선 분할 점령, 신탁 통치와 관련된 미소 비판과 조선 민족주의적 선전이나 새조선 건설에 관한 것들이었다. "극우·극좌 사전검열 잡지"로 지정된 『민주조선』이 몇 번이나 수정과 삭제를 명령받았고, 한신阪神 민족교육 투쟁 특집 호에 이르러서는 발행금지까지 되었다는 이야기는 잘 알려져 있다.[16] 조련계 신문이나 잡지는 대부분 '극좌' '좌파' 분류되었지만 『조선문예』와 『문련文連시보』는 '중립'으로 인정되었다.

소설이나 시 등 문학작품은 정치 평론이나 정세에 관한 논문처럼 그 내용에까지 깊이 파고들어서 명백하게 삭제를 지시하는 일은 적었다. 하지만 일부 표현이 부적절하다 하여 번역 / 검열자가, 상사, 상층부에까지 보고했다는 흔적이 보인다. 일본에서 시행되었다고는 하지만 그

---

14 박삼문 편, 앞의 책, 59쪽.

15 Records of the General Headquarters Supreme Commandor for the Allied Powers(GHQ/SCAP) (RG331, National Archives and Records Service) Box number 8648, Folder title/number (7) Korean Publications and Organization in Japan (Special Report) Apr 1948.

16 김달수, 「잡지 『민주조선』의 무렵」, 『계간 삼천리』 48, 삼천리사, 1986 겨울.

검열 대상은 조선어 잡지에도 미쳤다. 예를 들면 『조련문화*』 창간호의 길원성의 「출발하는 우리 시단*」에서는 "조선민족은 사상성과 이지성이 어느 나라 민족보다도 우월"된다는 부분이 민족주의의 선전이라고 하여 사후 검열에서 Disapprove[출판법 위반]이 되었다. 또한 『봉화*』에 게재된 희곡 「군중*」에도 검열의 자국이 보인다. 미군을 비판하는 표현은 교묘하게 피하고 있었기 때문에 Delete[삭제] 등은 면했다.

그래도 한신 교육투쟁으로 검거된 재일조선인들이 유치장에서 발하는 대사 "그놈들의 취조하는 요령을 보십시요. 연맹聯盟이냐 건동建同이냐 공산당이냐 남조선 선거를 반대反對냐 지지支持냐? 누가 지도했느냐?", "질서있는 투쟁으로 놈들의 음모를 분쇄합시다", "이러한 대량검거는 우리 운동에서 처음 보는 탄압이고 관동진재 때보다도 더욱 심한 것입니다" 등이 포함된 3군데가 괄호로 묶어져서 INFO[Information]라고 기술되어 있고, 상부 보고를 위한 내용의 영문요약이 첨부되어 있다.

일본 국내 조선인을 단속하기 위해서 점령군은 조선어와 영어를 이해하는 인원도 배치하고 있었던 것이다. 그것을 실행한 사람은 일제강점기나 그 전에 도미한 유학생이나 김석범의 소설 「작렬하는 어둠」 (1993)에 등장하는 것 같은 영어에 숙달한 재일조선인 청년 — 이 인물은 「까마귀의 죽음」의 주인공의 모델이 되었다 — 이었다. 조선어를 일본어로 번역하는 것을 조선인이 담당하고 그것을 일본계 미국인 2세를 포함한 일본인이 영어로 다시 번역한 경우가 많았던 것 같다.

2. 조국분단의 충격

조선전쟁기에는 언어문제가 '해방' 직후의 그것과는 이질적인 것으로 변하고 있었다. 조선어작품의 발표 매체가 괴멸된 상태인 데다가 당시 재일조선인 운동이 일본 공산당과 공동투쟁하는 '인터내셔널'한 관점을 강조했기 때문에 일본어로의 창작 활동은 용인 또는 추인되는 경향이 있었다. 일반 미디어에서는 보도되지 않았던 조선전쟁에 대한 일본 사람들의 관심, 미국에 대항하는 동아시아제국의 연대의식의 고조와 더불어 제1차 재일조선인문학 붐이라고도 할 수 있는 움직임을 보여준 것은 바로 이러한 때였다.

1) 재일작가들의 전쟁문학

일본에서 조선전쟁을 체험한 재일조선인 작가들은 '조국'에서 터진 전쟁과 어떻게 마주 했고 어떤 문학을 생산해낸 것일까?

(1) 시

먼저 시부터 살펴보자. '해방' 직후부터 두 언어로 창작을 하고 있었던 허남기는 이 시기에는 『열도列島』 동인회 편집위원이 되는 등 일본의 시인들과의 관계가 더욱 깊어지고 있었다. 일본어시집이나 '공화국'작품의 번역시집도 연달아 일본의 출판사에서 간행했다.

허남기의 대표작인 「화승총의 노래火繩銃のうた」(1951)는 갑오농민전쟁, 식민지하의 항일투쟁, 그리고 '해방' 후 한미연합군에 저항하는 지리산 빨치산 투쟁 등 할아버지, 아버지, 그리고 아들 준아까지 삼 세대에 걸친 조선 독립을 위한 투쟁을 준아의 할머니 입을 빌려서 노래한 서사시다. 작자는 남조선에서 투쟁하는 한 사람의 민중의 입장에 선다.

허남기의 다른 시 「그 흙 덩어리その土くれ」(1953)에서는 재일조선인의 시점에서 조선전쟁이 그려졌다. 시인은 전장에서 되돌아온 미군의 전투기나 무기에 달라붙은 흙덩어리와 그 냄새에 밟아 뭉개진 '고향의 사람'을 본다. 미군 전선기지가 된 일본에서 조선반도로 날아갔다 되돌아오는 군인이나 살육무기를 목격했던 재일조선인들은 전쟁으로 희생된 고향의 조선인과 일본에서 대면한 것이었다.

"저 놈들의 운반차를 멈추어라 / 저 놈들의 찌부러진 무기를 멈추어라 / 그 바퀴 하나하나에서 / 한 톨의 흙덩이도 남김없이 / 빼앗아오지 않고는 살 수 없다." '이국의 흙'이 된 흙덩이에 일본에 의한 식민지배로 일본으로 밀려와 살게 된 나의 운명을 포개 놓는다. 불을 내뿜는 듯한 분노의 시다. 거기에 이어서 "저 놈들의 운반차를 쫓아버리고 / 저 놈들의 무기를 돌려보내고 / 그 운반차를 나르는 자 / 그 무기를 조종하는 저 녀석들을 / 이 아시아의 땅에서 쫓아버리지 않고는 / 살 수 없다"는 부분에는 조선뿐만 아니라 「아시아의 땅」에서 미군을 물러가게 하자는 동아시아 동시 혁명의 지향도 엿보인다.

재일조선인에게 조선전쟁은 고향에 남긴 육친의 안부를 우려하면서 자신의 무력함을 통감하는 애가 타는 사건이었다. 평양 출신으로서 화가로 알려진 전화광全和光은 「무기 제조업자들」, 「목소리─망국노의 감

각에 기대어聲-亡國奴の感覺によせて」,「어느 혁명가의 화상一」,「향리의 폭격」 등 일본어 연작시를 "시화詩畵"로서 그림과 함께 발표했다. 서울에 사는 남동생에게 보내 이승만 정권의 비도를 알아차리도록 호소하는 「형의 그림 '고곡古曲에서'에 대해서*」 등의 조선어작품도 썼다.

한편 일본 공산당원이며 민전 활동가였던 김시종의 첫 시집『지평선』(1955)에도 조선전쟁에 관한 시가 많이 포함되어 있다. 「소나기」, 「품」, 「쓰르라미의 노래」, 「봄」, 「굶주린 날의 기록」, 「거리는 고통을 먹고 있다」, 「가을의 노래」, 「여름의 광시」, 「정전보停戰譜」, 「당신은 이미 나를 차배差配 할 수 없다」 등이다. 「거리는 고통을 먹고 있다」(1951)는 조선반도를 향해 미군 폭격기가 상공을 나는 가운데 평화로운 일본에서 여자의 따스함을 느끼고 있는 자기 자신을 조용히 응시한 시다.

하지만 미칠 것 같은 1년을 지나서
아아 조국이여 조선이여 ―
지형 그대로의 온순함으로 여전히 밤하늘 끝에 누워있는 것이다.
(그러나 푸념 많은 나는 여기에 있다.
생명을 보증받고 여기에 있다.
여자에게 바싹 달라붙어서 여기에 있다.

혐오의 포로가 된 나는 여자의 손에 내 손을 내민다.
무엇을 생각했는지 여자는 손을 마주잡는다.
밀칠 것 같던 손은 아니나 다를까 그녀의 손에 으스러진다.
세상사란 모름지기 이런 것이다, 하며 손을 마주잡는다.[17]

아무리 조국에서 벌어지는 비극을 생각하고 괴로워해도 결국은 "생명을 보장받고 여기에 있다"는 데에 작가는 자각적이다. 시 속의 마치 남의 일과 같은 객관성은 조선의 엄격한 현실을 제주도 4・3사건 때의 게릴라 투쟁 속에서 직면했었기 때문이었을까? 김시종이 일본에 건너온 다음 해에 조선전쟁은 발발한 것이었다.

휴전 후에는 시 「당신은 이미 나를 차배할 수 없다」(1954)가 쓰여졌다. "나는 당신의 집요한 애무로부터 / 풀려나고 싶다고 간절히 바라고 있다"라고 시작되어 "당신"의 선물인 38도선을 "단순한 종이 위의 선으로 되돌려 드리리라"로 끝맺는 이 시는 좌우나 남북의 대립을 초월한 통일 '조국'의 이미지를 환기함과 동시에 제국의 언어인 일본어와의 결별과 시언어로서의 일본어와의 새로운 만남을 암시하는 시사하는 바가 큰 작품이다.

(2) 소설

장혁주 『아아 조선嗚呼朝鮮』(1952)은 재일조선인 작가가 쓴 조선전쟁 소설 가운데에서 가장 많이 읽힌 작품일 것이다. 남북의 어느 쪽에서도 정의를 찾아낼 수 없어 어찌할 바 모르는 작가의 입장이 반영된 중편소설이다. 이 작품에 대해서는 3장에서 상술한다. 여기에서는 이승만에게 비판적 입장을 취한 — 그러나 반드시 '공화국' 지지와 완전히 일치하는 것은 아니다 — 작가들의 소설을 살펴본다.

김달수의 「손영감」(1951)은 조선전쟁 발발 후에 미군의 수송 도로가

---

17 김시종, 「거리는 고통을 먹고 있다」[1951, 6작], 『지평선』, 오사카 조선시인집단, 1956.

된 어떤 재일조선인 부락의 노인의 이야기다. 조선의 식민지화를 허용한 매국노—이완용과 한국 초대 대통령—이승만을 포갠 손영감의 시점을 통해서 당시 재일조선인 민중의 감정을 그려냈다. 같은 작가의 「부산」(1952)은 한국군에 입대한 아들과 빨치산 부대의 아들을 각각 가진 이웃 여성들의 언쟁을 그리고 있다. 정부수립 직후의 한국 내에서 동포끼리의 반목이 얼마나 좁은 세계에서 일어나고 있었는지를 그린 단편이다. 김달수의 일본문학계 데뷔작이 된 『현해탄』(1953)도 이 시기에 집필되었다. 거기에서는 1943년의 '케이죠京城'를 무대로 작자의 분신인 일본에서 자란 청년과 유복한 집의 아들이 각각 독립운동에 나서는 과정이 그려졌다.

박통朴桶이라는 필명으로 쓰여진 김석범의 「1949년경의 일지에서—'죽음의 산'의 한 구절에서」(1951)도 조선전쟁이 한창 때 발표된 작품이다. 조선 분단을 의미하는 남조선 단독선거에 반대하는 도민들의 봉기가 한미연합군과 게릴라대의 항쟁과 대규모 민중학살 사건으로 발전한 제주도 4·3사건이 그려졌다. 병으로 누운 어머니를 만나기 위해서 고향의 제주도로 건너가 거기에서 민중학살을 목격하는 재일조선인 「나」의 일인칭 시점으로 구성된다. 이 작품은 활자로 된 최초의 김석범의 작품이다. 김석범의 출세작이 된 「까마귀의 죽음」이 발표되기 6년전 이미 4·3사건을 주제로 한 창작은 시작되고 있었던 것이다.

김민의 「시사회」는 재일조선여성들의 단체를 도우면서 조선어교사로서 일하는 19살의 영숙이가 '공화국' 영화 「향토를 지키는 사람들」을 친구들과 어머니들과 보러 가는 이야기다. 재일 2세대 여성이 조선전쟁에서 싸우는 '공화국' 여성이나 김일성의 연설을 목격하면서 조선인으로서의 자신감과 긍지를 획득해 가는 모습이 그려져 있다.

(3) '해방인가 예속인가'에서 '남쪽인가 북쪽인가'로

'조국'이 상처입고 피폐해가는 모습을 작가들은 온몸으로 받아들였다. 그들의 전쟁 문학의 기조가 된 것은 조선의 독립을 방해한 미국과 제국 일본의 지배기구를 그대로 이어받은 이승만 정권에 대한 부정이었다. 제2차 세계대전 후의 한미일 반공동맹에 대한 저항의식은 '해방' 후에 미 점령군과 일본정부의 언론, 교육 탄압을 직접 받아온 조련 주변 사람들의 피부감각에 근거하는 것이었다고 말할 수 있다. 이 전쟁은 남북 어느 쪽을 지지할 것인가라기보다는 조선의 참된 독립을 어떻게 쟁취할 것인가라는 탈식민지화의 관점에서 파악된 것이었다.

1953년 7월, 조선전쟁의 휴전으로 남북의 분단 고정화는 결정적인 것이 되었다. 이 새로운 국면은 재일조선인문학에도 큰 그림자를 드리웠다. 작가들은 남을 지지할 것인가 북을 지지할 것인가, 일본어인가 조선어인가라는 선택을 다짜고짜 강요받게 되었다. 그것은 또한 이러한 이분법으로부터 비어져 나온 작가를 불가피하게 만들어 내고 그 지향의 다방면화를 재촉하기도 했다.

2) 어두운 터널 속에서

조선전쟁이 시작되고 나서 반년 남짓 지난 1951년 1월, 구 조련 구성원들에 의해 재일조선통일민주전선(민전)이 결성되었다. 민전은 비공

연단체였던 재일조선조국방위위원회(조방위)와 보조를 맞춰서 활동했다. 양쪽 단체는 일본의 민주혁명을 목표로 하여 일본 공산당과 그 지도 아래에 있었던 민족대책부와 함께 행동했다.

조선 정세의 장래가 보이지 않는 이 시기, 문학 활동은 부진에 허덕였다.

(1) 문화공작대의 활약

민전산하의 재일본 조선민주애국청년동맹의 젊은이들은 문화공작대(문공대)를 조직해 연극, 무용, 노래 등의 공연을 했다. 동포들에게 조선전쟁의 배경과 의미를 전하는 것을 목적으로 한 것이었다. 1950년 2월(이때는 조련 산하)의 첫 공연으로부터 1952년 4월의 산인山陰 지방 공연까지 2년 2개월에 걸쳐 전국을 순회해 그 공연 일수는 150여 일, 공연 횟수 190여 회, 공연 장소는 140여 읍촌, 동원 인원수는 7만 5천명에 달했다고 한다. 역시 민전의 산하에 있었던 조선학생동맹(학동)에서는 학동문공대가 결성되어 30회의 공연으로 5만 명을 동원했다. 조선어를 특훈해서 연극 〈어머니〉를 상연하기도 했다.

1953년에는 중앙예술학원이 개교했다. 다음해 2월에 제1기 졸업생을 낸 후 중앙문화선전대(문선대)가 편성되었다. 또한 중국 귀환 시찰단의 히라노 요시타로平野義太郎를 통해 재일조선인들에게 보내져온 '공화국' 영화 〈향토를 지키는 사람들〉이나 〈정찰대〉의 상영회도 일본 각지에서 개최되었다. 이와 같이 조선전쟁 시기에는 연극, 무용, 노래, 구호, 합창 등 직접 관객에게 호소할 수 있는 공연활동이 왕성했다.

1951년 2월 시점에서 재일조선문학회 회원 명부에는 51명의 회원과 2명의 찬조회원이 이름을 올리고 있었다. 조선전쟁 초기 '공화국'이 우세했을 때에는 그때까지 조용히 지켜보고 있었던 작가들도 갑자기 얼굴을 내밀게 되었다고 김창규(김일면)가 썼듯이 1948년판의 명부보다 15명 정도 회원 수가 늘어났다. 그러나 실질적으로 재일조선문학회는 유명무실한 상태였다. 그러한 가운데 문공대의 활약은 문학운동의 활성화의 마중물이 되었다. 대중문화 운동의 고조에 따라 문학, 음악, 미술, 무용에 영향력을 가진 문화인들에 의해 '해방' 후 처음으로 종합 예술축제가 개최되었다. 이것을 계기로 1951년 12월 재일조선문화인총회가 탄생한 것이다. 조선문화인총회는 그 기본목표를 조국방위와 민족문화의 발전이라는 두 가지 점에 두었다. 구체적으로 말하면 문학을 포함하는 각 부문별 단일 집단의 육성 강화나 대중 속에 충분히 운동의 뿌리를 내리는 활동이 목표가 되었다.

이러한 움직임에 이어 1952년 1월에는 재일조선문학회의 재기가 계획되고 있었다. 오래간만에 개최된 문학회 총회는 도쿄에 있는 산별회관에서 열렸다. 출석자는 20명에서 25명으로 내빈으로 초청한 나카노 시게하루가 모두에 축사를 하고 갔다고 한다.[18] 이때 새롭게 재일조선문학회 위원장으로 선출된 것은 일본 문학계에서 실적을 쌓아 올리고 있었던 김달수였다.

(2) 김달수와 허남기, 2강 시대의 그늘에서

1950년대 전반의 재일조선인문학을 조망해 보면 뭐라 해도 김달수와 허남기의 활발한 일본어 작품의 출판 활동이 시선을 끈다.

---

18 김일면, 「후진성의 있어서 인간 갈등의 양상―재일문학 조직에 관한 조선작가동맹에 보내는 공개서한」, 『조선평론』, 1960, 14쪽.

김달수는 이 시기, 단편집『반란군』(1950),『후지가 보이는 마을에서 富士の見える村で』(1952)를 간행했다. 표제작인「반란군」(1949)은 1948년 10월 한국군의 일부에서 이승만 정권과 미군정에 반기를 들고 일으킨 여순사건에 충격을 받아 빨치산 투쟁에 참가를 하기로 결의하는 재일조선인 청년을 그렸다.「후지가 보이는 마을에서」(1951)는 부락출신 남성과 재일조선인 작가의 마찰을 주제로 삼고 있다.

허남기는 시집『화승총의 노래』(1951/1952),『거제도』(1952),『조선 겨울 이야기 朝鮮冬物語』(1952), 번역시집『조선은 지금 싸움이 한창이다』 (1952),『백두산』(조기천 외, 1952)을 연달아 간행했다. 조선반도 정세를 실황중계처럼 전한 이 작품들에 의해 시인의 이름은 널리 일본에 알려지게 되었다.

『민주조선』만큼은 주목을 못 받았지만 민전기에 발행된 잡지 가운데에서 가장 알찼던 잡지는『민주조선』을 이어받는 형태로 1951년에 창간된『조선평론』이다.『조선평론』은 오사카 조선인문화협회의 기관지로 출발했다. 창간호부터 제3호까지의 편집 겸 발행인을 맡은 것은 20대 중반의 김석범이었으며, 김종명金鐘鳴이 그 뒤를 이어받았다. 창간 당초는 창작, 수필, 시사문제 해설, 논문 등이 혼재되어 있었으며, 김시종, 전화광, 김석범, 김민 등 새로운 필자들의 작품도 많이 게재되었다. 그러나 점차로 문학작품의 수는 줄어들어 민전 중앙의 문화단체 기관지가 되는 1954년에는 '공화국' 정치와 경제 관련 논문으로 지면을 채우게 되었다.

일본인들도 포함된 조선인학교 교사들에 의해 발간된『평화와 교육』에도 문학작품이 몇 편 발표되었다. 예를 들면 리은직의「조선의 아이」(2호)에서는 조선인학교 폐쇄로 일본의 초등학교에 전학 간 재일조선인 아이들이 생생하게 그려졌다. 차별이나 왕따를 당해서 불량해지는 아이들이 북쪽의 인민군의 활약을 자랑하는 것으로 자신의 프라이드를 되찾으려 한다는 줄거리다.

조선어로 창작하는 것에 대해서는 어땠을까? 1952년 말의 민전 제3회 전체 제출 안건에서는 충분한 국문(조선문) 인쇄 시설을 가지고 있지 않아서 국문으로의 출판 활동은 전개할 수 없었다고 총괄하고 있다. 그러나 실제로는 조그마한 움직임이 있었다. 우선 들 수 있는 것이 남시우의 시집 『호동湖東의 별*』(1952)과 동요집 『봄소식*』(1953)의 간행이다. 『봄소식*』은 조선학교 아동을 위한 시집인데 표제작 외 「여기가 바로 우리 고향입니다*」, 「아침*」, 「지각한 동무*」, 「우리 교실*」, 「김일성 장군*」, 「점순이와 그 선생*」 등 시 20편이 수록됐다. 조선학교 폐쇄라는 가혹한 상황에서도 훌륭한 조선 아이로 자라나기를 바란다는 교사의 절실한 바람을 담은 시편들이다. 같은 시기의 허남기와는 달리, 김일성 장군 아래에 굳게 단결하자는 남시우의 '공화국' 지향이 명확히 읽힌다.

『봄소식*』의 발행자는 도쿄도립東京都立 조선인학교 어머니연락회 즉 녀맹에 속한 여성들이었다. 권말에 첨부된 「이 책을 출판하면서」에서는 글자를 읽지 못하는 어머니에게 읽어드리라고 호소하고 있다. 이 시집은 어머니의 문해교육도 겸하고 있었던 것 같다.

또한 재일조선문학회 기관지 『군중*』(후일 재일조선 문화인총회가 발행을 담당)에는 남시우의 장편서사시 「영웅전英雄傳―어느 유격 대원의 수기*」, 거제도사건을 무대로 한 정태유鄭泰裕의 희곡 「섬 사람들*」이 게재되었다.

1952년 5월 20일에는 『해방신문*』이 복간되어 다시 조선어작품의 발표의 장으로서 기능하게 되었다. 이제는 미군의 검열도 없어졌다. 허남기, 남시우, 리은직, 김민 등은 미군을 물리치고 조선 독립의 쟁취를 북돋우는 내용의 시나 소설 등을 실었다.

리은직의 소설 「젊은 사람들*」은 『해방신문*』에 처음 실린 재일조선인 작가가 쓴 연재소설이다. 규슈의 고쿠라小倉를 무대로 가난한 조선인의 딸 순이가 미군장교와 일본 경찰의 앞잡이가 되어 행세깨나 하는 김광길의 구혼을 뿌리치고 일본인과 함께 미군과 싸우는 민전활동가 송팔양과의 사랑을 관철한다는 통속 소설풍의 작품이다.

이상과 같이 조선전쟁이 종반에 다다를 무렵부터 조선어에 의한 창작활동도 조금씩 숨통이 트이기 시작했다. 1952년 말 『해방신문*』에 게재된 무기명의 평론 「재일조선인 문화운동의 일 년간의 회고와 신년의 전망*」에는 향후 문화운동의 중점적 목표로서 재일조선인들에 대한 선전계몽을 통해 전쟁 도발자들에게 큰 타격을 줄 것, 재일조선인에게 애국사상을 주입할 것, 일본인에게 공통의 적을 명확히 인식시켜 조일 친선을 도모하여 국제적 단결을 굳게 할 것을 내걸고 있다. 이 시점에서는 아직 일본의 인민과 함께 '미제'와 싸운다는 자세도 명확히 내세우고 있었다.

(3) '공화국'의 접근

1952년 12월, 문총을 이어받는 형태로 재일조선문학예술가총회(문예총)가 결성되었다. 문예총은 문학, 미술, 음악, 무용, 연극, 영화 등 6개 전문단체로 구성되어 오사카에 문화인총회와 자연과학자협회가, 교토와 효고에 각 문화인협회, 나고야에 도카이문화인협회를 두었다.

재일조선문학회도 이 문예총에 편입되었다. 재건 대회 1년 후인 1953년 1월에 열린 제5차 재일조선문학회 총회에서는 김달수가 서기장으로 선출되고 리은직, 박원준, 김민, 상어, 전화광, 김석범 등이 회원으로서 이름을 올렸다. 1953년 3월에는 일본문 기관지 『문학보文學報』도 창간되었다.

1953년 5월 17일의 문예총 확대 상임위원회 개최에 이어, 6월 14일에는 문화전선의 조직 강화와 적극적 문화운동의 발전을 위한 임시 전체대회가 열렸다. '공화국'에서 보내온 조국전선의 호소문을 받은 형태로 열린 것이었다. 이 임시대회를 전후해서 '공화국'의 『1953년도 조선중앙연감』이 판각되었다. 조선전쟁의 휴전을 앞두고 '공화국'의 촉구와 재일조선인 문학조직의 호응이 분주하게 이루어진 것이었다.

그래도 이 시점에서는 아직 일본문학과 연계도 중점을 두고 있었다. 제4회 총회에는 노마 히로시野間宏, 마미야 모스케間宮茂輔 등도 참가했다. 또한 총회 후의 보고서에서 박원준은 재일 작가의 작품이 "원칙적으로 일본문학의 일환으로서 취급되어야 한다는 것이 인정되었다"라고 썼다.

1953년부터 1954년에 걸쳐서는 지방단체·서클의 활동이 왕성한 시기였다. 당시 활약한 단체는 아래와 같다(괄호 안은 기관지나 동인지).

오사카 조선문화협회(『조선평론』), 가와사키 조선인문화써클(『대동강』), 도카이조선문화인협회(『문화전선』), 아이치문학써클(『산울림』), 효고조선문화협회, 츠루미조선문화연구회(『조문연朝文研』), 오사카 조선시인집단(『진달래』), 후쿠오카현 조선인문예동호회(『거센 파도』), 와세다대학·백두산동인회(『백두산』), 도쿄 조선중고교(학내벽보 『백두산*』).

이들 서클 문학운동에 촉발되어 재일조선문학회는 1954년 3월에 잡지『조선 문학*』을 창간했다. 류벽의 동화「토끼와 녹두 영감*」, 남시우의 시「내 마당에서*」,「교문의 역사*」등의 작품 외, '공화국' 문학가나 문학 동향에 관한 소개 기사가 많이 실렸다.

1954~1955년에는 지바千葉에 있는 조선 사범학교를 거점으로 한『창조*』,『시정원』,『해방신문*』내에서 발행된『신맥*』등 조선어 문예지가 나와, 김민의「벽보*」, 림경상林炅相의「새 출발*」(이상『창조*』), 류벽의「겐소년*」(『신맥*』) 등 문예동 초기 멤버가 될 소설가들의 조선어작품이 발표되었다.

1954년 5월에 문예총은 재일조선 문화단체총련맹(문단련)으로 개편되었다. 민전 4전 대회에서의 결정에 의한 것으로 기관지로서『문화전선*』이 창간되었다.『조선평론』도 대對일본인 이론지로 문단련 산하에 들어갔지만 얼마 지나지 않아 1954년 8월에 종간하게 되었고 같은 해 11월 창간된『새로운 조선新しい朝鮮』으로 대신하게 되었다. 그 내용은 일신되어 생활수기나 조선학교의 학생작품이 많이 실리게 되었다. 김시종의 시「묘비」,「신문기사에서」등 이외에는 문학작품은 거의 없었다. 1955년 9월에 새롭게 김달수를 편집장으로 하여『새조선新朝鮮』으로 제목을 바꾸었으나 이쪽은 1호만 내고 끝나버렸다.

1955년 5월의 총련 결성 후 문단련은 재일본 조선인문화단체협의회(문단협)로 다시 조직 개편되었다. 허남기를 위원장으로 하는 문단협은 총련의 문화선전부에 직결되어 재일조선문학회도 그 산하에 놓였다.

이상과 같이 조선전쟁 휴전 후에는 단체의 개편이 몇 번이나 이루어졌다. 이것은 내거는 목표나 방침이 크게 전환되었기 때문이라기보다는 저조했던 문화운동의 활성화를 도모할 목적에 의한 것이었다. 재일 조선인 문학운동은 바로 과도기에 있었던 것이다. 조직을 총동원한 본격적인 문학활동의 시작은 1959년 6월의 문예동 결성까지 기다리지 않으면 안 되었다.

3. '공화국'문학화로 오로지 달리다

1) 『진달래』논쟁의 내실

『진달래』는 1953년 2월부터 1958년 10월의 5년 반에 걸쳐 발행된 조선시인집단(4호부터는 오사카 조선시인집단)의 시지다. 민전에서 총련에 이르는 노선전환의 과정에서 『진달래』와 총련 주류파 사이에 마찰이 생겨 '공화국' 당국까지 말려들게 해 일대사건이 된 것은 당사자인 김시종의 증언으로 잘 알려져 있는 바다. 『진달래』 동인들이 일본어로 쓰는 것에 대해 총련이 심한 비판을 가한 사건이라고 막연하게 정리되는 경향이 있지만 실제로는 도대체 무슨 일이 일어난 것일까?

조선전쟁 휴전 전야에 결성된 조선 시인집단은 회원 9명으로 출발했다. 원래 민전이나 공산당 민족대책부의 지도 아래에서 만들어진 단체로 조직과 관계는 애매했지만 회합에는 조직이 파견한 정치국원이 반드시 참가했다고 한다.

현재『진달래』에 소속되고 있는 회원은 二○여 명인데 그 계층을 살펴보면 가정주부가 二명, 학생은 단 한 사람, 그 외는 전부가 근로자들이다. 더욱히 그 대부분이 일본에서 났으며 조국의 모습만 그려보는 二○대의 청년들이다. 뿐만 아니라 례외 없이 빈곤한 가계의 중심으로 되여있는 그들은 밤늦게까지 잔업을 하지 않으면 먹고 살아 갈 수가 없는 사람들이며 책 읽을 여가조차 없다고 항상 입버릇처럼 ■■고 있는 동무들이기도 하다.[*19]

인용문에서 묘사되고 있듯이 대다수 초기 회원들은 노동자이자 가난한 젊은이였다. 회원 수는 많을 때는 40명이 되었고 집필자의 총수는 여성 15명 정도를 포함해 90여 명이 된다. 총 작품 수는 시만 해도 300편 이상(조선어시 15편 정도를 포함)에 이른다. 최종호가 된 20호가 나오기 전 약 1년간의 공백기를 제외하면 3개월~5개월마다 발행되었다. 건군절 특집(1호), 생활의 노래 특집(3호), 6월 시집─휴전까지의 작품(4호), 여성 4인 특집(5호), 수소폭탄 특집 (8호), 구보야마 씨[1954년 남태평양의 비키니 환초에서 행한 미국의 핵 실험으로 피폭, 사망한 어뷔의 죽음을 애도한다](9호). 창간 2주년 기념호(11호), 권경택權敬澤[권동택과 동일인물] 작품 특집(13호), 이정자 작품 특집(14호), 김시종 연구(15호) 등의 특집도 꾸며졌다.

창간 당시 김시종은『진달래』를 동인지가 아닌 서클지라고 규정하고 있었다. 일본 공산당의 사상적 영향 아래에서 당시 전개된 서클운동을 분명히 자각하고 있었던 것이었다. 회원들은 문학을 생활이나 노동과 결부시키는 이러한 일본의 전후 문화운동의 조류에 몸을 두고 거기에

---

19 홍윤표,「누가 시를 쓰는가─한 지역 서클의 문제점에 대하여*」,『조선문학』7, 재일조선 문학회, 1957, 22쪽.

재일조선인이라고 하는 자기의 조건을 가미하면서 시를 짓고 있었다.

중심 멤버의 한 사람이었던 정인은『진달래』회원들을 "시대의 민족적인 요청을 바로 정면으로 받아들이려는 기백과 자부가 있었을 것이다"라고 회고한다.[20] 일본 공산당의 영향을 운운하기 이전에 민족해방사상을 포함한 당시 공산주의사상 바로 그 자체에 회원들은 자신의 생각을 포개고 있었던 것일 것이다.

한편 민전산하 재일조선문학회의 대표였던 김민은 창간 당시의『진달래』를 "투쟁의 무기로서의 문학을 추구하고 동시에 그 힘겨운 투쟁 속에서 좋은 작품을 만들어 내려 하고 있다"라고 호의적으로 평하고 있다.[21] 일본에서의 노동이나 일상의 투쟁을 주제로 하는 것은 일본 공산당과의 공동투쟁을 전개한 민전의 문화방침과도 일치하는 것이었다.

그러나 얼마 안 되어서 일본 공산당과 민전은 각각 다른 방향으로 선회하게 되었다. 일본 공산당 지도 아래에서 일본 국내의 3반 투쟁 즉 반미, 반요시다吉田 총리, 반재군비 투쟁을 추진한 민전은 '공화국' 공민으로서의 입장을 내세우는 총련으로 발본적인 조직개편을 했다. 그 이행기의 혼란에『진달래』는 말려들었다.

(1)「정치와 문학」문제

1956년 5월의 15호를 분수령으로 해『진달래』는 전기와 후기로 나눌 수 있다. 전기『진달래』에는 재일 근로청년들이 신변을 직접적으로 읊은 작품이 많다. 그 주제는 여성, 노동과 생활, 조선전쟁, 오사카와 제주

---

20 정인,「김시종과『진달래』」,『문학학교』174, 아시쇼보, 1979.8 · 9, 111쪽.
21 김민,「문학 서클에 대하여」,『조선평론』9, 오사카 조선인문화협회, 1954.8, 19쪽.

도, 일본 정치운동으로 크게 분류할 수 있다. 초기의 『진달래』에는 젊고 가난한 생활자의 시점에서 쓰여진 작품이 많다. 제3호의 「생활의 노래특집」에 투고한 권동택의 「시장의 생활자」는 다음과 같은 시다.

도로는 물고기의 비늘로 빛나고 있다
저고리의 소매도 빛나고 있었다.
우리 어머니는 삐거덕거리는 손수레를 밀며
오늘도 중앙 시장의 문을 빠져 나간다
생선 창고 일대의 비린내 나는 가운데를
어머니는 헤엄치듯 걸어 갔다.

여자아이가 얼음과 함께 미끄러져온 생선을
재빨리 움켜쥐고 도망쳤다
쇠갈고리가 창공을 날며 토해내는 고함과 함께

어두운 쓰레기장에는 썩어 문드러진 물고기의 산, 산
그곳은 파리 떼의 유토피아였다
어머니는 그 강렬한 냄새 한가운데 쭈그리고 앉는다
차단기가 다급히
고동소리에 물러난다
경적소리—
굉음소리가 다가온다
비린내 나는 하얀 깃발이 증기에 숨었다

화차가 잇따른다……

내장 냄새

생선 냄새

피 냄새

해초 냄새

삐걱거리는 화차에서 사과가 굴러 떨어졌다

다섯 여섯

무수한 손이 뻗친다

살아있는 사람의 팔들이 얽힌 채로

숯검댕이가 내려앉는다

나는 눈을 감았다.[22]

비린내 나는 생선이나 내장 냄새가 충만함으로 가득한 살벌한 시장의 광경을 묘사한 시다. 낡은 저고리를 입은 '나'의 어머니도 그 '시장의 생활자'의 한 사람이지만 관찰자의 위치에 있는 '나'는 마지막에 눈을 감고 눈앞의 현실을 거부하려 한다. 그래도 달라붙는 시장의 냄새에서 달아날 수 없는 것이다. '중앙시장'을 외부에서 보는 시점을 가지고 있지만 그 세계에서 밖으로 나갈 수단이 없는 재일조선인 청년의 폐색감이 잘 나타나고 있다.

이것과는 반대로 가난에 시달리면서도 늠름하게 사는 젊은 '우리들'

---

22 권동택, 「시장의 생활자」, 『진달래』 3, 오사카 조선시인집단, 1953.6.

을 힘차게 긍정하는 림일호林日皓의 「무엇을 먹어도何を食っても」(3호), 이
카이노猪飼野 사람들의 왕성한 식욕을 노래한 김천리金千里의 「이카이노
이야기」(11호) 등 재일조선인 찬가도 쓰여졌다.

조선전쟁 관련의 시도 많다. 창간호에서는 '건군절 특집'이 꾸며져 김
시종의 「아침의 영상」, 박실의 「서쪽의 지평선」 등 '공화국' 인민군병사
에 공감해 그들을 고무하는 시가 쓰여졌다. 휴전 후에는 재일조선인 특
유의 관점에서 쓰여진 시도 나온다. 권동택의 「미군 병사의 구두」(2호)
는 어느 백화점 골목에서 미군 병사의 군화를 닦고 있는 일견 아무렇지
도 않은 광경을 쓴 작품이다. 그 시 속에 이러한 한 구절이 나온다.

> 나는 내 조국의 흙을 모른다
> 미군 병사의 구두는 조국의 흙을 안다.[23]

이 단 2줄 속에 재일조선인들의 식민지 이후의 세계가 기막히게 응축
되어 있다. '나'의 눈앞에 있는 미군 병사의 구두는 '조국' 동포들을 짓밟
고 있다. 재일 2세인 '나'는 얄궂게도 그 미군 병사의 구두를 통해서만
'조국'을 느끼고 그 운명의 증인이 될 수 있다. 권경택 「귀휴병歸休兵」(제6
호)에서도 역시 「아직 보지 못하는 내 할아버지의 땅」에서 전투하고 돌
아온 미군 병사들을 '내'가 오사카역에서 응시하는 상황이 묘사되고 있
다. 불과 60미터라는 두 사람 사이의 가까운 거리가 '조국'과 재일조선
인 사이를 갈라놓는 헤아릴 수 없는 거리의 존재를 두드러지게 한다.

---

23 권동택, 「미국 병사의 구두」, 『진달래』 2, 오사카 조선시인집단, 1953.3.

제주도와 관련된 작품이 많다는 점은 오사카라는 장소의 특색이라고 할 수 있다. 송재랑의 「마음의 어머니에게」(5호)는 배로 이틀도 걸리지 않는 오사카와 제주도 사이에서 생이별하게 된 어머니와 딸의 노래다.

「마음의 어머니에게」에서도 암시되고 있듯이 제주도 4·3사건의 흔적도『진달래』의 여기저기에 보인다. 예를 들면 김민식[권경택의 필명]의 「새벽에」(4호)에서는 제주도 빨치산인 '너'를 일본에 있는 '내'가 노래한다. 또 사건이 한창일 때에 잡힌 빨치산의 사내가 옥중으로부터 일본으로 보내왔다는 작품도 게재되었다. 고한수의 「어느 빨치산의 수기」(5호)라는 도중에 송부가 끊어진 서사시다. '해방' 후 좌우대립의 소용돌이 속에 내던져진 19세 청년 한수가 참된 조선독립을 위해 게릴라 투쟁에 참가하게 되는 경위가 거기에서는 묘사되고 있다.

정치시도 굉장히 큰 비중을 차지했다. 반이승만을 주제로 한 조선과 관련된 시도 여기저기 보이는데, 1949에 발생한 마쓰카와사건松川事件의 재판이나 미국이 1954년에 비키니 환초에서 실시한 수소폭탄실험 등에 대한 일본 국내의 반대투쟁을 다룬 시가 압도적으로 많다.

창간 1년이 경과할 무렵부터『진달래』내부에서는 정치와 문학을 둘러싼 문제가 부상했다. 회원들이 슬로건적이고 판에 박힌 시밖에 쓸 수 없게 되거나 시 쓰는 것 자체를 이어나 갈 수 없게 되기 시작했다. 창간 멤버인 홍종근[홍윤표로 필명을 바꿈]은 이러한 상황을 다음과 같이 정리하고 있다.

이데올로기적으로는 혁명을 긍정하면서 그것을 온전히 시로 옮길 수 없어 피상적이고 히스테릭해져 버린다. 그리고 이러한 의견이 있는 것도 놓칠 수 없다. 그것은 회원들이 『진달래』에 내는 시와 자기들이 평상시 쓰고 있는 시를 다른 것으로서 여기고 있는 것이다. '이런 작품을 내면 혹시 기회주의자라는 말을 듣지 않을까?' '이것은 투쟁에 대해서 노래하지 않아서 『진달래』에 낼 시가 아니다'라고 하는 식이다. 즉 이상한 표현일지 모르지만 회원 중의 어떤 사람들은 2중의 시를 쓰고 있는 셈이 된다.[24]

조직의 운동 방침과 딱 일치하지 않으면 안 된다고 하는 '정치적 올바름'이 회원들을 불편하게 하기 시작한 것이었다.

같은 시기 김시종도 역시 정치지향을 강화한 나머지 재일조선 청년들을 포섭하는 데 실패한 것을 인정했다. 그렇다고 해서 김시종은 자신이 적극적으로 발표하고 있었던 것과 같은 일본 국내의 정치투쟁을 주제로 한 시를 부정한 것은 아니다. 김시종에게 정치와 문학의 문제는 '조국'을 형상화할 때의 창작 태도에 한정되어 있었다.

조국을 너무 의식하는 나머지 모든 관점을 여기에 결부시켜 평화와 승리를 의식하지 않고서는 그 작품을 끝맺을 수 없다는 것을 알고 있는 공식적인 사고방식이나 그렇게 의식하려고 노력한 견해, 이에 더해서 낯선 조국의 모티프가 대부분이었기 때문에 자칫하면 작품은 관념적으로 될 경향이 있었고 마음껏 분노를 담았을 터인 작품이라도 그 외침은 공기 중에서 울리고 있었던 것이다.[25]

---

24 홍종근, 「오사카·시인 집단 『진달래』의 1년」, 『조선평론』 9, 1954.8.
25 김시종, 「올바른 이해를 위하여」, 『진달래』 6, 오사카 조선시인집단, 1954.2.

김시종은 가까운 일본의 정치문제를 다룰 때와는 달리 '조국'을 표현할 때에는 공식적인 생각에 빠져 작품이 관념적이 되는 것을 문제시하고 있다. 이 문제는 「낯선 조국」라는 매우기 어려운 거리에 기인하는 것이다. 조선 분단의 고착화와 연동해서 민전에서 총련으로 조직 개편이 이루어지는 가운데 '조국'이란 실질적으로 '공화국'을 가리키는 것이 되었다. 이것은 98퍼센트까지나 남조선 출신이었던 1세대 사람들에게도 당혹스러웠을 것이었다. 조선을 본 적도 없는 2세대들에는 더욱 그러했을 것이다.

'조국'을 어떻게 수용할 것인가. 이 문제는 뒤에 총련 주류파와의 주요한 대립점이 된다.

(2) 「주체성의 확립」 문제

총련은 '공화국'과의 유대를 서서히 강고하게 해나가는 과정에서 문학 본연의 자세나 방법론을 변형시켜 갔다. 김시종의 첫 번째 시집 『지평선』(1955)이 당시 병상에 있었던 김시종을 격려하는 뜻에서 출판된 것은 총련 결성의 불과 반년 뒤의 일이었다. 이 책의 간행은 『진달래』의 질적 변화의 계기가 되었다. 초기에 볼 수 있었던 생활 노동 정치운동 등을 소박하게 읊는 시는 줄어들고, 대신에 청년 특유의 고뇌나 자기의 내면세계를 그린 시 등 어두운 색조가 눈에 띄게 되었다. 청년들의 자기의식이 시에 투영되는 반면에 '조국'이라는 주제는 후경으로 물러났다.

작가도 권동택, 조삼룡趙三龍, 홍윤표洪允杓, 김택촌金啄村, 박실, 권경택/권동택, 김화봉金華奉, 양정웅[양석일], 성자경成子慶, 김지봉金知峰 등 남성 활동가나 지식인 청년으로 좁혀졌다. 그와 동시에 오노 도자부로小野十

三郎 등이 이끌던 오사카에서의 현대시 운동의 영향도 더욱 강하게 드러났다. 종간 무렵의 편집후기에는 "진달래 내부에서만 아무리 깊이 논의한다고 해도 그것만으로는 불충분하다. 더욱 널리 밖으로 시선을 돌려 일본의 민주주의 문학과의 관계를 보다 깊게 함으로써 우리들의 창작의 양식으로 해 나가고 싶다"(17호), "현대시의 조류를 보면 아직도 멀었다는 것을 느낀다. 그러나 그 소용돌이를 보면 어디에서라도 조류에 합류하고 싶은 의욕이 끓어오른다"(19호) 등 일본 현대시의 흐름에 합류하려는 의욕도 분명히 했다.

후기『진달래』의 중심인물이 된 시인은 김시종, 정인, 양석일 그리고 총련의 주류파에 가까웠던 홍윤표이다. 그중 7호부터 참가해서 편집인이나 발행 대표를 맡은 정인은 정치적인 시를 일체 쓰지 않았다. 영화 속의 살인과 '나'의 현실감각이 뒤섞인「증인—영화에 의한 영화적 살인」(17호)이나 지하민전에서 낙태된 갓난아이가 그려진「운하」(20호), 끔찍한 일상의 밤, 미친 여자, 빨간 장미, 불면 등의 단어를 아로새긴 상징시「기도」(20호) 등 정인의 작품에는 독특한 냉정하고 건조한 필치의 작품이 많다. 이러한 인물이 후기『진달래』의 편집을 담당한 것 자체가 『진달래』의 질적 변화를 설명한다.

양정웅은 기이하게도 김시종 비판이 시작된 15호에 처음으로 등장했다. 종간호에서는 양석일의 필명으로 편집인이 되어 있다. 그에게도 '조국'을 노래한 시는 없다. 초기 작품「흐린 날씨曇天」에는 김시종의 시체가 떠오른 오사카의 지저분한 운하나 나지막한 연립주택 나가야長屋의 묘사를 통해서 현실세계에 대한 초조함이 그려져 있다.

아이가 울고 있다

공장의 기계가 끊임

없이 움직이고 있다

검은 연기가 유유히 너울거리고 있다.

자동차나 전철이나

오토바이가 달리고 있다.

나는 책상에 고개를 숙인 채

공기의 미묘한

진동을 감지한다.

거미집처럼

둘러친

가느다란 신경이 엉클어질 것 같다.

뭐냐 이 긴장된 흐린 날씨는.

운하의 수면이

지독히 나른해 보이지 않는가?

귤 껍질이나 양파나

김시종의 시체가

떠 있지 않은가?

누가 뭐래도 이건 보기 흉하다.

비 한 자락이라도 내리면 좋을 텐데

탁류에 뒤섞겨

바다로 흘러가면 좋을 것을.

과감하게

이 째질듯한 신경을

해부 메스로 잘라 줄까.

불쑥 튀어나온 은행.

그 뒷편에

나지막한 모습의 나가야가

우글우글 우글우글

깔려있다 깔려있다.

이제 이런 경치는

진절머리가 난다.

워이 구름이여.

폭풍을 부를거면 빨리 불러라.

무서운 속도로 지나가

산뜻한 기분이 되게

해다오.

뭐야 이 썩어빠진 흐린 날씨는[26]

  잿빛의 세계는 그대로 당시 재일 청년들의 심상풍경인 것처럼. 시에
서 사용된 '해부 메스'나 '폭풍' 등 지나치게 강렬한 말들은 외부로부터의
일격에 의한 타개의 가능성 밖에 없는 속수무책의 상황을 부각시킨다.

---

26 양정운, 「담천」, 『진달래』 16, 오사카 조선시인집단, 1956.8.

그들은 자기의 내면 깊숙이 파고 들어갔다. 그러나 총련 주류파는 이것을 용인하지 않았다. 이리하여 후기『진달래』는 안팎의 총련 주류파와의 논쟁의 장소로 변하게 된 것이었다.

『진달래』와 총련 주류파의 대립의 핵이 된 것은「주체성의 확립」문제다. 일본에 사는 무국적적인 조선 사람에서 '공화국'공민으로 자기의식의 전환을 도모한다는 것은 당시 총련 내에서 활발히 내세웠던 슬로건이다. 그것은 일본 편에 서서 그 혁명을 위해서 싸울 것인가 '공화국' 공민의 입장에서 일본과 관계를 가져갈 것인가라고 하는 물음이기도 했다.

총련－'공화국'은 일본(어)인가 조선(어)인가 하는 양자택일의 형태로 태도를 정할 것을 촉구했다. 그러나 청년들에게 문제는 그렇게 단순하지 않았다. 일본에서 출생한 2세들은 조선에도 일본에도 자기동일화되지 못하고 있었고, 본 적도 없는 '조국' 조선은 남북으로 양분되어 있었던 것이다. 오토바이로 사고를 일으켜 의식을 잃기 직전의 한순간을 포착한 성자경의「니힐=ニヒル」에는 붕괴 직전의 2세 청년의 자기의식이 극명하게 묘사되고 있다.

발이 쑥 빠져서 킥이 용수철의 힘으로 세차게 튀어올랐을 때에 머플러는 통에서 토해 내는 생맥주처럼 연기를 내뿜기 시작했다. (…중략…) 핸들을 잡은 두 손이 심하게 경련을 일으키기 시작한 것은 스피드를 과도하게 내고 있었기 때문이 아니라 철 기둥이 맹렬한 속도로 이쪽으로 날아왔기 때문이다. 전선이 멀리서 개짖는 소리와 같은 선율을 연주한다…… 저쪽에서 늙은 여자가 달려온다. 어머니다. 눈 앞까지 오자 검붉은 큰 얼굴이 입술을 떨면서 거품 속으로 사라져 버렸다. 어머니가 사라진 자리에 거품을 헤치며 병든 남동생이 얼굴을 내밀고 "엄마를 얼마나 더 고생시키면 만족할 거야. 지금 형의 태도는 퇴폐적이야. 우리들에게는 조국이 있어. 조국은 지금 형과 나처럼 서로 으르렁거리고 있지. 나는 할 거야, 나는 해내겠어………" 이렇게 절규하면서 거품 속으로 사라져 버렸다. 반냐크무인[방약무인 — 이 부분은 가타가나]…………아버지의 목소리다! ………반냐크무인……내 행동을 감시하는 빈대의 목소리다 나의 나의 행동을 감시한다……'반냐크무인이다! 너의 행동은 너의 옆에 어머니도 아내도 아이도 없는 거다!'………반냐크무인……반냐크무인………무엇을 말하고 싶은가. 무엇을 말하고 싶은가 희생 따위는 난 싫다! 오토바이는 고개를 내려간다. 나락으로 떨어지는 등골은 춥지만 기분 좋은 속도다. (…중략…) 그렇다고 해도 가슴의 끈적끈적 하는 것은 무엇이냐? 아 알코올이구나 하하하………. 아 '잠이 온다'………[27]

총련으로부터 니힐＝허무주의로 낙인을 찍힌 '나'는 그때까지 몸을 지탱해 주던 장소에서 "발이 쑥 빠져"버린다. '나'의 정치적 태도 결정은 조직이나 국가에 그치지 않고 가족과도 서로 얽혀 있기 때문에 수렁에 빠져 들어갈 수밖에 없다. 그것은 1세인 아버지와의 대립뿐만 아니라 남동생처럼 같은 2세 사이에서의 갈등도 일으킨다. '조국' 수용 문제는 이렇게 재일 청년의 정신을 몰아세울 만큼 어려운 문제였던 것이다.

---

27 성자경, 「니힐」, 『진달래』 19, 오사카 조선시인집단, 1957.11.

(3) "일본어로 우주를 인식해 왔다"

일본에서 출생한 2세의 대부분은 조선어를 접하지 못했다. '해방' 후
에 조선어의 계승이 충분히 이뤄지지 않은 데다가 조선반도와의 인적
물적 교류의 단절, 일본에서 조선어의 위치 부여가 낮은 것도 2세들을
부모의 말로부터 멀리하게 만들었다. 전후 일본의 교육을 받고 노동자
로서 생활하고 있었던 대다수 『진달래』 회원들에게는 조선어로 쓰는
시작 따위는 대부분 현실과 동떨어진 것이었다.

그런데 '공화국'이라고 하는 국가를 후원자로 한 총련의 결성으로 정
기적인 문예지 발행, 일정수의 독자 획득, 출판을 위한 자금과 설비 등
조선어로 글을 쓸 수 있는 환경이 빠르게 정비되었다. 다시 말해 글을
쓸 사람의 사정이나 조건은 그대로인 채 형식 쪽이 먼저 완성되어버린
것이다. 왜곡이 생긴 것도 무리는 아니었다. 젊은 『진달래』 회원들에게
조선어로의 창작을 느닷없이 요청하게 되었다. 이런 사정을 홍윤표는
다음과 같이 지적했다.

> 『진달래』가 창간되던 당시는 일본어로 시를 쓴다는 데 하등의 문제도 안
> 이(아니)였다. 창작상의 용어 문제에 있어서 국어 경시 문제가 추구되게 됨
> 을 재일조선인 운동이 전환되던 이후였고 총련 결성 이후의 주체성의 확립
> 이란 문제가 제의되기 시작한 때부터이다 사건의 축적이 인간을 변혁한다
> 면 사건의 축적 전에 우리들은 인간으로써[세]의 지적(知的) 활동이 가장
> 왕성히 작용할 수 있다는 귀중한 시기를 셈 없이 넘겨버렸던 것이다.[28]

---

28 홍종근[홍윤표], 앞의 글, 23쪽.

그렇다고 『진달래』 회원들은 언어정책의 급전환에 처음부터 반발했던 것은 아니다. 양석일이 "무척 골칫거리였던 일본어의 구사, 일본어로 시를 쓴다는 주체에 적지 않은 불안이 있었다"[29]라고 술회한 것처럼 당초는 일본어 사용에 적지 않은 열등의식도 있었던 것 같다. 조선어창작을 추진하는 움직임도 한 때이긴 했지만 볼 수 있었다. 문단련 발족에 맞춰서 보내온 '공화국' 작가 한설야의 메시지에 자극을 받아 1954년 4월의 7호부터 '국어작품란'이 마련되어 회원이 번갈아가면서 조선어 작품을 쓰기로 했다.

"우리들은 이것저것 대단히 착각해온 것을 알아차렸다"라고 시작되는 13호의 머리말 「모국어를 사랑하는 것으로부터」에서 김시종도 일본어 사용을 반성하고 있다.

김시종은 이 호의 다른 곳에서 "일본어로 작품을 쓰고 있는 조선인의 한 사람으로서 요즈음 자주 어쩐지 슬픈 생각에 잠길 때가 있다. (…중략…) 마음먹고 시 이전의 공부도 우리들에게는 필요한 것 같다"고 하고 있다. 그렇다고 해도 실제로 발표된 조선어시는 얼마 안 되었고 '공화국'에서 쓰여진 시의 전재를 제외하면 10편도 안 된다.

그리고 조선어 작품을 모아 계간으로 낸다고 15호에 알린 후에는 완전히 볼 수 없게 되었다. 그 계간지도 출판되는 일은 없었던 것 같다.

이러한 과정을 거쳐 『진달래』에서 일본어 사용을 정면으로 긍정하게 되는 것은 김시종의 「뱀과 장님의 입씨름」(18호), 조삼룡의 「정형화된 의식과 시에 대해서」(19호) 등이 발표된 종간 직전인 1957년경이다.

---

29 양석일, 「땅밑에서 보이는 태양-일본 속의 조선」, 『현대시』, 1960.5, 56쪽.

조삼룡은 일본어 작품은 조선 문학이 아니라고 하는 총련측의 주장을 받아들이면서 다음과 같이 논했다.

그것[조선어로 쓰는 것]이 시 (…중략…) 를 창조한다는 특수한 정신활동의 분야에 있어서도 절대적 조건이 되고, 더욱이 시인의 민족적 사상성의 깊이를 가늠하는 척도같은 게 된다는 것은 절대로 있을 수 없다고 생각합니다. 당신도 나도 또 일본어로 시를 쓰고 있는 많은 이들도 일본어로 자신을, 세계를, 우주를 인식해 온 것입니다. (…중략…) 거저 의미를 알고 있는 말과 그것으로 자신이 컸고 또 자신 속에서 그것이 커 왔다는 의미에서의 말을 똑같이 논할 수 없다는 것은 당연하지요.[30]

일본어로 쓰면서도 조선인으로서의 '민족적 사상성'을 가질 수 있다고 조삼룡은 믿은 것이다. 다만 이 글을 발표한 시점에서 이미 조삼룡은 총련 산하의 재일조선문학회에 정인과 함께 신규가입하고 있었다.

이에 대해 총련은 일본어작가들에 대한 비판 캠페인을 계속하면서 평양의 조선작가동맹에도 보고했다. 이에 따라 『문학신문*』지상에서는 『진달래』를 지목하며 비판했다. 당시 총련과 '공화국'의 영향력을 고려하면 그 파괴력은 보통이 아니었던 것으로 상상할 수 있다. 조선어 창작 활동을 선택하지 않았던 또는 할 수 없었던 회원들의 대부분은 『진달래』의 종간과 동시에 발표할 곳을 잃게 되었다.

---

30 조삼룡, 「정형화된 의식과 시에 대하여」, 『진달래』 19, 오사카 조선시인집단, 1957.11.

(4) 조선어 절대화의 배경에 있었던 것

총련이 일본어로 창작하는 행위를 일원적으로 배제해 문학을 지향하는 이들에게 혼란과 실망을 준 것은 부정할 수 없는 사실이다. 그러나 총련의 정책이 전면적으로 잘못되었다고 단정하는 것은 타당할까? 그렇다고 단언할 수 없는 이유는 적어도 두 가지가 있다. 첫째로는 '공화국'에 대한 맹종 이상으로 재일조선인 조직의 독자적인 논리가 작용하고 있었기 때문이다. 재일조선인에게는 분단된 '조국'으로 왕래할 자유도 충분히 없는 채로 옛 종주국의 내부에서 탈식민지화를 수행한다는 어려운 조건이 부과되었다. 그 때문에 몸에 스민 식민지 피지배의 잔재 즉 예전에 민족성을 빼앗는 도구였던 일본어를 털어내 버리고 싶다는 강한 마음이 돌출된 형태로 나타난 것이 아닐까? 실제로 '공화국' 작가들의 일본어 사용에 관한 견해와 비교해도 총련 주류파의 태도는 엄격했다고 말할 수 있다.

'공화국' 조선작가동맹에서는 1957년에 허남기의 일본어 시집을 조선어로 번역해서 출판할 계획을 세우고 있었고, 작가동맹 한설야 위원장은 1960년 7월에 가진 '귀국'한 문학청년들과의 담화에서 어느 나라 말이든지 중요한 것은 재일조선인들에게 영향을 주는 것이라고 말하고 있어 일본어로 쓰는 창작 활동을 처음부터 부정하고 있었던 것은 아니다.[31]

둘째로는 총련 문예정책에 의해 조선어작가가 태어났다고 하는 확고한 사실이 있기 때문이다. 허남기, 남시우, 리은직, 강순, 김민 등 이미 조선어로 창작을 하고 있었던 작가들과 더불어 김윤호, 김석범, 율

---

31 『문학신문*』, 1960.7.29 등.

서(김재남), 조남두, 김병두 등이 조선어로 쓰기를 새롭게 선택했다. 조선학교 졸업생들의 조선어로의 문학 활동도 착실하게 진행되어 갔다. 이하에 인용하는 글은 조선어로 창작을 막 시작한 20대 청년이 쓴 수필의 한 구절이다.

> 일본 사람들에게 알리는 일은 중요할 게다. 나는 그런 구실을 찾아내여 자기가 가지고 있는 결함을 결함으로서 인정하고 그것을 극복해 나가는 대신에 자기를 속이는 데 혈안이였다. (…중략…) 나는 자신의 생각이 아직 자기 중심적이였다는 것을 비로소 깨우쳤다. 나는 쓰고 싶어서 쓰는 단계로부터 인민들이 요구하고 있는 글을 쓰기에까지 자체를 수양하는 데 넘어가야 했다.[32]

이 글을 쓴 김병두는 일본의 문예동인에 참가하고 있었을 때 노신을 만나서 강한 충격을 받고 '누가 쓰고 누가 읽을 것인가'라고 하는 근본문제에 맞닥뜨렸다고 한다. 그러한 끝에 하나에서부터 '우리말'을 배우는 데에 불안한 마음을 가지면서도 재일조선인들을 포함한 '조국의 인민'을 위해서 자기의 '결함'을 극복하고 조선어로 쓰기를 결의한 것이었다.

> 서툴지만 처음부터 우리말로 써 가며 구상하는 데도 우리말로 해 갔다. 그렇게 해 보니 내가 쓰는 작품이 조금씩이나마 달라지고 있다는 것을 알게 되였었다. 작품의 주제가 달라지고 있다는 것은 무엇을 말하는 것인가.

---

32 김병두, 「국문으로 작품을 쓸 때까지*」, 『문학예술*』 8, 문학예술사, 1964.5, 50~52쪽.

그것은 나의 사상이 바꾸어져 가고 있다는 것을 의미하며, 내 자신이 변해지고 있다는 것을 의미한다.

이 부분은 사용하는 언어가 작품내용을 형성하며 쓰는 사람의 개념도 변형시킨다는 것을 보여주고 있다. 오랫동안 일본어에 둘러싸여 살아온 한 사람의 조선인이 자기의 의지로 '조국'의 말을 다시 선택하는 일이 총련의 문화정책에 의해 '해방' 후 20년 가까이 지난 시점에서 일어난 것이다. 당시 총련의 교조주의나 권위주의를 지적하는 것은 그리 어려운 일이 아니다. 그러나 그것이 총련 주변의 글 쓰는 이들 한 사람 한 사람이 조선어와 진지하게 마주해온 사실을 지워버리는 것은 아닐 것이다.

(5) 두 가지 내부논쟁

『진달래』지상에서는 창작을 둘러싼 논쟁이 두 가지 일어났다. 사회주의 리얼리즘 논쟁과 창작 방법 논쟁이다. 다음에 인용하는 것은 소련식 사회주의 리얼리즘을 목표로 하는 아다치足立시인집단에 보낸 정인의 공개서한이다.

대중을 어떻게 올바른 행동으로 이끌 것인가라는 자각보다는 자기의 행동의 모멘트(moment)를 어디에 두고 어떻게 자기의 인간개조를 완수하는 모멘트를 만들어내 갈지가 중요하지요.[33]

---

33 정인, 「시의 소재를 둘러싸고(詩の在り處をめぐって)」(왕복 서간), 『진달래』 13, 오사카 조선시인집단 1955.10.

정인은 사회주의 리얼리즘의 무비판적인 도입과 적용을 부정하고 개인을 출발점으로 하여 재일조선인 독자의 창작 방법을 추구할 것을 주장했다. 다시 말하면 바다 건너 사회주의 '조국'의 노동자나 농민의 모습을 그리기보다 "현재 일본의 사회적 조건에서 우리들의 현실을 둘러싼 곳의 모순이나 속임수를 철저하게 폭로해 그것을 소리 높여 노래하는 쪽"에 중점을 둔 것이다. 이 의견에 이의를 제기한 것은 송익준이었다. 송익준은 "재일동포의 국제주의적 애국투쟁을 리얼리즘으로 형상한다"는 총련 문예방침을 지지하는 입장을 표명했다. 이것은 '문맹퇴치 운동'을 추진해 사회주의국가의 공민으로서의 자각을 높인다는 정치적 의도에 뒷받침된 것이다.

나는 슬로건 시나 유형시가 뛰어난 시라고는 생각하지도 않으며 또 일본의 모순된 현상을 폭로한 시가 필요하지 않다고 말하는 것도 아닙니다. 그러나 나는 일본의 모순된 현상을 폭로한다는 것을 '더욱 강조'하기보다는 조국 건설 사업의 발전에 강한 영향을 받아서 조국을 끝없이 동경하는 재일동포들의 진실한 모습이 그려져야 한다고 생각합니다. 독립된 주권국가를 가지고 있다는 긍지와 기쁨, 하루빨리 조국 건설 사업에 직접 참가하고 싶다는 욕구는 일본의 모순이 심화하면 할수록 재일동포의 생활이 어렵게 되면 될수록 커져 갑니다. 이 욕구는 일본에서의 생활을 지키자는 것에서 한 걸음 나아가 동경하는 조국에 돌아가 조국 건설 사업에 직접 참가하자는 욕구로 변해, 이 욕구가 조일국교 조정 또는 귀국운동이라고 하는 큰 정치적 행동으로서 일어났으며 현재도 일어나고 있습니다.[34]

송익준에게 형상화되어야 할 "재일조선인의 모범적 전형"이란 식민지화와 '조국해방전쟁'을 거쳐 드디어 귀속해야 할 '조국'을 손에 넣고 그 사회주의 '조국'에 동경과 희망을 가지는 이들이다. 그 사고방식은 '조국'건설과 일본 국내의 정치투쟁 중 어느 쪽이 "보다 중요"한가라는 단순한 비교로 관철되고 있다. 그러나 당시 상황을 참작하면 그것을 단순하다고 치부할 것은 아닌 듯하다. '해방' 후에도 일본 땅에서 빈곤과 차별에 허덕여 온 재일조선인들에게는 보호하고 옹호해줄 '조국' 건설을 위해서 일한다는 생각이 매력적으로 비치지 않았을 리가 없다. 송익준은 재일조선인들이 나아가야 할 길을 문학을 통해서 제시하는 것 ─ 당연히 '일본문학'에서는 결코 표현될 일이 없을 것이다 ─ 으로 '조국'과의 거리를 좁혀 그 부흥과 건설에 공헌할 수 있다고 판단한 것이다.

탈식민지화에의 지향을 공유하면서도 양자 간의 논쟁이 일치점을 찾아가는 일은 없었다. 돌연 출현한 사회주의 '조국'에 대한 인식, 몸 둘 곳, 전망이 전혀 달랐기 때문이다.

제2의 논쟁은 작가의 위치와 '새로운' 창작 방법을 둘러싼 것이었다. 홍윤표는 고함치는 슬로건적인 시를 부정하는 김시종의 시가 "중얼대는 소리같은 소극적인 것"에 머무르고 있다고 비판하고, 그 소극성이 작가 자신의 "'유민流民[유랑민]적인 서정"으로부터 온다고 지적했다.

　　김시종은 그 내부에 유민적인 서정을 품은 채 현대시적인 시야에 출입하려고 개입하려고 하고 있다. 따라서 거기에서는 우리들 재일조선인의 시를

---

34 송익준, 「'시의 소재를 둘러싸고', 정인 군에 보내는 반론」, 『진달래』 14, 오사카 조선시인집단, 1955.12.

쓰는 사람들이나 시의 독자가 가장 알고 싶은 자기 변혁의 프로세스를 보여주지 않는다.[35]

"약간 낡은 유민적인 서정과 새롭게 진보하는 이데올로기를 타협시킨" 김시종에 대해 홍윤표가 기대하는 "자기변혁의 프로세스"란 망명자적 감상을 벗어던지고 새 국가건설에 적극적으로 참여하는 사회주의자로 탈피하는 것이다. 이 자기 내부의 변혁을 거치지 않는 한 "부르주아 사상"으로부터 탈각을 할 수 없다고 홍윤표는 결론지었다.

김시종은 그 다음 호에 반론문 「나의 작품의 장소와 "유민의 기억"」을 발표했다. 김시종은 거기서 우선 스스로가 "공민적 긍지"를 생리화하지 않고 있는 수동적인 입장에 서있으며 그것이 "창작상에 있어서의 콤플렉스가 되어" 있음을 인정한다. 그러고 나서 "유민의 기억"을 일소하기 위해서도 자기 내부의 투쟁을 거치지 않고 "공민적 긍지"을 받아들여서는 안 된다고 주장한다.

만약 "유민의 기억"을 질질 끌고 있는 것이 노예적인 낡은 인간상이라면 웬걸 그것을 극복한 영예로운 "종이 호랑이"가 우리들 진영에는 이렇게 많은 것인가! 나의 경우 그러한 것에 고민하지 않는 것이 보다 용이하기조차 하다. 그에 한해서는 "유랑민적 기억"은 말살되어야 할 주제가 아니라 오히려 새롭게 캐내야 할 초미의 문제라고 본다. 내가 비난을 받아야 할 것은 "유민의 기억"을 열어젖히지 못했다는 것에 있지 그것을 질질 끌고 있다는

---

[35] 홍윤표, 「유민의 기억에 대하여―시집 『지평선』 독후감」, 『진달래』 15, 오사카 조선시인 집단, 1956.5.

데에 있는 것이 아니다.[36]

'종이 호랑이'란 말할 필요도 없이 당시 총련 주류파를 가리킨다. 재일조선인이 직면한 현실을 경시하고 한결같이 '공화국'에 대한 충성심을 내보이는 작가들을 통렬하게 빈정거린 것이다. '공화국'식의 사회주의 리얼리즘을 기계적으로 적용하는 것에 대한 반발도 여기에서는 시사되고 있다. 그 후 김시종은 「장님과 뱀의 입씨름」(18호)을 발표해 총련 주류파에 도전장을 던졌다. 총련의 노선전환으로 시에 있어서 자살자가 된 '나'의 유서라는 형식을 취한 에세이다. 여기에서는 우선 '나'의 시에 대한 자세 변화가 쓰여 있다. 그것은 당초에는 일본어로 시를 쓰는 데에 의문을 강요당해 조선어로 이식해 보았지만 '조선의 시'다운 시를 쓸 수 없어 번민했다. 그러던 중 "재일이라고 하는 부사를 가진 조선인"이라는 개인의 특성을 무시하는 데에 그 번민의 원인이 있음을 깨달았다. 그 결과 어느 언어로 시를 쓸 것인가가 아니라 왜 시를 쓰는가라는 근원적인 물음에 맞닥뜨렸다고 하는 것이다.

그러면서 김시종은 권경택, 홍윤표 등 일부 동인의 "성적주의적"인 "애국적" 작품을 작가의 위치가 명확하지 않다고 비판하며 다음과 같은 결론을 내렸다.

시를 쓴다는 것과 애국시를 쓴다는 것은 전혀 관계가 없다. 일본어로 시를 쓴다고 해서 국어로 쓴 시에 눈치를 볼 필요는 조금도 없다. 「재일」이라

---

36 김시종, 「내 작품의 장소와 '유민의 기억'」, 『진달래』 16, 오사카 조선시인집단, 1956.8.

는 특수성을 생각하면 조국에서와는 자연히 다른 창작의 방법론을 이제부터 새롭게 제기하지 않으면 안된다고 본다.[37]

'조국'에 대해 열등감을 가지면서 '조국'을 모방하는 것뿐인 관념적인 시 쓰기에 김시종은 이의를 제기했다. 대신에 재일조선인의 입장에서 새로운 방법론의 필요성을 대담하게 선언한 것이다. 마침 이 무렵 재일 조선인 시인들의 시집이 '공화국'에서 처음으로 출판되었다. '공화국'공 민이 된 긍지와 기쁨을 노래한 허남기·강순·남시우의 『조국에 드리는 노래*』(1957)이다.[38] 이 시집을 비판하는 「제2세 문학론— 젊은 조선 시인의 아픔」을 김시종은 일본 시지인 『현대시』에 발표했다. 여기서 김시종은 "자기의 망명자적 배경에서 오는 노스탤지어를 끊임없이 토로함으로써 민족성 및 애국적 지향성을 '주체성'이라는 홀리는 말로 대용하고 있다"며 이 시집에 호된 평가를 내리고 있다. 이것은 『진달래』 15호에서 자신을 향해 "유민적인 서정"이라고 한 비판에 대해 같은 표현으로 총련 주류파를 되받아친 것이라고 할 수 있다. '유민적인 서정'이나 '망명자적인 향수'의 극복은 김시종과 1세의 총련 주류파양쪽 모두에게 큰 과제였지만 이를 위한 '새로운' 방법은 완전히 달랐다. 김시종은 일본의 현대시운동에 합류하면서 재일조선인의 실존을 파고드는 데서 활로

---

37 김시종, 「맹인과 뱀의 입씨름—의식의 정형화와 시를 중심으로」, 『진달래』 18, 오사카 조선시인집단, 1957.7.

38 『조국에 드리는 노래*』는 일본과 '공화국'에서 1956년과 1957년에 각각 출판되었다. 재일 조선문학회 시분과(詩分科) 위원회 편인 일본판에서는 허남기의 시 7편, 강순 12편, 남시우 18편이 수록되었다. 이듬해 평양판에서는 허남기의 작품 16편, 강순 4편, 남시우 21편으로 수록 수와 내용이 크게 변경되었다(김학렬, 「재일조선인 조선어시문학개요*」 참조). 강순의 시가 크게 줄어들었는데 이 세 명 중 강순만이 조선문학동맹 정맹원에도 선출되지 않은 것을 보면 그의 사상성이 의문시되거나 무언가 정치적 의도가 작용했다고 볼 수 있다.

를 찾아내려 했다. 한편 총련 주류파는 '공화국'에 대한 애국심을 사회주의 리얼리즘의 수법으로 표현함으로써 그 극복을 꾀했던 것이다.

김시종은 이 평론 속에서 『3인 시집』에 보이는 '진부한' 방법론을 '공화국'이 절찬한 데에 대해서 "일본의 민주주의 문학운동이 이미 청산한 소박 리얼리즘의 단계에조차 아직 이르지 못하고 있다는 증좌"라며 강한 어조로 잘라 버렸던 것이다. 여기에는 자신도 강한 영향을 받은 현대시운동에 대한 절대적 신뢰도 엿보인다. 김시종이 생각하는 창작 방법의 '새로움'은 일본 전후 문화운동의 새로움과 표리일체한 것이었다.

식민지배의 극복을 국가적 사업으로 한 사회주의 '조국'을 모방하려 한 총련 주류파와 전후 일본의 문화적 영향 아래에서 조선 문학을 '후진' 것으로 단정한 김시종. 양자가 평행선을 달린 것은 당연한 결과였다. 다만 국가라는 후원자를 가지는 총련 주류파가 압도적인 정치력을 가지고 있었던 것은 분명했다. 1957년 당시 재일조선문학회 서기장의 임무를 맡았던 김민은 평양의 조선작가동맹 앞으로 다음과 같이 써 보냈다.

> 이번 대회[1957년 7월의 재일조선문학회 7차 대회]를 계기로 주체성 확립 문제가 강조되는 반면에, 일부 기회주의자들은 일본에서는 새로운 창작 방법이 있어야 한다고 공공연히 주장하기 시작했습니다. 그것은 문학 전통에 대한 허무주의적 태도에서 그리고 소위 일본의 반동적 근대문학의 진흙방 속에서 비교 문학적 취미로 조국 문학을 대한 경향에서 또한 제2차 조선작가대회가 반도식주의 투쟁을 주요한 과제로 내세우는 것을 기회로 이전의 조선 문학은 도식주의덩어리이었던 것처럼 ■■을 치는 경향에서 나타났습니다.[*39]

총련 문화정책에 이의를 내세운 이들에게 한결같이 '기회주의자' '허무주의적'이라는 레테르가 붙여져 "일본의 반동적 근대문학"의 영향에서 빠져나오지 못했다고 단죄한 것이었다.

여기서 김민이 일본문학의 영향을 부정적으로만 언급하고 있는 점이 흥미롭다. 왜냐하면 총련문학운동의 중심적인 존재가 된 허남기가 그랬듯이 불과 수년 전까지는 김민 역시 일본의 문학자들과 긴밀한 연계를 가지고 있었기 때문이다. 양자의 관계는 일본 공산당과의 공동투쟁 관계를 끊고 총련이 결성된 후도 완전히 끊어진 것은 아니었다. 김민이 그것을 모를 리는 없다. 원래 출발 당시의 『진달래』에 대한 김민의 호의적 평가도 일본인들의 문화 운동의 긍정이 전제되었던 것이다. 그러나 그 문맥이 여기에서는 의도적으로 경시되고 있는 것이다.

이 김민의 보고로부터 약 반년 후 평양의 조선작가동맹은 다음과 같이 재일조선인들의 문학 상황을 총괄했다.

　　오사까 시인 집단의 김시종은 기관지 『진달래』에 발표한 시 「오사까 총련」을 비롯한 자기의 시편들에서 불건실한 창작 태도와 새로운 미학 리론의 부족으로 말리암은 일련의 결함을 발로시키고 있다. 이러한 결함에 대한 재일작가들의 비판은 치렬하였는 바 이것은 지난해에 거둔 성과 중 하나이었다. 재일조선인 작가들은 제2차 조선작가대회에서 론의된 사회주의 사실주의 창작 방법과 도식주의 발생의 사상적 근원을 연구하고 자기들의 창작적 태도를 확고히 했다. 이들은 김시종의 시에서 발로된 반사실주의

---

39 김민, 「조국이 부르는 길에서*」, 『문학신문*』, 1957.9.26.

창작 경향에 대하여 꾸준히 비판하고 또한 론전을 통하여 결함들을 대담하게 시정하고 있다. 환경과 조건이 불리한 이국에서 온갖 난관과 애로를 뚫고 싸우는 재일조선 작가들이 거둔 이와 같은 창작적 성과들을 우리는 높이 평가한다.[40]

조선작가동맹이 제2차 작가대회를 개최했을 때 무용가 최승희의 남편이며 작가인 안막 등이 '부르주아 반동적', '수정주의자'로서 배제되었다. 총련 주류파에 의한 『진달래』 비판은 이걸 본딴 재일조선인판 종파투쟁이었다고 할 수 있지 않을까?

김민의 보고문 어투를 보면 문예동의 정통성이 『진달래』, 『불씨』, 김달수라고 하는 '종파宗派'의 존재에 의해 역으로 확보되어 간 모양이 엿보인다. 이렇게 하여 사용 언어와 방법론이라고 하는 문학창작에서의 근본문제는 총련-'공화국'을 선택할 것인가 아닌가라는 대체안이 없는 물음으로 바뀌어 간 것이었다.

2) '공화국' 문단과의 직결 과정을 더듬다

재일조선인 문학운동과 '공화국' 문학의 연계는 총련 결성 이전부터 단계적으로 강화되어갔다. 조련이나 민전 시기에도 '공화국' 작가에 의한 작품 번역과 소개는 이미 시작되었지만 직접적인 인적교류나 작품

---

40 문학신문 편집부, 「조국의 공민, 조국의 작가로서의 긍지와 영예 속에서-지난 1년간 재일본 조선 문학회가 걸어 온 길*」, 『문학신문*』, 1958.1.30.

교환이 활발하게 된 것은 조선전쟁 휴전 직전부터였다. 1954년 5월, 재일 문단련 결성대회 때는 '공화국' 조선작가동맹의 한설야가 직접 메시지를 보내왔다.

1956년 4월 재일조선문학회 6차 대회가 3년 만에 개최되었다. 「김시종연구」라는 특집이 꾸며져 『진달래』가 질적으로 크게 변환하는 기점이 된 『진달래』 15호의 발간 한 달 전의 일이다. 이 대회에 맞추어 위원장인 남시우는 「현실이 제기하는 기본적 과제에 대하여*」라는 보고문을 발표했다. 이 보고문에 의하면 회원 수 52명 중 지난 3년간에 작품발표를 한 사람은 14명에 지나지 않았다. 게다가 회원의 반수 가까이가 총련 교육분야로, 나머지는 총련 언론기관 등에서 바쁘게 일을 했기 때문에 문학 활동에 전념 가능한 회원이 극히 소수라는 점도 지적되었다.

여기서는 '생활기록'이나 '사소설'적 문학이 명확히 부정되었다. 김달수나 장두식 등의 그룹을 은근히 견제한 것일 게다. "생활 개혁을 위한 선동 선전"으로서 문학을 자리매김하는 남시우는 쓰는 자가 "작가이기 전에 한 공민이며 혁명적 투사"여야 한다고 말한다. 또 써야 할 주제로서 "조국의 평화적 통일을 달성해 재일 60만 동포들의 생활과 권익을 수호"하는 "애국투쟁"을 들었다.

그렇다고 해도 여기에서는 조선전쟁 시기의 허남기와 김달수의 일본어 작품이 부정되지 않았다. 독자의 조선어 독해 능력이나 작가의 일본어 표현 능력이 낮기 때문이라는 편의적인 이유로 일본어를 선택하는 것이 비판되고 있는 것일 뿐, 문제로 삼고 있는 것은 어디까지나 그 내용이다.

이 6차 대회를 계기로 새롭게 12명의 작가들이 들어갔다. 일본어작가인 박춘일, 김태생金泰生, 조선어작가인 박영일, 김윤호, 윤광영, 그리고『진달래』회원인 조삼룡, 정인, 박실 등이다. 한편 오랫동안 문학 경험을 가졌던 조삼룡, 강위당, 그리고 문예동 미술부에 속해 문예동 사무국장도 맡고 있었던 오림준이 탈퇴했다. 이 대회가 열린 다음 달에는 남시우가 쓴「조국에 띄우는 편지─조선 방문 일본 평화사절단 귀환 보고를 듣고*」가『조선문학*』에 게재되었는데 이 시편은 '공화국' 발표 매체에 게재된 첫 번째 재일조선인에 의한 문학작품이라고 볼 수 있다. 발표 후 조선작가동맹 중앙위원회가 편지 10여 통을 재일조선문학회에 보냈고, 조선학교를 노래한 남시우의「교문의 역사*」가 라디오 평양방송에서 소개되었다.

(1) 평양 제2차 조선작가대회

1956년 10월에 열린 조선작가동맹 제2차 조선작가대회는 '공화국' 문학사에 있어서 중대한 의미를 가진다. 조선작가동맹은 조선전쟁 휴전 직후인 1953년 9월 제1차 전국 작가예술가 대회에서 문학예술총동맹을 '부르조아 미학의 잔재'라고 규탄한 후 이를 해소하여 발족한 문학단체다. 임화, 김남천, 이태준 등 남로당 계열의 조선문학가동맹 출신자들의 추방과 숙청을 완료하고 개최된 것이 바로 이 제2차 조선작가대회다. 스탈린 비판이 이루어진 소련 공산당 제20차 대회 및 조선로동당 제3차 당대회에 이어 열린 것이다.

평양에서 열린 이 대회는 재일문학운동에 있어서도 전환점이 되었다. 왜냐하면 거기에서 처음으로 재일조선인 작가들에게 형제적 성원을 보낸다는 결정이 공식적으로 이루어졌기 때문이다. 실은 이 대회에는 재일작가들도 초청을 받아 남시우와 허남기가 파견 대표로 선출되었다. 일본 외무성이 허가를 내리지 않아 출국은 실현되지 못했지만, 대신에 재일조선문학회 6차 대회보고, 사업보고, 편지, 일본의『신일본문학』지 등이 '공화국'으로 건너가는 재일조선인 "진학생"들에게 맡겨졌다.

이 제2차 조선작가대회 이후 조선작가동맹 기관지로서『문학신문*』이 창간되었다. 1961년 3월에 조선작가동맹은 조선 문학예술총동맹(문예총)으로 발전적 해소를 했지만『문학신문*』은 계속해서 발행되었다.『문학신문*』은 단순한 발표 매체가 아니라 조선로동당 방침을 문학예술을 통해서 인민에게 침투시킨다는 '교양'의 역할을 맡고 있었다. 이『문학신문*』을 차지하는 재일조선인 관련 기사의 양은 '공화국' 문예정책에서의 재일조선인문학의 중요성을 명료하게 보여준다.

창간 후 얼마 지나지 않은『문학신문*』에 처음으로 등장한 재일조선인 관련 기사는 재일조선문학회의 소개였다. 라디오 앞에 모여서 제2차 조선작가대회의 상황을 듣는 재일작가들, 송영의 활동보고「재일작가들에게 동지적 성원을 보내자」의 녹음 음성을 듣는 모임의 모습, 1956년 11월의 제2차 작가대회를 경축하는 모임인「조선 문학의 저녁」등이 소개되었다.

양자 간의 연락은 작가들의 개인적인 편지 교환으로부터 시작되었다. 허남기는 어느 서한 속에서 "앞으로는 이곳 문학 소식을 알릴 만한 정기 간행물과 단행본 같은 것을 구해 보내고저 합니다. 일본에 있는 저희들도 조국에 계시는 여러 동지들과 한마음 한뜻으로 싸우고 있다는 것을 잊지 말아 주십시오"[41]라고 썼는데 이후 서서히 재일작가들의 작품이 지상에서 소개되어졌다.

1957년에는 허남기, 남시우, 김민 세 사람이 조선작가동맹 정맹원으로 선출되었다. 모두 조선어로 창작 활동을 한 실적이 있는 작가들이다. 같은 해 허남기, 남시우, 김민의 3인 시집『조국에 드리는 노래*』가 평양에서 출판되었는데,『문학신문*』은 이 3인 시집을 "(재일조선인 작가가) 과거에 다소 침범해 있었던 상징주의적 수법의 잔재가 조금씩 사라져 가는 것을 역력히 보여지는 것은 기쁜 사실"이라며 높이 평가했다.

(2) 조선어작가의 패권장악

1957년 7월에 개최된 재일조선문학회 제7차 대회는 '해방' 이래 계속 논쟁의 불씨였던 언어문제에 있어서 이정표가 된 대회였다.

대회 개최 전에 열린 재일조선문학회의 중앙위원회는 허남기, 강순, 박원준, 남시우, 류벽, 김민, 김시종, 김태경, 이승옥李丞玉, 리찬의李贊義, 리은직, 림경상, 박춘일, 안우식, 정태유 등으로 구성되어 있었다. 이 대회에서 새롭게 위원장으로 허남기, 부위원장으로 남시우와 김민, 감찰위원으로서는 김달수와 리은직이 각각 직에 올랐다. 또 소설분과에 림경상, 시분과에 강순, 평론분과에 리찬의, 외국문학분과에 박춘일과 이승옥, 극문학분과에 정태유, 기관지 편집에 안우식이 각각 책임자를 맡게 되었다. 이 대회에 제출된「총괄 보고와 당장의 활동 방침」에서는 지난 1년간의 성과로 류벽, 윤광영, 김민, 김태경의 조선어작품과, 김달수, 김석범, 윤자원, 김태생 등의 일본어 작품, 양쪽 모두를 꼽았다. 이

---

41 허남기,「함께 싸우고 있다는 것을 잊지 말아 주십시오」, 1957.7.18.

작품들은 "그 대부분이 조국의 평화적 통일 독립과 공민의 권리를 지켜 싸우는 재일동포들의 현실 생활에 눈초리를 돌리고 있으며 그 애국주의적 현상들을 보여 주려고 한 것들이 였으며[원문 그대로] 또한 국제주의적 친선 단결을 현상화한 작품들"이라고 평가받았다. 또한 강순, 김동일金棟日[김윤金潤], 김태중金太中 등이 참가한 조선어지 『불씨*』도 사상과 예술성의 깊이에 있어서 문제점을 남기면서도 긍정적 평가를 했다. 일본 문화인회의 1956년도 평화 문화상을 수상한 김달수에 대해서도 "일본어에 의한 문학 활동으로 평화를 지켜 그 운동을 발전시키는 데도 기여했다"라고 호의적 평가가 주어졌다.

그러나 실제로는 이 대회에서는 조선어 작가들의 패권장악이 이루어진다. 대회 중에 열린 사용 언어에 관한 토론 경과는 그것을 웅변적으로 말해 준다. 토론 사회는 김달수가 맡았고 참가자 가운데 조선어 옹호파는 남시우, 김민, 류벽, 윤광영, 일본어 옹호파는 김시종, 박춘일, 김달수였다. 구두로 이루어진 토론이었기 때문에 다소 산만해서 잘 연결이 잘 안되는 부분도 보이나 아래에 그 내용을 재현해 본다. 말문을 연 사람은 후기 『진달래』를 비판한 남시우였다. 이에 대해 김시종은 사상성을 높이는 걸 우선하는 게 아니라 시를 쓰는 것을 통해 사상성을 높여야 한다고 반론하며 도식적으로 작품을 쓰는 걸 비판했다. 그리고 사회주의 리얼리즘이 무엇인지 도리어 되물었다. 거기에 호응해 평론가 박춘일과 김달수도 일본어로 행하는 창작을 옹호했다.

한편 김민은 슬로건 시를 긍정하는 건 아니라고 선을 그으면서도 김시종의 「오사카 총련」의 약점이 작가의 입장이 애매한 데 있다며 그 총련의 비판 방법을 문제 삼았다. 그것을 받아서 김시종이 사상성과 자기 내부를 나누어서 생각할 수 없는 면이 있다고 반론했더니, 부정적인 인간을 묘사할 때도 본질을 확실히 파악하지 않으면 안 된다고 허남기가 응수했다.

이 대목에서 박춘일이 일본어를 사용해서는 안 된다는 게 이해가 가지 않는다며 문제제기를 한다. 이에 대해 류벽이 일본어로 쓰는 의미는 크지만 언제까지나 일본어로 쓰려고 하는 것은 떳떳하지 않으며, 조선어로 쓴다는 문제를 극복하는 게 중요하다고 응수했다. 그리고 『진달래』 내부에서 제기된 것처럼 일본어로 조선인들의 세계를 그리면 작품의 질이 떨어진다는 사고방식은 잘못이고, 그 반대가 되지 않으면 안된다고 주장했다. 『진달래』에 게재된 시가 '코스모폴리탄'적이고 '피해자의식'을 가지고 있다는 것도 함께 지적했다. 조선어로 쓰는 데에 대해서는 그것이 "조선인으로서의 인간회복"이며 "주체성 확립"이라고 했다.

역시 조선어창작을 옹호하는 윤광영은 "누구를 위해서 쓸 것인가"라는 점과 "[재일조선인]대중의 지지"가 중요하다고 발언했다. 그것을 이어받은 허남기는 예전에 자기가 쓴 슬로건 시에 대하여 지금은 의문을 가진다고 하면서 시란 무엇인가라는 문제제기를 했다. 거듭 재일조선인에게는 부정적인 면이 많지만 그것에 호소하는 것이라면 작가의 입장을 명확히 해야 한다고 했다.

토론 후반에서는 김시종과 박춘일은 전혀 발언을 하지 않았고, 또 사회를 맡은 김달수도 거의 발언할 수 없었던 것으로 보면 조선어 옹호파가 일본어 작가들을 봉쇄한 모습이 눈에 선하게 들어온다.

이와 같이 말했다고 해서 시종 원칙주의적인 자세를 무너뜨리지 않았던 남시우는 어쨌든 간에 그 이외 작가들이 일본어를 무조건 부정하지 않았다는 것도 이 토론을 통해서 알 수 있다. "조선인으로서의 인간성 회복"(류벽), "누구를 위해서 쓰는가"(윤광영), 단적으로 말해 재일조선인을 위해 재일조선인의 모습을 그려야 한다는 조선어 사용의 정당성에 대한 주장은 '공화국'을 단순하게 따른 것이라고 보기는 어렵다. 조선어를 사용할 필연성이 그들에게는 확실히 있었던 것이다. 또한 이 토론이 이루어지던 시기의 배경으로서 조선학교나 청년학교, 성인학교의 정비가 순조롭게 진행되어 '해방' 이래의 비원이었던 '문맹퇴치'가 한창이었다는 것도 이해해야 할 것이다.

"일부 기회주의자들은 일본에서는 새로운 창작 방법이 있어야 한다고 공공연히 주장하기 시작하였습니다"라는 앞에서 소개한 김민의 '공화국' 보고는 이 토론에서 표면화된 재일작가들 간의 균열에 대해서 언급한 것이었다. '공화국'과 직결됨으로서 그 지반을 확고히 해 간 재일조선문학회는 이렇게 해서 총련—'공화국' 방침에 등을 돌려 일본문학계를 그 발표의 장소로 삼으려고 한 이들을 배제하는 방향으로 나아갔다.

그 후 재일조선문학회는 활성화되어 2호로 중단되었던 기관지 『조선문학*』이 1957년 11월에 『조선문예*』로 이름을 바꾸어 3호(복간 제1호)를 발간하게 된다. '공화국' 문학의 연구회도 가지게 되었다. 같은 달에는 도쿄에서 〈조선문학의 밤〉이 120명이나 되는 참가자를 모아서 열렸다. 거기에서는 제2차 조선작가대회에 관한 강연(남시우 위원장), 제2차 조선작가대회와 재일조선문학회 사업에 관한 발표(김민 서기장), 일조문학교류에 관한 강연(허남기 상무위원), 최서해의 「탈출기*」 낭독, 구성시 「조국에 드리는 노래*」(최동옥 작곡, 모란봉극장 출연) 공연이 펼쳐졌다.

3) 남겨진 일본어 작가들

총련 내에서 소수파가 되어 간 일본어 작가들에 의한 일본어로의 문학활동은 이 무렵 어떻게 전개되었을까? 1958년 1월에 문예지 『계림鷄林』이 창간되었다. 편집 겸 발행인은 장두식이었지만 김달수가 실질적으로 운영을 맡았다. 『민주조선』, 『조선평론』, 『새로운 조선』, 『새조선』에 이어지는 조련-민전-총련 계열의 일본어 잡지다. 이 잡지에는 김태생과 박춘일 등 일본어 작가 이외, 총련 주류파가 된 허남기와 홍윤표가 쓴 일본어 작품도 게재되었다. 일본문학 속에서 조선에 대한 표상을 검증하는 박춘일이 쓴 일련의 평론도 연재되었다. 이것은 포스트 콜로니얼 비평의 선구적인 작업으로 자리매김할 수 있을 것이다.

장두식이 쓴 『계림』의 창간사는 다음과 같다.

현재 여기 일본에는 조선인들이 약 60만 명 살고 있고 일본인과 함께 일상생활을 영위하고 있다. 우리들은 양자간에 '상호이해'라는 하나의 다리를 놓고 싶다. 일의대수(一衣帶水)의 관계라고 하면서도 아직 '어두운' 조선과 일본 그 사이에 다리를 놓고 우리들은 그 위에 자그마한 등불의 이정표가 되려고 하는 것이다. (…중략…) 본지 편집에 즈음해서 재일조선인 사회과학자나 문학가들은 물론 널리 일본인 사회과학자나 문학가들의 협력도 얻어 나갈 생각이다. 또한 그 이상으로 우리들은 많은 독자들의 참가를 기대한다.[42]

---

42 장두식, 「창간사」, 『계림』 창간호, 1958. 1.

일본인 지식인들에게 호소했던 1946년『민주조선』창간사와 매우 흡사하지만『계림』은『민주조선』때와 달리 5호를 마지막으로 해서 종간했다. 이것은 일본어 옹호파가 총련 문학운동의 주류가 되지 못했던 당시 사정을 잘 이야기해 준다. 거기에 그치지 않고 리찬의「사상성과 조직성의 문제-잡지『鷄林』에 관련하여*」,[43] 등 이 잡지의 '사상성'에 대한 비판을 당시 총련 기관지『조선민보*』는 정면에서 했다.

그 이후 1963년 1월에는『조양朝陽』이 창간되었다. 시모다 세이지霜多正次, 니시노 다쓰키치西野辰吉 등 신일본문학회 계열의 리얼리즘 연구회 (1957년 결성)에 속한 재일조선인 회원들이 발간한 잡지다. 대표자는 정귀문鄭貴文이며 집필자는 김달수, 강위당, 김시종, 장두식, 김민주, 윤학준 등 총련 주변의 일본어 작가들의 이름이 보인다. 동포의 생활을 그리는 기록문학 혹은 사소설적 작품이 대부분을 차지했다. 이 잡지에 대해서도 "문예동 맹원은 문예동을 떠나서 사업할 수 없다"[44]라는 부정적인 평가가 내려졌다.『조양』역시 2호까지밖에 이어지지 않았다.

한편『진달래』의 후계지로서 1959년 6월에 김시종, 양석일, 정인 세 명사람에 의해 시지『가리온』이 창간되었지만 1963년까지 약 4년간 3호를 냈을 뿐이었다. 김시종은 1957년 9월에 잡지『청동靑銅』도 창간했다. 이술삼李述三의「사화-명장 이순신 이야기」, 김명수金明洙의「조선문학 있어서의 도식주의-예술문학의 특수성과 전형성에 대해서」등, 아마도 김시종 자신이나『진달래』주변의 재일조선인 작자들이 집필한 작품이 게재되고 있었는데 기고자 대부분은 일본 사람들이었다. 양석

43『조선민보*』, 1959.4.11.
44『문학예술*』5, 문학예술사, 1963.3.

일 역시 개인잡지『원점』,『황해』를 1966년 6월과 1967년 8월에 창간했다. 이것들도 창간호만 나온 잡지다.

그렇다고 해도 일본어로 발표하는 길이 완전히 닫힌 것은 아니었다. 총련의 일본어 기관지『조선시보』나 한국에서 일어난 4·19혁명 1주년에 맞춰서 총련계를 포함한 재일조선인 지식인 유지들이 창간한『통일평론』은 일본어 문학 작품을 실었다. 또한 가나가와 일조우호문화인 연락회에서는 박원준, 백령白玲, 박관범朴寬範 등이 중심적 역할을 하게 되고 1960년대 들어 일본인 시인과 함께 일본어 시집『일본·조선 우호의 노래』를 3집까지 간행했다.

한편 김태생과 김석범은 한때 김사량도 동인이었던『문예수도文芸首都』에 1950년대 중반에 몇 편의 작품을 발표했다. 김석범의 출세작이 된「까마귀의 죽음」이 발표된 것도 같은 동인지다. 그러나 그 후 총련 문학운동에 몸을 던진 김석범은 1962년에 발표한「관덕정」을 마지막으로 그 이후 7년 동안 일본어로는 창작을 하지 않았다. 이상과 같이 1950년대 후반부터 약 10년간은 예전과 같이 큰 세력을 형성하지는 못 했다.

4. 15년 후에 꽃핀 조선(어)문학

1) 문학 시스템의 정비

1950년대 후반부터는 총련 문학운동 전체의 저변이 넓어져 갔다. '공화국' 창건 등 기념일에 맞춰서 작품 현상모집을 해 일반 사람들이 조선어 작품을 써 보낸다는 새로운 시도도 있었다.

1958년 9월에 총련 중앙이 주최한 현상모집에 관해 총련 중앙 교육문화 부장인 리진규는 다음과 같이 평했다.

> 이 20대 청년들은 해방 당시에는 아직 6, 7세이었던 아동들이다. 이들 아동들이 조선인학교 등에서 국어를 배워 60, 70장짜리 단편 소설을 써내고 있다. 뿐만 아니라 동포의 생활을 깊게 응시해 그것을 바르게 이해하고 있고 그 불합리한 생활 속에서도 씩씩하고 바르게 살아가려는 기백이 작품에 스며 나오고 있다. 그것은 조국의 놀라운 발전에 모든 운명을 의탁한 기쁨이기도 하다. 어쨌든 우리들은 종래 이러한 작품 속에서 굉장히 어둡고 빠져나갈 길이 없는 것 같은 장면을 만난 적이 많았다. 그러나 이번 작품에서는 어둡고 질펀한 가운데에도 밝고 베짱이 있고, 짱짱한 그러한 모습―조선 공민으로서의 자각과 자랑이 차고 넘치고 있었다.[45]

이듬해 9월에 모집된 9·9문예 작품 현상에서는 스무 살 전후의 젊은

---

[45] 리진규, 「10년간의 결실―각종 작품을 심사하여」, 『조선시보』, 1958.9.21.

세대를 중심으로 아래로는 16세부터 위로는 60세 가까이에 이르기까지 주부, 학생, 교원, 총련이나 조청 상임 활동가 등 폭넓은 층으로부터 200편이나 되는 응모 작품이 모였다. 공민이 된 영예, '귀국'의 염원과 그 실현의 기쁨 등이 그 주된 주제였다. 제주도 4·3사건을 그린 작품도 몇 편인가 포함되었다고 한다.

(1) 재일본 조선 문학예술가 동맹(문예동)의 탄생

1959년 6월에 재일본 조선 문학예술가 동맹(문예동)이 도쿄에서 결성되었다. 문학, 연극, 음악, 무용, 영화, 사진, 미술 등 예술 분야를 망라한 '해방' 이후 최대 문화단체의 연합체다. 이듬해 7월에는 오사카지부도 설치되었다. 문예동 결성대회에 맞추어 평양에서 다음과 같은 축전을 보내왔다.

우리는 귀 동맹 결성대회를 통하여 재일 조선 문학 예술가 동맹의 통일 단결을 철석같이 수호하고 공화국 정부 주위에 더욱 굳게 뭉쳐 우리 당의 문예로선에 튼튼히 립각함으로써 사회주의적 사실주의의 기치를 가한층 고수, 발전시키리라는 것을 확신합니다. 또한 이번 결성되는 귀 동맹은 조국의 평화적 통일과 재일동포들의 조국에로의 귀국 실현을 위한 투쟁에 크게 기여하리라는 것을 기대합니다.[46]

"특히 귀국을 앞두고 전체 재일동포들의 군중적인 계몽 교양 사업이

---

46 「재일 조선 문학 예술가 동맹 결성 대회에 조선작가동맹 중앙 위원회로부터 축전°」, 『문학 신문°』, 1959.6.7.

그 어느 때보다도 강력하게 전개되고 있는 이때 '재일본 조선 문학 예술가동맹'의 결성은 매우 의의가 크다'라고『문학신문*』에서도 언급되고 있듯 '공화국' 쪽에서는 보자면 문예동 결성은 '귀국'문제와 동일선상에 있던 사안이었던 것이다.

그때까지 10년 넘게 이어져온 재일조선문학회는 이때 문예동 문학부로 개편되었다. 당시는 문학부가 문예동의 중추였다. 1960년 1월에 문예동 중앙 기관지『문학예술*』이 창간되어 문예동 오사카지부 기관지『문예활동*』, 가나가와 지부 기관지『조선문예*』, 효고지부 기관지『효고 문예통신*』 등 조선어지도 속속 창간되었다. 이진우와 서한을 주고받은 박수남이 편집위원으로 있던『새로운 세대』도『문학예술*』과 같은 1960년 1월에 창간된 잡지다.

문예동 강령은 다음과 같다.

① 우리는 재일본 조선 文學芸術인들을 조선민주주의인민공화국의 두리에 총집결시키며 조국남북반부 文學芸術인들과의 련계를 굳게하며 미제를 철거시키며 그 앞잡이 리 승만 도당을 고립시켜 조국의 평화적 통일 독립을 달성하기 위해서 헌신한다.

② 우리는 공화국의 문예 정책에 튼튼히 립각하여 민족 문화의 전통을 계승 발전시키며 선진 국가의 문화 성과를 섭취하여 민주 민족 文學芸術 창조 보급에 헌신한다.

③ 우리는 재일동포들의 민주적 민족 권리를 옹호하며 일체의 반동 문화 조류를 반대하고 군중 문화 수준을 재고하며 재일동포들을 애국주의 사상으로서 교양하기 위하여 헌신한다.

④ 우리는 조/일 량국간의 문화 교류 및 양국 인민간의 우호 친선을 도모하며 국교 정상화를 위하여 헌신한다.

여기에는 사용 언어에 대한 언급은 특별히 없지만 ②에서 언급되는 "공화국의 문예정책에 튼튼히 립각"하는 것은 조선어로 쓰는 것을 당연한 전제로 삼고 있었을 것이다. ④에서 보이듯이 일본과의 우호친선 수단으로서 일본어 사용을 모조리 부정한 것도 아니었다.

같은 시기 림경상은 일본어 작가들에 대하여 다음과 같은 비판을 했다.

그들은 일제가 우리들로부터 빼앗아 간 우리말과 글을 찾으려기는커녕 오히려 그를 별시하며 일제에게서 물려받은 일본어를 보다 사랑하고 있으며, 일제의 가혹한 탄압 속에서도 굴치 않고 지켜온 우리 문학 예술의 혁명적 전통을 계승하여 오늘날 공화국 북반부에서 사회주의 건설에 이바지하고 있는 조국의 창조적 성과들에서 배우며 그를 재일동포들 속에 널리 보급하려기는커녕 오히려 읽어보기도 전에 먼저 중상하고, 대신에 일본의 이러저러한 부르죠아 문학 주류에 친근감을 느끼면서 '재일본'이란 고식적 현실 조건 속에서의 자기의 조그마한 명리를 추구하려 하고 있다.*47

"일제에게서 물려받은 일본어를 보다 사랑하고 있으며", "'재일본'이란 고식적 현실 조건"이라는 표현은 너무 심하지만 이것은 당시 총련의 입장을 명확히 내보인 것이다. 일본 매체에서 발표한다는 것은 일본인

---

47 림경상, 「창작 운동의 새로운 앙양*」, 『문학예술*』 창간호, 문학예술사, 1960.1.

독자를 상정하는 것이며 그 작품의 경향이나 내용도 그런 독자들이 받아들기 쉬운 것이 된다. 일본에서 인정받고 싶다는 일본어 작가의 자기현시욕에 주의를 주면서 작가들에게 공민으로서의 "주체성 확립"을 요구한 것이었다.

(2) 1960년대 '공화국' 문학

문예동은 '공화국' 조선작가동맹과 그것을 1961년에 이어받은 조선문학 예술 총동맹(문예총)과 완전히 보조를 맞춰서 활동했다. 그렇다면 1960년대 '공화국' 문학은 어떤 것이었을까?

1960년대 초두 '공화국' 문예정책은 "천리마 시대에 맞는 문학예술을 창조하자"(1960.11.27~)라는 슬로건에 따라 추진되었다. 천리마 시대는 1957년에 시작된 5개년 인민경제계획 실시에 앞장서서 조선로동당 전원회의에서 제창된 경제발전 촉진을 목표로 하는 운동의 시기를 가리킨다. 천리마의 기수 즉 '노동 영웅'이라고 불리는 노동자를 그려내는 것이 과제가 되었다. 거기에서는 갈등하면서 발전하는 사회주의 건설자를 주인공으로 설정해, 실제 노동자들의 생활 감정으로부터 등장인물을 조형하도록 요구되었다.

'공화국' 작가들은 '조국의 평화통일 문제'를 인민들에게 침투시키는 것에도 힘을 쏟았다. 이것은 1960년에 김일성 수상이 발표한 조국 평화적 통일 법안 그리고 1961년에 열린 조선로동당 제4차 대회를 근거로 한 것이다. 요컨대 '미제와 그 주구', 즉 미국과 한국의 군사정권을 타도해 한국 민중의 투쟁을 지원하는 것이다. 그 배경에 1960년에 일어난 4·19혁명과 그 다음 해에 벌어진 군사 쿠데타가 있었던 게 분명하다.

1964년부터 1965년에 걸쳐서는 '혁명적 대작 장편 창작론'이 제기되었다. 이때 역사적 과정 속에서 성장하는 인물의 성격 형성을 그려내는 서사시나 대하소설 등 장편의 집필이 작가들에게 부과되었다. 그 후 '공화국'은 7개년 계획 달성 실패, 한일기본조약 체결, 베트남 문제, 문화대혁명을 둘러싼 중국과의 마찰 등에 의해 국제적 고립의 위기에 빠지게 된다. 유일사상체계는 이러한 맥락에서 1967년 5월경에 도입된 것이다. 이에 따라 '공화국' 문학도 변질되어 김일성 절대화와 찬양이 제일 중요한 과제가 되어 갔다.

(3) 보조를 맞춘 재일조선인문학과 '공화국' 문학

그러면 재일작가들은 어떻게 '공화국' 문학과 보조를 맞춰 갔을까. 문예동 기관지 『문학예술*』의 창간은 1960년 1월이었다. 그 한 달 전에 이윽고 '귀국'사업이 실현되었는데 그러한 고양감에 휩싸인 출발이었다. 1963년과 1966년에 일본어판이 발행된 것을 제외하면 모두 조선어판이며 두세 달마다 간행되었다.

1961년에는 작가들이 지방으로 파견되었다. 각 지방에서 보고 들은 '인민'의 생활을 작품화하기 위해서인데 이것은 당시 '공화국' 작가들에 모방한 것이다. 파란만장한 반생을 살아온 간사이關西 거주 여성을 취재한 김민의 「어머니의 역사*」(1961), 리은직의 「유대紐」(1963) 등은 그 산물이다.

이 당시 '공화국' 문예총은 다음과 같이 문예동을 평가했다.

우리 당 제四차 대회가 제시한 과업 실천을 위하여 당의 문예 정책과 우리 문학의 혁명 전통을 더욱 심오하게 연구 체득하며 조국의 문학에서 깊이 배울 결의에 들끓고 있다. 또한 그들은 미제를 우리 강토에서 몰아내고 조국의 평화적 통일을 달성하기 위한 투쟁에 일어서고 있는 재일동포들의 생활 속에 더욱 깊이 뛰여들어가 재일동포들을 애국주의 사상으로 교양하며 당과 수령의 부름에 호응하여 고무하는 작품과 재일동포들의 사랑을 받는 작품들을 더 많이, 더 빨리 창작할 굳은 결의에 충만되여 있다.*[48]

1962년에는 김일성 탄생 50주년을 기념한 작품집『찬사*』의 출판이나『항일 빨치산 참가자들의 회상기*』학습 사업이 실시되었다. 리기영의『두만강*』, 리북명의『당의 아들*』, 박지원의『양반전*』등 '공화국'의 동시대문학이나 고전 번역 작업에도 착수했다.

문예동 기관지『문학예술*』에 기고하는 집필자도 늘어났다. 1961년부터 1962년 사이에는「평양에 잇닿은 우리의 길은*」, 강순의「불'길*」, 김윤호의「남조선 형제들에게*」, 최설미의「떠나는 동생에게*」(이상은 시), 류벽의「춘분*」, 김재남의「신임 교원과 한 학생*」(소설)이, 4호에는 오상홍吳常弘의「게다짝 소리*」, 정백운의「또 다시 니이가타에*」, 김윤호의「당신이 주신 행복으로 하여*」(시), 김석범의「홍백魂魄*」, 김병두의「거집쟁이*」, 김태경의「분회장과 젊은이*」, 김민의「첫 인사*」(소설) 등이 발표되었다.

1962년 9월에는 일간화된 기관지『조선신보*』의 문화부장으로 김석범이 취임해 강순과 함께 문화란을 담당했다. 지상에는 문예동 작가들

---

48 오정삼,「현실 침투에서 창작적 성과를 거두고 있는 재일 조선 작가들*」,『문학신문*』, 1961.11.17.

의 좌담회, 서평, 단편을 써서 이어가는 "콩트 릴레이" 같은 기획이 빈번하게 행해졌다.

1963년에 발행된 6호에는 정화수의 「해산 없는 대회장에서*」, 김학렬의 「내리쳐라 4월의 폭풍우!*」 등 조선대학교 출신자 시인들이 처음으로 등장했다. 평론 「반항 문학에서 반미 구국의 문학에로*」를 발표한 윤학준의 이름도 6호에 보인다. 7호에는 별책 일본어판이 발행되어 당시 조선어작가와 일본어작가들이 한 곳에 다 모였다.

『문학신문*』에 실린 재일문학에 대한 작품평의 논조는 모두 긍정적인 것이었다. 그 평가는 모범적 작품을 보여주는 방식이었다. 조선어가 미숙하다든가 시 한 편에 지나치게 많은 내용을 담는다든가 서정적인 침투의 힘이 약하다는 등 창작 기법상의 약점이 때때로 지극히 억제된 어조로 지적되기도 했지만 표면상으로는 특정한 작품 내용이 비판되는 것은 전혀 없었다. 임의의 어느 한 편의 시를 들고 보더라도, 또한 주제는 무엇이던 간에 작품의 저류에 깔린 사상은 한결같이 조국에 대한 작가들의 뜨거운 사랑"이고 "수령과 당에 대한 무한한 충성심과 번영하는 조국을 가진 공민으로서의 민족적 자부심과 크나큰 영예감이 다만 어느 시의 한 구절과 런들에서만 표현되는 것이 아니라 매 시편의 사상과 정열의 기초로 되고 있다*"[49]라는 식이다. 이것은 개별적 작품의 좋고 나쁨이나 개성보다도 조선로동당 및 총련 방침에 충실한가의 여부에 평가 기준이 두어졌다는 것을 의미한다. 사회주의 문학의 원칙에서 보면 이것은 너무나 당연한 일이었다.

---

49 『문학신문*』, 1962.11.30.

총련 결성 10주년을 맞이한 1965년에는 '공화국' 문예총에서도 관련 행사가 몇 가지나 개최되었다. 총련의 활동, 재일동포의 학습, 귀국선 출항, 청진항 또는 평양에서 열린 귀국자 환영회의 모습을 찍은 사진 전시회, 기록 영화 「조국의 기'발 아래*」, 「우리들은 떨어져 살 수 없다*」, 「통일의 념원*」, 「정일이에게는 조국이 있다*」, 예술 영화 「조국으로 돌아오다*」, 「독로강반에 핀 꽃*」, 「한 전사의 이야기*」, 「생활의 노래*」 등을 보여주는 상영회도 개최되었다.

총련결성 10주년을 기념하는 '시인의 밤'도 '귀국'자들을 맞이해서 평양 극장에서 열렸다. 허남기, 남시우, 강순, 정백운 등이 쓴 시의 낭독, 박세영, 정서촌 등이 '귀국'동포와 고향에 돌아가는 길이 막힌 재일동포들의 심정을 시로서 대변했다. 재일조선인 작가들의 소설집 『조국의 빛발 아래*』와 시집 『풍랑을 헤치고*』가 평양 문예총 출판사에서 각각 출판된 것도 같은 해였다.

1964년부터 1965년에 걸쳐서 총련작가들은 한일조약이 부당하다고 주장하며 한국 내에서 싸우는 사람들을 작품화하는 데 주력했다. 예를 들면 권력 기구의 말단에 있는 순경을 통해서 한국의 하급관리의 곤궁과 경찰관의 부패를 그린 리은직의 「마지막 총'부리는*」, 한국군 중대장을 주인공으로 한 조남두의 「아우성 소리*」 등이 쓰여졌다. 이들 작품은 『문학신문*』에서 절찬받았는데 각각에 대한 평을 보면 "사회주의 조국의 영광스러운 존재에 자기의 운명을 결부시킴으로써 휘황한[찬] 미래를 가진 인간, 바로 그 때문에 착취 사회가 강요하는 온갖 반목과 시련 속에서도 오히려 새 생활에 자각하여 가는 락관주의적 인간—이번 인간"이 그려지고 있다,[50] "남조선 독자들의 애국적 각성과 혁명 역량의 각성에 이바지할 수 있는 좋은 작품"⁵¹ 등이다.

한편 같은 시기에 발표된 시에 대해서는 "우리 조국에 대한 뜨거운 사랑의 정신이 표현되어 있으며", "우리들 사회주의적 사실주의 문학도들에게 있어서 아주 귀중한 것"[52] 등으로 평가했다.

『문학신문*』은 간접적으로 일본어 작품에 대해서도 언급했다. 예를 들면 일본에서 보내온 문예동 사업을 총괄한 「문학 창작으로 획기적인 전환기를 이룬 1965년*」이 게재되었는데 거기에서는 김달수, 정귀문, 장두식, 김태생, 한미비(한구용), 이회성, 박춘일, 윤학준 등의 일본어 작품이 "조선 인민의 투쟁과 재일동포들의 애국사업을 일본 인민에게 알리는 데 있어서 일문 창작 활동이 진 역할도 매우 크"[53]다고 평가했다. 그러나 '공화국' 작가들이 직접적으로 일본어 작품을 논평하는 일은 아예 없었다.

총련 결성 11주년을 기념하는 평양시 작가·예술가의 모임도 개최되었다. 문예총 중앙위원회 위원장 박웅걸과 '귀국'자들도 참가한 이 행사에서는 김민의 소설 「포옹*」의 낭독, '귀국'자 공훈배우인 김안金安에 의한 가사 「귀국 동포환송가*」(한덕수 작)의 낭독, 합주, 독무, 독창 등이 벌어졌다.

(4) 문학에서 무대 예술로

1966년 12월에 도쿄에서 출연자 3천 명이 넘는 대규모 무대공연이 벌어졌다. 음악 무용 서사시 「조국의 빛'발 아래」다. 중등 민족교육 실시

---

50 『문학신문*』, 1964.9.29.
51 『문학신문*』, 1965.5.18.
52 『문학신문*』, 1966.4.29.
53 『문학신문*』, 1966.2.11.

20주년을 기념하여 기획된 것으로 조선학교 학생들도 다수 참가했다. 그 다음 해 3월에는 '공화국'에서의 교육 원조비 및 장학금 송부 10주년을 기념하여 이번에는 오사카에서 「조국과 수령에게 드리는 노래」가 상연되었다. 「조국의 빛'발 아래」는 개연으로부터 반년 후인 1967년 6월에 '공화국' 인민상을 수상했다. "조국과 수령의 따뜻한 보살핌 속에서 '공화국' 공민된 영예와 긍지 드높이 민주주의적 민족교육의 권리를 비롯한 제반 민주주의적 민족권리를 옹호하기 위하여 견결히 투쟁하는 재일동포들의 자랑찬 승리의 로정과 조국의 통일을 위한 줄기찬 투쟁, 그리고 조국의 미더운 역군으로 씩씩하게 성장하는 후대들의 행복한 생활을 홀륭히 형상화"[54]했기 때문이었다.

이 사건은 재일 문화운동에 있어서 어떤 변화를 상징적으로 보여준 것이었다. 다시 말해 유일사상체계로의 이행, 그리고 문학의 상대적 약화였다. 인민상 수상 뉴스는 '공화국'의 신체제 이행에 응해서 일본에서 열린 (후술하는) 문예동 제4차 대회에 관한 보도 기사와 기이하게도 같은 날 『문학신문』의 지상을 장식했다.

문예동 초대 위원장에 취임한 허남기도 이 당시는 희곡과 영화 각본 집필에 주력하고 있었다. 1968년에는 각본 「우리들에게는 조국이 있다*」가 '공화국'에서 영화화되었다. 그렇다고는 해도 문예동에서는 연극이나 영화 분야는 그다지 성장하지 않았고 1970년대 이후에도 문학운동의 중심은 오랫동안 시와 소설이 차지했다. 그러나 문화운동 전체에서는 무대예술, 특히 무용에 힘을 쏟았으며 점점 문학을 압도하게 되었다.

---

54 『문학신문*』, 1967.6.16.

2) 동포들의 생활을 그리다 - 충실기의 소설군

여기서 다시 문예동이 결성된 1959년으로 시간을 되돌려 1967년까지 약 10년 동안 쓰여진 조선어작품, 특히 소설 작품을 살펴보고자 한다.

우선 1957년 발간된 3인 시집 『조국에 드리는 노래*』 이후에 단행본화된 주된 서적을 열거해 본다. 일본에서 발간된 서적과 '공화국'에서 발간된 것이 혼재한다.

> 남시우, 『조국의 품안에로*』(시집), 도쿄 : 재일조선문학회, 1959
>
> 『어머니 조국*』(시 · 소설작품집), 평양 : 조선작가동맹 출판사, 1960
>
> 허남기, 『조국을 향하여*』(시집), 평양 : 조선작가동맹 출판사, 1962
>
> 『찬사*』(시 · 소설집), 도쿄 : 재일본문학예술가동맹 중앙상임위원회, 1962
>
> 김태경, 『보람찬 나날*』(시집), 도쿄 : 재일본문학예술가동맹 중앙상임위원회, 1963
>
> 강순, 『강순시집*』(시집), 도쿄 : 조선신보사, 1964
>
> 『풍랑을 헤치고*』(시집), 평양 : 문예출판사, 1965
>
> 『조국의 빛발 아래*』(소설집), 평양 : 조선문학예술총동맹 출판사, 1965
>
> 『대렬*』(작품집), 가나가와 : 재일본문학예술가동맹 가나가와지부, 1965

1960년대 총련 문학의 주요한 주제는 '조국' 평화통일의 염원, 한국 민중의 비참함, '미제'와 한국 군사정권 비판, '공화국' 공민이 된 긍지, 조국에 대한 동경, 동포들의 인간군상 등이다. 거기에다가 시기마다 총련－'공화국'의 정치방침, 즉 '귀국'운동, '공화국'과 일본 사이의 자유왕래, 한일조약반대, 외국인학교 제도 반대, 귀국 협정 무수정 연장 등도 추가된다. 시와 소설이 두 기둥이었는데 그 작품의 경향은 달랐다.

시에 있어서는 뿜어져 나오는 감정이 빠짐없이 표현되었다. '조국'에 대한 뜨거운 감정, 공민이 된 큰 기쁨, 한국과 미국에 대한 격렬한 증오심, 조선반도 통일에 대한 절실한 바람 등이다. 남시우, 허남기, 강순, 정백운, 오상홍, 김태경, 김윤호, 김두권, 정화수, 최설미, 정화흠, 김학렬 등이 불타는 정념을 표현했다. 허남기와 남시우가 쓴 시는 평양 문예총 기관지『조선문학*』에도 몇 번 전재되었다. '공화국' 시인들과의 공저도 적지 않다.

문예동의 작가들은 각자가 자유롭게 주제를 설정하지 않았다. 시인들은 정해진 테두리 속에서 분노, 감격, 환희 등의 감정을 어떻게 효과적으로 표현할지에 노력을 기울였다. 이에 비해 소설에서는 사람들의 보다 복잡하고 세세한 감정의 움직임이나 일상의 사건이 구체적으로 표현되었다. 또 시의 대부분이 '공화국'이나 '남조선'을 노래한 것에 비해 소설에서는 일본에 거주하는 동포들을 다루는 경향이 높다.

여기서부터 소설들에 초점을 맞춰 살펴본다. 1960년 이후 10년간은 조선어 소설이 가장 많이 쓰여진 시기이며『문학예술*』지상의 작품만 세어 봐도 70편을 넘는다. 주된 작가는 류벽, 김민, 김석범, 리은직, 김재남, 조남두, 김병두, 량우직이었다.

(1) 교사들이 쓴 학원소설

1960년대 초에 쓰여진 소설의 특징 중 하나는 학교를 무대로 한 작품이 많다는 점이다. 이것은 조선학교에서 교편을 잡은 작가 수에 비례하는 것이라고 볼 수 있다. 김재남의 「신임 교원과 한 학생*」(1961), 「승리의 날에*」(1963), 림경상의 「스승의 길*」(1962) 등이 있다.

어느 교사와 학생의 '해방' 후 15년에 걸친 발걸음을 그린 림경상의 「스승의 길*」을 들어 보자. 두 사람의 최초의 만남은 '내'가 조선인학교 초급부 교사로 있던 '해방' 직후에까지 거슬러 올라간다. '나'의 학생인 한수는 민단 지지자가 집단 거주하는 '민단부락' 출신 소년이다. 양돈으로 생계를 꾸리는 가난한 집의 아들이다. 1949년에 조선인학교가 강제 폐쇄당하는데 '내'가 근무하는 학교는 일본 학교의 분교가 되어 그럭저럭 유지된다. '나'는 아들을 일본 학교에 보내기를 바라는 아버지로부터 정식 허가를 받지 않은 채 한수를 조선학교 중급부에 진학시킨다. 우여곡절을 거치면서도 한수는 조선고교에 진학해 김일성 장학금 덕택으로 귀국선 취항 직전 해에 조선대학교에 입학하게 된다. 1960년에는 이승만 정권이 무너져 오랜 세월 남북으로 갈라져 서로 으르렁대온 재일조선인들 사이의 분위기도 누그러져 간다.

여기서 이야기는 한수의 조선대학교 졸업을 축하하는 모임이 한창인 현재의 시간으로 되돌아온다. 조선학교 교사로서 일할 예정인 한수와 '내'가 '수령과 조국의 사랑'을 아이들과 서로 나누는 동지로서 굳게 악수하는 장면에서 막이 내린다.

'나'는 김일성 교시를 자기 행동 규범으로 삼는 남성이다. 예를 들면 조선전쟁 시 '나'는 어린이들을 빠짐없이 조선중학교에 진학시키기 위해서 보호자들을 설득하고 다닌다. 이 행위는 '미제'에 맞서는 '조국' 인민들의 싸움에 비해진다. 민단 계열 동포에 대한 대항 의식은 '공화국'과 한국의 대립을 반영한 것이다. 민단계 부모를 가진 한수를 총련측에 끌어들이는 것도 '내'가 올린 성과의 하나로 인식될 것이다. 이 작품에는 한수의 식구들을 통해 당시 가난한 재일조선인들의 생활상도 그려져 있다. 학비나 생활비가 싼 일본 학교에 다닐 수밖에 없는 사정, 민단 부락에서 조직에 반항하면 생활이 순식간에 곤궁해져 버리는 상황 — 역도 또한 참이겠지만 — 등도 언급되었다. '귀국' 실현과 4·19혁명을 눈앞에서 직접 보며 조선반도의 미래에 희망을 찾았던 발표 당시 분위기를 잘 드러내는 작품이다.

(2) 서민들

평범한 일반 재일조선인들의 모습도 많이 그려졌다. 김병두의 「늙은 학생*」(1961경), 김영일의 「부탁받은 책*」(1961경), 김민의 「어머니의 역사*」(1961), 김석범의 「혼백*」(1962), 「어느 한 부두에서*」(1964), 김태경의 「분회장과 젊은이*」(1962), 림경상의 「생명*」(1964), 조남두의 「유언*」(1965), 김재남의 「찾아야할 사람*」(1966)등의 작품이다.

김병두의 「늙은 학생*」과 김영일의 「부탁받은 책*」은 총련 분회 사람들을 관찰해서 쓴 소설이다. 김석범의 「혼백*」, 림경상의 「생명*」, 조남두의 「유언*」은 '귀국'을 둘러싸고 사람들이 엮어내는 드라마다.

김병두의 「늙은 학생*」은 마흔을 넘은 백영감을 주인공으로 삼은 이야기다. 백영감은 총련 분회장에 뽑혀 신바람이 나서 집으로 돌아가는 도중이다. 4첩 반 좁은 집에 도착해 아내에게 보고하나 아내는 글도 제대로 읽을 수 없는 주제에 맡을 수 있느냐고 콧방귀도 안 뀐다. 그런 아내의 태도에 발끈해 버린 백영감이었지만 조선어 공부를 해야겠다고 마음을 고쳐먹는다. 그 후 백영감은 밖으로 나와서 조선인 '바타야'(폐품

수집업자)나 '니코욘'(일용 노동자)들의 집합소가 되어 있는 작은 단골 술집에 들른다. 자신은 제쳐놓고 다른 사람에게만 조선어 학습을 권해 온 것을 아는 술집 손님들은 백영감 모습이 여느 때와 다르다는 것을 알아차린다. 그 다음 날부터 백영감은 성인학교에 다니기 시작한다. 이후 일찍 일어나 열심히 글을 배우며 일과로 삼고 있던 『조선신보*』를 배포할 때 그 날 자기가 배운 내용을 청서해 함께 건네주게 된다.

총련 분회라는 재일조선인들의 지역 커뮤니티가 무대가 된 작품이다. 지역에 뿌리내린 분회는 '귀국' 운동의 고양과 함께 1950년대 후반부터 활성화되어 갔다. 이 작품을 통해 분회, 성인학교, 『조선신보*』의 보급이라는 유기적 연관도 수면 위로 드러나게 된다. 분회를 통해서 '공화국' 공민으로서의 공동체 의식에 깊이를 더해 가면서 그 구성원들이 성인학교에서 조선어를 학습하며 거기에서 획득한 조선어로 총련기관지 『조선신보*』를 읽고 총련－'공화국'의 방침을 신체화한다.

경쾌하고 재치 있는 필치로 쓰여진 이 작품의 주인공은 무식하고 평범한 노동자다. 그 때까지 자주 볼 수 있었던 고민하는 젊은 지식인 남성과는 동떨어진 인물상이 그려지게 된 것도 이 시기만의 특징이라고 할 수 있다.

(3) 아버지와 아들

젊은 2세의 시점에서 아버지와의 세대 간 갈등을 그린 작품도 이 시기에 나왔다. 리수웅의 「아버지와 아들*」(1960), 류벽의 「자랑*」(1960), 조남두의 「붕괴의 날*」(1960?) 등이다. 류벽의 「자랑*」은 '귀국'을 둘러싼 아버지와 아들간의 화해, 조남두의 「붕괴의 날*」은 아버지와의 대립이 그려지고 있다.

「붕괴의 날*」의 주인공 영민은 주위 친구들이 목표와 뜻을 가지고 남이나 북의 '조국'으로 건너가는 모습을 곁눈질하면서도 그다지 '조국'에는 깊은 관심을 가지지 않는다. 한국과 무역업을 하며 일본인 여성과의 이중생활을 하는 아버지는 자본주의 사회에서는 돈이 무엇보다도 중요하다고 믿고 있다. 그런 아버지에 대한 반발심으로 조선 문화 연구회라는 대학 내 총련계 서클에 가입해 보았지만 역시 '조국'에 대한 정열을 가지지 못하고 있었다.

그러던 어느 날 영민은 라디오로 4·19혁명 뉴스를 접한다. 이승만 정권의 붕괴의 징후를 직접 본 영민은 흥분하지만 이와 반대로 민단 대표로서 이승만과 면담한 적이 있다는 것을 예전부터 자랑해온 아버지는 입을 다물어 버린다. 영민은 평양 방송으로 채널을 바꾸어 밤새도록 라디오 앞을 지키며 듣는다. 그 다음 날 아버지와 아버지의 친구가 손바닥 뒤집듯이 이승만을 욕하는 것을 듣고 영민은 놀라며 부화뇌동하는 어른들에게 증오심을 품는다. "신념을 가져야 한다"고 영민이 결의하는 장면에서 끝나는 이 작품은 돈에 집착해 권력을 추종하는 어른, 아버지, 절조 없는 민단 간부, 이승만 정권, 자본주의 사회를 송두리째 비판한다. 부정의에 대한 분노를 매개로 '조국'으로의 귀속 의식을 높이는 이러한 인물은 당시 재일조선인 2세 청년의 전형 중 하나였다고 할 수 있다. 한국 땅에서 일어난 역사적 사건에 대한 재일조선인 작가가 보여준 재빠른 동시대적 반응으로서도 이 작품은 의의가 깊다.

(4) 금단의 땅을 그린다

한일기본조약 체결에 의해 양국간 국교가 맺어지기 직전부터 한국의 군사정권을 비판해 국내 민중의 궁상을 그려낸 작품도 많이 쓰여지기 시작했다. 이 계열의 작품으로서는 '공화국'에서 높은 평가를 얻은 리은직의 「마지막 총'뿌리는*」, 김재남의 「판문점으로 가는 길에서*」(1964), 김석범의 「화산도*」(1965~1967), 김민의 「첫시련*」(1965), 리은직의 「이름 없는 야학*」(1966), 조남두의 「철조망의 침묵*」(1967)등을 들 수 있다.

김민의 「첫 시련*」은 시나 에쓰사부로椎名悅三郎 외무장관의 서울 방문을 반대하는 삐라 배포 용의로 잡혀 거기에서 처음으로 권력에 대한 저항의식이 싹튼 학생을 묘사한 작품이다. 조남두의 「철조망의 침묵*」은 돈도 커넥션도 없기 때문에 출병 명령을 거부하지 못해 베트남에 파병된 아들을 그 일 년 후 K항에 마중 나가는 여성이 주인공이다. 항구에 정박한 배에서 침울한 표정으로 나오는 한국군 병사 속에서 아들을 찾지 못 해 애끓는 노모에게 미군 헬기의 오폭으로 죽은 아들의 유골이 전해지고 어머니는 그 자리에서 무너져 버린다.

김석범의 미완성 장편 「화산도*」는 한국 정부가 수립된 1948년 8월 직전을 다룬 이색작이다. 『문학예술*』에 2년여간 9회에 걸쳐 연재되었다. 「화산도*」에서는 섬에 사는 각양각색 계층의 사람들을 등장시켜 4·3사건 당시 섬의 전체 상황을 그려내려고 했다. 나중에 나온 일본어판 『화산도』에서는 남성 지식인들이 주역을 맡는데 비해 초고 「화산도*」에서는 투쟁하는 여성에게 우선 초점이 맞춰져 있는 점도 흥미롭다.

'공화국' 문학계는 공민이 된 긍지, '미제'에 대한 증오, 조국에 대한 감사, 민족교육, 한국 민중과 학생과의 연대 등 재일조선인문학이 가진 제재가 다양하다고 찬사를 보냈다.[55] 구 제국 내에서의 탈식민지화, 자본주의국 나라 일본에서의 생활, 고향인 '남조선'과의 관계와 같은 재일조선인들의 특유한 조건들 속에서 '공화국' 문예 방침을 음미하면서 작품을 생산해야 했기에 거기서 오는 고생과 갈등이 이러한 다채로운 주제를 산출한 근원이 되었을 것이다.

흥미로운 점은 소설가들이 '고향'인 한국이나 거기에 사는 사람들은 그려도 '조국'인 '공화국'을 무대로 해서 쓰는 일은 결코 없었던 것이다. 재일작가들은 한국에서 출간된 신문이나 잡지, 향리의 가족이나 친구에게서 온 편지, 혹은 한국에서 온 방문자들 ― 그 접촉이 서로에게 긴장을 강요한 것이었다고 해도 ― 등 한국과 직접적인 접점을 가질 수 있었다. 그러한 의미에서 한국을 표현하는 데 있어서 한국 사람을 그리는 과제가 부과된 '공화국' 작가들보다는 유리한 입장에 있었고, 그것을 재일작가들이 잘 살렸다고 말할 수 있을지도 모른다.

다만 재일작가들이 쓸 수 있었던 작중 인물들은 언제나 강권에 학대받거나 그 학대에 저항하는 '조국'의 민중이었다. 향수, 가족이나 벗들과의 이산으로 인한 괴로움 같은 작가 자신의 실체험으로부터 솟구치는 감정을 표현하지 못했던 것이다. 즉 조선어로 조선을 표상할 때도 역시 '고향'과 '조국'을 둘러싼 왜곡을 안지 않으면 안 되었던 것이다. 총련―'공화국'적인 사상적 올바름을 구현하기 위해서 창작 방법이나 내용이 형식적으로 되는 경향도 보였다.

---

55 엄호석, 「조국애와 그의 다양한 예술적 구현―재일 조선 작가들의 소설집 『조국의 빛발 아래』를 읽고*」, 『문학신문*』, 1965.5.28; 원석파, 「시대정신과 시인의 혁명적적극성―재일조선시인들의 최근시편들을 중심으로*」, 『문학신문*』, 1966.12.23 등

당시 재일조선인 독자 수가 어느 정도였는지 정확하게 알지는 못하지만 문예방침에 따라 부지런히 성실하게 쓰여진 작품이 '대중적'인기를 떨쳤다고는 볼 수 없다. 쉽게 입수 가능한 일본이나 해외 문학 작품을 즐겨 읽은 독자가 오히려 더 많았을 거라는 것은 쉽사리 짐작이 간다.

어쩐지 갑갑하고 화려함이 결여된 개화기이기는 했다. 그래도 역시 1960년대에 전개된 일련의 조선어 창작운동은 문학적 탈식민지화 실천의 하나의 도달점이었다고 해야 할 것이다. 문해교육이나 학교 교육이라는, 결코 편하지 못 했던 생활 조건 속에서 '해방' 직후부터 수많은 재일조선인들이 힘썼던 정신이 아찔해질 만큼의 작업이 그 토대가 된 것은 말할 필요도 없다.

5. 유일사상체계 시동의 파문

1) 재빠른 방향 전환

1967년 5월, 조선로동당 중앙위원회 제4기 제15차 전원회의에서 유일사상 체계로의 이행이 시작되었다. 이때부터 주체문예론이 '공화국' 문학의 주 기둥이 되었다. 이후 국가의 정당성의 근거가 되는 항일 빨치산에 관련된 작품과 김일성을 예찬하는 작품을 집중적으로 창작하게 되었다. 재일 문예동은 '공화국' 문학계의 변화에 틈을 두지 않고 대처

했다. 양자간 연락은 미리 긴밀하게 수행되었을 것이다. 1967년 6월 문예동은 그 전 달에 열린 총련 제8차 전체대회를 이어 제4차 대회를 가졌다. 거기에서 보고된 내용은 다음과 같은 것이었다. "전체 재일 조선 문학 예술인들은 앞으로 사천만 조선 인민의 경애하는 수령 김일성원수의 사상으로 철저히 무장하고 그이게 무한히 충실할 것이며 전체 재일 동포들로 하여금 조국과 수령의 주위에 철석같이 단결하여 총련 제팔八차 전체 대회 결정을 받들고 조국의 자주통일의 촉진과 제반 민주주의적 민족권리 옹호를 위한 성스러운 투쟁에로 더욱 힘차게 떨쳐나서도록 고무 추동하는 애국적 문학 예술작품을 더 많이 창작하기 위하여 자기의 모든 지혜와 정력을 다 바쳐 나갈 것이[다."[56] 이 대회에서는 충실함을 맹세하는 김일성에게 보내는 편지도 채택되었다. 그런데 『문학신문*』은 문예동 제4차 대회 직전에 "재일문학의 절대 다수의 작품들이 경애하는 수령의 형상에 바쳐지고 있다. 크고 작은 이러한 작품들에는 수령에 대한 다함없는 흠모의 감정과 충실심이 흘러넘치고 있다. 바로 이것이 지난 기간 재일 조선 문학 예술이 달성한 가장 빛난 성과"[57]라는 평가를 벌써 주었다.

이 대회가 개최된 다음 달인 7월에는 김일성 탄생 55주년 기념 시집으로 『수령에게 드리는 노래*』가 문예동에서 출판되었다. 『문학예술*』지상에 방침 전환이 반영된 것은 1967년 8월에 발행된 22호부터고, 곧 이 문예지 권두에는 호마다 흰 셀로판지에 덮어진 김일성의 초상화가 내걸리게 된다.

---

56 「재일본 조선 문학 예술가 동맹 제4차 대회 진행*」, 『문학신문*』, 1967.6.16.
57 『문학신문*』, 1967.5.23.

1967년부터 1970년까지 발행된 문예동 작가들이 쓴 저작은 다음과
같다.

> 허남기, 『돌에 깃든 이야기*』(시집), 도쿄 : 문예동 중앙상임위원회, 1967
> 『수령님께 드리는 노래*』(시집), 도쿄 : 학우서방(學友書房), 1967
> 허남기, 『우리에게는 조국이 있다*』(영화 시나리오), 평양 : 문예출판사,
> 1968
> 『수령께 드리는 충성의 노래*』(종합시집), 평양 : 조선문학예술총동맹 출
> 판사, 1968
> 『영광의 노래*』(시집), 도쿄 : 재일본조선문학예술가동맹 중앙상임위원
> 회, 1970
> 『주체의 한길에서*』(산문집), 도쿄 : 재일본조선문학예술가동맹 중앙상
> 임위원회, 1970

이들 출판물에는 '수령', '충성', '주체'라는 낱말이 사용되었지만 1960
년대 중반까지 간행된 『조국에 드리는 노래*』, 『어머니 조국*』, 『조국의
빛'발 아래*』와 같은 단행본 제목과 비교해 보면 그 변화는 분명하다.

총련은 이 방침 전환을 사람들에게 침투시키기 위해서 1968년에 조
직적으로 백일간 혁신 운동을 수행했다. 이 캠페인은 '공화국' 정부가
발표한 10대 정강과 김일성이 집필한 저작의 학습을 일상생활화하는
것을 목표로 했다. 이때 총련 중앙의 지도하에서 일반인을 대상으로 한
'조선문학 교실'도 처음으로 개강되었다. 남녀 수강생 수십 명을 대상으
로 한 3개월간의 강습이었다. 여기에는 새로운 '공화국' 문예정책을 일

반인들에게 침투시키려는 의도가 있었던 것 같다. 또 총련은 1968년 9월에 '공화국' 창건 20주년 기념 문예 작품 현상모집을 했다. 조선신보사 주최이며 문예동 소속의 작가들은 참가가 의무화되고 있었다. 그 모집요강은 이하와 같다. 덧붙이자면 제일회 신인 문예 작품 모집 때(1962)는 작품 내용에 관한 지시는 따로 없었다.

㉠ 4천만조선인민의 경애하는 수령 김일성원수에 대한 무한한 존경과 흠모의 정을 형상한 작품.

㉡ 조선민주주의인민공화국의 영예로운 해외공민으로써의 긍지를 안고 총련에 굳게 결집하여 조국의 자주적 통일을 촉진하여 제반 민주주의적 민족권리를 옹호하기 위하여 일어나서고 있는 재일동포들의 지향과 애국적 투쟁 모습을 기린 작품.

㉢ 미제와 박정희도당을 반대하며 조국의 자주적 통일을 위한 남조선의 애국적 인민들의 투쟁을 형상화한 작품.

㉣ 남조선 인민들의 반미구국투쟁을 지원해 나서고 있는 재일동포들의 모습을 그린 작품.

㉤ 조국의 자주적 통일을 촉진하기 위하여 민족단합의 길에 나서고 있는 재일동포들의 보습들을 형상한 작품

㉥ 조일 량국 인민의 우호친선과 국제적 련대성을 강화하기 위하여 투쟁하는 재일동포들의 모습을 그린 작품.

㉦ 미제를 괴수로 한 반동세력의 전쟁 도발 책동, 재일동포들에 대한 탄압과 박해 책동을 폭로 규탄하며 재일동포들의 생활과 지향 및 애국적 투쟁모습을 진실하게 반영함으로써 동포들을 사회주의적 애국주의로

교양하고 조국의 자주적 통일을 촉진하는 데 이바지할 수 있는 다양한 종류의 문예작품.

이러한 자세한 작품 내용 지정이 문학적 상상력의 족쇄가 되지 않았을 리는 없었다. 일곱 항목 중 제일 처음의 "수령 김일성원수에 대한 무한한 존경과 흠모의 정"이라는 주제의 출현이 그 이전과 결정적으로 달랐다. 이런 주제를 보다 충실하게 구체화한 것은 시 분야였다. 1970년대 이후 문예동에서는 문학작품 가운데 시가 차지하는 비율이 압도적으로 높아져 가는데 그것도 이 문예방침 전환과 밀접하게 관계된다고 볼 수 있다.

1968년 11월 17일 자 「정치사상 사업을 철저히 강화하여 문예동 조직을 튼튼히 꾸리며 문학예술창작 사업을 더욱 강화하기 위해서─재일본 조선문학예술가동맹 중앙위원회 제4기 제3차 회의에 제출한 문예동 중앙상임위원회 사업보고*」는 새로운 체제로 이행하는 작업이 일단락된 시점에 보고된 것이다. 이때까지 총련을 탈퇴했던 "사대주의, 민족허무주의, 개인 이기주의, 자유주의" 같은 "낡은 사상"을 가진 작가들에 대해서 다음과 같이 언급해 두었다.

일부 일군들은 창작사업에서도 주체를 세우지 못하고 조선혁명에 복무하는 창작 관점을 명확히 세우지 못하고 누구를 위하여 창작하는가가 아주 애매하며, 일부에서는 창작언어마저 해방 후 23년, 총련 결성 후 13년이 지난 오늘에도 아직껏 일본말로만 하는 현상을 지속시키고 있습니다.[58]

그 때까지 일본어로 쓰고 있던 작가들은 물론 1960년대 후반에 일본어로 쓰는 것을 다시 선택한 작가들은 여기서 완전히 부정되었다. 문예동 내부 문제를 표면화해서 언급한 것은 1960년 초 이래 처음이었다.

이전부터 문예동과 총련 중앙 선전부에서는 비준제도가 설치되어 있었다. 총련계가 아닌 발표 매체, 즉 일본(어) 매체에 발표하기 전에 심의해서 허가를 받는다는 구조다. 김달수의 『조선 – 민족, 역사, 문화』(1958)에 대한 총련 주류파의 공격도, 또 김시종이의 시집 『니이가타』(1970)가 출판되기까지 십년 기다려야 했던 것도 이러한 제한 때문이기도 했다. 그러나 총련과 문예동은 작가와 그 작품을 모두 자기 관리 하에 둘 수 있을 만큼의 힘을 이미 가지고 있지 않았다. 문예동을 떠나 1960년대 후반에 신흥서방을 설립한 박원준은 오림준과 김석범 같은 작가가 쓴 일본어 작품을 간행했다. 김석범의 첫 번째 단행본 『까마귀의 죽음鴉の死』(1967)도 이 출판사에서 나왔다. 그런데 총련 이탈 직전이었던 김석범은 문예동 위원장이었던 허남기에게 『까마귀의 죽음』의 출판 사전보고를 했다고 한다. 그 때 허남기는 "그것은 재미가 적은데"라고만 말했다고 한다.[59]

---

58 「정치사상사업을 철저히 강화하여 문예동 조직을 튼튼히 꾸리며 문학예술창작 사업을 더욱 강화하기 위해서 – 재일본조선문학예술가동맹 중앙위원회 제4기 제3차 회의에 제출한 문예동 중앙상임위원회 사업보고(1968.11.17)*」, 『문학예술』 28, 재일본조선문학예술가동맹 중앙, 1969.2.
59 김석범 씨의 증언, 2010.1.22.

2) 유출된 총련 작가들

1960년대 후반 총련을 떠난 작가들은 일본문학계에 우르르 몰려가 듯 참여했다. 1966년 김학영의 「얼어붙는 입」의 문예상文藝賞 수상에 이어 예전에 『조선신보*』에 근무했던 이회성의 「다듬이질을 하는 여성砧をうつ女」이 1972년에 외국 국적을 가진 작가로서 처음으로 아쿠타가와 상芥川賞을 수상했다. 일본문학계에 있어서 김달수의 시대는 완전히 끝났고, 민족 문학운동과 그 좌절을 저마다 거친 작가들이 대신했다. 일본 독자들은 1세 작가와 2세 작가가 순차적으로가 아니라 한꺼번에 출현하는 것을 목격하게 되었다. 작가들은 그 때까지 '조국'으로 간주한 북쪽에 대한 태도를 보류하고 자기 고향이 있는 남쪽을 그린다든지, 아니면 식민지기로 거슬러 올라가서 일본이나 일본인과의 관계성을 되묻는 방향으로 나아갔다.

이 사이에 1956년의 스탈린 비판과 그 후 중소 대립 등 공산주의 운동 자체도 변모하고 있었다. 그러한 가운데 베트남 반전운동, 혹은 한일조약 반대 투쟁을 경험하며 한국 군사독재 정권에 비판적 관점을 가지게 된 일본 사람들이 재일조선인문학의 새로운 독자가 되었다. 또한 총련 결성과 같은 해인 1955년에는 반제국주의, 반식민지주의, 민족자결을 내건 아시아・아프리카 회의(반둥회의)가 실현되어 1958년에 제1회 아시아・아프리카 작가회의가 우즈베키스탄 다슈켄트에서 개최되는 등 새로운 제3세계의 사조를 일본에서도 주목하게 되었다. 이런 움직임도 재일조선인 작가와의 새로운 만남의 밑바탕이 되었다고 볼 수 있다.

1960년 후반 이후 재일작가들의 대부분은 자기 내면세계를 파고 들어가 그것을 토해냈다. 민족 아이덴티티, 일본 사회에서의 소외, 가족 등 사회주의 리얼리즘으로는 다루지 못 했던 문제계는 이렇게 해서 봇물 터지듯이 표현되었다. 민족 조직과 상대적으로 관계가 약했던 젊은 2세 작가들은 처음부터 이 "자기 찾기"의 조류에 합류했다. 일본 독자들도 역시 재일조선인 작가의 그러한 내면 고백형 작품을 기대한 것이다.

문예동의 입장에 선다면 총련이 결성된 1955년에서 1970년경까지 약 10년 동안은 총련 문학사의 서장에 지나지 않을 것이다. 사실 1967년 이후부터 현재까지 총련 내부에서 진행되어온 문학 활동도 김일성 찬미 문학이라고 한마디로 정리할 수 있는 것은 아니다. 그 속에서도 일본 사회와의 관계의 심화, '공화국'을 보는 관점이나 '조국'관의 변화가 있고, 어지럽게 변화하는 일본과 남북 조선과의 삼자 관계에서 영향을 받기도 했다.

그래도 역시 그 때까지 탈식민지화라는 꿈을 향해서 추진되어 온 집단적인 문학활동이 '해방'으로부터 25년 후에 그 면모를 크게 바꾼 것은 엄연한 사실이다. 1970년 전후를 분기점으로 해서 총련 주류파는 '공화국'을 지향하는 원격지 내셔널리즘에 수렴되고, 총련을 이탈한 작가들은 각자 다른 길을 모색했다. '일본문학사'에 크게 기댄 재일조선인 일본어 문학사가 구축되기 시작한 것도 이 시기부터다. 그 뒤에서 총련 작가들이 쓴 조선어작품은 불가촉이 되어 읽히지도 분석 대상이 되지도 않게 되어 버렸다.

그런데 이야기는 여기서 끝나지는 않는다. 구 총련계 작가들에게는 귀향을 미끼로 한 한국정부의 공작이 기다리고 있었던 것이다. 1952년의 샌프란시스코 조약 체결시 일본 국적을 잃은 재일조선인들은 그 대

신에 국적이 아닌 소위 '기호'로서의 조선적('북한 국적'이 아니다)을 그대로 보유하고 있었다. 그것을 한국적으로 변경한다면 한국 입국을 허가한다는 거래를 하자는 것이었다. 한국적 취득은 한국 국민으로서 그 정책이나 법률을 준수할 것, 즉 국시인 반공의 입장을 취할 것도 함의했다. 구 총련 작가의 대다수에게는 총련−'공화국'과의 결별은 바로 한국 군사정부의 지지를 의미하지 않았다. 따라서 한국적을 취득할지 안 할지의 여부는 참으로 후미에踏み繪가 된 것이었다. '공화국'과의 관계를 끊고 일본어로 글을 썼지만 재일작가들은 둘로 갈라진 '조국'을 둘러싼 정치성으로부터 쉽사리 벗어날 수 없었던 것이다.

3장

몇 줄기의 흐름
대안적인 문학 행위

'해방' 직후부터 재일조선인들은 분열되어 있다. 아직까지 그렇다. 지금까지 조련—민전—총련계열 작가들의 활동을 검토해 왔다. 다음에는 그 반대편에 있을 터인 민단계 문학사를 배치해야 할지도 모르나 그러기에는 상당한 무리가 있다. 민단에서는 자연 발생적이며 지속적인 문화활동이 일어나지 않았기 때문이다. '조련—민전—총련 계열 문학'이라고 이름 붙일 수는 있어도 '민단문학'이라는 분야에 대해 기술하는 건 불가능하다.

조련계 문학운동은 그 규모나 지속성을 볼 때 당시 재일조선인문학의 주류를 이루고 있었다는 것은 확실하다. 그렇다고 해서 반드시 조련계 문학만이 '참된' 탈식민지화를 희구하고 구현한 것이라고는 말할 수 없다. 적극적인 방법부터 소극적인 대응까지 정도의 차는 있을지언정 재일조선인 작가들은 탈식민지화라는 과제와 씨름하지 않을 수 없었다. 그리고 그 탈식민지화의 의미도 방법도 결코 한 가지만이 아니었던 것이다.

3장에서는 주류에서 일탈해 작은 영역에서 자신의 문학 세계를 일구어 온 작가들의 활동을 스케치해 보고자 한다. 이 작가들은 '해방' 후 어떤 식으로 과거의 피식민지배에 의미를 부여하고, 또 변형시키려 한 것일까?

1. 식민지작가의 후일담

1) 프롤레타리아 작가들의 냉정한 눈

일제강점기에 활동한 조선인 작가들은 그 후 민단 측으로 다가가거나 중립파가 되는 경향을 보였다. 식민지기에 구축된 조/일 문화인들의 친교나 이해관계가 '해방' 후에는 한/일이라는 두 국가의 권위에 뒷받침되어 유지된 점, 1920, 1930년대 프롤레타리아문학 운동을 청년기에 경험한 작가들이 새삼스럽게 사회주의적 이상을 불태우는 일이 없었다는 세대적 문제 등이 그 배후에 있던 것으로 보인다. 김희명金熙明은 1920년대 중반에 시 「행복」, 「이방애수」, 소설 「이끼 아래를 간다」와 같은 일본어 작품을 일본 『문예전선』에 발표했다. 『아시아공론』 지상에서 조선시를 소개하고 1923년에는 그 후속지인 『대동大東 공론』의 발행인을 맡았다. 일본 프롤레타리아 문학운동에 몸을 던져 조선인들의 모습을 그린 작가다. 그는 '해방' 후 『민생조선』이나 『친화』 등 조선에 인연이 있었던 일본인 문학가가 참가한 잡지에 평론을 기고하거나 한국 현대시를 번역했다. 1960년대 초에 창간된 『한양*』에서는 조선어로 집필하기도 했다. 『홍선대원군과 민비』(1967), 『일본 삼대 조선 침략사』(1972) 등 민족주의적 입장에서 조선 – 일본 관계사에 다가가는 논픽션도 저술했다. 그러나 시나 소설을 발표하는 일은 없었던 모양이다. 또한 민단 중앙 총본부 부단장, 사무총장, 『한국신문』 부사장, 재일한국인 펜클럽 회장, 재일예술문화인협회 회장 등 민단 간부직을 역임했으나 이들 문화단체는 이름뿐이고 활동은 거의 없었다.

한편 식민지기에 일본 프롤레타리아 문학운동에 참가한 이북만李北滿은 조선으로 되돌아간 뒤 1931년 조선공산당 사건으로 검거되었다. 그 후 중국 칭다오로 거처를 옮겨서 상업에 종사했으며 '해방' 직후에는 남조선에서 신문사 편집위원 등을 맡았다. 1947년에 다시 일본으로 건너와 유묘달도 기자로서 있었던 『국제 타임스』 편집국장, 조국통일협의회 대표위원, 민주사회동맹 부위원장 등을 역임했다. 이북만 역시 일본에서 다시 문학 작품을 발표하는 일은 없었던 모양이다.

2) 가인의 밸런스 감각

1943년 단가집 『월음산月陰山』을 일본에서 출판한 윤덕조는 '해방' 후 윤자원으로 필명을 바꾸어 문필 활동을 했다. 당초는 조련 측에 가까워 『민주조선』을 비롯해 『신일본문학』, 『문예』, 『사회문학』 등 일본 민주주의 문학 계열 잡지에도 시, 소설, 평론 등을 발표했다.

1950년에 간행된 『38도선』은 1945년 11월의 조선을 무대로 한 소설이다. 일하고 있었던 북조선 겸이포(지금은 황해도 송림시)에서 '해방'을 맞이한 주인공 복수가 가족과 함께 고향이 있는 경남으로 남하하는 모습을 그린 소설이다. 38도선 부근에서 큰 혼란이 일어나고 귀환자들이 농락당하는 모습을 담담하게 그리고 있는데 종반 부분에서는 복수가 "그렇다고해도 북조선은 무엇이든지 조선인이 앞장서고 있는데 어째서 남조선은 그 반대냐?"고 말하는 장면이 나온다. 조선전쟁기라는 간행 시기를 보아도 이 시점에서는 아마도 '공화국' 쪽에 더 공감을 가지고 있었던 것을 알 수 있다. 그는 원래 재일 조선문학회 회원이였지만 문학회가 '공화국'과 직결한 1956년의 문학회 제6차 대회 무렵에 이탈했다. 그 후 "나는 재일조선인들이 말하는 오른쪽도 왼쪽도 아니다. 자유로운 입장에서 행동하고 싶다. 그러니까 총련계 모임이든 민단계 모임이든 그런 데에 나는 구애되고 싶지 않다"[1]라는 입장을 표명하고 『코리아평론』이나 『통일 조선신문』 등 남북통일을 내건 재일조선인 발행 잡지나 신문에 소설 등을 발표했다.

관동대지진 때 조선인 학살 사건을 주제로 한 「헌병의 구두憲兵の靴」 외 「장안사長安寺」, 「아이의 첫 울음소리うぶごえ」, 「박근태朴根太」 등 일제강점기를 소재로 한 작품을 발표함과 동시에 「폭풍嵐」, 「밀항자의 무리密航者の群れ」 등 '해방' 직후 조선인들의 모습을 그린 기록문학적인 작품도 집필했다. 사용 언어는 오로지 일본어였다. 일본식 단가는 두 번 다시 쓰지 않았다.

---

1 윤자원, 「얼토당토 않은 방담(藪にらみ放談)」, 『코리아 평론』 2-3, 코리아 평론사, 1958. 2.

3) '친일작가'에게 귀화를 결의하게 만든 것

일본 문단 데뷔 시 장혁주의 일본어 사용에 대한 견해는 다음과 같다.

> 나는 실정을 어떻게든 세계에 호소하고 싶다. 그러기에는 조선어는 범위
> 가 협소하다. 일본어는 그런 점에서 외국으로 번역되는 기회도 많기 때문
> 에 무슨 일이 있어도 일본 문단에 나오지 않으면 안 된다고 생각했습니다.[2]

조선 농민들의 궁핍한 삶을 묘사한 소설 「아귀도餓鬼道」가 『개조改造』
현상모집에 당선되었을 때 개조사 사장의 초대연 자리에서 한 말이다.
때는 1932년 일본 프롤레타리아문학 운동이 와해된 해다.

비참한 조선의 상황을 "세계에 호소"하기 위해 편의적으로 일본어를
사용한다고 했던 장혁주의 소설은 얼마 되지 않아 「가토 기요마사加藤清
正」(1939), 「이와모토 지원병岩本志願兵」(1943) 등 조선인의 황국신민화 선
전에 바쳐진 것으로 변하고 말았다. 조선 민중의 참상이나 저항을 그리
는 것은 이미 불가능하며 친일 행위를 피하고 싶다면 아무것도 쓰지 않
는다는 선택지밖에 남지 않았던 가운데서의 집필 행위였다.

일본 패전까지 집필을 멈추지 않았던 장혁주는 그 후에도 계속 써 나
갔다. 조선과 결별하고 일본인이 된 것은 1952년이었는데 그 7년 동안
에 이 식민지 작가에게 무슨 일이 일어났을까? '해방' 후에 쓰여진 작품
이나 재일조선인들과의 관계를 실마리로 해서 더듬어가 보고자 한다.

---

2 야스타카 도쿠조(保高德藏), 「일본에서 활약한 2명의 작가」, 『민주조선』 4, 민주조선사,
1946.7, 69쪽.

(1) 자기 정당화의 길을 찾아서

'해방' 후 곧 장혁주는 패전 후의 도쿄를 무대로 한 『고아들孤兒た
ち』(1946)을 간행했다. "일본 사회의 현상을 호소하고 싶다"(후기)라는 게
그 집필 동기였다. 작품에서는 고아인 요코陽子를 비롯해 일본인들이
중심적으로 그려지고 있는데, 요코가 밑바닥 생활에서 빠져나오는 계
기가 되는 구두닦이 아저씨, 요코의 간접적인 친구와 그 아버지 등 '좋
은 조선인'들도 등장한다. 다만 그들은 조선에 돌아가는 사람들이며 일
본에 머무르는 조선인의 모습은 작중에는 없다.

장혁주는 '해방' 후 재일조선인 문화운동과는 거의 관계를 맺지 않았
다. 그러기는커녕 다수파이었던 조련계 청년들로부터 대일 협력자, 친
일파로 혹독하게 규탄을 받았다. 당시 상황을 장혁주는 다음과 같이 적
어 두었다.

전후 급변한 시대의 물결을 탄 작가나 시인이 많은 가운데 나는 전쟁 중
의 협력 태도를 표변할 수 없어 우물쭈물하고 있었다. 제3국인 단체가 나를
민족반역자니 징벌을 가한다면서 나한테 들이닥치려는 움직임이 있어 떨
고 있던 나는 공공연한 일은 삼가하고 있었다.[3]

"시대의 물결을 탔다", "표변할 수 없다" 등의 표현에서는 과거의 친
일행위를 반성한다기보다 "전후 급변한" 일본에서 어떻게 약삭빠르게
처신할지에 정신이 팔려 있는 장혁주의 모습을 엿볼 수 있다. "우물쭈

---

3 장혁주, 『편력의 조서』, 신초샤, 1954, 245쪽.

물하고 있"는 듯한 모습을 통해 자신의 순수성이나 정직성을 독자에게 호소하고 있는 듯 보이기도 한다. "제3국인 단체"란 조련과 그 관련 단체를 가리키는데 조선인이라고 말하지 않고 이와 같은 부정적인 뉘앙스를 내포하는 표현을 일부러 쓰는 데서도 장혁주와 다른 재일조선인들 사이의 거리감이 느껴진다.

한편 한국계 단체나 언론은 장혁주와 접촉을 꾀한 것으로 보이며 ― 다만 한국을 지지하는 자들 사이에서도 장혁주의 작품을 게재하는 데에 비난의 목소리가 나왔다 ― 몇몇 매체에서 작품을 확인할 수 있다.

흑구黒丘라는 필명으로 『자유조선』에 1946년부터 1947년에 걸쳐 연재된 「아내妻」는 어려움 끝에 일본인여성과 결혼한 시인 창오를 그린 자전적 소설이다. 창오는 결혼 후 시골로 이사가는데 거기에서도 특고特高가 그를 위협한다. 이럭저럭하는 사이에 이윽고 창오는 근처에 사는 '빨갱이' 일본인 청년 그룹을 알게 되어 그들의 문학 선생이 된다. 머지않아 '만주사변'이 일어나 청년들은 격분하지만 창오는 방관자적인 마음밖에 가지지 못 한다는 식으로 이야기는 전개된다.

작중에서는 창오가 민족차별 때문에 괴로워하는 피해자임이 강조되는 동시에 빨갱이 청년들과 친하게 지내지만 자신은 빨갱이가 아니라는 창오의 수동성이나 방관자성이 반복된다. 작품이 다루는 시기인 1931년 만주사변 전야란 장혁주의 일본 문단 데뷔 무렵, 즉 친일적인 작품을 발표하기 전의 시기에 해당한다. 거기까지 거슬러 올라감으로서 장혁주는 자신의 작가인생을 처음부터 다시 구성하려고 한 것 같다. 창오를 둘러싼 이야기이면서도 '아내'라는 제목을 붙인 것은 시사적이다. 일본인 여성과의 혼인 관계의 시작을 자신의 작가로서의 기원과 포개

놓음으로써 자기의 일본(인)화로의 길을 모색하는 징후가 여기서 보인다. 1947년에는 역시 흑구라는 필명으로 조선인 젊은이가 일본에 밀항해 '공사판의 막벌이꾼土方'이 될 때까지를 그린 「40년의 폭풍」(미완성)이 『민단신문』 등에 연재되었다. 적어도 이 시점까지는 동포들의 모습을 기록하려는 구상을 가지고 있었던 모양이다. 그러나 그것은 실현되지 않았다.

그 다음 해인 1948년에 소설집 『우열한愚劣漢』이 출판되었다. 표제작 이외 1933년부터 수년간에 걸쳐 발표된 「권이라는 사나이」, 「갈보」, 「장례식 밤의 일어난 일」 등이 수록되었다. 조선 서민들을 소재로 한 구작을 모아 묶은 작품집인데 흥미로운 것은 그 「머리말」이다. 여기서 장혁주는 자기의 작가 인생의 시기 구분을 한다.

이에 따르면 제1기는 "프롤레타리아문학의 동반자 이상의 느낌으로 쓴 「아귀길」 등의 작품"의 시기다. 제1기의 조선의 곤궁을 그린 작품이 벽에 부딪치자 1년 반 동안 슬럼프를 거쳐 제2기로 넘어가는데 『우열한』에 수록된 것처럼 "조선을 소재로 한 통속소설"의 시기가 이어진다. 그러나 그 후 "(일본)국책문학의 창작기"라 불러야 할 시기에 대한 언급은 없다.

"도쿄로 옮겨 살게 됨으로 나의 작품 경향은 다시 한 번 전환했다. 하지만 제2기 작품만큼 평판이 좋지 않았다"고 말끝을 흐리면서 단숨에 "종전" 이후의 방향성이 제시된다.

나는 오늘 또 하나 새로운 길을 열지 않으면 안 된다. 조선이 독립한 것과 동시에 나는 일본에 남아서 지금까지와 마찬가지로 작가의 길을 계속 갈 것이다. 이런 결심은 나의 문학을 대성시켜 유종의 미를 거두어 줄 것으로 믿기에, 장래에는 완전히 다른 작품이 나오리라. 그러므로 종전을 기로로 내 문학에 분명히 하나의 선을 그어 두지 않으면 안될 것이다. 나는 앞으로는 일본에 대해 많이 쓰고 일본에 관점을 두어 새롭게 문학을 시작하지 않으면 안 된다. 이에 대해서 자세히 쓰지 않으면 어떤 면에서 오해를 초래할 듯하지만 여기에서는 많이 쓰지 않기로 한다. 어쨌든 여기에 모은 소설과 같은 작품을 이제 나는 절대로 쓸 수 없게 되었다.[4]

이제부터의 작품은 "일본에 관점을 두고" 쓴다는 것, 그것은 조선 사회나 조선인에 대해서 쓸 의지가 더 이상 없다는 선언이다. 그러나 "이에 대해서는 자세히 쓰지 않으면 어떤 면에서 오해를 초래할 듯하"다고 일부러 덧붙이지 않으면 안 된 것을 보면 역시 당시 장혁주를 꾸짖고 있던 동포들의 비판이 마음에 걸렸기 때문일 것이다.

조선전쟁 중인 1951년 7월 장혁주는 일본의 프레스 관계자로서 한국을 방문했다. 그 때 쓰여진 「조선-르포르타주」(1953.1)에는 한국인과 일본인 사이라는 미묘한 위치에 서있는 자신의 입장에 대한 곤혹스러움도 적혀 있다. 일본에 돌아간 후 장혁주는 전쟁터에서 보고 들은 것을 엮은 소설 『아아 조선』을 펴냈다. 판단정지 상태에서 손을 놓은 채 탄식하는 것 외에 아무것도 할 수 없는 작가 자신의 당혹함이 그대로 표출된 작품이다. 새롭게 돌출한 남북의 이데올로기 대립은 일본과 조선이라는 양자간 사이에서 시계추처럼 흔들리면서 창작해 온 장혁주에게

---

4   장혁주, 「서문」, 『우열한』, 후코쿠출판사, 1948, 2쪽.

는 힘에 겨운 것이었을까? 『아아 조선』은 남북의 한 쪽의 입장을 취하는 재일조선인들에게도 받아들여지지 않았다. 장혁주는 점점 조선인으로서의 입지를 찾을 수 없게 되었다. 1952년 10월 장혁주는 귀화를 택해 일본인이 되었다. 일본 거주 조선인의 일본 국적 정지가 단행된 후 불과 6개월 뒤의 일이었다.

자전적 소설 『편력의 조서遍歷の調書』(1954)는 노구치 가쿠추野口赫宙라 칭다오는 이름으로 귀화한 후에 출판한 작품이다. '노구치'라는 성은 아내의 것이다. 작품에는 기생이였던 생모, 조혼제도 때문에 아주 젊을 때 아내가 된 연상여성 귀향貴香, 기생 연화蓮花, 여성작가 정원貞媛, 두 번째 아내인 일본인 게이코圭子, 그리고 애인 유키에雪枝 등 '나'=안광성安光星이 관계된 여성들이 차례로 등장한다. 여성편력 틈틈에 '나'의 작가로서의 발자취를 끼어 넣는 이색적인 구성을 취하고 있다.

작중의 한 장면에서 '나'는 패전 후 일본의 번화가를 걷고 있다. 거리는 군인들과 알로하셔츠를 입은 일본 젊은이들과 여자들로 북적거린다. 그러한 광경을 보며 '나'는 이렇게 생각한다.

나는 이러한 잡다한 것을 싫어한다. 순수한 것을 동경하고 불순물이 섞이지 않은 것에 안심한다. 나는 나 자신이 이 나라의 것이 될 때까지 마음을 놓을 수 없을 것이다. 내 속의 이물이 싫은 것이다. 나는 게이코와의 오랜 생활을 떠올려 봤다. 게이코의 영향이 나에게는 크다. 적어도 내가 내 마음 속의 이물을 청산해 가고 있는 것은 그녀의 힘이라고 할 수 있다.[5]

---

5 장혁주, 『편력의 조서』, 신초샤, 1954, 261쪽.

"순수한 것을 동경"하는 '나'이지만, 자신에게는 "마음속에 있는 이물"인 '조선'이 섞여 있다. 그러나 아내 덕택으로 완전한 순화가 달성되고 있다는 것이 대그런데 이 장면에서 '나'는 애인이 될 유키에 뒤를 쫓고 있는 중이다.[6]

이러한 서술을 보면 『편력의 조서』의 언뜻 기이하게 보이는 구성은 작자에게는 필연적이었을 거라고 이해할 수 있다. '나'는 순수한 언어, 즉 '참된' 일본어로 창작하기를 바라는 시인이다. 그 꿈은 게이코와의 부부생활을 통해 드디어 이루어지려 하고 있다. 즉 조선의 어머니, 첫 번째 아내, 애인을 거쳐 일본인 아내를 얻는다는 '나'의 개인사와 순수한 일본어로 일본적인 작품을 쓰려는 목표에 이르기까지 시인으로서의 '나'의 도정은 '내' 속에서는 분리될 수 없는 것이다. '해방' 후 장혁주는 이렇듯 일본인 아내에게 크게 의존한 개인사를 만들어 냈다. 그렇게 함으로써 일본으로 건너온 순간부터 현재에 이르기까지 일본어로 일본적인 작품을 추구해 왔다는 작가로서의 일관성을 강조하고 싶었던 것이다. 그것은 친일행위에 관한 판단을 보류하고 짓누르는 데도 안성맞춤이었다.

(2) 장혁주와 김달수를 가리는 것

귀화해 일본인 작가로서 창작하는 것과 조선인작가로서 일본어로 창작하는 것은 비슷해 보이나 다른 것이다. 여기에서는 김달수라는 비교대상을 끌어와 장혁주와 일본어의 관계에 대해서 좀 더 깊이 파고들어가 본다.

---

6   위의 책, 261쪽.

『편력의 조서』에는 일본어에 대한 애착 혹은 집념이라고도 할 수 있는 고집이 곳곳에 쓰여 있다.

　　나 자신은 절대로 조선어를 사용하지 않았고 오히려 잊자고 잊자고 하고 있으며 정확한 일본어를 배우려고 노력하고 있다. 어떻게 해서든 순수한 언어로 시를 쓰고 싶다는 비원 같은 것이 나에게 있으니 자신의 갓난아기 한테서조차 말을 배우려고 하고 있는 것이다. 요컨대 나는 어릴 때 아이들이 쓰는 일본어를 배웠지만 그 이전의 갓난아기 말은 모르니 그것이 내 언어력의 결함의 원인이며 치명상과 같다는 생각이 나에게 있었다.[7]

　아내 게이코나 그 주변 사람들의 일본어뿐만 아니라 자신의 아기 입에서 나오는 말에서도 배우려는, '순수한' 일본어를 익히려고 하는 자세는 소름이 끼칠 정도다. '해방' 후 장혁주는 조련계열 문학운동 참가자들이 지향한 탈식민지화를 위한 기초 작업으로서의 민족어 회복 — 장혁주의 경우 다시 조선어작품을 쓰기 시작하는 것 — 과는 정반대의 방향을 향하고 있었던 것이다. 그 큰 이유 중 하나는 '해방' 후에도 일본에 머무른 거의 유일한 저명한 작가라는 장혁주의 특이한 입장을 들 수 있다. 일본에서 다진 작가로서의 실적을 포기한다는 것은 쉬운 일이 아니었을 것이다.
　김달수에게도 조선총독부의 준기관지 『경성일보』 기자로 일했다는 친일행위라고 할 만한 과거가 있다. 실제로 소설 『현해탄玄海灘』에는 작

7　위의 책, 212쪽

자의 분신인 주인공이 예전에 조선인의 학도출병을 고무하는 기사를 쓴 걸 추궁받는 에피소드 같은 것도 나온다. 그러나 '다행히' 김달수는 식민지기에는 아직 영향력을 가진 작가는 아니었다. 일본어로 작품을 쓰는 데에 고집했다는 점에서는 '해방' 후의 장혁주와 김달수는 큰 차이가 없었다. 그러나 일제강점기에 작가로서의 지위를 이미 확립하고 있었는지 그 직전이었는지라는 두 사람의 근소한 나이 차이가 '해방' 후의 명암을 갈랐다고 할 수 있다.

그런데 이러한 지적은 1948년 당시에도 재일조선인 지식인들 속에서 나왔다. 『민주조선』(1946.7)지상에서 김달수가 자신의 과거를 형식적으로 참회하면서 장혁주에게 "너도 신정新正하지 않으면 안된다"고 호소한 것을 들어 "욕을 퍼붓는 자와 욕을 먹는 자, 이 얼마나 추악한 광경인가. 추악 이상 무엇이 있겠는가? 아무것도 없다"고 K라는 익명의 필자[다치하라 마사아키立原正秋로 추측된대는 말했다.[8]

김달수는 '해방' 후 일본 문학계가 '조선인' 문학가로서 맞아들였다. 저항자로서의 조선인 표상을 기대한 당시 일본인 독자들의 지지가 그 배경에 있었다.

한편 장혁주는 제국일본에 대한 저항과는 정반대의 과거 때문에 김달수처럼 조선인임을 전면에 내세우면서 일본어로 창작하는 길은 끊어

---

8   K, 「『후예의 거리』의 저자 김달수 메모('後裔の街の作者 金達壽おぼえ書)」, 『민주신문』, 1948.4.24. 단정할 수는 없으나 내용과 문체를 유추해 보면 이 익명의 필자는 민주신문에 시와 평론을 활발히 발표하고 있었던 김윤규(立原正秋)이었을 가능성이 높다. 이 비판은 다음과 같이 마무리되고 있다. "민족주의라는 게 도대체 무엇인지, 또한 초민족주의라는 것은. 왜 그렇게 한정해야 하냐, 추악하기 그지없다. 예술가에게 가장 큰 문제가 되어야 할 것은 인간과 영원이다. 그 외 모든 것, 국가도 민족도 사회도 예술의 중심 과제에서 벗어난다. 아니, 그만두자, 나의 반역적인 예술론이 웃음거리가 될 수도 있으니까."

져 있었다. '해방' 직후 신일본문학회에 입회하기를 희망했으나 거절당했다는 일화도 있다. 장혁주에게 '해방'은 약점이 잡힌 천변지이와 같은 사건이었던 것이다. 게다가 조선이 아니라 일본에 거주하고 있었기 때문에 조선어 작가로서의 변신 가능성도 부서지고 말았다. 만약 장혁주가 친일문학자들의 처단이 흐지부지하게 끝난 남조선으로 거처를 옮겼더라면 — 혹은 총련문학운동이 보다 큰 세력을 이루고 있었더라면 — 아마 다시 조선어로 쓰기 시작했을 것이다. 자신의 과거를 정당화하며 일본에서 살아남기 위해서 7년간 모색한 끝에 장혁주는 귀화해 일본인 작가로서 쓰겠다는 결단을 내린 것이었다.

(3) 보다 강력한 언어를 찾아서

일본인 작가 장혁주는 『암병동癌病棟』(1959), 『무사시 진야武藏陣屋』(1961) 등 일본 사회문제나 역사를 제재로 삼았다. 만년인 1989년에는 현지 취재여행을 바탕으로 『마야—잉카에 죠몬인繩文人을 쫓는다』를 간행했다. 1991년에 시작된 걸프전쟁 때에는 중동에 취재여행을 나가기도 했다. [9] 영문 창작에도 의욕을 보여 Kaku Chu Noguchi라는 이름으로 인도에서 장편 *Forlorn Journey(or Kirisitan)*(Chansun International, 1991), *Rajagriha : a Tale of Gautama Buddha*(Allied Publishers, 1992)를 간행했다. 조선어에서 일본어, 그리고 영어까지 다수자의 언어를 쫓은 장혁주에게서는 모국어 상실의 트라우마에서 벗어나지 못했던 식민지 작가의 비애가 감돈다. 아니면 다수자인 것에서 최상의 가치를 확인하는 그 놀라운 일관성에서 식민지 출

---

9   시라카와 유타카, 「전후의 장(노구치)혁주」, 『슈카(朱夏)』 5, 세라비쇼보, 1993.6, 33쪽.

신자의 강인함을 보아야 하는 것일까?

2. '해방' 직후 문화 세력도

1) 부진한 한국계 문화단체

(1) 문화의 무풍지대

'해방' 당초 한국정부 지지단체로는 조련에서 분열되어 1945년 11월에 결성된 조선 건국 촉진 청년동맹(건청)과 1946년 1월 결성된 새조선 건설 동맹(건동)이 있었다. 문화 관련 일을 담당한 단체는 건청에서는 중앙총본부 문화부였고, 건동에서는 중앙본부 문화부였다. 건청에서는 기관지機關紙『조선신문』, 『촉진』(효고현본부 기관지), 기관지『청년*』, 『시표*』(미나토지부 문화부), 『무궁화』(후쿠치야마지부 문화부)등을 발행했다. 『조선신문』에는 시나 하이쿠가 약간 실렸으며『청년*』에는 시사평론 외 홍만기洪萬基 등이 쓴 소설, 최선, 정의정鄭義禎 등이 지은 시가 드문드문 보이는데 전체적으로 보아 문학 작품은 그다지 실리지 않았다. 모두 1946년부터 1947년에 걸쳐서 간행된 기관지다. 건청도 건동도 1946년 10월에 재일본 조선 거류민단 (민단)에 곧 통합되었다.

민단은 1947년 3월에 민단 중앙총본부 기관지『민단신문』을 창간했다. 또한 1948년 초부터는 민단 도쿄본부의『민동신보民東時報』(후일『동민신문東民新聞』으로 이름을 바꿈)도 발행되었다. 전체적으로 보면 역시 문학 작품수는 많지 않지만 『민단신문』을 이어받은 『민주신문』문화란은 한때나마 다소 충실한 내용을 보여줬다. 그 이유를 바로 다음에 설명하고자 한다.

1950년 12월 6일 시행된 민단 「사무장전」에 의하면 민단의 문교국 문교부는 학무과와 문화과로 나눠져 있으며, 문화과는 ① 문학예술에 관한 사항 ② 지식 향상 및 사상 계몽 운동에 관한 사항 ③ 영화, 연극, 스포츠 등에 의한 계몽 운동에 관한 사항 ④ 출판물에 관한 사항 ⑤ 문화단체에 관한 사항 등을 맡게 되었다. 하지만 실질적 활동은 거의 하지 않았다.[10] 예를 들면 1949년 6월에 제출된 민단의 「문교부 경과 보고」를 보면 영화, 교육 문제, 애국가, 건국행진곡 보급의 건, 건설 행진곡 모집, 독립 경축 기념 도서 기증에 관해 언급하고 있다. 그러나 그 내실은 한국 정부의 제공에 의존하고 있어서 재일조선인들의 독자적인 문화 활동은 특별히 볼 수 없었다. 한국 정부 후원으로 몇 번이나 문화단체 설립이 계획되었으나 모두 오래 가지는 못했다.

2) 다치하라 마사아키立原正秋의 초기 작품

1948년에서 1949년에 걸쳐 다치하라 마사아키는 수많은 작품을 『민주신문』에 발표했다. 본명인 김윤규金胤奎 외 필명 마사아키正秋, 교슈曉

---

10 민단문교부, 「문교부 경과 보고서」, 1949. 4. 11~6. 2・6. 10~10. 10・1950. 10. 21 등을 참조.

愁 등으로 시 「우리 고향」, 「부재혼례식」, 「전주곡」, 「우메사토梅里와 아가씨」, 「봄의 깃발」, 「봄의 한 토막」, 「초록의 방문」, 「매매」, 「중량감」, 「성이 있는 거리에서」, 「봄의 여행」, 평론으로 「니힐리즘의 극복」, 「근대인의 성격—지식 계급의 규정」, 「'배덕자'의 오늘날의 의의」, 「스스키다 큐킨薄田泣菫의 고전시—일본 근대문학에 관한 비망록적 노트」, 수필 「박물관의 추억」 등 많은 작품을 발표했다. 모두 일본어 창작이다. 이것들은 『민주신문』의 문화란에 색채를 더했지만 그것은 일시적인 것이었으며 다치하라 마사아키가 민족문화 운동을 고조시키려 했다고는 할 수 없을 것이다.

(1) 한국계 단체의 이단아

1945년 9월 조선문화교육회(1948년에 한국 문화교육회로 개칭)가 결성되었다. 같은 해 12월에 회장에 취임한 최선을 중심으로 하여서 건청이나 민단과 직접적 관계를 맺지 않고 독자노선을 걸은 단체다. 반공이라는 입장에 서면서도 남조선만 실시할 예정이었던 단독선거에 반대하며 남북 완전 통일을 호소했다.

아이들의 교육 문제에 관해서는, 재일조선인 학교가 GHQ 및 일본 정부의 탄압을 받는 까닭은 조련의 사상교육 탓이며 미군정청이 인정한 남조선 국정 표준교과서를 사용하면 문제가 개선될 것이라고 보고 재일조선인 아이들을 위한 교과서를 만드는 데 열을 올렸다. 활동의 결과 1948년 9월에 GHQ 민간정보교육국CIE으로부터 '국정 표준 교과서'의 사용 허가를 받아 실제로 교과서를 발행했다. 그러나 그 교과서는 실제로는 거의 사용되지 않았다. 보조금, 자주적 학교 관리 등 기본적인 문제를 해결하지 못해 그 활동의 한계를 인정하지 않을 수 없었던 것 같다. 한마디로 말하면 당시의 조련처럼 학교를 운영할 수 있을 만큼의 조직력이 없었던 것이다.

1947년 2월에는 최선이 개인 자격으로 문화교육회 회원 13명과 함께 건청에 가맹했다. 기한을 정해 문화부장을 맡아 잡지『청년*』의 복간과 교육 대책 기본 요강 발표, 미술전 개최, 문화부장 회의 소집 등을 했다. 하지만 다른 간부들과의 문화이념 차이, 내부 마찰, 재정적 지원이 없음 등을 이유로 같은 해 7월 마지막 날에 부랴부랴 건청과의 관계를 끊었다. 최선은 그 후 문화교육회 설립 2주년인 1947년 9월에『문교신문』을 창간했다. 극좌와 극우의 배제, 근로 문화 창조, 문화인 우대 등의 필요성을 호소했다. 아래는『문교신문』의 창간사다.

> 사상도 주장도 좋다. 하지만 더 중요한 것은 인간적이 되는 것이다. 우리들은 무엇보다도 먼저 각자의 인격 완성을 통해서 조국 건설의 큰 길을 가자. 우리는 문교신문을 통해서 자기를 발견하는 법을 배우고, 그것이 얼마나 귀중한지를 알고 노력하여, 고식(姑息)과 정돈되지 않은 세계에서 창조와 진리의 조선문화를 수립해 문화 국가 조선을 건설을 하며 인류의 문화 발전에 참여하지 않으면 안 된다.

발간에 즈음하여 민단 도시마豊島 지부, 조련 도시마 지부, 재일본 하선華鮮협회본부, 그리고 재일조선 민주청년동맹(민청) 지부 등으로부터 축사를 보내왔다. 창간호 제1면에는 건동 설립자였던 박열朴烈의 글을 게재했다. 제4면에 배치된 문화란에는 일본, 중국, 구미의 문화 관련 뉴스와 더불어 시, 콩트, 소설, 평론 등 많은 작품이 게재되었다. 그 주된 집필자는 최선을 비롯해 정달현, 정의정, 장상근, 김기룡, 권상순, 최숙자, 홍만기, 김창규 등이었다. 작품의 주제는 일본인 여성과 조선인 남성 사이의 연애(문홍갑의 「두 구름 포개지려고 하여」), '해방' 후 재일조선인 남녀의 애증극(홍만기의 「질투」), 연애와 청년의 고뇌(김창규의 「멀건이」) 등 문학청년다운 작품이 많다. 조선인 남성과 일본인 여성의 연애나 결혼에 대한 높은 관심은 그 당시 젊은 조선 남성들의 실태를 반영한 것 같다.

『문교신문』은 일본어지다. 그것은 조선어 활자를 구하지 못해 인쇄할 수 없었다는 물리적인 이유 때문이었다고 최선의 아내인 최숙자 씨는 증언한다(2004.2). 분명히 『문교신문』 집필자 중 몇 사람은 예컨대 문예지 『백민*』에서는 조선어작품을 발표했다. 창간된 후 2년쯤이 지난 1949년 8월에 『문교신문』은 60호로 종간을 했다. 재정난과 용지 부족을 극복할 수 없었기 때문이었다고 한다.

3) 민족문학을 각각 모색하여

'해방' 직후에는 다양한 사상과 지향이 뒤섞여 혼돈되어 있었는데 그것은 문학계도 마찬가지였다. 여기에서는 당시 발간된 잡지군을 실마리로 어떻게 새로운 조선문학이 추구되었는지를 살펴본다.

(1) 조선어 문예지의 탄생―『고려문예高麗文芸*』

'해방' 후 재빨리 발간된 문예지로 1945년 11월에 창간된 『고려문예*』가
있다.

> 우리 朝鮮文化는 鎖國과 强權의 彈壓下에서 決定的 破壞와 境界線을 彷
> 徨하였으니 其喪失한 貴重한 時間을 急速히 回復하여, 이를 先進國의 水準
> 에 到達식히며 다시 世界─流의 文化國이 되기 爲하야, 文化諸面을 探究함
> 과 同時에 変遷■■劈頭하는 現世를 忠實히 또는 嚴密히 凝視하고, 的確한
> 判斷우에 末日의 創造와 建設을 任務로 平和의 使途 高麗文芸를 發行하는
> 바이다.

이러한 「창간사」에서 선언된 패기와는 달리 새로운 세계를 가지는
기쁨을 읊은 「동천東天의 서광曙光*」(창간호) 등 백원정백운으로 추측된대의
시 외에는 재일조선인이 쓴 작품은 거의 없다. 조련계에서 나온 『재일
조선문화연감 1949년판*』은 『고려문예』가 식민지 말기 조선에서 발행
된 『조광*』에서 전재한 글이 대부분을 차지한다고 비판하고 있다. 이 문
예지의 사상경향을 '중립'이라고 평가한 GHQ보고에는, 1년도 채 못 되
어 종간된 이유에 대해서 "분명히 다른 조련 출판물의 경우와 같이 조선
활자와 식자공을 확보하기 어려웠"기 때문이라고 기술되어 있다.[11]

---

11 Records of the General Headquarters Supreme Commandor for the Allied Powers(GHQ/SCAP)
(RG331, National Archives and Records Service) Box number 8648, Folder title/number (7)
Korean Publications and Organization in Japan (Special Report), Apr. 1948.

(2) 탈식민지화 사상의 이상을 내걸고—『백민白民*』

『백민*』은 조선의 민주주의 확립과 문화부흥을 내걸며 1947년경에 창간되었다. 허남기와 강순, 그리고 『문교신문』의 집필자도 많이 참가했다.

김창규의 「피리*」, 김경식의 「미로*」, 「거울*」 등 조선어 단편 외 정달현과 홍만기가 쓴 평론 등도 게재되었다. 1947년 3월과 1948년 2월의 두 개의 호가 확인된다.

1947년에 발행된 『백민*』 「권두언」에서는 일본의 영향을 차단해 새로운 한 걸음을 내딛자는 결의와 함께 "한 개의 이데올로기에 편향하지 않은 문학 재래의 인습을 타파하고 비정함으로서 조선 문학을 조선어의 문학을 세울 각오를 한다"라고 맹세했다.

'조선문학'을 '조선어 문학'이라고 바꿔 말하고 있는 데서도 보이듯이 조선어로의 창작 자체에 역점을 두었던 것이다. 1948년 2월 호의 편집 후기에 해당하는 「여첩餘疊」에서는 『백민』의 존재 의의가 작품의 내용보다 조선 「말」을 배우는 시험대 역할에 있음을, 그 과정에서 정당한 '조선문학'이 발생할 것이라고 언급했다.

앞에서 언급한 『재일조선문화연감 1949년판*』에서는 『백민』의 내용에 대해 엄격한 견해를 보여준다. "『인민문화』에서 이진규李珍珪, 허남기의 시, 오수린吳壽麟의 산문이 어느 정도 격식을 구비한 작품으로서 새로운 세대의 호흡을 만끽하고 있는데 대하야 백민은 일제시대의 조선 문학의 한 사조인 데간단쓰와 메랑코리가 조금도 청산되지 않아 작품들로서 소시민적小市民的인 연약한 자기자신을 극복치 못하고 있다."[12]

---

12 『재일조선문화연감*』, 66쪽

분명히 문학청년들이 쓴 작품을 그러모은 이 잡지에는 "식민지적인 것"이 잔존해 있었을지도 모른다. 그러나 이데올로기 대립을 극복하고 조선어에 의한 조선문학을 확립하자는 『백민*』의 이념과 실천은 문학을 통한 탈식민지화의 원초적인 모습이었다고 할 수 있지 않을까?

(3) 『자유조선』의 소설 3편

1946년에 창간된 『자유조선』은 정철鄭哲이 주재한 종합 잡지다. 정철은 조선반도 북부 평안남도 출신이며, 유학생으로서 일본으로 건너가와 1932년부터 사회운동에 참가해 두 번의 투옥을 경험했다. '해방' 후에는 민단 간부를 역임했다. 이 잡지에는 김희명 외 사노 마나부佐野學와 모리타 요시오森田芳夫 등 일본인 지식인들이 원고를 보냈다.

조선에 관한 평론이나 논문이 다수를 차지했지만 앞에서 언급한 흑구[장혁주]의 「아내」 이외에도 김윤규[다치하라 마사아키], 성인규成仁奎에 의한 완성도가 높은 소설도 게재되고 있었다. 김윤규의 「어느 부자ある父子」(1949.2)에서는 식민지하 조선에서 외발의 나무꾼으로 일하고 있었던 아버지가 병에 걸려 죽어가는 절박한 상황 속에서, 생활에 쪼들린 어린 아들 달호가 유복한 일본인집에서 계란을 훔치다 붙잡힌 사건이 그려졌져 있다. 성인규의 「망향」(1949.3~12)은 이 시기에 쓰여진 소설로서는 예외적으로 긴 작품이다. 일본에서 넉넉하게 사는 승훈은 부모가 일방적으로 정한 상대와 결혼했지만 내심으로는 회사 동료인 요코葉子에게 호감을 가지고 있었다. 그런데 요코는 실은 조선인이었고 그것이 원인이 되어 일본인 연인은 떠나버린다. 때마침 그때 원자폭탄으로 요코는 가족을 모두 잃는다. 승훈이 그녀를 구해내 돌봐주는 사이에 두 사

람 사이에 사랑이 싹튼다. 패전을 맞이한 후 요코는 한복을 입고 외출할 만큼 민족의식을 높여 간다. 승훈은 자기 아내를 버리고 조련이 마련한 배로 요코와 함께 조선을 향해 출발한다. 이 소설은 아버지와의 대립과 갈등, 종래의 결혼제도와의 대결, 일본인과 조선인 사이의 연애, 민족성의 회복 등 다양한 주제를 씨줄로 엮은 읽을 만한 작품이다.

작자 성인규의 이름은 이 작품 이후로는 전혀 찾아볼 수 없는데 작가 활동을 계속하지 않은 걸로 보인다. 그런데 한 가지 확인된 것은 히로시마에서 신문을 발간하고 있었던 반공주의자였다는 사실이다.

(4) 점령군이 본 각 발표 매체의 사상경향

한국계 재일조선인들에 의한 출판물을 점령군은 어떻게 분류했던 것일까? GHQ/SCAP민간첩보국의 「재일조선인 간행물과 단체에 관한 특별보고서」(1948)에 의하면 극우로 민단계의 『민동시보』, 『민주신문』(위반 1건), 건청의 『청년』(위반 1건, 삭제 9건, 발표금지 1건), 우파로 『문교신문』(위반 1건)이 분류되어 있고, 『자유 조선』은 급진적 자유주의(발표 금지 1건, 삭제 33건)로 되어 있다. 한미 정부의 관계는 친밀해져 갔다고 해도 민족주의 우파의 재일조선인들도 역시 검열로부터 자유롭지 않았던 것이다.

4) 좌우 문화인의 연합과 그 좌절

'해방' 직후에는 문화인들이 다양한 사상적 경향을 띤 문화단체를 통합하려고 여러 번 시도를 했다.

(1) 문화단체의 방황

1947년 2월 20일에 출판, 신문, 통신, 음악, 연예, 영화, 미술, 체육, 연구 등 각 분야의 좌우 문화단체가 서로 협력해 재일본 조선 문화단체 연합회(문련)을 결성했다.[13] 『문련시보』가 그 기관지로서 발행되었다. 그런데 곧 불화가 표면화되고 4개월 만에 조련의 김병직 등이 떠나고 새로 재일본 조선 민주문화단체 총연맹(문총)이 결성되었다. 최선이 이끄는 조선 문화 교육회도 문련에 참가했지만 김병직 등이 탈퇴한 다음 달에 제명되었다. 이 내분 후 문련은 "우리들의 신조"로서 "봉건 사상과 파쇼 문화를 배격함, 민주주의 민족 문화 건설을 기약함, 조국의 완전 자주 독립과 세계 문화 교류에 공헌함"을 내세웠다. 위원장 민정식을 비롯해 강위종, 김달수, 이인수, 테너 가수 김영길 등은 대의원 자격으로 조련 중앙위원회에 참가하고 있었는데 조련 주류의 세력이 컸음을 알 수 있다.

1948년 1월에 강위종은 문련 위원장의 이름으로 『문교신문』에 기고

---

13 초대 위원장은 박노정, 부위원장은 김병직 (「임원명부」, 박경식, 『재일조선인관계 자료 집성(전후편)』8, 375쪽. 명단에 의하면 초대 위원장은 박노정(국제일일신문사 및 코리안 타임즈(The Korean Times)사 대표)으로 되었는데 츠보이 책에 의하면 "4월에 열린 제2회 임시대회에서 위원장으로 우파 박노정이 취임했고 규약을 약간 수정해서 우경화해 나갔다"(215쪽)라고 기술되어 있어 차이가 보인다.

한 글에서 "나는 주의주장을 초월해서 통일 전선을 펴나가고 싶은 충동에 사로잡힙니다. 만약 문화단체가 솔선수범한다면 그것은 우리들 문화인 자신의 자랑임과 동시에 재일조선 제단체에 끼치는 정신적 영향은 실로 막대할 것이며, 이 명예를 우리들 문화인 스스로가 짊어지고 싶은 마음으로 가득합니다"라며 문화단체 연합에 대한 절실한 마음을 호소하기도 했다.

문련은 1949년 9월의 조련의 강제 해산과 동시에 와해되었다. 그 후 재일본 대한민국 문화단체 연합회로 이름을 바꾸어 위원장에 박로정朴魯楨이 취임했다.

박로정은 '해방' 직후부터 『국제일일신문』이나 영문지 *the Korean Times* 등 몇 개의 신문사를 손수 일구고 민단 가나가와현 본부의 설립에도 관여한 후 사업가가 된 인물이다.

한편 조련해산 4일 후인 9월 12일에 민정식을 대표로 해서 재일본 조선 민주주의 문화 연맹이 결성되었다. 이 단체에 대해서는 일본 정부의 법무연구 보고서에 "주로 중립계와 북선北鮮계 문화인의 집단이며 조련 해산 후 재일조선인의 지도권 장악을 노려서 조직되었지만 그다지 활동은 하지 않는다. 때때로 기관지 『문화시보』를 발행하고 있다. 또한 지지 단체로서는 허남기가 지도하는 구 민청 문화공작대와 모란봉극장(중앙 문선대 「춘향전」이나 구성극 「금수강산」) 등이 있었다"[14]고 설명되어 있다. 결국 사상의 차이를 뛰어넘는 문화단체 연합의 모색은 열매를 맺지 못했던 것이었다.

---

14 츠보이, 『재일조선인 운동의 개황 [법무 연구보고서 제46집]』 3, 법무연구소, 1959, 219쪽.

한편 1948년 1월에는 재일조선문학회가 결성되었다. 재일조선문학자회, 예술가동맹, 백민, 신인문학회, 청년문학회의 각 회원들이 발전적 해산을 해 조직된 단체다. 『청년*』, 『백민*』, 『문교신문』 같은 매체에 발표했던 김경식과 정달현이 집행위원으로 이름을 올렸고, 그 외 박희성과 강현철도 합류했다. 그러나 이 조직은 조선전쟁 휴전 때까지는 완전히 민전-총련의 방침 밑아래에서 활동하게 되어 대동단결이라는 원칙은 유명무실화되어 갔다2장 참조.

3. 신생 한국을 둘러싸고 꿈틀거리는 저의

1) 식민지 문화인들의 재회

1951년 12월에 개최된 제1회 한일회담 때 민단이 일본 외무성 고문 마쓰모토 슌이치松本俊一와 간담회를 가진 것이 계기가 되어 구 식민지 관료들과 함께 일한친화회를 발족했다. 『민단 30년사』에 의하면 친화회에서는 한국어 강좌나 요리교실 개설, 도서실 설치, 한일관계 서적 발행과 편집 협력, 각계 인사의 강연회나 좌담회 개최, 오무라 수용소 수용자 옹호, 한일 문화 동호인회 결성, 한국어 교과서 출판, 양국 대학생 교환 지원 등을 했다고 한다.

1953년 11월에는 회지 『친화親和』가 발간되었는데, 그 취지는 대략 다음과 같다. "일한 양민족상호의 이해를 깊이하고 그 우호친선의 취지를 받들어 널리 세계의 평화와 인류문화의 향상에 기여하는 것을 전제하에 일한문화경제의 소개 및 교류를 추진하고 일한양국인과 이에 참다운 의견교환의 기회를 만들기 위하여."[15] 얇은 책자나마 유아사 가쓰에湯淺克衛나 사토 기요시佐藤淸 등 조선과 관계가 깊은 문학자들도 지속적으로 기고했으며, 1977년까지 간행되었다. 단 여기에는 재일조선인 작가의 글은 드물었다. 김소운의 수필이나 소설(거의 모두 전재), 김희명의 평론과 번역 시, 안 후키코나 유묘달의 수필이나 시가 이따금 게재되는 정도였다.

(1) 김소운, 또 다시 재일 생활

1929년에 기타하라 하쿠슈로부터 지원을 받아 출판된 『조선 민요집』을 시초로 『조선 동요선』, 『젖빛의 구름 : 조선 시집』 등으로 조선문학의 소개자로서 이름을 떨친 김소운은 '해방' 후에는 한국에서 활동했다. 1952년에 김소운은 유네스코의 초청을 받아 베니스에서 열린 국제 예술가 회의에 출석하기 위해 도쿄에 들렀는데 그 때 설화 사건을 일으켰다. 일본의 영향에서 벗어나지 못하고 있으며 빈부의 차이도 심하며 뇌물이 판을 치고 있다는 등 한국에 대해 부정적으로 비평한 『아사히신문』에 실린 기사가 원인이 되어 주일 한국 대표부에 여권이 몰수된다. 하는 수없이 1965년까지 일본에 체류하게 되는데, 일본에 있는 동안 김소운은 시집, 동화집, 수필집 등을 다수 출판했다.[16] 당시 민단 기

---

15 민단 30년사 편찬위원회 편, 『민단 30년사』, 재일본 대한민국 거류민단, 1977.
16 이 기간에 김소운이 일본에서 출판한 저작 중 주요한 것을 들면 『조선시집』(소겐샤, 1953),

관지『한국신문』에도 기고했지만 대부분은 구작을 다시 실은 것이다. 또한 1959년에 한국문화자료센터의 개설을 기획하고 그 자금 마련을 위해 테이프「아시아의 민화」(전6권)를 제작했지만 실패한다. 이때 경위는를 자작 연보에 "사업상의 실패 이상으로 동포들의 협력을 얻을 수 없었던 것에 좌절감을 깊게" 느꼈다고 쓰고 있다. 이것은 당시 민단의 문화사업에 대한 동포들의 이해 부족을 보여준 것이라고도 할 수 있다. 그렇지만 한편에서는 민단계 상공인들이 김소운을 재정적으로 지원하고 있었다고도 한다.

민단 주변에 있었지만 김소운은 민단내 문화 진흥에 힘쓰는 일은 없었다. 단지 한국 유학생들이 발간한 잡지『화랑』(일본어판과 조선어판이 있음)에 관계하거나 2세 청년들의 시지인『불씨*』의 지명을 짓는 등 간접적으로 공헌한 모양이다.

2) 최선, 단 한 사람의 문화 운동

조선전쟁 휴전 후 1950년대 중반, 조선반도의 평화통일을 내건 재일남북통일 협의회(통협)와 통협에서 분열된 우리 민주사회 동맹(1956년에 민주사회 동맹으로 개칭) 등이 결성되자 민단은 동요했다.

이러한 가운데『백엽』이 탄생했다. 이 종합 문화지를 견인한 이는 예

동화집「당나귀 귀의 임금님」(코단샤, 1953), 민화집『파를 심은 사람』(이와나미 소년문고, 1953), 수필집『은수 삼십년』(다붜토샤, 1954),『조선시집』(이와나미 문고, 1954),『희망은 아직 버리지 못한다』(가와데신서, 1955),『아시아의 4등 선실』(코단샤, 1956) 등이다.

전에 조선(한국) 문화 교육회를 이끈 최선이었다. 창간 때(1957.10)의 동인은 최선, 최성원崔成源, 유시종柳時鐘, 김병삼金炳三, 이윤구李允求, 홍만기, 김학현金學鉉, 김양석金楊錫, 이성하李盛夏, 이유환, 최숙자, 김정현金正鉉, 곽인식郭仁植, 장효張曉, 이미혜李美惠, 이광서李光端, 계옥희桂玉姬, 문명자文明子, 이종필李鐘弼, 정홍렬鄭鴻烈 등 총20명이었다.

창간호 「편집후기」에는 다음과 같이 창간의 경위가 적혀 있다.

마지막 한 장의 종이, 마지막 한 자루의 연필이 꺾어질 때까지 우리들은 계속 외칠 것이라고 비통한 고별사를 남기고 휴간에 들어간 『문교신문』의 3년반에 걸친 싸움의 흔적이 그립다. 그 때부터 이미 6년의 공백이 있었는데 이번에 동인지의 형태로 여러분과 재회하게 된 감격은 한층 더 크며 더욱 책임을 통감한다. 『백엽』이 창간될 때까지의 고뇌는 적지 않았다. 좌우 문화인을 총망라한다는 엄청난 계획은 세웠지만 보기 좋게 찌그러지거, 양극단을 경원해서 중간 문화인층을 모아 보려다가 줏대도 없는 존재가 될 뻔한 적도 있다. 결국 「문교회원」을 중심으로 한 계몽지로 안착된 셈이지만 아직 경비 문제, 활자 문제 등이 모두 해결되었다고 할 수 없다.

『백엽』에서는 재일조선인에 관한 시사평론과 더불어 주일 대표부와 민단에 의한 여권업무의 특권화를 비판하는 논조가 이어졌다. 또한 신국가보안법 반대운동, 한국의 『민족일보*』사장 조용수 사형 반대운동, 사형이 집행된 후에는 조용수 추도집회를 개최하는 등 한국 정부에 대해 이의를 제기했다. 북진 통일이 아니라 평화 통일을 호소하는 최선이 민단은 마음에 들지 않았고 국시 준수 위반과 반 민단 행위라는 이유로 권한 정지 처분과 제명 처분을 한 번씩 받게 된다.

백엽동인회는 한국에서 온 새로운 도일자들도 받아들이면서 계속해서 세력이 커져갔다. 도쿄 본부에 더해 교토에도 지부가 설치되었다. 나중에 종합지『한양*』주간이 되는 김인재가 도중에서 동인이 되었고, 또 한국 민주회복통일촉진국민회의(한민통)를 결성하게 될 배동호裴東湖도 회우 자격으로 참가했다. 1960년에는 한국의 종합문예지인『새벽*』의 주간 김재순의 제안에 따라 이 잡지의 자매지가 되었다.

『백엽』은 비-총련계 인사들에게는 거의 유일한 작품발표의 장이었다. 김학현, 정달현, 김파우金坡禹 등의 평론, 구 조련계 문학운동에서 이탈한 김일면金一勉김창규에서 개명의 소설이 게재되었다. 최선과 최숙자 부부는 한국 정권을 비판한 시를 왕성하게 발표했다. 백엽 문학상도 제정되어 안 후키코나 유묘달 등의 여성 작가도 탄생했다.

『백엽』에 게재된 소설 내용은 다양하다. 예를 들면 홍만기의「음지日陰」(창간호)에서는 일본인 처와 아이를 위해서 전후 암시장에서 고생하는 인텔리 조선 남성의 비참함이, 같은 작자가 쓴「이국꽃異國花」(3호)에서는 조선전쟁으로 남편이 전사하고 홀로 남겨진 일본인 여성이, 김일면의「현대의 포로現代の捕虜」(9~16호)에서는 실업과 차별에 시달리는 '해방' 후 동포들의 모습이 각각 그려졌다. 조선인부락에 사는 재일조선인 2세대 청년들의 우울한 나날을 그린 안 후키코「뒷늪裏沼」(13, 14호), 한국에 '귀국' 해 버린 연인을 마냥 기다리는 민단 여성 사무원의 고독을 그린 김태영의「교코의 경우京子の場合」(20호), 재일 여성의 민족적 각성과 자립을 그린 유묘달의「어머니ウム二」(25호) 등 동시대의 동포들의 삶을 묘사한 작품도 쓰여졌다. 작가뿐만 아니라 미술가 김태신金泰伸,

홍구성洪久城, 곽인식郭仁植, 이우환李禹煥, 무대연출인인 안도운安道雲, 류진식劉振植[류 신노스케龍伸之介] 등의 예술가들도 다수 백엽동인회로 모여들었다. 동인들 사이에서 극단 「황토」가 결성되기도 했으며 한국계 문화인을 광범위하게 모은 일대 세력이 되어 갔다.

그렇다고 해도 한편으로는 민단 내에 발표 매체가 없었기 때문에 일단 『백엽』에 기고했는데 민단과의 관계 악화를 염려해 떠나는 이들도 많았다고 한다.

실질적으로 『백엽』을 운영한 이는 최선과 최숙자 부처 외 몇 명에 지나지 않았다고 한다. 『백엽』의 재정은 남북통일을 목표로 한다는 이 모임의 취지를 지지하는 민단계 동포들이 보내온 기부로 조달되었는데 당시는 민단보다도 수금력이 훨씬 높았다고 한다.

3) 군사 정권에 항의하다

1959년 1월, 조선반도 통일을 내걸고 일본어지 『조선신문』(같은 해 11월 『통일조선신문』으로 이름을 바꿈)이 출간되었다. 이영근 등 한국에서 신규 유입자들과, 통협 멤버, 김학현과 김일면 등 『백엽』 주변에 모인 이들이 중심이 되었다. 이영근은 진보당 당수인 조봉암이 간첩죄의 명목으로 처형된 진보당 사건의 연루를 피해 1958년 4월에 일본으로 망명한 인물이다. 이 신문은 조봉암의 사형 반대, 한일협정 반대, 한국군의 베트남파병 반대, 민족일보 사건에 대한 항의와 관련 도서 출판[17] 등 한국 국민으로서 내정에 비판적으로 관여하는 자세를 명확히 했다.

재일 한국인 2세를 통일운동으로 이끄는 데도 힘을 쏟았다. 1965년 8월에는 이 신문의 발행 모체인 통일신문사 멤버들에 의해 한국 민족자주 통일동맹(한민자통) 일본지부가 설립되었다. 남북 양체제가 발간한 자료를 묶은 『통일조선연감』을 간행하고, 통일문제, 시국문제, 조선어와 조선사를 가르치는 통일학원을 설립했다.

『통일조선신문』의 문화란에서는 한국 잡지『사상계*』,『청맥*』,『신동아*』 등으로부터 얻은 한국 언론계의 동향이 소개되었고, 동시에 '공화국' 문학 관련 논문도 수시로 게재되었다. '모노파もの派'를 대표하는 미술가 이우환은 당시 필명으로 문학 관련 논문을 집필했다고 한다.[18] 한국 내 문학상 수상작을 즉시 번역해서 실은 것도 이 신문의 큰 공적이다. 다만 한국 문학작품의 소개에 주력한 데에 비해 재일조선인이 쓴 작품은 그리 많지 않다. 강현철의 소설과 시, 김태중, 김일면, 성백수의 평론, 윤자원의 소설「밀항자의 무리密航者の群れ」,「헌병의 구두憲兵の靴」가 드문드문 보이는 정도다.

『통일조선신문』은 한국에서 온 새로운 유입자들이 주도한 한국정치에 실시간으로 참여하는 자세를 명확히 내세운 신문이었다. 그 멤버는 '해방' 전부터 일본에 거주해 온 사람들과는 분명히 다른 빛깔의 사람들이었다.

---

17 1964년도 사업 계획으로 한국에서 처형된『민족일보*』사장의 전기인『민족의 별 · 조용수 소전』의 출판이 보인다. 또한 이 사건의 발생으로 인해 일본에 망명한 손성조 수기가『통일조선신문』에 연재되어 뒷날『망명기-한국 통일운동가의 기록』(미스즈쇼보, 1965)으로 출판되었다.

18 나카이 야스유키 · 가지야 겐지,「이우환 오럴히스토리」, 2008(일본미술 오럴히스토리 아카이브, http://www.oralarthistory.org/archives/lee_u_fan/interview_01.php).

4. 4·19혁명의 영향—공진과 반작용

1) 1961년에 이루어진 남북통일

1960월 4월 19일에 한국에서 일어난 사월혁명은 재일조선인들에게
도 큰 충격을 주었다. 이승만 정권이 무너지자 민단 내에서도 남북통일
의 기운이 고조되었다. 예를 들면 1958년 12월에 창간된 대한청년단 중
앙총본부가 발행한 잡지 『와코우도若人』는 처음에는 오로지 반공을 주
창하고 있었는데, 사월혁명을 전후해 '공화국'과의 평화통일을 지향하
는 내용으로 바뀌었다.

서로 다가선 총련과 민단의 문화인들은 미술과 연극을 중심으로 잇
달아 문화행사를 개최했다. 조선전쟁 이후 처음 있는 일이었다. 1961년
3월 1일, 문화인 76명이 모여 도쿄 나카노에서 간담회가 열리고 다음 달
18일에는 사월혁명 1주년을 기념해 조국 평화통일 및 남북 문화교류 촉
진 문화제가 열렸다. 그 후 5월에 긴자 무라마츠화랑에서 열린 연립미
술전을 거쳐 조국 평화통일 남북 문화교류촉진 재일문화인회의가 출범
했다.

재일문화인회가 첫 번째로 착수한 일은 그 해 7월의 합동연극발표회
였다. 공연 프로그램은 식민지기 강제 공출을 유머러스하게 비판한
〈감자와 족제비芋といたち〉(함세덕 작, 김경식 연출), 사월혁명을 배경으로
형사와 학생이라는 형제간의 갈등을 그린 〈검은 눈〉(안도운 작, 정태유 연
출)이었다. 이어서 8월에는 8·15조국해방 16주년 기념 공동 문화제가

열렸다. 여기서는 시낭송과 무용, 그리고 사월혁명에서 투쟁했던 학생과 이를 진압했던 잔학한 형사가 등장하는 연극 〈검은 발자국〉(안도운 작)이 상연되었다. 『조국 통일을 위하여－문화인회의 문집』은 이 날에 맞추어 발행된 책자다. 한국어판으로 하려고 했는데 시간이 없어서 부득이 일본어판이 되었다고 한다. 이 책자에는 당시 주요 재일문화인, 예술인들이 일제히 글을 보내 왔다. 이 책자에 최선은 시「기도」를 기고했다.

한 백성이
두 깃발을 바라보며
한 마음이
두 개의 진실로 갈라져
16년을 살아왔습니다

제각기
자기 구멍 속에서
저마다의 에고와 도그마를 충족시키며
짜만들어진 저주와
계산된 증오를
확장하며
과장하고
의의를 부여하며
16년을 살아왔습니다

기회는 여러번 있었습니다

그러나

얼빠진 군가와

패기가 넘치는 혁명가와

타락한 향연에 길들여진 자에게는

수술은 괴롭고

기회는 귀찮은 것입니다

그때마다

양심에 등 돌리고

조상들이 걸어온

오욕의 길을 서둘렀습니다

애국의 제단에는

도살한 제물이 넘치고

황폐해진 꽃밭에는

고독한 영혼들이

흙덩이가 되어 썩어가고 있습니다

그렇습니다

하염없이 울고

그 격렬한 양심으로

그 공허한 나태를 포격할 때입니다

불타오르는 불꽃은

폭풍의 아침에도

정적을 띠었습니다

실락의 침묵에도

그 반짝임을 지우지 않습니다

겨레의

아무도 잊지 못하는 발자국 위에

마침내 말이 되지 못하고 사라진

그 말을 전하는 후예가 되는 것입니다

한 입으로 두 말을 하지 않고

한 마음으로 두 가지 사실을 말하지 않겠습니다

이 자그마한 기도를

부디 받아 주소서[19]

'남'을 대표해서 일련의 행사에 참여한 자는 『백엽』 주변의 사람들이었다. 민단 중앙에서는 오히려 남북 평화통일을 지향하는 움직임을 경계하고 방해했다. 1961년 9월 20일에는 당시 민단 단장이었던 권일이 최선을 민단에서 제명했다. 『백엽』 창간 4주년 기념 문화제 전날의 일이었다. 더구나 문화제 당일에는 민단본부가 고용한 것으로 보이는 '폭력단' 28명이 재일대한반공애국단, 재일대한전우회 본부라는 서명이

---

19 최선, 「기도」, 『조국의 통일을 위하여 ─ 문화인회의 문집』, 조국 평화통일 남북 문화교류 촉진 재일 문화인 회의, 1961.

들어간 비방 전단을 들고 몰려왔다. 일본 경찰도 트럭 두 대로 달려왔고 혼란 속에서 문화제가 열렸다.[20]

1960년 그 한 해는 새로운 재일문화의 창조를 예감케 했다. 그러나 그 흐름은 오래가지 않았다. 직접적으로는 박정희가 1961년에 일으킨 5·16 군사 쿠데타로 민단이 한층 더 억압을 강화했기 때문이다. 한편 『백엽』이 민단 주류가 아니라는 이유로 총련-문예동이 소극적인 태도를 취하게 됐다는 지적도 나왔다.[21] 그 후 통일 문화제는 다시는 열리지 않았다.

2) 한국 독자에게

1962년 3월 김인재가 종합잡지 『한양*』을 창간했다. 한국 정세와 역사에 관한 논문이 대부분을 차지했지만 시, 수필, 소설도 호마다 몇 편씩 게재되었다. 저자는 일본 거주자와 한국 거주자가 혼재하고 있었다. 창간사에는 다음과 같은 결의가 보인다.

우리의 過去를 알고 우리의 오늘을 알고 우리의 來日을 알아야 한다. 그것은 나 自身을 알기 위해서이다. 祖國을 알기 위해서이다. 雜誌 『漢陽』은

---

20 김일면, 「백엽 문화제에서의 폭력도 시말기」, 『백엽』 21, 백엽동인회, 1961.11.
21 한욱, 「이 슬픈 단절 속에서」,(『백엽』 26, 백엽동인회, 1964.5)에는 「문예동은 배신했다」라는 부제목으로 한덕수 총련의장 앞으로 다음과 같은 서한 형식의 글이 실렸다. "귀하의 동지들이 비-열정적이 된 이유는 무엇 때문인가 곰곰이 생각해 봤더니 아무래도 우리 백엽은 저해된 민단원이며 한국인이라는 이유로 보인다. 따라서 아무리 공동행사 등을 같이 해 봤자 공로메달이나 국가훈장의 대상이 안된다고 보는데 틀렸습니까? 어쨌든 위로는 수령으로부터 의장인 귀하에 이르기까지 적극적인데도 불구하고 실제로는 작문을 그냥 외우는 것처럼 느껴지는 게 너무 안타깝습니다. 아니면 불령한 부하가 사보타주한 건가요?"

讀者諸賢과 더불어 이를 위한 노력을 아끼지 않을 것이다. 祖國의 지난날을 돌이켜 보아 그것으로 앞길을 밝히는 등臺로 삼을 것이며, 祖國의 江山을 돌아보아 우리의 生活을 設計할 것이며, 祖國의 現實을 살펴 國家 百年大計를 이룰 힘찬 再建에 이바지할 것이다.

이 창간사는 "재일교포 형제들에게 임인년 새해의 축복을 드리면서, 특히 조국에 계신 동포 여러분에게 우리의 인사를 드리는 바이다"라고 인사를 맺는다. 한국에 사는 독자를 의식한 잡지는 이것이 처음이었다. 소수파였던 재일한국인 필진은 평론을 쓴 김인재, 김정주, 김희명, 시나 소설을 쓴 최화국, 김윤, 김경식, 황명동 등이며 총련계가 아닌 문화인들이 폭넓게 모였다.

(1) 김학영의 조선어 소설(?)

『한양*』에는 일본 문학계에서 두각을 나타내기 시작했던 김학영의 소설도 몇 편 실렸다. 1967년에서 1968년에 걸쳐 발표된 「끝없는 미로*」, 「안개 속에서*」, 「아둔함*」, 「과거*」, 「아랫마을*」 등이다. 이들 작품에는 작가의 우울한 내면세계가 반복해서 그려진다. 다만 이 작품들은 김학영이 처음부터 조선어로 쓴 게 아니라 일본어로 쓴 작품을 『한양』 편집부에서 번역한 것이다.[22] 작품 내용도 김학영의 일본어 작품의 작풍과 크게 다른 점은 없지만 그래도 초기 김학영 문학을 이해하는 데 귀중한 소설들이다.

---

22 김윤 씨의 증언, 2004.4.6.

3) 단명한 순문학

남북통일문화제로부터 1여 년 뒤인 1962년 11월, 백엽동인회 의일부 멤버들에 의해서 『한국문예』가 창간되었다. 창간 멤버는 정달현, 김학현, 박수경, 유진식, 안도운, 김태신, 김경식, 그리고 김윤이었다. 순수 문예 잡지를 지향했지만 정치성을 탈색하려고 했다며 『백엽』 측으로부터 비판을 받았다.[23] 한국 작가들이 집필한 평론과 시의 번역이 대부분을 차지했으며 재일작가의 문학작품이라고는 김윤의 시 3편, 안도운의 희곡 한 편, 김경식의 소설 두 편에 그쳤다.

편집인과 발행인을 맡은 김경식과 김윤은 조선어를 사용하면서 창작 활동을 해온 인물들이다. 그럼에도 불구하고 이 잡지가 일본어로 나온 것은 왜일까. 창간호를 보면 "우리는 일본에 살고 있고, 주로 일본에서 태어나 일본에서 자랐고, 조국의 문화를 실감적으로 접할 기회가 없었고, 또 없을 이른바 재일 2세들이 많이 읽어주었으면 하는 의미에서 일본어판으로 하자는 주장이 받아들여져 일본어판으로 내게 되었다"고 그 이유가 설명되어 있다.

젊은 세대의 독자를 기대하며 출간하겠다는 의도 자체는 물론 의미가 있을 것이다. 다만 2세들의 민족어 교육이 불충분한 상황을 추인해 버린 것은 조선어 부흥 기운이 최고조에 달했던 총련 쪽의 움직임과는 정반대였다. 일본어로 출간해 2세 독자들에게 얼마나 받아들여졌는지 모르지만 이 잡지는 3호로 서둘러 종간돼 버렸다.

---

23 한욱, 앞의 글, 13쪽.

4) '관제' 문화단체 설립의 전말

'해방'으로부터 20년 가까이 지났는데도 민단에서는 문화가 자라지 않았다. 1960년대 민단 기관지 『한국신문』을 보더라도 문화 관련 기사라고 하면 반공 선전색이 짙은 한국의 허근욱의 소설 『내가 설 땅은 어디냐』[24]를 번역해서 싣거나 일본에 일시적으로 체류 중이던 김소운의 수필, 그리고 한국계 학교 학생들이 쓴 작문과 시가 겨우 보이는 정도다.

이 상태가 이어지다가 1963년 한국 예술문화단체총연합회(예총) 부이사장이자 섭외부장인 조택원의 일본 방문을 계기로 예총 도쿄특별지부의 설치가 실현되었다. 민단 창당 이래 첫 정식 문화단체라는 사전 선전도 있었다. 그 산하단체로 도쿄 한국문인협회, 미술협회, 연극협회, 영화협회, 무용협회, 음악협회, 사진협회, 건축협회, 국악협회, 연예협회가 설치되었다. 도쿄 한국문인협회 임원은 이사장으로 김경식, 부이사장으로 이건, 김윤, 황명동, 홍만기, 강상구, 이재헌이고 고문은 김희명이 맡았다. 예총 이사장에 취임한 화가 곽인식은 출범에 즈음하여 다음과 같이 인사를 했다.

전후부터 지금까지 이런 연합체의 필요성이 주장 왔는데 겨우 이제야 열매를 맺었습니다. 사실 너무 늦었다는 느낌이 들기는 하지만 이것도 격동

---

24 『내가 설 땅은 어디냐』는 1960년에 한국에서 발행되어 1963년에 영화화도 된 실화소설이다. '북한' 최고인민회의 의장인 아버지를 가진 '나'는 남편과 아이들과 함께 한국으로 탈출하지만 그 한국에서도 간첩 혐의를 받을까봐 두려워 도피 생활을 강요당한다는 내용이다. 저자 허근욱의 아버지는 독립 운동가이자 남조선 노동당 당수, '공화국' 국가 최고인민회의의 의장을 맡은 허헌이다. 공화국 국가 정부의 요직을 역임한 허정숙은 그녀의 이복 동생이다.

하는 본국 정세 때문에 어쩔 수 없던 것이겠지요. 그러나 적어도 앞으로는 조총련의 '붉은 예술가'들의 결집체인 '문예동'에 대항해 실질적 의미에서 내용 있는 활동을 해가려고 현재 산하 각 협회에서는 방안을 마련 중입니다. 사실 조총련계는 수적으로는 많은 것 같지만 우리의 경우 양보다 질이라는 게 기본적인 입장입니다. 여러분도 이미 아시는 무용가 백성규(시마다 히로시)나 성악가 조대훈 씨(마키 히로시), 작곡가 우종갑 씨(나츠다 쇼코), 그리고 이현웅, 후지와라 가극단의 남실 씨와 같은 일본 예술계에서도 제일선에서 활약하는 분들이 그 대부분을 차지하고 있는 점은 무엇보다도 우리 조직의 강점이고 긍지이기도 합니다.[25]

위 인용문은 예총 도쿄특별지부가 개인적 재기로 일본 사회에서 성공을 거둔 문화인들의 살롱이며 민단 조직이 인재를 키우지 못했음을 고백하는 것이기도 하다. 문예동에 대한 대항의식은 표명하지만 민단으로서 어떠한 문화 활동을 전개해 나갈 것인가 하는 전망도 보여주지 않는다. 원래 예총의 결성은 그 구성원을 보더라도 백엽동인회의 활동의 축적 없이는 불가능했고, 『한국문예』에 터 잡고 있던 이들이 다수 참가했다 하더라도 단체의 필요성에 대해서는 내부에서도 의문시되고 있었다.[26]

---

25 「한예총 정식적으로 발족」, 『한국신문』, 1963.7.24.
26 예를 들면 이건, 「'예총'―그 존립의 조건」, 『한국문예』 3, 1963.11에서는 이렇게 논의되었다. "애국심을 기둥으로 한 결합에서도, 혹은 그에 따른 연대감, 충족감에서도 버림받은 재일 한국인들이 하나의 단체를 존속시키는 조건이란 무엇일까? 이 문제를 생각하기 위해서는 무척 유감스럽지만 이야기를 출발점으로 되돌려야 한다. 즉, "우리들은 그 따위 것을 만들지 않아도 해 나갈 수 있다"라는 대부분의 사람이 가지는 감개와 그것을 뒷받침하는 생활에 대한 인식으로부터 출발하지 않으면 안 된다."

그런 가운데 누구보다 예총의 결성에 신랄한 비판을 가한 이는 최선이었다. 다음은 최선이 조택원에게 보낸 서한(병으로 누운 최선을 대신해서 주간이 된 한욱이 요약한 것)이다.

과거 역대 정부는 홍보부, 주일대표부, 민단을 통해, 때로는 직접 어용단체 요인들을 파견해 많은 문화단체를 출범시켰지만 예외 없이 용두사미되거나 또는 무산되어 오늘에 이른 것은 천하의 명백한 사실입니다. 민주당 정부 때도 김을한 씨의 지도하에 한국문화센터의 존형의 주선으로 문총 일본지부가 결성되었고, 군정 초기에는 문예총 일본지부가 화려하게 출범했습니다. 그러나 그 단체들이 그 후 어떠한 문화 사업을 했고 그 간판이 어디에 걸려 있는지 과문해서 모르겠습니다. 이번에 또 존형의 주도 아래 예총 일본지부가 결성될 것이라고 한결같이 소문이 났는데 우리 정부의 거듭되는 문화단체 만들기를 본 지식인들이 실소하고, 조총련 사람들이 비웃고 있습니다. "저번에 만든 건 어떻게 됐냐"고.

제가 알기로는 이 땅에 예총 지부가 없어서 문화운동이 없었던 것도 아니고 돈이 없어서 문화 사막이 생긴 것도 아닙니다. 부족했던 것은 단지 문화적 양심 그것뿐이었다고 단언합니다. 수천엔에 이르는 정부의 원조, 주일대표부의 권력, 거류민단의 인적 구성을 가지고도 한국 신문 하나 제대로 키우지 못하고 있다는 사실을 존형은 직시해야 합니다. (…중략…) 현재 본국의 실상을 얼핏 봅니다만 어떻게 기묘하게 움직이면 문화가 정치나 사상과 떨어질 수 있을지, 또 어떤 유영술을 시도하면 문화인들이 자주성을 견지할 수 있을지가 어려운 문제입니다. 더욱이 백보를 양보해서 정치나 사상을 무시한다 하더라도 문학을 위한 문학, 무대를 위한 무대, 그림을 위한 그림이 한국민의 생활과 어떤 연관이 있을지 이해하기 힘듭니다. (…중략…) 문화 운동은 씨를 뿌린 토양 밑에서 자연 발생되는 것이며 문화단체도 그것이 필요하니까 존재하는 것이지 권력자의 끄나풀로 존재하는 것이 아니라는 것은 존형이 잘 아시는 바라고 생각됩니다.[27]

"부족한 것은 단지 문화적 양심 그것뿐이었다고 단언합니다." 재일조선인 손으로 풀뿌리 문화운동을 일으키려고 '해방' 직후부터 고군분투해 온 최선만이 할 수 있는 말이다. 야단 법석 떨며 결성된 예총이었지만 최선이 예상한 대로 결국은 자연 소멸해 갔다.

5. 군사 독재 체제의 강화, 좌초하는 문학

1) 또 다시 불모지대로

'해방' 직후 건청, 민단 계열 사람들 사이에서 일어난 문화 활동은 극히 규모가 작았다. 초기에는 조련 문화인들과의 교류나 연합의 움직임도 있기는 했다. 그러나 조선전쟁 전야에 그 시도는 좌절되었고 한국계의 문화 활동은 오랫동안 침체되었다. 그 후 한국 국내에서 민주화를 요구하는 목소리가 고조됨에 따라 문화운동은 살아났고 잡지나 신문이

---

27 한육, 앞의 글, 14~15쪽.

속속 창간되었다. 1960년 한국의 사월혁명을 계기로 남북 두 조직의 문화인들이 손을 맞잡은 통일문화제도 실현되었다.

그러나 한국 국내에서 큰 반동이 일어나자 한국계 단체의 문화 활동은 여러 방향으로 급선회했다. 민단 중앙의 비판에 끊임없이 노출되어온 『백엽』은 최선의 몸 상태가 좋지 않기도 해서 1964년 12월로 7년 역사의 막을 내렸다. 27호가 최종호였다. 『백엽』에서 이탈해 민단과 공동보조를 취한 『한국문예』도 『백엽』의 종간보다 앞서 3호로 끝났다. 대한청년단 중앙총본부가 발행한 잡지 『와코우도』는 사월혁명의 분위기를 이어받아 남북 평화통일을 지향하게 됨과 동시에 문학작품도 많이 실리게 되었다. 그런데 1961년 4월에 8호를 낸 뒤 갑자기 휴간되었다. 그 후 7년이 지난 1968년에 복간호가 발행되었을 때, 지면은 싹 바뀌어 있었다. 친박정희 정권의 색채가 짙어지고 문학 작품도 모습을 감추었다.

『통일조선신문』은 분열되고 1968년 『민족통일신문』이 새로 발간되었다. 이 신문은 1973년 9월에 『통일일보』라고 지명을 바꾸어 박정희 유신체제 지지를 전면에 내세웠다. '통일'의 의미는 한국에 의한 북진통일로 명백하게 바뀌어 있었고, 과거처럼 한국문학을 꼼꼼히 소개하는 일도 없어졌다.

김학영은 『향수는 끝나고 그리고 우리는』(1983)이라는 '공화국' 간첩사건을 소재로 한 기존 작품 스타일과는 크게 다른 정치소설을 발표한 후 1985년 초에 군마에 있는 자택에서 자살했다. 『통일일보』에 마지막 작품이 된 「서곡」을 연재하던 도중이었다. 결코 '정치적'이었다고는 할 수 없는 이 작가의 비극적인 결말은 1970~1980년대 재일 언론계의 노골적인 정치주의, 나아가서는 일본을 무대로 한 다른 이들의 시선은 아랑곳하지 않았던 남북간의 패권 다툼과 전혀 무관하다고 할 수 있을까.

『통일조선신문』과 반대 방향으로 첨예화된 잡지가 『한양*』이었다. 반 박정희, 반 전두환의 입장을 분명히 내건 이 잡지에서도 새로운 재일 조선인 작가는 길러지지 않았다. 『한양*』은 한국 국내 평론가와 문학인 들과의 연계를 공고히 해나갔다. 1974년 2월에는 이호철, 임헌영, 김우 종, 장병희, 정을병 등 한국 문학자 5명이 "반국가 단체의 공작원"인 『한 양*』의 편집 발행인과 접촉하고 거기에 기고했다고 하여 반공법과 국 가보안법 위반 혐의로 기소를 당한 사건도 벌어졌다.

한편 1970년 전후에는 와세다대학이나 게이오대학 등 일본 대학 내 에서 한국계 재일 2세 학생들에 의해 동인지와 서클지가 잇달아 발간되 기도 했다. 그러나 전체적인 동향을 보면 한국 정세가 긴박할수록 정치 운동이 문화 활동보다 우선되는 경향이 짙어졌다. 곧 한국 국적을 가진 재일 2세 학생을 겨냥한 이른바 '유학생 간첩단 사건'이 한국에서 빈발 하게 된다.

2) 2세와 신1세 간의 불협화음

다음 장에서 살펴보듯이 '해방' 후 조선인들의 월경은 재일조선인 문 화·문학 활동에 적잖은 영향을 주었다. 『백엽』, 『통일조선신문』, 『한 양*』, 『코리아평론』 등 1960년 전후에 발간된 매체에는 '해방' 후에 유 학생, 밀항자, 망명자로서 새로 일본으로 건너온 지식인들이 관여하고 있었다. 이것은 한국계열의 문화 활동의 큰 특색을 이루는 것이다.

민단 주변 사람들의 자녀들이 민족교육을 받을 기회는 극히 한정되어 있었고, 2세들에게 일본어 사용은 당연한 일이 되었다. 한국문학계와 상호 관계를 구축할 수 가 없었던 것이었다.

한편 '해방' 후 신규 유입자들은 조선어에도 일본어에도 능숙했다. 일본어를 단순한 전달 수단이라고 여기고 사용하거나 아니면 전혀 사용하지 않거나 했던, 말하자면 일본어를 따를 것인가 말 것인가밖에 모르던 재일조선인들과는 전혀 다른 언어 조건을 가지고 있었던 것이다.

재일 2세와 새로운 1세 사이에는 깊은 틈이 존재하고 있었다. 지식층에 속하는 신1세들은 일본에 오자마자 바로 표현 활동에 착수했지만 일본에서 태어난 젊은 작가의 육성이라는 관점은 갖고 있지 않았다. 예를 들면 『통일조선신문』은 오로지 한국 국내의 문학에만 눈을 돌리고 그것을 일본어로 번역하는 데 주력했다. 한국 독자를 의식한 『한양＊』은 한국에서 쓰여진 작품을 그대로 게재했다. 재일조선인의 집필자도 있기는 했지만 조선어 창작이 가능한 사람의 작품만 싣는 것에 그쳤다.

한국계 재일조선인들의 문학 활동은 민단 내부가 아니라 그 주변에서 이루어졌다. 이런 사정과도 관련이 있어서, "대한민국의 국시를 준수한다"는 민단의 기본방침에 따른 작품은 전혀 없다고 봐도 된다. 적대하는 '공화국'에 대한 부정적인 작품도 한국을 긍정적으로 그린 작품도 존재하지 않는다. 총련 작가와 달리 작품의 소재나 창작 방법의 선택 폭이 넓었을 터였다. 그러나 그것을 구가하는 일은 없었다.

한국이라는 '조국'에서도 버림받고 재일동포와의 공동체의식도 희박했던 의지할 데 없는 사람들은 문학 활동의 방향성을 찾지 못하고 있었다. 아래는 1963년에 『한국문예』에 이건이 기고한 평론의 한 구절이다.

우리의 불행은 우리가 애국심을 품고 국가라는 것 아래에서 연대라는 것을 생각하면 할수록 그것이 헛된 공전으로 끝날 것임을 뼈저리게 느끼지 않으면 안 된다는 점이다. 나는 결코 우리 애국심이 국가에 대한 공헌이 될 수 없다고 말하는 것은 아니다. 다만 재일 한국인이 처한 상황이, 더 분명하게 말한다면 우리 생활 자체가 좋건 나쁘건 국가라는 것의 개입을 허용하지 않으며, 따라서 국가라는 것을 생각하면 할수록 공전의 허망함을 알게 되는 것이다.[28]

'조국'과 '조국'문학으로 이어질 여지도 없는 가운데 문학작품으로 표현된 것, 그것은 망향 아니면 출구 없는 우울한 감정이었다. 특히 소설의 경우 오로지 자기 내부로 파고 들어가게 되었다. 한국 지지자들에게 특유했던 이러한 내면 고백형 소설은 1970년대 이후에는 급속히 재일조선인문학 전체의 주류가 되어 갔다. 그것은 재일조선인들이 가진 '조국'과의 거리감이 남쪽뿐만 아니라 북쪽을 지지하는 이들 사이에서도 확대되어 갔음을 의미한다.

---

28 이건, 앞의 글, 15~16쪽.

6. 조직에서 멀리 떨어져

　재일조선인들의 문학 활동의 대부분은 동포들이 모여서 동인회를 조직하는 등 집단적으로 이뤄졌다. 조선인이 조선 이름을 사용해 민족 단체의 밖에 특히 상업문학 세계에 뛰어드는 것은 무척 어려웠다. 한편, 민족조직과는 연이 없었던 작가들도 있었다. 마지막으로 간결하게 그들을 언급하면서 이 장을 마무리하고 싶다.

　소설 「벌거벗은 포로裸の捕虜」, 「솔잎팔이松葉賣り」 등을 쓴 정승박(1923년생)은 소년 시절에 단신으로 일본으로 건너와 갖가지 노동을 한 끝에 작가가 된 인물이다. 생활 체험에서 우러나온 이야기를 평이한 말투로 엮어낸 작가이다. 대도시에 사는 식민지 엘리트도 아니었고 조직에 관여한 일도 없었다. 그 때문에 나름의 독특한 문학세계를 전개해 나갔다. 생활이 안정되어 작품을 발표할 수 있었던 것은 1960년대 중반이었다.

　미스터리 작가 려라/레이라(1924년생)는 1950년 초에 소설 한 편을 집필하지만 그것은 햇빛을 보지 못했고, 이후로는 민족단체에서의 문학 활동과 무관한 나날의 일에 쫓기는 생활을 보냈다(4장 참조). 작가 데뷔는 늦어 1973년이었다.

　그 1973년에 도일한 손창섭(1922년생)은 소설 『잉여 인간*』(1959)으로 제4회 동인문학상을 수상한 1950~1960년대의 대표적인 한국 작가의 한 사람으로 꼽히는 인물이다. 그는 일제강점기에 일본대학 법학부에서 배웠다. '해방' 후에 출신지인 평양으로 돌아갔지만 반동이라는 지탄을 받아 38선을 넘어 남쪽으로 건너갔다. 조선전쟁 때 피난민으로 부산으로 피신한 경험이 그의 작품에 큰 영향을 주었다고 한다. 일본인 아내를 데리고 다시 도일한 후 소식을 끊고,[29] 이후 작품 발표는 일절 하지 않았다. 한국에서 창작 활동을 스스로 접은 손창섭에게는 당시의 일본이나 재일조선인의 세계 역시 조선어 또는 의욕만 있으면 가능했을 터인 일본어로 창작하고 싶다는 욕구를 북돋우는 장소는 아니었던 것일까?

일본의 유행작가로서 1960~1970년대에 활약했던 다치하라 마사아키는 타카이 유이치가 평전 『다치하라 마사아키立原正秋』(1991)에서 그의 진짜 출신을 밝힌 이후 재일조선인 작가로도 다루어지게 된 작가이다. 다치하라 마사아키의 경우, 앞에서도 이야기했듯이 민단 기관지 등에 작품을 발표를 했고 재일 민족단체를 아예 기피한 것은 아니었지만 당시의 글을 보면 발표의 장은 어디든지 상관이 없었다는 느낌이 든다. 조련의 좌파적 경향은 처음부터 피했지만 한국 정부와 민단에 각별히 애정을 갖고 있었던 것도 아니었다. 그리고 1950년대 초에 일찌감치 '조선작가'로 쓰는 것을 단념했다. 그 후 일본인 작가로서의 순조로운 행보는 뭇사람이 아는 바이다. 자신의 출신을 속 여가며 일그러진 인생을 다치하라 마사아키가 보냈다는 사실을 부정하는 이는 없을 것이다. 그러나 다치하라 마사아키는 식민지 출신자―지배자라는 언제 끝날지도 모를 소수파와 다수파라는 이항대립의 게임에서 재빨리 이탈함으로써 독자에 대한 주도권을 쥐게 된 것은 틀림없는 사실이다. 스스로 경력을 쌓아올려 일본인 독자를 대상으로 일본의 전통미를 가르치며 성을, 사랑을, 욕망을 마음껏 써 나갔다. 독자의 편견으로부터 스스로를 해방시

---

29 1998년에 일본에 귀화했고 2009년에 한국의 『국민일보*』에 36년 만에 그 소식이 전해졌다. 2010년 사망.

켰다는 의미에서는 작가의 전략으로는 성공한 것이다. 이 또한 조선인 문학자의 탈식민지화의 변주라고 할 수는 없을까.

4장

바다를 건넌 문학사

월경과 이산을 품고

1. 식민지 이후도 멈추지 않는 사람들의 이동

1952년 일본에서 『할복한 참모들은 살아 있다』라는 조선인 작가의 소설이 출판되었다.[1] 이런 이야기다. 조선전쟁이 한창이던 때 전라남도 순천으로 남하한 '공화국' 인민군 병사가 일본군 참모의 수기를 우연히 줍는다. 그 수기에서는 일본이 연합군에 항복한 날에 할복한 것으로 여기고 있었던 일본 군인들이 사실은 아직 살아 있고, 이시하라 간지石原莞爾가 꾸민 소련 침공 계획을 실행하기 위해 조선전쟁을 발판으로 해서 북상하려는 한다는 사실이 밝혀진다. 당시 오사카에서 발행된 『신세계신문』 기사를 바탕으로 쓰였다는 작품이다.

이 소설은 일본어로도 조선어로도 쓰여 있지 않다. 1951년 봄에 소련 문예지 『노비 미르』[2]의 권두를 장식한 러시아어 작품이다.

1 　『할복자살한 참모들은 살아있다』의 원제는 '순천에서 찾은 수첩'이다.

작자인 로만 김(1899년 블라디보스톡 출생)은 일제강점기 일본에 불과 일곱 살에 유학해, 게이오대학 보통부 재학 중인 1917년에 러시아에 되돌아간 이력을 가진 남성 작가이다.[3]

로만 김의 아버지는 한국병합 반대운동에 관여한 후 망명했다는 경위가 있는데 조선인들의 러시아 이민사는 오래되었으며 1860년대에는 러시아 연해주지역으로의 이민이 시작되었다. 이들 고려사람들은 1930년대에는 20만 명이 넘었는데 이들 대부분이 소련의 강제이주정책으로 중앙아시아로 집단 이주하게 되었다. 이 책의 번역자인 다카기 히데토高木秀人에 따르면 일본에서 이 소설이 간행된 1952년 당시 로만 김은 모스크바에서 '극동관련의 일'을 하고 있었으며 모스크바를 방문하는 대부분의 일본 공산당 관계자가 그의 신세를 지고 있었다고 한다.

이 러시아어 소설이 일본에서 번역 출판할 수 있게 된 것은 직접적으로는 제2차 세계대전 직후 국제 공산주의운동 하에서의 소련과 일본 공산당의 연계였다. 그러나 그 배후에는 일본에 정통한 소련 출신의 조선인 작가를 만들어 낸 조선인 디아스포라의 역사와 일본의 조선 식민지배사의 교착이 존재한다.[4] 근현대 조선 문학사를 일본과의 관계만으로는 결코 파악하지 못한다는 점을 이 한 권의 책은 다시금 알아차리게 해준다.

2　『노비 미르』는 1925년에 창간된 유력 문예지. 숄로호프의 『고요한 돈 강』(1925~1940), 파스테르나크의 『닥터 지바고』(1988), 솔제니친의 『수용소군도』(1989) 등의 게재지로 알려져 있다.

3　기무라 히로시, 「안중근과 로만·김」, 『군조』 25-9, 고단샤, 1970.9; 기무라 히로시, 「소련의 추리 작가 로만 김의 불가사의 부분」, 『분게이슌주』 62-1, 1984.1.

4　소설 The Grass Roof[초당](1931)과 East Goes West[동양, 서양에 가다] 1937) 등을 펴내 영어권에 조선을 소개한 사람으로도 알려지는 한국계 미국인 작가의 선구자인 강용흘의 경력 역시 디아스포라사와 식민지 피지배사 양 쪽과 관련된 것이다. 1903년에 태어난 강용흘이 미국으로 건너간 것은 1921년인데 그 6년 전인 1915년에 불과 열두 살 나이로 일본에 밀항해 일본에서 교육을 받았다. 1940년 이후는 미국에서 반일 선전문을 발표하거나 미군 부설 일본어학교에 근무하거나 했다.

1) 다양한 이동의 모습

재일조선인들의 주된 기원은 일제강점기에 조선반도 남부에서 다양한 이유로 사람들이 일본으로 건너오면서부터이다. 그런데 그 이동은 하나의 방향으로 한 번만 이루어진 것은 아니었다. '해방' 후에 일어난 이동을 개략해보면 다음과 같을 것이다.

일본에서 생활하고 있었던 조선인 약 200만 명의 대부분은 '해방'을 맞이하자마자 조선으로 귀환했다. GHQ가 조선 송환 대책을 취한 것은 1946년 3월이지만 그 전에 이미 140만 명이 자기 힘으로 바다를 건너 돌아갔다. 최종적으로는 적게 봐도 56만에 이르는 조선인들이 일본에 남게 되었다. 일본에 생활 기반이 있었던 정주자들은 피폐한 조선에 토지나 돈과 같은 경제적인 기반도 없어 돌아가더라도 먹고 살 수 없는데다 조선의 정세 불안정 때문에 조용히 지켜보고 있었다. 이윽고 조선전쟁이 발발해 결국 그대로 일본에 눌러앉게 된 경우가 많았다.

1947년 5월에 조선인과 대만인을 대상으로 외국인등록령이 공포되었다. 그때까지 일본 국적을 부여하고 있던 구 식민지출신자를 '외국인'으로 취급하는 천황 최후의 칙령이다. 그리하여 조선인의 일본 출입국은 '불법'행위가 되었다. 이것은 조선인과 대만인의 일본 국적 정지를 일방적으로 선언한 1952년 4월의 샌프란시스코 강화조약 발효 5년 전의 일이었다.

1948년에 조선반도에 탄생한 두 국가와 일본. 이 3자의 긴장관계로 재일조선인들의 이동 범위는 극단적으로 좁혀지게 되었다. 한국 정부는 재일조선인에 대하여 기민棄民정책을 취했을 뿐만 아니라 잠재적 공산 분자로 간주해 한국적 취득자에 대해서도 오랫동안 한국 입국을 엄격히 경계했다. 1955년 8월 17일에는 한국적 재일조선인의 한국 방문 금지가 발표되었다. 한편 1959년에는 '공화국' '귀국'이 시작되어 1984년까지 약 9만 3,000명이나 되는 재일조선인이 일본을 떠났다. 자본주의 국가에서 사회주의 국가로의 민족대이동이라고 내외의 주목을 끌었지만 한번 '공화국'으로 건너가면 두 번 다시 일본으로 되돌아올 수는 없었다. '공화국' - 일본 간 자유왕래운동이 '귀국'자의 가족 등을 중심으로 전개되었으나 실현되지는 못했다.

이상과 같이 전체적으로 보면 재일조선인들은 거의 일본 속에 갇힌 상태에 있었다. 그러나 실제로는 각양각색의 방향으로부터/으로의 사람들의 흐름은 가늘기는 하나 끊어지지는 않았다. '해방' 후 조선인들의 이동 경로는 크게 다섯 가지로 분류할 수 있다. 첫째는 '해방' 직후 조선으로 일제 귀환 및 일본으로 역류, 둘째는 조선전쟁 전후 사상대립 등이 원인이 되어 남조선/한국에서 일본으로 유입, 셋째는 1959년부터 시작된 '공화국'으로의 집단 '귀국'으로 일본에서의 유출, 넷째는 박정희 체제의 확립으로 비롯된 1960년대 이후 한국에서 일본으로의 유입, 마지막으로 1965년 이후 한국 국적자들의 해외유출이다. 이처럼 귀향, 밀항, 망명, '귀국', 신천지에 대한 투기 등 다양한 형태로 1945년 8월 이후 이동이 일어났는데 이러한 것은 재일 작가들의 작품에도 적지 않게 반영되었다.

이제부터 이동과 이산이라는 관점에서 일본의 국경선을 넘은 재일 조선인 문학사를 다시 엮어보려 한다.

2. '불법' 입국자와의 엷은 경계선

1) 비참한 수인들

조선에서 일본으로의 현상은 '해방' 후 극히 빠른 시기부터 보인다. 1947년에 제정된 외국인등록령에 따라 외국인으로 간주되었고 게다가 구 식민지인으로서 보증되어야 할 일본 재입국권도 주어지지 않았던 조선인들은 '밀항자'가 될 수밖에 없었다. 그들의 주된 상륙처가 된 규슈 등 일본 남서부는 미군이 아니라 영연방군이 관할한 지역이었다.

조선인 밀항자 수가 얼마인지 정확하게 파악하기는 어렵지만 예를 들어 '불법' 입국자 검거자수는 피크였던 1946년에 19,107명, 그 후 1949년까지는 약 6,000~8,000명이 된다. 1950년 이후를 보면 1951년에 3,500여 명을 기록한 것 외에는 1965년 무렵까지 매년 1,000~2,000명대였다.[5]

초기 밀항자의 대다수는 일본에 머무르는 가족이나 친족과의 재결합을 목적으로 했다고 한다. 일본에 의한 식민지배가 끝났다고 해서 그때까지 조선과 일본을 오가면서 일본에서 가정을 이루고 생활 기반을 다져 온 조선인들이 하룻밤에 거기에 선을 그을 수는 없었다.

당시 재일조선인들에게 밀항은 일상의 풍경이 되어 있었다. 윤자원이 발표한 소설 「밀항자의 무리密航者の群れ」(1960)는 1946년 6월에 일본 입국을 시도한 조선인들이 시모노세키에서 잡혀 센자키仙崎에서 강제 송환될 때까지의 전말을 그린 작품이다. 작중 인물들이 필자와 동향인

---

5 모리타 요시오, 『숫자가 말하는 재일한국·조선인의 역사』, 아카시쇼텐, 1996, 111쪽.

울산 출신으로 설정되어 있고, 기술의 구체성과 풍부한 현장감으로 보아 실제 보고 들은 것에 근거한 것으로 추측된다.

이 소설에 등장하는 밀항자들의 대부분은 '해방' 후 일본에서 조선으로 귀환한 이들이다. 일본에 도착하기만 하면 조련이 잘 처리해 줄 것을 기대하며 배에 올랐지만 실제로 조련에는 그런 힘이 없었다. 상륙과 동시에 이들은 경찰에 잡혀 즉시 밀항자 전용 열차로 이송된다. 감금된 관부연락선 내에서 발생한 콜레라 사건을 겪으며 밀항자들은 송환선이 발착하는 센자키로 다시 송환된다. 온갖 고생을 겪으며 끌려온 그곳에서는 귀향의 차례를 기다리는 동포들의 욕설이 기다리고 있었다.

그저 무력하고 비참한 밀항자들의 모습을 통해서 귀환과 역류를 둘러싼 혼돈 상태가 이 작품에 극명히 기록되었다.

2) 하카타博多의 거리에서

허남기의 「조우」(1951)에는 시인이 하카타에서 목격한 "줄줄이 묶인 남자들의 한 무리"가 그려져 있다. "거리는 여전히 / 귀청을 찢어 놓을 듯한 소리를 지르고 있는데도 / 거기만은 / 소리가 끊어진 변두리 영화관의 필름처럼 / 탈진한 시계추 소리가 / 겨우 들릴 듯한 고요함으로 바뀐다." 이렇게 하카타 거리의 떠들썩함과 조선인 밀항자들의 처량한 모습이 선명하게 대치된다.

내일도 이 시각에

여기에 오는

시계추처럼

내 가슴 위에

찾아온다

시간이 지속되는 한

그들과 나는

이 길목에서

스쳐 지나가지 않으면 안되는 것이다

그들의 조선과

나의 조선을

서로 맞닿게 해

아련한 불빛을 비추기 위하여[6]

조선인들은 내일도 와서 잡히는 운명에 있다. '나'는 밀항자들의 처지
에 깊은 동정심을 보여주면서도 동포로서 손을 잡고 맞이하려고 하지
는 않는다. 조선의 참된 해방을 쟁취하기 위해서 일본에서 투쟁의 나날
을 보내는 '나'와 그 조선에서는 도저히 못 살겠다고 일본으로 속속 건
너오는 사람들. 그 사이의 거리를 인식하면서도 조선이 이상적인 '조국'
이 될 날을 믿으며 기다리는 심정이 이 시에는 표현되고 있다.

허남기는 『조선해협朝鮮海峽』(1959), 『조국에 바치여*』(1992, 평양)로 1950
년대 바다를 건넌 조선인들에 관한 연작시를 정리했다.

---

6 허남기, 「조우」, 『세계 전위시집』(예술전위 별책), 1951.

3) 밀항온 소년에게 거는 말

강순은 조선 부락에 온 밀항자의 모습을 조선전쟁이 한창이던 때에 시 속에 새겼다. 「밀항 온 모녀*」(1964[1950년경 작])와 그것을 나중에 스스로 일본어로 번역한 「같은 마을 같은 번지의 사람들同町同番地のひとたち」(1970)이다. 먼저 쓰여진 조선어 시의 일부를 인용해 본다.

문패를 달지 않아도
도무지 분주할 일 없는 이 지역의
어거지 세게 살아야 하는 주민에게도
6 · 25 이래
잃어 버린 집안 사람들이 수두룩하여
소문 없이 재볼 차례들을 치렀다.

역시 지나치면 서운하던 체부가
어느 날 먼지바람에 묻어 들어
한 장 애처러운 기별을 던지고 가고 나서
초겨울 바람에 무릎이 쌀쌀한 날

외로울 시어머니와의 작별에
아직도 두 눈이 퉁퉁 분 엄마와
큰 돈 짐겨서 내 온 남조선 소년이냐
쫓겨 온 그 눈에 질린 무서움이여

알아 모를 얼굴들

통 적벽인 말에 둘리여

그 조그만 가슴이 오죽

강더위 같이 답답하랴

그 말이 우리에게 가시 든 말이며

그 말을 몰라 지나도

부끄러울 일 하나 없어야 하련만

이제부터 네가 알아야 할 말이다

죄의 표들을

소년아 너는 오래 기억하라 쪽배 바닥이 밤보다 어둡던 밤을

돈이 위주인 나라의 무법의 례법을

제 본향 다시 돌아갈 날까지

문패와 더불어

그 기억들을 잘 밀어 두어야 하리라![7]

    일본의 조선부락 사람들은 조선반도에서 전쟁에 휘말려 가족들이 죽어가는 가운데 전화를 피해 달아나온 고향 사람들을 맞이하게 되었다. 강순 자신도 새로운 방문자들을 직접 보게 되었다. 캄캄한 밤 중 쪽배 밑바닥에 달라붙어 바다를 막 건너온 불안과 공포에 떠는 소년. 소년의 아버지는 아마 한국에서 빨갱이로서 처형되었을 것이다. 그런 소

---

[7] 강순, 「密航 온 모녀*」, 『강순시집』, 조선신보사, 1964.

년에 대해 시인은 "그 말을 몰라 지나도 / 부끄러울 일 하나 없"는 일본어를 지금부터 배우지 않으면 안 된다고 굳이 말한다. 소년은 황국신민화 교육으로서의 일본어교육을 아슬아슬하게 받지 않았던 모양이다. 그러나 이제는 살아남기 위해서 소년은 조선어를 꾹 누르고 일본어를 필사적으로 익히지 않으면 안 되는 것이다.

강순 자신은 조선어로 시를 쓰는 걸 고집하는 고고한 시인이며 이 시 자체도 조선어로 쓰여져 있다. 소년에게 건 이 시인의 말은 그래서 더욱 날카로운 아픔을 띠며 울린다.

3. 조선전쟁이 초래한 것

1) 밀선으로 오간 작품들

전술한 바와 같이 조선전쟁 이전의 재일조선인 문학운동은 조선반도 남반부 사람들과 보조를 맞춰 실천되고 있었다. 그러면 어떻게 서로 연락을 했었을까? 1946년 초반에 조련 서울위원회가 설치되어 사람들의 왕래도 조금 있었던 것 같지만 그보다는 월경하는 암상인들의 존재가 더 컸던 모양이다. 작가 리은직에 따르면 암상인들이 남조선/한국에서 일본으로 가져온 신문, 잡지 등을 재일 민족단체들이 구매하기도 했다고 한다.

역으로 재일작가가 쓴 작품도 남조선/한국에 들어갔다. 예를 들면 자기 시가 '조국'에서 읽혀지고 있다는 것을 자각했던 허남기는 조선전쟁 와중에 시 「나는 용기에 대해서 생각한다俺は勇氣について考える」(1952)를 발표했다.

나는 용기에 대해 생각한다
나는 혁명에 대해 생각한다
그리고 나는 고문과 학살과 테러와
적들의 짐승보다 못한
비인간적인 행위에 대해 생각하며
그것을 견뎌내고 싸워낸 많은

조국의 젊은이를 생각한다

그리고 나는
자신의 시에 대해서 생각한다
내가 노래한
많은 투쟁하는 조국의 노래와
투쟁하는 젊은이의 노래를 생각한다

한 노래는 바다를 건너
조국에서 불리고
한 노래는 지금 이 땅에 있는
조국의 젊은이의 투쟁가가 되고
그리고 한 노래는
긴 몇 통의 뜨거운 답장을
투쟁하는 그들은 나에게 보내었다
그 노래에 대해 나는 생각한다
(…하략…)[8]

　'조국' 땅에 없는 자신이 어떻게 하면 방관자가 되지 않고 민족의 고통을 떠맡을 수 있을까를 엄격하게 자문한 시다. 허남기는 "내가 엉터리 시인인가 아닌가의 여부는 / 내가 언제 어떤 때에 만나도 / 나의 시

8　허남기, 「나는 용기에 대해서 생각한다」, 『열도』 창간호, 아시카이, 1952.3.

를 보고 나의 시라고 / 단언할 수 있을 것인가의 여부에 있다"며 생명의 위험을 무릅쓰고 싸우는 "조국의 젊은이"에 직접 연대하려는 결의를 드러낸다. 시 중의 "조국의 젊은이"에는 일본 거주인가 조선 거주인가의 구별은 없다. 시인은 조선의 지리적인 경계를 넘어 탈식민지화 운동의 파도를 느끼고 있었던 것이다.

이 시가 쓰여지기 전에 늙은 여성을 이야기꾼으로 하여 조선민중의 저항사를 읊은 서사시 『화승총의 노래火繩銃のうた』(1951)가 간행되어 일본 독자들 사이에서 큰 반향을 일으켰다. 이 시집은 아마 한국에서도 읽혔을 것이다. 시 「나는 용기에 대해서 생각한다」는 그 약 1년 후에 발표되었다. 일본에서 쓴 자기 시가 '조국' 독자에게도 바로 통한다는 사실의 무게를 온몸으로 받아들이면서 쓰여진 시다.

재일작가들의 문학 작품이 남조선/한국으로 유입되고 있는 것에 대해서는 김달수도 언급한다. 『고국 사람故國の人』(1956)에서는 한국에 사는 어느 남자가 재일조선인 작가 "나"에게 보낸 수기라는 형식을 취하고 있고, 『밤에 온 사나이夜きた男』(1963) 속에도 이승만 정권 하의 남조선에서 엄하게 금지되어 있음에도 불구하고 자신의 저서가 읽혀지고 있다는 것을 때때로 한국에서 오는 편지를 통해 알고 있다는 기술이 보인다.

황국신민화교육을 받아온 한국의 청년들은 재일조선인 청년들이 그랬듯이 조선어로 번역할 필요도 없이 그대로 일본어로 읽었을 것이다. 마르크스의 『자본론』 등 사회과학 관련 서적 발간이 제한되어 있었던 한국에서는 일본어판이 몰래 입수되어 한국 사람들에게 읽혔다는 이야기도 있다. '해방' 후 한국에서 생활한 사람들에게도 일본어와의 연관은 쉽사리 끊어지지는 않았던 것이었다.

남쪽뿐만 아니라 북쪽과의 접촉도 역시 '해방' 직후부터 있었다고 한다. 재일조선인들이 북조선/'공화국'으로 밀항하거나 남조선/한국을 경유하거나 해서 '공화국' 서적이 일본에 전달되었다. 또한 공산주의권인 중국이나 소련을 경유하거나 일본 공산당 관계자들을 통하거나 한 경우도 있었다.

2) 미스테리 작가가 된 재일 의용병

조선전쟁 시 민전계의 재일조선인 청년들은 조선반도를 향한 무기 수송과 폭격의 전선기지가 된 일본에서 조선전쟁을 저지하기 위한 직접적인 행동을 일으켰다. 그 한편 자원병으로 유엔군 ─ 실질적으로 한미연합군 ─ 에 종군하기 위해서 바다를 건너간 재일 학도병이라 불리는 젊은이들이 있었다. 종군중 혹은 그후 지원병들이 받은 처우는 한, 미, 일 정부의 무대책으로 참담했고, 제대 후에도 한국에서 목적 없이 대기해야 했다. 그 결과 기다리다 지쳐서 일본으로 밀항하다가 붙잡혀 오무라 수용소에 수용된 자까지 있었다고 한다(김찬정, 2007. 이 책에 등장하는 홍만기는 『문교신문』, 『백엽』에 작품을 발표한 사람과 동일인물이다). 휴전 후 종군 경험자의 문집이나 수필 등이 일본이나 한국에서 단편적으로 발표되기는 했으나 이 경험이 문학 작품으로서 발표될 때까지는 오랜 시간이 필요했다.

『사쿠라코는 돌아왔는가櫻子は歸ってきたか』(1983) 등으로 나중에 알려지게 되는 려라 / 레이라麗羅도 자원병의 한 사람이었다. 1973년에 「루방

섬의 유령ルバング島の幽靈」으로 데뷔한 미스터리 작가인데 조선 현대사를 제재로 한 작품도 남겼다. 『산하애호山河哀号』(1979)와 『체험적 조선전쟁』(1992/2001)이 그것이다.

『산하애호』에서는 식민지기에 유학생으로서 일본으로 건너와 조선 독립운동이나 황군지원병을 경험한 조선 청년들이 '해방' 후 조선의 좌우 이데올로기 대립의 한복판에 놓여지게 되는 모습이 복층적으로 그려졌다. 이 작품의 저자 후기에 따르면 이 소설에 착수한 것은 1949년이며 제대 후인 1952년에 이미 초고를 끝냈다고 한다. 원고를 장혁주에게 직접 보여주러 갔는데 후일 "체험기로서는 귀중하지만 소설 작품으로서는 미숙하다"는 엽서를 받고 그대로 방치해 두었다고 한다. 자전적 요소가 진한 이 작품에 대해서 "「산하애호」는 나에게는 큰 이정표다. 나는 드디어 작가가 되었다는 행복을 느끼고 있다"(저자 후기)고 적을 만큼 30년의 세월이 지나 발표한 이 작품에 대한 애착은 강했던 것 같다.

『산하애호』의 등장인물 이상으로 레이라의 인생역정은 파란만장했다. 『산하애호』 후 10년도 더 지나서 쓴 『체험적 조선전쟁』을 실마리로 레이라의 인생역정을 살펴본다. 이 책에서 쓴 내용이 모두 다 진실인지 아닌지의 확증은 없으나 『산하애호』의 인물 설정이나 경험이 대부분 들어 있어 사실에 상당히 가깝지 않을까 추측된다.

유년기에 가족과 함께 일본으로 건너와 식민지 말기인 1943년에 조선총독부 육군 특별지원병이 된 작가는 조선에서 '해방'을 맞이했다. 여기까지는 시인 오림준의 경력과 거의 같다. 그 직후 소련군 조선인 장교로부터 무장해제를 받고 청진에 이어 블라디보스토크까지 연행되어 친일파들이 받는 심문을 받는다. 반성문을 조선어로 쓴 덕분에 후일 '공화국' 외무장관이 되는 남일이 레이라를 아껴 평안남도에 있는 정치 훈련소로 보내진다. 훈련소에서 1945년 말까지 3개월 동안 훈련을 받은 뒤 남조선에 보내졌다.

남조선 노동당(남로당) 경상남도위원회의 3군통합군사 책임자로서 활동하던 1947년, 남조선 경찰과 서북청년단에 잡혀 지독한 고문을 받는다. 자기 아버지가 보낸 뇌물 덕택으로 레이라는 사망한 것으로 처리돼 감옥 밖으로 나오게 되고 1948년 3월 중순에 일본으로 밀항해 아시야(후쿠오카현)에 상륙했다. 그 후 도쿄의 후추에 있는 미군 자동차기지 내 클럽에서 매니저로서 일하게 된다. 1950년 10월에 다시 한 번 조선반도로 건너가 인천의 사령부에서 근무하게 되고, 이후 통역관으로 조선전쟁에 참전, 그 이듬해 11월에 제대했다.

레이라는 세 차례 일본으로 건너왔다. 첫 번째인 1934년에는 가족과 관부연락선으로, 두 번째인 1948년에는 밀항선으로, 그 3년 후에는 미 해군 수송선으로 도일한 것이다.

'해방' 전후 시기에 일본, 조선, 소련 사이를 이동하며 일본군 지원병, 남로당 당원, 유엔군 의용병을 경험한 레이라. 그 모두 사실이라면 그는 실로 조선 근현대사의 산증인과 같은 존재다.

레이라는 생명의 안전이 보장되어 있는 일본에서 '혁명놀이'를 하고 있다며 조련—민전—총련계열의 민족운동을 차가운 시선으로 보고 있었다. 그에게는 이상향으로서의 '조국'의 이미지를 그릴 여지도 없었던 것이다. 작가가 된 후 레이라는 친한국, 반공화국'의 입장을 명백하게 표명하고, 한국 추리 작가들과 교류도 하고 재일 한국 문화예술협회 회장을 맡기도 했다. 레이라가 미스터리라는 당시 재일조선인문학에서는 보기 드문 장르에 발을 담근 것은 재일조선인 조직과의 단절과 무관하지 않다. 사회주의 리얼리즘의 수법을 유일한 창작 방법으로 여긴 조련-민전-총련계열의 문학운동 속에서는 추리소설이 탄생할 여지는 없었던 것이다.

조선전쟁 때의 실제 체험을 작품화한 것으로서는 임영수林英樹의 『아득한 '공화국'遙かなる'共和國'』(1970)이라는 일본어 소설도 있다.

3) 전지 방문이 낳은 '실패작'

레이라가 처음 쓴 원고를 퇴짜 놓은 장혁주는 조선전쟁을 생생하게 그린 장편 『아아 조선嗚呼朝鮮』(1952)을 간행했다. 줄거리는 다음과 같다.

서울에 사는 유복한 집안 아들인 성일은 미국 유학을 앞두고 도항 준비를 하고 있었다. 조선전쟁이 발발해 서울에 진군해 온 인민군에 붙잡힌 성일은 유엔군과 싸워야 할 처지가 된다. 그런데 그 후 유엔군 측에 붙잡히게 되고 이제는 유엔군에 종군하게 된다. 그 과정에서 한국군의 부정을 알게 되어 넌더리가 난 성일은 군대에서 도망쳐 나와 전쟁고아들을 보살피는 데서 자기의 사명을 발견해 간다.

이 소설에서 강조하는 것은 거대한 물결에 말려들고 부조리에 농락당하는 한 시민의 모습이다. 성일은 남북 어느 쪽이든 어떤 면에서는 동정하고 어떤 면에서는 비판적인 엉거주춤한 태도를 취한다. 이 소설 구성 자체도 각각의 밸런스를 취하는 데 부심하고 있는 것처럼 보인다. 거기에 질질 끌려가는 형태로 성일이 휘둘리고 있는데 한 인물이 한 편의 소설에서 짊어지기에는 무리가 있을 만큼의 경험이나 사건이 가득 채워져 있어 황당무계한 느낌이 드는 걸 부인할 수 없다.

이러한 단점에 비해 전장의 정경 묘사는 묘하게 생생하다. 전쟁이 한창 때 일본의 프레스 관계자로서 한국까지 날아가 그 자신의 눈으로 현장을 보았기 때문일 것이다. 장혁주는 식민지작가로서의 실적 덕분에 일본이라는 국가로부터 보호를 받으며 '조국' 땅을 밟고 다시 일본으로 되돌아왔던 것이다. 바다를 건너간 재일조선인 지원병들이 전사는 물론이고, 조선어가 능숙하지 않다는 등의 이유로 군대 내에서 차별을 받거나, 일본 재입국을 둘러싼 혼란 등에 부딪친 반면 장혁주는 특별대우로 '조국'을 왕래했다. 이렇게 하여 '조국'을 방문한 후 쓴 작품이 『아아 조선』이었다. 작자는 이 작품을 "소설과 다큐멘터리의 중간적 작품"이라고 형용한다. 사실 『아아 조선』은 정보가 적었던 조선전쟁의 모습을 구체적으로 전하는 자료로서, 단행본 띠지에 추천평을 쓴 나카노 요시오를 비롯한 일본인 독자들에게는 호의적으로 받아들여졌다. 그런데 좌우 양쪽의 재일조선인들은 이 작품에 대해 거센 비판과 공격을 퍼부었다.

장혁주가 일본 귀화를 결단한 것은 이 무렵이었다. 일본 거주의 조선인들로부터 부정되어 "애국의 거점"이 없어졌음을 깨달았기 때문이다.[9] 남북을 평등하게 보려고 한 것은 장혁주의 조선에 대한 성의의 표명이었을 수도 있다. 그러나 조선반도 정세의 형편이 자신의 삶과 죽음

---

9 장혁주, 「협박」, 『신초』, 신초샤, 1953.3, 137쪽. 장혁주는 이 글을 발표한 이듬해인 1954년에는 '공화국' 국가최고인민회의가 발표한 평화적 통일 실현 호소에 감동을 느꼈다고 썼다. 거기에서는 자신이 일본에 귀화한 후 일본을 사회주의국가화해야 한다는 생각에 이르렀다고 말한다. 노구치 가쿠주(장혁주), 「호소문에 부쳐서」, 『새로운 조선(新しい朝鮮)』 3, 새조선사, 1954.12.

에 직결되었던 당시 재일조선인들에게는 그 제삼자적이며 특권적인 밸런스 감각 자체를 허용할 수 없었을 것이다.

작품 내용의 파탄만이 문제가 아니다. '해방' 후 조선인 작가로서 어떻게 거동할 것인가에 있어서도 이 작품은 '실패'로 끝난 것이었다.

4. 남에서 온 망명자

당초에는 사람들이 주로 생활상 이유로 일본으로 이동해 왔는데 점차로 반공국가로부터의 정치망명이라는 색조를 띠어 갔다. 앞에서 살펴본 강순의 「밀항 온 모녀」에서도 이 점은 암시되고 있었다.

1) 재일 활동가와의 온도차

시 「조우」로 하카타에서 붙잡힌 조선인들과의 거리감을 슬프게 노래한 허남기는 같은 시기 밀항자를 질책하는 듯한 시도 발표했다. 「밀항 시초詩抄─너의 가방은 너무 컸다」(1951)이다.

(…상략…) 벗이여
너의 가방은 너무 컸다

네가 저 어두운 땅에서

십 톤도 안 되는 배 밑창에 숨겨온

그 가방은

터무니없이 널찍했다

이미

이곳에는

네가 바라는 것

네가 채워 넣을 것은

아무것도 남지 않았다

학문도 예술도

애정도

빈번한 태풍 끝자락에 날려가 버려서

지금 이 일본섬 주변에도

저물어 가는 빛이 음산하게 다가오고 있다 (…하략…)[10]

　밀항자에 대한 비판과 소위 '역코스'를 밟는 일본의 상황에 대한 근심
이 설킨 조선전쟁기의 시다. 조선에서 빨치산 투쟁에 참가한 것을 자랑
스럽게 이야기하면서 사실은 일본에 새 사업을 시작하러 온 밀항자들
에게 허남기는 가차 없이 비난을 퍼붓는다. 밀항이 결사적인 행위임에
도 불구하고 이 시의 어조는 때론 과격하게 흘러간다. 그것은 일본이

---

10 허남기, 「밀항시초−네 가방은 너무 무거웠다」, 『세계 해방시집』, 이이즈카쇼텐, 1951.

조선의 현실로부터 눈을 돌리려 하면 그게 가능한 피난처임을 잘 알고 있었기 때문에 나온 조바심이었던 것일까? 아니면 작가의 가까이에도 있었을 터인 자책감에 시달려 괴로워하는 진정한 정치망명자들을 떠올리고 있었던 것일까?

여기에도 역시 '해방' 전부터 일본에 터 잡은 조선인과 '해방' 후의 유입자들 간의 긴장 관계가 보일락 말락 한다.

2) 망명자의 우울

림경상의 「새 출발*」(1955), 김민의 「개이지 않는 하늘*」(1956)은 망명자의 시점에서 쓰여진 소설이다.

「개이지 않는 하늘*」에서는 평화와 자유를 누리는 1950년대 초 일본을 무대로 한국에서 온 중학교 교사를 지낸 청년의 고뇌가 그려져 있다. 박영환은 학생을 선동했다는 죄상으로 붙잡혀 부산에서 혹독한 고문을 받는다. 그대로 한국에 머무른다는 게 죽음을 의미하는 상황에서 일본으로 도망쳐 왔지만 막상 일본에서 자신이 무엇 때문에 살아있는지를 자문하는 나날을 보내고 있다. 그러던 어느 날 비가 내려 일을 못 하게 되어 직업안정소를 떠나 들리게 된 책방에서 박영환은 1945년 이후 조선과 일본의 명암을 똑똑히 보게 된다. 일제강점기에는 금서가 된 사회과학 서적이 나열돼 있는 것을 보며 영환은 감동하는데 그 서적들은 한국에서는 지금도 금지되어 있다. 그때 예전에 제자였던 안영자가 우연히 들어온다. 일본에 주둔하는 미8군에서 일하는 아버지를 둔 영자는 아메리칸 스쿨 입학 준비를 위해 영어 책을 구입하러 온 것이었다.

영환은 '조국'인 조선에서 떠밀리듯이 예전 지배자의 나라인 일본에 왔다. 살아서 도착할 수 있는지도 불확실한 밀항선을 타고. 이와는 대조적으로 영자는 조선전쟁의 전화를 피해 경상남도 내무부 장관인 아버지 등과 함께 비행기로 쉽사리 일본으로 건너온다. 영자 식구들의 도일은 한국, 일본, 미국이라는 세 정부에 의해 빈틈없이 보호되고 있는 것이다. 삶의 의미를 놓치고 있었던 영환은 영자와의 해후로 한국 정권과 그 배후에 있는 미국이라는 적을 똑똑히 보게 된다. 그리고 그들에 저항함으로써 자신의 존재 의의를 찾아낸다.

작품에서는 암시하는 데 그칠 뿐이지만 한국 정부에 동조하지 못하고 일본으로 달아나 온 조선인들에게 남겨진 길, 그것은 또 하나의 '조국'인 '공화국'에 접속하는 것이었다.

3) 불의不意의 방문자

김달수에게도 「일본에 남기는 등록증」(1959), 「밤에 온 사나이」(1960), 「밀항자」(1963) 등 밀항자를 주제로 한 소설이 있다.

「일본에 남기는 등록증」에는 "나"와 동향인 경상남도 마산 출신의 오성길이 등장한다. 조선전쟁이 끝날 무렵에 밀항한 오성길은 일본에 사는 백부에게서 '유령등록증', 즉 현재는 일본에 거주하지 않는 사람이 가지고 있던 외국인등록증을 받았지만 늘 경찰을 무서워하면서 살아야 했다. 그렇게 해서 일본에서 6~7년을 지낸 끝에 1959년 말 막 취항한

'공화국'행 '귀국선'을 타는 걸 결단한다는 내용이다.

「밤에 온 사나이」는 한국에서 중학교 교사였던 30세를 넘긴 남자가 "나"를 찾아오는 장면에서 시작된다. 남자 이름은 도평택이며 조선전쟁 중 일어난 거창양민학살사건을 경험했다. 이 사건을 계기로 도평택은 귀국선을 타고 북쪽으로 건너가기로 결심하고 우선 일본으로 밀항해 온 것이었다. 그런데 이승만 정권을 타도한 4월 혁명의 소식을 일본 땅에서 접하고 마음을 고쳐먹는다. 남쪽으로 되돌아가 투쟁에 합류하겠다고.

두 작품 속의 밀항자들은 작자인 "나"를 돌연 찾아온다. "나"는 그들이 정말로 신뢰할 만한지 불안을 품을 수밖에 없다. 왜냐하면 한국에서 일본으로 오는 이는 한국 정권에 쫓긴 망명자뿐만이 아니었기 때문이다. 예를 들어 「밤에 온 사나이」의 "나"는 도평택을 재일조선인들이 '공화국'으로 집단 '귀국'하는 것을 저지하기 위해 한국 정부가 보내온 '테러리스트'가 아닐까하고 의심한 것처럼, 당시 재일조선인을 공작 대상으로 한 스파이가 실제로 일본에 침입했다고 한다. 일본을 무대로 한 남북조선의 첩보전에 재일조선인들도 이른 시기부터 말려들고 있었던 것이다.

5. 감옥 속에서

1) 오무라 수용소 문학회

남석은, 저 판잣집 건물 폐가에서, 지금 어머니가 – 얼마나 한탄하며 슬퍼하고 얼마나 나의 위로를 바라고 있을까 – 를 생각했다. 그는, 사지에 노출된 지금 그가 생각하는 것이, 완전히 어머니와 공통한 하나임을 생각하며, 무슨 일이 있어도 죽고 싶지 않다고 생각했다.

"젠장!"

나도 모르게 튀어나온 중얼거림 속에, 어머니의, 깊은 절망 속에 가라앉은 슬픔을 띤 얼굴이 머리 가득히 번졌다.

"남석동무! 수용소가 보인다 김경식……"

옆에 앉아 있었던 최병일이, 수갑 채인 손을 불편하게 움직이며, 남석의 옆구리를 쿡쿡 찔렀다.

버스가 달리는 오솔길 양측에, 한눈에 펼쳐진 황야, 그 황야 바닷가에 가까운 한복판에, 저 암흑의 남반부에, 지금은 완전히 변해, 미국의 식민지화된 암흑의 남반부에, 곧바로 강제송환 되기 위해, 같은 버스에 흔들리며 전후, 몇 천 몇 만이라는 조선 인민들이 실려 간O수용소의, 신구 건물이 우뚝 솟아 있었다.

"응"

언짢은 대답을 한 남석의 눈동자에, 저도 모르게 떨어뜨린 눈물 한 방울이 '반짝' 빛을 냈다.

버스는 여전히 마지막 코스를, 남석 들의 의지에 반하여 수용소를 향해, 내달린다.[*11]

외국인등록증을 소지하지 않거나 일본의 정치운동에 관여해서 붙들린 재일조선인, 혹은 일본 밀항에 실패한 한국에서 온 이들이 가는 곳, 그곳이 바로 나가사키현 오무라 수용소였다(1954년 말부터 1958년 초까지는 요코하마 입국자 수용소 하마마쓰분실에서도 일부 조선인과 중국, 대만인이 수감되었다).

나가사키현 구·제21해군항공창 본관을 개수해 1950년 12월 28일에 개소한 오무라 수용소는 엄격한 관리나 식사, 의료 등의 대우가 열악하기로 악명 높았다. 수용소 주변은 철조망과 콘크리트 담장으로 둘러싸여 있고 거기에는 쇠창살이 끼워져 있었다. 수용자들은 한국, 일본, '공화국'이라는 세 나라 사이의 정치적 거래에도 농락당했다.

조선인 수감자수는 1970년 9월 말까지 계 21,985명이고 조선, 중국, 미국, 오키나와 출신자를 합친 22,663명의 대부분을 차지했다.[12] 송환은 75회에 걸쳐 실시되어 그 중 '공화국'으로 출국한 이는 219명에 달했다.

그 강압적인 관리 방식이 식민지배자에 대한 차별 의식에서 유래했다는 것은 상상하기 어렵지 않은데, 수용소 내에 게시되었다고 하는 '피수용자의 마음가짐'에도 그것은 배어 있다. 거기에는 "서신, (수용소 내의)타동간의 연락 문자, 동내의 출판물 등 모두 검열을 받지 않으면 안

11 김전식, 「단애」, 『오무라문학』 창간호, 오무라조선문학회, 1957. 7.
12 법무성 오무라 입국자수용소, 『오무라 입국자 수용소 20년사』, 법무성 오무라 입국자수용소, 1970, 56쪽.

된다"라는 문구가 포함되어 있었다. 검열로 수용자들의 사상 동향을 파악하고 소내 관리에 이용했을 뿐만 아니라 송환자들의 생사여탈권을 가진 한국 정부에 정보를 제공했다고도 한다. 게다가 "발송 문서는 가급적 일본어로 읽기 쉽게 써야 한다"고 되어 있었다.[13] 일본의 국가 권력은 '해방' 이후에도 조선인들에게 일본어 사용을 요구한 것이었다.

그 오무라 수용소 내에서 1956년 무렵에 문학서클이 탄생했다. 안영이를 대표로 한 오무라 조선문학회다. 수용소 내의 태산료계하자치회泰山寮階下自治會가 이 문학회를 조직했다. 이 자치회는 '공화국' 지지자들 모임으로 1955년 말, 1956년 초에는 이미 '공화국' 사람들로부터 1,000통이나 되는 편지를 받는 등, '공화국'과의 접촉도 이미 있었다.[14] 그들은 '공화국'으로의 '귀국'을 확실한 목표로 삼고 있었다.

오무라 조선문학회는 일본인과 재일조선인들의 문학서클 20여 단체와 연계를 취하고 있었다. 총련 산하 재일조선문학회의 회원단체이기도 했다. 야마구치현 이와쿠니시의 조선중학교 교원이었던 김윤호가 오무라 조선문학회를 직접적으로 지원했다. 김윤호는 이름도 연령도 얼굴도 모르는 20여 명의 수용자들과 서신을 교환하면서 관계를 쌓아갔다.[15]

---

13 지동신, 「오무라 수용소의 실태를 고발한다」, 『사상의 과학』 88, 1969.6.
14 태산료 계하 자치회(泰山寮階下自治會), 「제5회 총회 제출 보고서」, 1957.2. 미야모토 마사아키 씨 제공.
15 김윤호, 「大村수용소 동지들과 나*」, 『조선문예』 5, 재일본조선문학회 상무위원회, 1957.1.

2) 수용소에서 발간된 문예지

『오무라문학』의 창간호가 발간된 것은 1957년 8월이었다. 창간의 계기는 같은 해 4월 무렵부터 시작된 도쿄 남부문학집단과의 편지 왕래였다. 다이고후쿠류마루 사건 후 만들어진 「원폭을 허용하지 말라」의 작사자인 아사다 이시지淺田石二가 중심적 역할을 맡은 일본 노동자 문학 서클이다. 재일조선문학회와 일조협회도련日朝協會都連이 경제적 원조를 했다. 이 시기에 회원들의 작품집 『자유는 조국과 함께』의 발간도 계획되어 있었지만 이쪽은 실현되지 못 했던 것 같다.

『오무라문학』의 편집, 인쇄의 알선을 맡은 김윤호는 발간 전에 "당국의 부당한 탄압"으로 중지될 위기에 빠져 투쟁중이라는 회원으로부터의 알림을 받았다고 한다. 또 수용소 내의 검열에 걸려 고쳐 써서 재송된 작품도 있었다.[16]

『오무라문학』은 일본어지로서 수용자들이 쓴 10편 정도의 시와 단편, 수필, 그 외 '공화국' 작가의 작품이 번역 게재되었다.[17] 또한 일본 문학서클 회원이나 예전에 오무라 수용소에서 조선인들과 함께 지낸 중국 출신 이금생의 편지도 게재되었다. 당시 톈진에 살고 있었던 이금생은 『중국 화보』, 『소비에트동맹 화보』, 『노동신문』('공화국' 발간) 등을 오무라 수용소에 보내 주었다.

『오무라문학』에 수록된 작품에서는 작자들이 '공화국'행에 유일한 희망을 걸고 있었던 모습이 엿보인다. 그 중에서도 눈길을 끄는 것은

---

16 태산료 계하 자치회, 앞의 글.
17 『조선민보*』, 1957.8.17~12.21 참조.

수용된 경위를 알 수 있게 해 주는 세 편의 소설이다.

안영이의 소설 「피 묻은 수첩」은 미군의 심한 폭격으로 주민들이 사라진 조선전쟁이 한창이었던 서울이 무대이다. 주인공 신준식이 서울시 민주청년동맹 소대장으로서 무장 투쟁에 나서게 된 바로 그 날에 동지이자 연인인 혜란이 폭사하고 마는 극적인 하룻밤이 그려져 있다.

양주석의 「밀회」는 히로시마에서 원폭투하로 가족을 모두 잃은 과거를 가진 청년 대식의 이야기다. 건설업을 하는 노나카조野中組의 후계자로 일하고 있었던 대식은 적대 관계에 있던 조직과의 하찮은 싸움으로 체포된다. 8개월로 형기를 마치지만 대기하고 있던 입국관리국원으로부터 퇴거추방령이 나왔다는 사실을 통고받고 오무라 수용소에 수용된다.

대식은 면회 온 연인을 수용소 측이 돌려보냈다는 것도 모른 채 그녀의 방문을 애타게 기다리는 나날을 보낸다는 내용이다.

김전식의 「낭떠러지」는 "민주 민족권리를 위한 투쟁"을 했다하여 붙잡혀 강제송환이 결정된 남석이 오무라 수용소행 버스 안에서 어머니를 생각하며 원통한 마음에 사로잡히는 모습을 묘사한 소설이다. 이 절을 시작하며 인용한 것은 이 소설의 결말 부분이다.

이 소설들은 필자 자신 혹은 같은 수용자들의 실체험에 근거해서 창작된 것으로 추측된다. '공화국' 지지를 표명하고 있었던 수용자들에게 한국으로 강제송환 되는 것은 문자 그대로 죽음을 의미했다. 쥐어짜 낸 것처럼 쓰여진 이들 작품은 그러한 극한 상황에서 태어난 것이다.

『오무라문학』의 수록 작품은 모두 일본어로 쓰여 있다. 아사다 이시지는 이 잡지에 실은 「오무라문학의 창간을 기뻐한다」에서 "일본에 붙잡혀, 좁은 수용소 안에 갇히는, 그러한 굴욕의 생활 속에서, 일본어로 글을 쓰고, 창작하지 않으면 안 되는 그 불법함"을 지적한다. 김윤호에 의하면 『오무라문학』은 당초에는 조선어지로 발간하기로 되어 있었는데 돌연 그에게 보내온 것을 보니까 일본어판이었다고 한다. 자세한 경위는 분명하지 않지만 "당국의 부당한 탄압"과 어떤 관계가 있을 수도 있다.

수용자들의 작품은 재일조선문학회의 기관지인 『조선문예*』에도 몇 편 소개되었다. 이쪽은 조선어이다. 원문이 일본어인지 조선어인지는 불분명하지만 몇 가지를 소개해 본다.

신기석의 「밀항자의 수기*」와 「고려장*」은 이승만에 대한 증오를 노래한 시다. 늙은이 이승만을 산에 버리자는 「고려장*」에서는 도항 전에 한국에서 열린 빨치산 동지들과의 조선어학습의 정경도 그려져 있다.

김창율의 「벗과 멀어지면서*」는 시원시원한 다른 작품과는 색다른 시다. 이하에 전문을 인용해 본다.

너 내 미리[원문 그대로] 시절에

그리고 즐겁던 곳에

죽엄과 공포가 깃누리던 날

벗이여 나의 어린 시절에 벗이여

너와 나 고향을 눈물로 버린구나

지금은 고향 앞 나룻터엔

퍼덜거리던 물새떼도 간 곳 없고

다정턴 웃음 소리도 간 곳 없으리
물결 소리만 외롭게 출렁일 고향

그래도 고향이길래
찾아간다는 나의 벗이여
안녕히 가시라 조심 조심 가시라
난 정의 길로 가련다
영광의 길 찾아 굳굳히 가련다

허지만
벗과 내
마음과 마음
정과 정이 멀어져가는 순간이여
왜 이리도 내 가슴 울렁이느냐

기적소리 날 적마다
산 고비 지날 때마다
나의 벗의 모습
남조선으로 가는 벗의 얼굴
눈에 서슴거리네

아—이 순간이
우정의 몸부림이라면

어린 시절의 회상이라면
미제에게 죽엄을 주는 순간이라면
남북 가는 길이
어찌 두 갈래 길이냐

알뜰한 나의 벗이여
괴로운 리별의 길
이웃고 다시 만날 확신의 길
잘 가시라 조심 조심 가시라[18]

일본 밀항을 함께 도모하다 잡혀 오무라 수용소에 수감된 소꿉친구에게 보낸 시다. "내"가 수용소 내에서 '공화국'에 송환되기를 희망한 데 비해 "벗"은 고향이 있는 한국행을 선택했다. 두 사람은 정반대인 길을 걷게 되었다. 그렇다고 해서 서로의 정과 정으로 이어진 관계를 간단히 끊을 수는 없다. "나"는 자신과 다른 선택을 한 "벗"을 나무라는 대신에 "조심 조심 가시라"고 배려하는 말을 건다. 아마 "벗" 스스로도 자각하고 있을 터인 한국에서 기다리고 있을 고난에 마음 아파하며 "나"는 한결같이 "벗"을 염려한다. 정의의 길이라고 믿고 북쪽으로 가는 "나" 자신의 미래에도 아무런 보증이 없는데도 불구하고.

작자는 "벗"은 남쪽으로 자신은 북쪽으로 향하기 시작하는 "갈림길", 즉 반영구적으로 헤어지게 되는 현실을 독자들이 직면하도록 한다. 우

---

18 김창율, 「벗과 멀어지면서*」, 『조선문예』 5, 재일본조선문학회 상무위원회, 1957. 1.

정과 이데올로기 대립 사이에서 꼼짝 못하게 된 한 조선인의 애절한 감정이 이 시에는 표현되어 있다.

3) 죽음을 무릅쓴 단식투쟁과 '공화국' 행

오무라 수용소 내에서는 도주, 자살, 자해 등의 사건이 빈발했다.[19] 거기에는 조선의 남북대립도 어두운 그림자를 드리웠다. 소수파였던 '공화국' 지지자들과 그 외의 한국 지지자들 사이의 치열한 싸움이 수용소 내에서 벌어졌는데 거기에는 "빨갱이를 희생물로 삼아 귀국(부산행)한 자는 애국자로서 밀출국죄에 걸리지 않을 뿐만 아니라 영웅으로서 떠받들리는 예는 헤아릴 수 없을 만큼 많다"는 사정도 얽혀 있었던 모양이다.[20]

그러던 가운데 어떤 사건이 일어났다. 1957년 12월 31일, 오무라 수용소 내 조선인 474명과 부산수용소 내 일본인 어민 922명의 억류자를

---

19 『오무라 입국자 수용소 20년사』에 첨부된 「사건연표」에는 12쪽에 걸쳐 수용소 내에서 일어난 도주(미수), 수용자끼리의 살상, 자해(미수), 자살(미수), 집단폭행 사건, 외부단체의 시위, 단식 운동 등이 열거되어 있다.

20 지동신, 「오무라 수용소의 실태를 고발한다」, 『사상의 과학』 88, 사상의과학사, 1969.6, 47쪽. 전 수용자인 지동신에 의하면 1960년대 후반 수용소 안에는 생활의 곤궁에 의한 밀항자뿐만 아니라 "탈영군인, 학생, 문화인"이 많았고 "북한에 망명하기를 희망하는 사람이 많이 포함되어 있었다"고 한다. 아버지가 있는 곳에 가기 위해 일본으로 밀항온 학생, 한일회담 반대시위를 하다 한국정부에 체포되고 이를 계기로 도피해 온 학생 등도 있었다고 한다. 밀항자 가운데 "적게 잡아도 사분의 일을 넘는" 이들이 일본을 경유한 '공화국'행을 목표로 했다고 한다. 또한 지동신은 "아니, 진실을 그대로 밝히면 모두 절대로 한국으로 되돌아가지 않는다. 그들을 기다리고 있는 것은 약자로 보이면 뼛속까지 빨아먹는 세무관리, 정보형사, 수사형사, 헌병, 정보부원, 경찰, 검사, 형무소"(50쪽)라며 정치 망명자로서의 밀항자들의 가혹한 운명을 기록한다.

상호 석방하기로 한일양국 사이에서 합의를 본 것이다. 4일 후인 1958년 1월 4일 '공화국' 외무장관 남일은 이 합의에 대한 규탄 성명을 발표했다. 다음 달 8일에는 '공화국' 외무성 대변인이 오무라 수용소 내 '공화국' '귀국' 희망자의 무조건 귀국을 요구하는 성명을 발표했다. 이것을 받아 수용소 내의 '공화국' 귀국 운동은 빠르게 전개되었다. 1958년 6월 26일에 '공화국' 송환 희망자들이 목숨을 건 단식투쟁을 결행한다. 급기야 위독자가 나오게 되고, 7월 10일에 26명을 가석방하는 것으로 이 사건은 일단락되었다.

오무라 조선문학회 회원들은 이 단식투쟁의 중심에 있었던 것 같다. 이 무렵까지는 오무라 조선문학회는 '공화국'과 굳게 연결되어 있었다. 회원들은 평양의 조선작가동맹의 작가들과 직접 편지나 작품을 교환하고 있었던 것이다. 아래의 인용은 남일의 성명 후에 어느 수용자가 쓴 편지 중 하나다.

회원들은 엄중하고 심각한 싸움 마당에서 낮이면 귀국 대렬을 사수하고 밤이 깊어 철창이 잠들면 희미한 전등불 밑 차거운 마루 우에 쪼그리고 앉아 원고지 우에 투쟁을, 생활을 새깁니다. (…중략…) 이런 외부적 성원과 기대에 비하여 우리는 너무나 력량의 부족을 느낍니다. 모두가 철창 속에서 처음으로 붓을 잡은 우리라, 붓대는 걸음마를 겨우 걷는 어린애와 같이 바둥거립니다. 그러나 우리들은 조국의 심심한 배려가 있음으로 해서만이 글을 쓰는 용기가 샘솟고 추호도 두려움 없이 지금 최후적 돌격의 붓끝을 한일 회담과 강제송환 분쇄로, 남일 외무상 성명 실현에로 총공격할 수 있습니다.[21]

평양 『문학신문*』지상에서는 1958년 초부터 수용자들의 한국 강제 송환 반대 및 '귀국' 추진 캠페인이 개시되고 있었다. 오무라 조선문학회 회원들의 편지와 시 소개, 그리고 '공화국' 작가의 논설이나 시 등도 게재되었다. 그 이면에는 당시 교착상태였던 한일회담의 저지라는 의도가 있었다고 본다.

'공화국'이 오무라 수용소 내의 단식투쟁에 어느 정도 관여된 것인지는 확실하게는 알 수 없다. 단지 단식투쟁 실행 이전에 이미 오무라 조선문학회 회원과 '공화국' 작가들이 굳게 연결되어 있었던 것은 아래와 같은 편지에서도 헤아릴 수 있다.

> 보내 주신 서신과 『문학신문』을 어제 받았습니다. 이처럼 조선작가동맹 여러 선생님들이 우리의 귀국 투쟁에 두터운 동정과 형제적 성원을 보내 주시는 데 대하여 깊이 깊이 감사를 드립니다.
>
> 조국에서 보내 온 신문 한 장, 잡지 한 권을 받아 펼쳐 보는 우리들의 손은 흥분과 기쁨으로 하여 떨리었습니다.
>
> 이 순간은 이국 만리 오무라의 철창 속의 공기를 호흡하는 것이 아니라 어머니ー조국의 맑고 시원한 봄'바람을 마시는 듯하였습니다.[*22]

오무라 조선문학회 회원들은 '공화국' 작가 앞으로 시나 편지를 씀으로써 '공화국'에 대한 충성심과 동지애를 더욱 높여 갔을 것이다.

---

21 「강제 '송환'을 반대하여 싸우는 오무라의 노래*」, 『문학신문*』, 1958.3.6.
22 「우리는 조국에 돌아가기를 원한다!ー오무라 수용소의 조선 공민들의 편지*」, 『문학신문*』, 1958.5.8.

이 시기에는 총련기관지 『조선민보*』 독자문예란에서도 수용자들이 쓴 작품의 게재수가 늘어났다. 거기에는 수용자들의 '공화국' 송환 실현을 발판으로 해 일반 재일조선인들의 '귀국'의 길을 열겠다는 총련－'공화국' 측의 계산이 작용했을지도 모른다. 오무라 수용소에 있던 이들의 운명이 일반 재일조선인들의 가까운 미래를 점치는 것이었다면 오무라 조선문학회의 존재는 재일조선인 역사에 있어서도 대단히 큰 의미를 띨 것이다.

한편 1959년부터 6년 반에 걸쳐 오무라 수용소에 근무한 어떤 일본인 간부직원은 1970년에 다음과 같은 하이쿠를 읊었다.

송환 결정되다, 정성들인 국화, 꽃피기 시작하니

'돌려보내라'는, 고함소리 그치고, 매미 울어댄다[23]

앞의 싯구는 한일관계 변동으로 몇 번이나 중단된 한국으로의 강제 송환이 재개된 날, 뒤의 싯구는 '공화국' 귀국 희망자들의 운동이 수습된 저녁을 각각 읊은 것이다. 같은 공간에서 같은 일본어로 쓰여진 두 '문학' 사이에는 피수용자와 관리자 사이의, 조선인과 일본인 사이의 메울래야 매울 수 없는 틈이 가로놓여 있다.

---

23 법무성 오무라 입국자수용소, 앞의 책, 122쪽.

4) 김달수의 『밀항자』 속의 수용자

오무라 수용소에 갇힌 조선인들의 모습은 감옥 밖에서도 그려졌다. 김달수의 「밀항자」는 그 하나다. 이 작품은 조선전쟁 때 남부의 소백산맥에서 빨치산 투쟁에 합류한 임영준과 서병식이라는 죽마고우 두 사람이 휴전 후 2년간 산 속에 숨어 지낸 끝에 1955년 일본으로 밀항한 이후를 그린 중편소설이다.

두 청년은 일본에 상륙하기도 전에 잡혔는데 임영준은 그 직후 달아나 일본인과 동포들의 도움을 빌려가며 간신히 도쿄에 도착해서 대학생활을 보낸다. 한편 오무라 수용소에 수용된 서병식은 송환처 선택의 자유를 요구하는 운동의 주도자가 된다. 4년이 지난 후 임영준은 한국의 민주화투쟁에 몸을 던지기 위해서 이번에는 역으로 한국으로 밀항 가고, 서병식은 귀국선을 타고 약혼자와 함께 '공화국'으로 가는 장면에서 이야기는 끝난다.

'공화국' 송환을 위한 단식투쟁이나 1959년의 귀국선 취항 등 실제로 일어난 사건을 삽입한 반 논픽션이다. 임영준의 모델이 된 이는 『온돌야화』 등으로 알려지게 되는 윤학준이다. 『밀항자』의 작중인물인 두 밀항자에게 일본은 남쪽 혹은 북쪽으로 가기 위한 경유지에 지나지 않았다. 그러나 윤학준이 그랬듯 그대로 일본에 눌러앉아 재일조선인으로 흡수된 이들도 많았다.

6. 표류하는 망명작가 – 김시종, 김재남, 윤학준

1950년대 초 정치망명자들의 대부분은 '해방' 후 수년 동안 민족의식과 조선어능력을 기른 지식인 남성들이었다. 식민지하에서 황국신민화 교육을 받으면서도 다른 한편에서는 제국일본의 지배 기구가 모두 관리하지 못한 조선의 생활양식, 문화, 언어의 세계를 일상적으로 접하고 있었던 청년들이다.

그런 그들은 총련 문화 운동에 있어서 좋은 인재들이었다. 레이라와 같이 남로당에서 활동한 후 한국 정부를 지지하는 입장을 취한 자도 있었지만, 투쟁 중간에 조선을 떠나왔다라는 부채를 일본에서 벌어진 반미 투쟁이나 반한국 군사정권 투쟁으로 갚으려 한 경우도 적지 않았던 것 같다. 망명자들의 일부는 머지않아 문학 분야에서도 두각을 나타냈다. 김시종, 김재남, 윤학준, 김윤 등이 그들이다. 말할 것도 없이 훗날 모두 일본 정부로부터 재류 허가를 정식으로 받은 사람들이다. 시인 김윤이 한국계 문화 운동에 접근한 것은 예외적이며 대부분은 민전－총련 내에서 문학 활동을 전개했다. 이 절에서는 망명 작가로서의 김시종, 김재남, 윤학준이 걸어간 길을 따라가 본다.

1) 역사를 예측한 카리스마

도일로부터 50여 년이 지난 후 무거운 입을 열어 시인 자신이 이야기 했듯이 김시종은 제주도 4·3항쟁에 직접 참가했고 1949년 6월에 일본 으로 밀항했다. 처음에는 자타가 모두 인정하는 유능한 민전활동가였 으며 시지『진달래』를 견인한 일본어 시인이었다. 총련 결성 후 고조된 조선어 창작의 추진 움직임에 거슬러 일본어 사용을 고집했던 김시종 은 조직 내에서 비판의 대상이 된다.

'해방' 후 도항했던 김시종이 왜 재일 2세의 대표/대변자가 된 것일 까? 지금부터 1950년대 김시종의 말과 행동을 독해해 본다.

(1) 허남기의 직언

우선 당시 김시종의 미묘한 위치를 드러내기 위해 전형적 재일 1세 시인으로 여겨지는 11살 연상인 허남기(1918년생)와 비교해 본다.

허남기는 1939년에 일본으로 건너온 후 고학을 하면서 일본어 시를 발표했다. '해방' 후에는 일본어 시와 병행해서 조선어로의 창작도 착실 하게 해 재일조선인 문화단체의 중심적 존재가 되어 간다. 한편『신일 본문학』, 시지『열도』에 참가하는 등 패전 후 얼마 지나지 않아 일본에 서 일정한 영향력을 가진 소위 진보적 지식인들과도 보조를 맞추었다. '해방' 후 10년 동안에 일본어 시집 5권을 출판한 허남기는 당시 일본에 서 가장 알려진 조선인 시인이었다. 그런데 총련 결성을 전후해 허남기 는 사실상 일본어를 포기한다. 그 후에는 문예동위원장을 맡는 등 총련 초기 문화운동의 중추적 존재가 되었다.

한편 김시종은 식민지 엘리트를 지향하는 '황국소년'으로서 일본 통치 하의 조선에서 자랐다. 1949년에 일본으로 건너온 후에는, 좋은 시는 『진달래』에는 싣지 않는다고 회원들에게 비판받을 정도로 일본의 신문, 잡지 등에 발표하는 데 주력했다. 자기 작품을 일본인에게 읽히고 싶은 욕구가 더 강했던 것이다.

일본인 독자를 강하게 의식한 것은 "내 관점은, 일본어로 작품을 쓰고 있기 때문에 대상이 재일 60만 동포라는 틀에서 벗어나 의식적으로 일본 국민과 묶이려는 것이다"[24]라는 당시 언사에서도 헤아릴 수 있다. 일국일당 원칙(한 나라에 하나의 전위당 원칙)에 따라 일본 공산당원으로서의 정치투쟁을 선택한 김시종에게 일본과 일본인, 그리고 일본어와의 직접적인 관계는 1950년대에 갓 시작되었다.

1950년대 전반은 허남기와 김시종의 일본어시의 창작 시기가 겹쳐 있다. 신일본문학회 시위원회가 발행한 시지 『현대시』에 두 사람이 쓴 시가 나란히 게재된 일도 있었다.

허남기는 1950년대 중반 이후 김시종에게 몇 번이나 메시지를 보냈다. 아래에 인용하는 것은 그 중 하나로 조선어로 쓰여진 것이다. 일본인 독자가 읽는 것을 전제하지 않았기 때문에 더욱 솔직한 심정을 엿볼 수 있다. 허남기는 여기에서 김시종이 조선인으로서의 자립적인 시각을 가지고 있지 않다고 하며 중요한 것은 "발의 위치고 각도"라고 지적했다.

---

24 김시종, 「나의 작품의 장과 '유민의 기억'」, 『진달래』 16, 오사카 조선시인집단, 1956.9, 7쪽.

四. 나는 조선인 시인이 일본의 반제, 반미 투쟁을 그려서 안된다는 것은 아니다. 그러나 조선인 시인이 그리는 일본의 반제, 반미 투쟁과 일본인 시인이 그리는 일본의 반미, 반제 투쟁과는 분명히 다른 어떤 각도가 있어야 할 것이라고 믿는다. 나는 최근 필요가 있어 지난 몇 해 동안의 나의 시작을 모조리 읽어 봤다. 그리고 역시 그 시의 대부분에서 나는 공허한 감을 금하지 못했다. 예술은 속일 수 없는 것이고, 예술은 어떤 방편을 위해 있을 수는 없는 것이다.

五. 나는, 시에서 가장 중요한 것은 우리가 서 있는 발의 위치고 각도에 있다고 본다. 이것은 우리가 국어로 시작을 할 때나 외국어로 시작을 할 때나 다 같겠지만, 특히 국어가 아닌 다른 민족의 언어로써 할 때는 일각이라도 잊어서는 안 될 문제라고 생각한다.[*][25]

여기서 허남기가 말하는 "발의 위치"나 "각도"는 당시 총련 내에서 유통된 용어로 바꿔 말하면 '공화국' 공민으로서의 "주체성"이 되겠지만 허남기의 논조는 원칙주의적인 그런 것과는 거리가 멀다. 허남기는 일본 민주세력과 10여 년에 걸쳐 공동투쟁을 하고, 동시에 자신의 일본어 시가 일본에서도 일정한 평가를 받았지만, 일본어로 쓰는 데에 "공허감"을 느꼈다. 그렇기 때문에 그 재능을 평가하는 김시종에게 구태여 쓴소리를 한 것같아 보인다.

인용문 중에 "예술은 속일 수 없다"라는 부분이 있다. 여기에는 구 식민지 출신자에게 호의적인 일본의 독자들의 심금을 울리려고 조선 색

25 허남기, 「단편─김시종 동무의 일문 시집 『지평선』에 관하여」, 『조선문예』 7, 조선문학회, 1957.7, 12~13쪽.

을 전면에 내보이는 이른바 전략적인 시를 썼다는 자신에 대한 창피한 마음이 배어나와 있다. 허남기는 일본인 독자에게 의존해야 꾸려갈 수 있는 시작의 현실을 당시 김시종에게서 본 것일지도 모른다.

두 사람의 일본 도항 시기의 차는 10년이다. 일본 패전 등 시시각각 세계 정세가 급변해 갔던 그 세월은 두 조선인 시인의 가는 길을 결정적으로 가르는 충분한 밀도를 가지고 있었던 것 같다. 그리고 '해방' 후 10년이 지난 1950년대 중반에 한쪽은 일본에서 북쪽의 '조국'으로, 다른 한쪽은 남쪽의 '조국'에서 일본으로라는 각기 다른 방향으로 문학 활동의 신천지를 추구하게 된 것이다.

(2) 재일 2세의 대변자가 되다

언어나 창작을 둘러싼 환경 차이를 감안할 때 '해방' 이후의 도항자를 재일1세의 범주에 밀어넣기는 무리가 있다. 그렇다고 해서 일본에서 나고 자란 2세와 동열로 취급하는 것도 타당하지 않다. 이러한 어정쩡한 위치에 있었던 김시종은 연령대가 가까운 재일 2세들과의 교류를 망설이지 않고 택했다.

아래는 김시종이 1958년에 일본의 독자를 향해 쓴 글이다.

적어도 '유랑민'이라는 골짜기에서 태어나 자란 우리들 젊은 세대. '조국'은 부모를 통해서만 더듬을 수밖에 없고 그 '색깔'도 '냄새'도 '울림'도 시들해진 때가 덕지덕지 묻은 '부모'를 통해서밖에 느끼지 못하는 습성을 가져버린 우리들. 이렇게 골짜기 세대를 그냥 지나쳐 '조국'과 맺어져 버려서는 우리들은 언제까지나 바다 이쪽에서 태어난 조국의 사생아일 수밖에 없을

것이다. (…중략…) 자기가 기대어 서 있는 이 기반에서 이 손으로 더듬을
수 있는 것만이 의지가 된다.[26]

분단 전에 조선에서 나고 자란 김시종은 '조국'을 직접 접했다. 동경
이나 실감 없는 귀속의식이라는 복잡하게 얽힌 감정을 '조국'에 품는 전
형적 2세와는 완전히 다른 존재다. 재일조선인들이 '공화국'에 맹종하
는 것에 대해 김시종이 가진 위화감 ─ 다만 일본에서 '공화국'으로의
탈출을 생각했고 총련을 탈퇴할 때까지 '공화국'에 대한 희망을 한동안
가졌다고는 하지만 ─ 은 '조국'을 직접 알기 때문이었을 것이다. 즉 '조
국'을 모르는 부담감으로 '공화국'에 경도되어 가는 2세들을 객관화하
는 시각을 가지고 있었던 것이다.

그러면 그는 왜 '조국'으로부터 소외된 2세처럼 행동한 것인가? 그 사
유 중 하나는 재일 2세들에게 자신을 동일화함으로써 '조국'을 새로운
형태로 파악하려고 했다고 볼 수 있다. 1950년대 후반에는 이미 '조국'
은 김시종이 향수를 느낄 만한 것과는 완전히 달라져 있었다. 한국을
'조국'이라고 간주하는 것은 조선 분단에 저항하는 투쟁의 도상에서 일
본으로 탈출해 온 자신의 경위를 생각하면 있을 수 없는 일이었다. 한
편 희망을 걸었던 '공화국'에 대해서도 비판적 관점이 싹튼다. 이렇듯
공중에 매달린 상태에 서 자기의 근거로서 찾아낸 것이 픽션으로서의
'재일 2세'였던 게 아닐까? 그것은 두 개 '조국'으로부터 시간적으로도
공간적으로도 떨어져 있어서 역설적으로 쌍방을 동시에 겨안을 가능성

---

26 김시종, 「제2세문학론─젊은 조선시인의 고통」, 『현대시』, 현대시사, 1958.6, 70~71쪽.

을 가졌던 것이다.

또한 나이도 가까운 2세들의 일본과 일본어에 대한 거리감은 자신이 고집했던 일본어를 계속해서 사용하는 것을 정당화하는 데에도 안성맞춤이었다. 김시종은 선택의 여지도 없이 일본어밖에 모르는 2세들을 대변함으로써 이 문제를 미묘하게 피하려고 한 것은 아닐까?

사실 『진달래』논쟁이 한창 때인 1956년에 쓰인 홍윤표에 대한 반론 「나의 작품의 장소와 '유랑민의 기억'」은 논리적 일관성이 다소 결여되어 있는데 당시 김시종의 방황이 보인다. 글을 맺는 부분에 젊은 조선학교 교사가 부친 편지가 인용되고 있는 것은 상징적이다. 『지평선』에 공감해서 썼다는 그 여성의 말을 끌어들인 후 김시종은 다음과 같이 덧붙인다. "나의 혼미가 아직 이론적으로는 깊이에 도달해있지 못한다 하더라도 내 작품의 장이 이러한 세대적 고민을 떠나서 이루어질 수 없다는 것만은 확실한 것 같다." 여기에서는 재일 2세 독자들의 지지라는 사실에 덧붙여 일본어 사용을 포함한 자신의 방향성이 옳다는 점을 확인해 간 과정이 들여다보인다.

단적으로 말하면 김시종의 재일 2세론은 픽션이었다. 주위에 있는 2세들로부터 흡수해 만들어낸 것이지 "자기가 기대어 서 있는 이 기반"으로부터 발생한 것은 아니다. "재일 2세에 대해 총련 주류파가 행한 터무니없는 일본어 탄압 사건"이라고 하는 『진달래』 소동. 이 소동에 대한 표면적이고 성급한 평가를 피하기 위해서도 이 점은 명확히 해 두어야 한다고 본다. '진달래' 소동은 2000년대에 들어서 김시종이 재평가되면서 총련에 대한 비판과 더불어 일본에서 잘 알려지게 됐다. 그런데 실은 이 사건은 김시종에 의한 2세대의 사조의 선점으로 비로소 '사건'

으로서 현상한 것이다.

그렇기는 하지만 당시 김시종의 주장과 행동은 실제로 2세대의 심정을 잘 대변해 2세들에게 큰 영향을 주었다. '공화국'의 뒤를 쫓아서 맹진하던 재일조선인 문화운동의 흐름에 그가 정면에 서서 반론함으로써 양석일을 비롯한 재일2세들을 고무하여 결과적으로는 재일조선인문학의 새로운 가능성을 제시한 것은 사실일 것이다.

그랬던 김시종 자신은 이화된 일본어 표현자로서 1970년대 이후는 1세적인 면을 강조해 갔다. 그 일본어가 그가 신체화한 조선어 세계와의 접촉이나 마찰로 생성된 점에 이의를 제기하는 자는 없을 것이다. 김시종은 두 세대의 재일조선인 사이를 언설상에서 이동하면서 유형화되지 않는 독특한 지위를 획득해 간 것이었다.

『진달래』에서 김시종이 가진 절대한 영향력, 총련에 대한 반역, 그리고 일본어 시인으로서의 유일성. 이러한 요소들은 모두 '해방' 후 망명자였다는 그의 내력과 관계되는 것이라고 할 수 있다.

2) 총련작가가 망설일 때

김재남(1932년생)은 1980년대 이후 일본어 소설을 발표하기 시작했다. 저서에 『봉선화의 노래』(1992)와 『아득한 현해탄遙かなり玄海灘』(2000) 등이 있다. 60세가 되어 처음으로 단행본을 펴냈는데, 작가 활동을 늦게 시작한 것은 아니다. 1960년대에서 1970년대에 걸쳐 조선어로 창작 활동을 해 오고 있었다. 그 당시 문예동에서 소설을 쓸 수 있었던 사람은

그다지 많지 않았는데 김재남은 리은직, 김석범, 김민과 어깨를 나란히 하는 문예동 초창기의 주요한 소설가 중 한 명으로 활약했다.

1952년부터 재일 생활을 시작한 김재남의 이력은 이소가이 지로 · 구로코 가즈오 편의 『'재일'문학전집』 13권의 권말자료에 실린 자작 연보를 단서로 더듬어 본다. 지주 아들로 조선에서 나고 자란 김재남은 조선전쟁 발발 직후 남조선 빨치산들에게 반동분자로서 처형될 뻔했다. 때마침 남하해 온 '공화국' 인민군에 의해 목숨을 건졌고 그 후 일본 도항을 시도한다. 그러나 사가현 앞바다에서 마을의 청년단원들에게 잡혀 오무라 수용소로 보내져 이후 부산으로 강제송환되었다. 다시 밀항을 해 와서 와세다대학을 졸업한 후 1957년에 오사카 조선고교에 러시아어와 영어담당 교사로 부임한다. 교직을 사임하고 문예동 문학부에 가입한 것은 그 2년 후였다. 그 이후 좌담회나 합평회 기획, 연재소설 집필 요청 등 실무를 담당하면서 『조선신보*』, 『문학예술*』, 『문학활동*』 등에 조선어 소설을 발표한다.

1970년까지 발표된 주된 작품으로는 「신임 교원과 한 학생*」(1961), 「남풍장주인南風莊主人*」(1961), 「화회*」(1961), 「진 동무와 그의 후배*」(1962), 「승리의 날에*」(1963), 「판문점으로 가는 길에서*」(1964), 「남에서 온 사나이*」(1965), 「찾아야 할 사람*」(1966), 「새 출발*」(1969) 등이 있다. 「승리의 날에*」에서는 교사 박태언에 의해 문제아 영탁이 갱생해 가는 모습이 그려져 있다. 줄거리는 다음과 같다. 장래의 희망을 가질 수 없어 비행의 길로 들어선 영탁을 박태언은 조국과 민족의식을 심어줌으로써 인간답게 살도록 인도한다. 그러던 어느 날 '귀국'협정무수정 연장 결정을 축하하는 조선고교 조례에서 영탁이 그 '승리'를 자기 일처럼 받아들여 몹시 감동하는 모습을 보이는데 이를 박태언은 목격한다. 박태언은 두 가지 승리 즉 '귀국' 연장의 실현과 민족의식에 소년을 눈 뜨게 한 기쁨을 음미한다. 이렇듯 그 창작 활동은 기본적으로는 리얼리즘 수법으로 이루어졌다.

그런데 그 테두리를 벗어나 버린 작품이 있다. 바로 「남에서 온 사나이*」(1965)다. 한국에서 온 정체불명의 남자 이야기인데 김달수의 「밤에 온 사나이」(1963)와 내용이 매우 흡사하다. 간사이關西에 사는 총련활동가인 재일 2세 청년인 "나"는 1965년 어느 날 라디오 평양방송으로 한국 가두시위의 상황을 듣고 있었다. 그러한 때 류성운이라는 서울에 사는 큰아버지의 친구라는 남자로부터 돌연 전화를 받게 된다. 만나러 가 보니까 일본 어느 재단의 연수생으로 한국 기업에서 파견되어 왔다는 그 남자는 시종 어둡고 침울한 표정을 하고 있다. "나"는 류성운이 최근 일본에 많이 들어온다는 박정희의 '특무' 즉 첩보원이 아닐까 하는 의심을 품는다. 그래서 "나"는 자신은 총련도 민단도 아닌 중립파라고 거짓말을 한다. 조선식당에서 술잔을 서로 주고받으면서 대화하던 중 "나"는 상대방이야말로 '특무'를 무척 경계해 "나"를 신용할 만한 인물인지 아닌지 몰래 살피고 있음을 알아차린다. 서서히 "나"에게 마음을 놓게 된 류성운은 일본 업체와 한국 정부, 기업과의 유착 실태를 폭로하며, 이번 연수가 무기제조기술 습득을 목적으로 한 것이라는 놀라운 사실을 털어놓는다. 실은 류성운은 한국에 실망한 나머지 일본을 발판으로 해 '공화국'행을 시도하고 있었다. 그러나 일본에서 평양방송을 들으며 한국에서 벌어진 반 박정희 시위의 상황을 처음으로 알게 된 류성운은 다시 남쪽으로 돌아가 투쟁에 참가할까 마음을 고쳐먹고 있었다. 결론을 내리지 못한 채 류성운은 "나"와의 재회를 약속하며 연수처로 향하는 기차에 올라탄다.

총련활동가인 "나"는 남북 양쪽에 파이프를 가지고 있다. 남쪽에는 "나"의 고향이 있기 때문에 혈연이나 지연이 있는 자와의 접촉이 가능하고, 북쪽은 "나"의 '조국'이며 일본에서 건너간 '공화국' '귀국'자나 그 가족과의 연락도 가능하다. 한편 류성운은 지금까지 한국에서 살아왔지만 거기에서 사회적인 제약과 박해를 받아왔다. 조선전쟁 때 '공화국'에 건너간 형이 있었기 때문이었다. 이러한 숨막힐 듯한 상황이 그를 '공화국'행으로 몰고 있다. "나"도 류성운도 국가라는 틀로서는 묶을 수 없는 물리적, 심리적, 사상적인 이동자인 것이다. 북쪽을 향해야 할까 남쪽으로 돌아갈까 흔들리는 류성운은 "나"의 의견을 듣고 싶어한다. 그런데 "나"는 아무 대답도 못 한다. "내"가 왜 대답 불능인지에 관한 심리 묘사도 일절 없이 이야기는 어수선하게 끝이 난다.

실은 이 소설은 '공화국' 문학자가 직접 결함을 지적한 사연이 있는 작품이다. 「재일조선문학예술가동맹 기관지인 『문학예술』에 대한 몇 가지 의견에 대하여*」(1966)라는 재일 문예동－'공화국' 문예총간의 내부자료에서 이 작품은 "투쟁에서 부차적이며 신변적인 문제가 아니라 어디까지나 투쟁과정에서 제기되는 가장 본질적이며 실천적 문제를 (그대로) 예술적으로 그려야 한다"는 원칙에 반하고 있다고 지적되었다.

구체적으로는 "남에서 온 청년이 사상정치적으로 더 각성한 인물인 것처럼 묘사함으로써 총련 일꾼들의 역할을 옳게 묘사하지 못하는 결과를 가져왔다"는 것이다. 즉 여기에서는 주인공의 애매함과 수동성을 문제 삼은 것이다. '공화국' 방침을 따른다면 "나"는 류성운에게 한국으로 돌아가 투쟁 대열에 합류하라고 설득하든지, 아니면 귀국선에 오르기를 더 강력히 재촉했어야 하는 것이다.

"나"는 일본에서 자란 재일 2세로 설정되어 있어 작자의 실제의 경우와는 다르다. 그렇기는 하지만 '공화국' 문예방침과 뜻 밖에도 어긋나버린 "나"의 판단 불능성에는 그 밀항 체험이 그림자를 드리우고 있다고 말할 수 있지 않을까? 제 발로 떠나온 한국으로 돌아가기를 적극적으로 권할 수도 없거니와 스스로가 실행한 적도 없는 '공화국'행을 손쉽게 재촉하지도 못하는 그런 작자의 갈등이 드러나 보이는 듯하다.

김달수의 「밤에 온 사나이」의 "나"는 투쟁에 참가하기 위해서 한국에 돌아간다는 남자의 결의에 단지 귀를 기울일 뿐인데 비해, 「남에서 온 사나이」 중에 나타난 "나"의 심리적 복잡함은 분명하다. 1950년대에는 림경상의 「새 출발*」(1955), 김민의 「개이지 않는 하늘*」(1956) 등 밀항자의 심리적 갈등이나 번뇌 등이 쓰여지기도 했다. 그러나 1960년대 이후에는 그러한 작품이 종적을 감췄다. 작자의 내면 고백적인 작품이 총련 －'공화국' 문예정책 아래에서 명확히 부정되었기 때문일 것이다. 모범적인 재일조선인의 전형을 형상화한다는 문예방침 역시 밀항이라는 특수한 경험을 가지는 지식인의 모습을 그릴 수 없게 했다. 그래도 밀항의 기억이나 흔적은 작품 속에 희미하게나마 남아있던 것이다.

김재남은 1970년대 이후에도 잠시 동안 총련 내에서 문학 활동을 해나갔다. 그 후 총련을 이탈해 1980년대에 들어서서는 주된 창작언어를 일본어로 바꿔 계속해서 글쓰기를 했다. 예전과 같이 동시대 사람들을 묘사하는 것이 아니라 시대를 거슬러 올라가 식민지기나 '해방'초기를 다루게 되었다.

3) 복수의 언론계를 헤어나가다

김달수의 소설 「밀항자」에 등장하는 임영준과 「일본에 남기는 등록
증」의 주인공 오성길의 모델이 된 윤학준은 1953년 4월에 일본으로 건
너왔다.[27] 1956년에 호세이대학 제2 문학부 일본문학과에 편입해 오다
기리 히데오 아래에서 일본 근대문학을 배웠다. 임전혜와 동창이다. 대
학졸업 후에는 김달수, 장두식이 창간한 일본어지 『계림』의 편집부에
서 일했다.

윤학준이 1960년대에 일본어로 쓴 평론은 『계림』외에도 『조양朝陽』,
『현실과 문학』, 『문화평론』, 『조선연구』 등에 발표되었다. 모두 어떠한
형태로든지 김달수가 관계되었던 잡지다. 『계림』 종간 후 1960년부터
총련 산하 『조선상공신문』의 편집을 맡게 되지만 "거기를 3년쯤 하고
그만두게 돼서 '관동학원'에서 두 달 동안 재교육을 받고 문예동으로부
터 상임직 권유를 받았지만, 결국 총련중앙으로부터 비준을 얻지 못해
최종적으로는 조직에서 쫓겨나는 모양이 되었다"고 한다.[28] 왜 "조직에
서 쫓겨나는 모양"이 되었는지는 상세하게는 알지 못하지만 사제관계
에 있었던 김달수가 1950년대 후반부터 총련 내에서 공공연한 비판 대
상이 되었을 때 그를 옹호한 것과도 상관이 있다고 본다. 조직과의 관계
가 끊어지기 전에는 1년 가까이 김석범 편집장 밑에서 『문학예술*』의
편집도 했다.

---

27 윤학준, 『나의 밀항기』, 『조선연구』 190, 일본조선연구소, 1979.6.
28 다카야나기 도시오, 「도일 초기 윤학준－밀항·호세이대학·귀국사업」, 『이문화』 5, 호
세이대학 국제문화학부, 2004.4, 26쪽.

윤학준이 총련계 매체에서 작품을 발표한 것은 1965년 무렵까지다. 이 시기에 「반항 문학에서 반미 구국의 문학으로*」(1963), 「저항문학의 자세와 수법*」(1964), 「남조선 평론의 새로운 경향*」(1965), 「'한일 조약'과 남조선 문학자들의 투쟁*」(1965) 등의 평론을 썼다. 총련 내에서 윤학준은 '남조선' 저항 작가들의 작품을 번역, 소개하는 역할을 맡았다. 당시 문예동에서는 시와 소설 창작에 종사하는 사람의 수에 비해 평론 분야의 인재가 부족했다. 호세이대학의 선배인 박춘일과 시인이자 번역가인 안우식의 이름을 들 수 있는 정도다. 그런 가운데 동시대 한국문학을 비평할 수 있는 윤학준이라는 존재는 총련에서도 귀중했을 것이다.

1960년대 후반에 총련을 이탈한 후 이번에는 일본인들 사이에서 일어난 한국 민주화운동이나 저항작가들에게 대한 관심과 이해를 뒷받침하는 형태로 잠시 동안 평론 활동을 이어나갔다. 남북조선 문학에 정통했고 또 일본문학 디시플린으로 대학교육을 받은 윤학준은 일본인 독자들에게도 귀중한 인재였다. 일본인에 의한 조선 문학연구의 선구적인 잡지인 『조선 문학-소개와 연구』의 창간은 1970년 12월이었지만 윤학준은 그 멤버인 오무라 마스오大村益夫, 가지이 노보루梶井陟, 조 쇼키치長璋吉, 야마다 아키라山田明, 이시카와 세츠石川節와도 가까웠다.

일본에서 한국 저항문학에 대한 관심이 수그러져 갔을 때 윤학준은 방향전환을 한다. 『시조』(1978), 『온돌야화』(1983) 등 조선의 고전문학이나 양반문화라는 당시 일본에서 그리 알려지지 않았던 조선문화의 소개자가 된 것이다. 1990년대에 들어가서는 '혐한嫌韓론'의 선구라고 할 한국 비판을 일본인 논객과 함께 하거나 '공화국'의 부정적인 부분을 선정적으로 그린 한국판 '기타조센본(북조선 책)'의 일본어 번역 등을 하기

도 했다. 어둡고 가혹한 과거를 고쳐 써간, 비유해서 말한다면 전 구 총
련 작가들과는 전혀 다른 방향으로 윤학준은 간 것이다.

윤학준은 일본으로 건너온 후 바로 어엿한 조선인 작가였던 김달수의
보살핌을 받았고, 1960년대에는 총련에서 발표할 자리를가 마련되었으
며, 총련 이탈 후에도 일본인 독자의 흥미를 선취하는 형태로 새로운 소
재를 다루었다. 그 집필활동의 궤적은 독자의 흥미를 민감하게 살피면
서 — 생활 때문이라는 측면도 있었을 터이지만 — 그려졌다. 그것은 재
일조선인 문학운동 속에서도 그 후 일본의 언론계에서도 마찬가지였다.

이러한 윤학준의 '가벼움'도 또한 식민지기 일본과의 직접적인 굴레
가 적었던 '해방' 후의 유입자에 특유한 것이라고도 할 수 있다.

지금까지 다룬 것은 모두 1950년대 민전 − 총련계열의 문화운동과
관계를 가졌지만 그 뒤에 총련과 거리를 두게 된 작가들이다. 1970년대
이후에도 총련에서 문학 활동을 계속해 간 전 망명자들도 적지 않다.

7. 1959년, 북으로의 대이동

1) 문학사적 사건으로서의 '귀국'

1959년 12월 14일, 니가타新潟항에서 청진항으로 향하는 '귀국'제일선
이 취항했다. 총련에 속한 작가, 예술가들은 고양된 분위기로 충만했다.

'공화국'이 한국보다 우위에 서 있었다는 것과 1950년대부터 1960년 대에 걸친 사회주의제국의 융성은 '공화국'의 지속적 발전을 믿는 근거가 되었다. 그러나 '귀국'한 뒤에 어떠한 미래가 기다리고 있는지를 정확하게 예측하기는 당시는 어려웠다고 한다. 그것은 냉전 대립이 어떤 길로 나아갈지, 한일 관계가 어떻게 변화될지 등 불확정 요소가 몇 겹으로 얽혀 있었던 것이다. 무엇보다도 재일조선인 인구의 8할이 실업, 반실업 상태였고, 1956년에는 재일조선인에 대한 생활보호도 일부 중단된 상황이어서 '귀국'이 유일한 현실적인 타개책이라고 느낀 사람들이 적지 않게 있었던 것은 이상한 일이 아닐 것이다.

'귀국' 후의 재일조선인들의 고난이나 곤궁이 속속 전해지는 현시점으로부터 당시 '귀국'을 긍정적으로 묘사한 작품을 두고 선동했다고 단정하는 것은 본서의 의도와는 다르다. 다수의 작가들 가족이 이때 '귀국'했다는 사실도 있다. 이 절에서는 1959년부터 1984년까지 25년 동안에 9만 3,000여 명이 일본을 떠난 '귀국'이라는 재일조선인사에서의 일대사건과 재일조선인 문학운동의 관련 양상을 추적해 본다.

'귀국'의 실현은 총련 조직의 세력을 확장시켰을 뿐만 아니라 조선어로의 문학 활동을 비약적으로 활성화하는 계기가 되었다. '귀국'을 둘러싼 재일조선인들의 드라마는 작가들에게 모양새가 좋은 소재였다. '조국'을 가깝게 느끼게 됨으로서 '귀국' 예정자를 필두로 재일조선인들 사이에서의 조선어 학습 열풍도 유례가 없을 만큼 높아져 갔다. 이 움직임은 문예동에게도 순풍이 되었다. 오랫동안 작가들을 괴롭혀 온 독자의 문제가 개선되었기 때문이다.

문예동 기관지 『문학예술*』이 창간된 것은 1960년 1월이었다. 귀국선 취항의 바로 다음 달이다. 총련의 초대의장인 한덕수의 가사「공화국 대표 환영가*」, 허남기의「조선과 일본과의 사이의 바다*」, 남시우의「귀국 첫배가 뜬다*」, 김윤호의「조국이 보이는 곳에서*」, 강순의「이날 이때까지*」 등의 시가 창간호에 게재되었는데 이들은 모두 '귀국'실현과 관련된 작품이다. 김민은 우카시마마루 사건을 다룬 소설「바닷길*」을 연재하기 시작했다. 우키시마마루 사건은 1945년 8월 24일, 조선으로 귀환하는 사람들을 태운 배가 마이즈루舞鶴항 부근에서 의문의 폭파를 당한 사건이다. 바다를 건너 '조국'으로 귀환하려는 이들을 그렸다는 의미에서 이것도 '귀국'에 관한 작품이라고 할 수 있다.

그 2개월 후에 발행된 제2호에서는 귀국 문제가 특집으로 꾸며졌는데, "조국의 품"에 안기는 기쁨, '공화국' 공민으로서의 긍지, '공화국'의 따뜻한 배려에 대한 감사 등을 노래한 작품으로 넘쳐났다.『문학예술*』의 출발은 '조국'에 발을 디딜 수 있게 된 감격, '조국'에 대한 감사의 뜻이 용솟음치는 가운데 이루어진 것이었다. 그때까지 작품에서는 식민지 시절에 맛본 쓰라린 고생, "미제"와 한국과 일본의 권력자들에 대한 증오와 적개심, 우울한 재일조선인의 생활 등 부정적 정서만이 다루어지는 경향이 있었다. 그러한 가운데 거의 처음으로 긍정적으로 표현할 수 있었던 제재가 '귀국'이었다. 게다가 재일조선인 독자들의 공감을 얻을 수도 있었다. '해방' 이후 작가와 독자의 상호 관계가 처음으로 성립된 순간이었다.

창작 활동 활성화와 함께 단행본 간행의 움직임도 가속화되었다. 남시우의 시집『조국 품 안에로*』는 1959년에 일본에서, 그 다음 해 평양에서 각각 출판되었다. 평양에서는 재일조선인 작가들의 시를 모은

『어머니 조국*』도 나왔다. 모두 '귀국' 관련 작품이 수록되었다. 이제부터는 '귀국'을 제재로 한 구체적인 내용을 시와 소설로 나누어 각각 살펴보기로 한다.

(1) 남시우의 귀국 서사시

「귀국 첫배가 뜬다*」(1960)에서 남시우는 동해바다에 말을 거는 형식으로 재일조선인들의 '해방' 후의 역사를 노래했다.

동해바다는 조선에서 일본으로 쫓겨 왔을 때에는 울부짖고, '조국'의 자유와 해방을 추구해 싸울 때에는 미친듯이 날뛰는 "나"의 마음의 풍경 그것이며 마음의 근거다. 그 첫머리는 다음과 같다.

> 너는 나의 가장 친근한 벗
> 그러기 벌서부터 길을 재촉하는가
> 금빛 반짝이는 물결을 타고
> 출렁출렁 흥겨운듯 갔다간 다시 오는데
> 동해여 우리의 바다여
> 많은 날 허구 많은 밤에
> 치밀어 오르는 생각 참지 못해
> 너와 마주 이렇게 바라보노라면
>
> 오는 걸음 구비구비
> 나의 마음 달래여도 주고
> 돌아서는 길이면 또한 구슬처럼

백만 사연 남겨두고 가던 너

그렇다 오늘은 한걸음에 줄달음치자
나는 웃음으로 너의 등에 노래를 뿌리고
그러면 너도 오랜 세월 이날을 위해
천길 속심에 가두었던 기운을 펴며

기다리는 어머니 찾아가는 길,
그리워 못살던 조국 산천 향하여
오늘은 승리의 고등을 울리나니
동해여 얼마나 바래고 고대하던 길이냐!*29

　　'귀국'선을 띄우는 동해바다 물결의 표정과 "나"의 기쁨을 겹쳐 묘사
한 첫머리에 이어 눈물을 흘리면서 동해바다를 넘어 일본으로 건너온
10대, '조국'을 위해서 투쟁하기로 다짐한 '해방' 후, '귀국'자 최종 의사
확인이 담긴 일본 적십자사 작성의 팸플릿 「귀환 안내」의 수정을 요구
하는 운동, '조국'의 배려에 대한 감사, 공민이 된 영예까지 연달아 읊는
다. 작자인 남시우는 총련—'공화국'에 대한 충성으로 일관한 전형적인
총련 시인이다. 일본에서의 노고나 반제투쟁의 발걸음을 귀국선이 출
항하는 환희의 날에 수렴시키는 이 시도 이른바 공식을 따른 작품이라
할 수 있다. 그러나 거기에는 재일조선인만이 지닌 미묘한 사정이 보일

29　남시우, 「귀국 첫배가 뜬다*」, 『문학예술*』 창간호, 문학예술사, 1960.

듯 말듯 한다.

　오랜 세월 살아 온 일본에 대해서 시인은 이렇게 노래한다. "이 땅에서 지나온 우리 반생의 / 뼈 아픈 표적으로 삼자는 게 아니라 / 떠나는 사람의 정으로 하여 / 서로의 친교를 우리는 원했더라 // 세월이 흐르고 여기, 나무가지 뻗어 날제면 / 그때면 세상도 새로울 훗날에 / 우리는 다시 손잡고 만날 수도 있으려니"*

　'귀국'을 기념해서 니가타항 가까이에 심은 버드나무 가지가 자랄 무렵에는 조선과 일본의 상호우호관계를 이을 수 있다면, 하고 시인은 기대한다. 바꿔 말하면 당시는 아직 그러한 관계가 절망적이게도 실현되지 않았다고 인식했던 것이다.

　일본인이 일본이라는 조국을 가지듯 재일조선인이 자랑스러운 조국을 가지는 것, 그것이 양자의 대등한 관계가 실현되기 위한 초석이라고 시인은 믿고 있다. '조국'의 공민이 된 기쁨, '조국'에 대한 감사 — 이 시점에서는 '조국'은 아버지인 김일성이 아니라 오히려 어머니 이미지와 결부되어 있었다 — 등에 대한 절절한 감정은 단지 맹목적인 내셔널리즘으로 정리하는 것만으로는 부족할 것이다.

　일본보다 우월하고 싶다는 게 아니다. 일본과 대등하기 위해 국가에 귀속하는 것, 더 말하자면 대등하기 위해 민족교육을 정비해 조선어로 쓰는 것, 이것 또한 하나의 탈식민지화 사상이었다고 할 수 있을 것이다.

　(2) 정말로 가져가야 할 것은 ……
　한편 강순은 연작시 「귀국선*」(1964)으로 일제강점기부터 이어진 괴로움과 비참함과 결별하고 신천지를 찾아서 귀국선을 타는 사람들에게 말을 걸 듯 노래했다. 다음은 그 첫머리다.

I
나더러 오라 하시니
나 무엇을 서슴하리오
나더러 어서 오라 하시니
목메여 가슴 설레임이여
나더러 날아 오라 하시니
온 몸이 나래 되여 퍼덕임이여

단번에 조국이 지척에 나타나고
마음은 이미 조국에 가 앉은듯
이 날에 사는 기쁨을
나 무엇에 비할 수 있어며
누구가 다 형용할 수 있으리오

나 오기를 기다린다 하시니
신부의 마음 같이 수접어져라
나 어서 오길 기다린다 하시니
당장 앉은 자리를 수습하여
영원히 안기려 떠날 따름이여서

II

간날을 더듬어 부끄러움 많을지라도
이 날의 환한 길을 내다 보아야 하리라
하니 이 일의 열매를 풍성케 하려면
보다 열화의 의지를 지녀야 하리라

온갖 가난과 굴욕으로 이 날까지
참된 투지를 세우지 못 하였다면
이제는 두 눈 활짝 뜨고 살아야 하리니
이 날은 인민의 위력이 완성되는 시절

어느 사람은 단순히 피난처로 보며
어느 사람은 제 자랑을 들고 가나
조국에서 부르는 귀국의 소명에는
망상이 허락될 조항이 하나 없거늘

너도 가고 나도 가야 하리라
허나 가는 날까지 우리가 털어 버릴 것은
이 땅의 여독과 낡은 악습들이니
진정 가져 갈 것은 일하던 손발*30

---

30 강순, 「귀국선*」, 『강순시집』, 조선신보사, 1964.

조국이 불러준 기쁨, 즉 자신을 긍정해 주고 받아들여 주는 장소를 얻은 환희. 그 터질 것 같은 기쁨의 표현은 그때까지 일본에서 겪은 소외감이 얼마나 뿌리 깊었던가를 선명히 비추어준다. '귀국'을 구체적으로 이미지화하고 있다는 점에서 이 시는 이채롭다. '귀국'은 일본으로부터의 단순한 피난이 아니다. '조국'에 대한 긍지만으로 만사가 순조롭게 진행되는 것도 아니다. 조선인들이 진정한 삶을 다시 살기 위한 계기라는 적극적인 의미로 '귀국'은 파악된다. 강순은 사회주의 '조국'이 "두 눈 활짝 뜨고 살아야 하"는 장소, 즉 자기를 다스려 지금까지 일본에서 해온 생활이나 사고방식을 바꾸지 않으면 안 되는 시련의 장소라는 점을 자각하고 있다. '조국'은 "인민의 위력"을 발휘할 만한 장소임과 동시에 "인민"으로서의 책임이 한 사람 한 사람에게 부과되는 곳이기도 하다. 참으로 '조국'에 가져가야 할 것은 "일하던 손발"이라는 말에서 그것은 분명히 드러나고 있다.

이 시는 자신도 뒤따라갈 것임을 떠나가는 동포에게 알리면서 맺는다. 그러나 실제로는 강순은 '귀국'하지 않았다. 그렇다고 해서 자기 고향인 강화도가 있는 남쪽 '조국' 땅을 밟은 것도 아니다. 그는 어느 쪽의 '조국' 땅도 밟지 못한 채 일본에서 생애를 마쳤다.

(3) 새로운 생명을 위해서

1960년대 중반까지 총련 작가들이 쓴 소설의 대부분에는 '귀국'하는 친구나 가족의 그림자가 보인다. 이경상의 「생명*」(1964)은 평범한 청년이 '귀국'을 결심하기까지를 그린 작품이다. 창구는 일본인이 경영하는 연마기 공장에서 일하는 26세 남성이다. 아내의 낙태 비용이 급한데 월급 지불이 5일이나 늦어 애태우고 있다. 용기를 내어 사정해 보지만 조선인을 얕잡아 보는 공장 주인의 아내는 동정심조차 보여주지 않는다. 주인이 마지못해 건네준 오천 엔을 주머니에 넣으며 경제적 문제로 키울 수 없다고 새로운 목숨을 빼앗아도 되는지 고뇌하면서 창구는 집으로 간다. 그런 도중에 카바레 앞에서 돈을 도둑맞는다. 그것을 계기로 창구는 생각을 바꿔 어떻게 해서든지 아내가 아기를 낳을 수 있도록 하려고 결심한다.

이때 창구의 뇌리를 스치는 것, 그것은 바로 신문과 라디오 뉴스에서 최근 자주 듣는 '공화국'으로의 '귀국'이었다. 아버지를 여의고 어머니와 가난한 생활을 보내온 그는 결혼 후에도 빈곤에서 헤어 나오지 못하고 있었다. 이 작품에서 '귀국'은 한 생명을 구하는 것으로서, 그리고 일본 사회의 밑바닥에서 신음하는 조선인 청년이 인간다운 생활을 시작하는 마지막 기회로서 그려져 있다.

(4) 뿔뿔이 흩어지는 가족

리은직의 「유대紐」(1963)는 귀국선 취항 이후를 무대로 한 어느 가족의 이야기다. 이 가족은 남북 분단의 영향을 제대로 입어 찢어진 상태다. 주인공 박태홍은 한국 정부를 지지하는 민단 단원인데 그렇게 된 것은 '해방' 직후 남쪽으로 돌아간 딸과 함께 살고 싶었기 때문이었다. 한편 일제강점기에 황군지원병으로 복무한 아들은 '해방' 후에는 재일 민족운동에 몸을 던져 '공화국'에 일찍이 '귀국'해 있었다.

아들은 가족과 행복한 생활을 하고 있다는 편지를 '공화국'에서 보낸다. 한편 한국에서 생활하는 딸이 쓴 편지는 양친에게 돈을 보내달라는 절망적인 내용의 것이다. 일본에서 술집을 경영하면서 근근이 생활하는 박태홍 부부는 딸가족을 돕기 위해서 집을 팔 결심을 한다. 집을 저당 잡히고 돌아오는 길에 조국과의 자유왕래를 요구하는 삐라를 나눠주고 있던 총련 청년들을 만난 박태홍은 자기도 모르게 "아들을 만나고 싶다"고 혼잣말을 한다.

작품 속에는 '귀국' 후 '공화국'에서의 행복한 생활, 한국 민중들의 비참한 생활, 남북통일을 막는 주한미군 문제, '공화국'과 일본 간의 자유왕래 실현운동 등, 당시 총련방침의 대부분이 빈틈없이 들어가 있다. 그러나 거기에는 편도표뿐인 '귀국'실현으로 아이러니하게도 더욱 진행되어 버린 가족 이산의 실태도 부각되고 있다.

(5) 고등학생들의 '귀국'

'귀국선'에 올라탄 이들 속에는 젊은이들도 많이 섞여 있었다. 전망 없는 일본살이를 단념하고 '조국'에서 활로를 찾아내려고 한 것이다. 고등학생들의 집단 '귀국'도 대대적으로 이루어졌다. 류벽의 「유언*」(1965)에는 그러한 고등학생 한 사람이 그려져 있다. 어머니와 가난하게 사는 조선학교 고급부 3학년인 대환은 소행이 나쁜 불량학생이다. 일찍 세상을 떠난 전 조련활동가인 아버지에 대해서도 부정적인 감정을 가지고 있다. 그 아버지 친구이며 총련 선전부장인 "나"는 대환을 갱생시키려고 기회를 잡아서 대화를 시도하고 있었다. 그러던 어느 날 이미 고등학생 집단 '귀국'을 한 "나"의 아들 영식이 동급생이었던 대환에게 편지를 써 보낸다. 거기에는 하루라도 빨리 '조국'에 공헌하기 위해 대학 진학을 포기하고 일하기 시작했다고 쓰여 있었다. 이 편지를 읽은 대환은 자기 행동을 바꾸게 되고 마침내 아버지의 유골을 가슴에 안고 어머니와 함께 '귀국' 길에 오른다.

작중에서는 "나"를 포함한 1세들이 살아온 암흑시대와 대환과 같은 2세들이 펼쳐갈 빛나는 미래가 대비된다. 대환이 당당하게 '귀국'하는 날, 배웅 나간 "나"는 예전에 강제징용될 때 탄 관부연락선을 떠올린다. "나"에게 '공화국'은 식민지 시기로부터 시작된 고난스러운 항해의 종착지인 것이다.

(6) 자랑스러운 이산

'공화국' 작가들에게서 높은 평가를 받은 류벽의 소설 「자랑*」(1961)은 '귀국'제1선 취항이 임박한 도쿄와 규슈를 무대로 한 어느 부자의 이야기다. 박종수는 일제강점기에 징용으로 일본으로 건너와 시멘트 공장에서 일하고 있었다. 행상을 하고 있었던 아내는 히로시마에 투하된 원폭으로 인해 '해방' 직전에 목숨을 잃었고 만다. 이후 박종수는 어려운 생활 속에서도 아들, 딸이 민족교육을 받을 수 있도록 하느라 온갖 고생을 다했다. '공화국'으로 가는 길이 열리고 난 후 그는 자식들과 함께 귀국선 탈 날을 손꼽아 기다린다. 그 무렵에 조선대학교에 다니던 아들 명환이 총련 산하의 청년조직 대원으로 아키타현에 파견된다. 거기에서 동포 젊은이들에게 조선어나 '조국'에 대해 가르치면서 아직 자신을 필요로 하는 동포들이 많이 있음을 깨닫고 일본에 남고 싶다는 생각을 하게 된다. 그런데 가족이 모두 같이 살기를 원하는 아버지는 아들의 말에 귀 기울이지 않는다. 명환은 본가가 있는 규슈로 돌아가 간곡히 아버지를 설득하지만 아버지는 한사코 승낙하지 않는다. 그 날 저녁 두 사람은 함께 총련이 주최한 귀국자 환영회에 참가한다. '귀국' 예정자로서 단상에 선 아버지는 거기에 모인 사람들 앞에서 아들이 일본에 남을 거라고 말한다. 감격한 명환은 아버지와 서로 끌어안는다. 이 광경을 보며 "조선의 아버지 조선의 아들! 얼마나 자랑스러운가!"하며 주위 사람들이 일제히 칭송한다.

'귀국'을 둘러싼 이 화해극은 실질적으로는 부자간을 떼어놓는 결과를 초래하는 것이다. 그러나 작중에서 이것은 미담 외에 아무것도 아니다. 왜 그럴까. 그 배경에는 "우리의 부모형제자매들을 행복한 조국에 먼저 보내기 위해서 힘을 다하자!"는 1960년대 초에 벌인 총련 캠페인이 있다. 그것은 솔선해서 부모와 자식들을 '공화국'에 보낼 것을 남성활동가들에게 추천, 장려한 것이다. 거기에는 활동가자신이 가족을 '귀국'시킴으로써 '귀국'운동을 고조시키려는 의도도 있었을 것이다. 앞에서 살펴본 류벽의 「유언」에 등장하는 1세 활동가인 "나"도 고등학생 아들을 '공화국'으로 보내고 자신은 일본에서 조직활동을 계속하는 선택을 한 사람이다. 일본에서 애국사업에 참여하는 것에 대한 "나"의 자부심과 확신의 이면에 비장감이나 갈등 따위는 보이지 않는다.

이 캠페인은 일본과 '공화국' 사이에서 자유왕래가 실현될 전망이 서지 않는 시점에서 낙관적인 예측을 근거로 해 전개된 것이다. 당시 작가들도 가족이산을 스스로 선택하지 않으면 안될 국면에 서게 된 것이었다. 그런데 자기 가족을 실제로 '공화국'으로 '귀국'시킨 작가는 적지 않다. 그 가운데 남시우의 아들은 1963년에 17살에 '귀국'해 후에 '공화국'에서 인기 소설가가 되었다. 장편 『청춘송가』(1987)로 한국에서도 알려진 남대현이 바로 그 사람이다. 그러나 물론 이러한 행운의 경우뿐만 있는 게 아니다. 후일에 총련—'공화국'에 대한 생각이 바뀌어도 '공화국'에 살고 있는 가족 때문에 그 뜻을 표명하지 못하는 딜레마를 안은 작가들도 적지 않았다고 한다.

작품에서는 일본에 혼자 남은 청년을 그린 류벽이었지만 그 후 얼마 지나지 않아 스스로 '귀국'을 선택했다.

2) 선상의 재일작가들

재일조선인들의 '귀국'은 '공화국' 문학, 예술계에 있어서도 중대 사건이었다. 지금부터 '귀국'한 재일 작가들의 행적을 더듬어갈 것인데 그 전에 우선 '공화국' 측의 동향을 살펴본다. 1959년 말 '귀국'제1선의 입항 직전에 '공화국'에서는 귀국환영가가 만들어져 라디오를 통해서 '공화국' 사람들에게 보급되었다. 또한 리북명, 박세영, 박웅걸, 천세봉 등 쟁쟁한 '공화국' 작가들을 세 그룹으로 나누어 귀국선 도착항에 파견해 거기에서 직접 보고 들은 일을 바탕으로 창작하도록 장려했다.

1960년대 초에는 일제시대의 저명한 성악가인 김영길[나가타 겐지로]이나, '맨홀 화가'로서 알려진 조량규를 비롯해 화가나 무용가들의 '귀국'이 잇따랐다. '공화국'에서는 거국적으로 이들 예술가들을 극진히 맞아들였다. 평양 『문학신문*』지상에는 예술적 기능과 소질에 걸맞은 직종을 알선해 생활 안정과 교육을 보장한다는 귀국 문화인 우대책도 발표되었다. 또한 '귀국'예술가를 둘러싼 좌담회도 몇 번이나 열렸다. 거기에는 리북명, 박웅걸, 박팔양, 리갑기, 강효순, 리원우 등 조선 작가동맹 간부들이 나란히 출석했는데 '귀국'문제의 중요도를 엿볼 수 있는 대목이다.

1960년 7월에 진행된 한설야 작가동맹 위원장과 '귀국'한 문학청년들의 담화는 언어문제를 다루고 있어 매우 흥미롭다.[31] 한설야는 "무엇보다도 먼저 문학의 유일한 무기인 언어문제"를 해결 할 필요가 있다고 한 후 "문학가들은 노동자, 농민들의 말, 인텔리들의 말, 심지어 표현을 잘하지 못하는 사람들의 말까지도 꾸준히 배우고 연구하여야 한다"며 '귀국' 청년들을 일깨운다. 그리고 나서 "오랜 전통을 가지고 있는 그 인민의 생활은 오직 그 인민이 사랑하는 언어로써만 깊이 있게 또 진실하게 표현할 수 있"다며 일본어로 재일조선인들의 삶을 그리는 데는 한계가 있다고 지적했다. 그러나 여기서는 재일조선인들이 쓰는 조선어에 관한 직접적 언급은 없다. '해방' 후 재일조선인들의 조선어가 "전통을 가진 인민의 생활어"가 아님은 자명하며, 따라서 그들이 재일조선인들의 문학활동을 어떻게 인식했는지 다시 생각해 보게 된다.

문예동 문학부에서는 중견작가들 20여 명이 '귀국'했다. 이 숫자는 당시 멤버 중 삼분의 일에 해당한다. 1960년 제2선을 탄 오룡, 그 다음 해 일본을 떠난 윤광영(1959년에 '공화국' 국립 시나리오 창작사 현상모집에서 「조국의 품 속으로」가 가작 당선되었다), 류벽 등이 대표적인 사람들이다. 『진달래』에서 활동한 동인들도 거기에 섞여 있었다. 오룡의 경우는 가족의 질병 치료를 위해서 '귀국'을 선택했다는 경위가 있었던 모양이다. 이 세 작가의 이름은 '귀국' 후 '공화국'에서 발행된 신문, 잡지에서 자주 볼

---

31 「한 설야 위원장과 일본에서 귀국한 청년 문학인들과 담화"」, 『문학신문"』, 1960.7.29.

수 있다.

여기서는 류벽에 대해서 좀 더 자세하게 살펴본다. 류벽은 1950년부터 재일조선인 민족교육에 종사해 도쿄 조선 중고급학교 문학과 교원, 조선대학교 조선 문학과 교원으로 일했다. 「토끼와 록두령감*」, 「나는 연필입니다*」 같은 동화 창작을 시작으로 1950년대 후반에는 지방에 사는 젊은 조직활동가를 주인공으로 삼은 「갱소년*」, 한쌍의 부부의 말다툼을 그린 「화해*」, 규슈를 무대로 총련 부회장과 새로 파견된 대학출신 활동가의 반목을 그린 「첫 충돌*」 같은 단편소설을 발표했다. 모두 조선어작품이다.

1957년에 열린 재일조선문학회 제1차 중앙위원회에서 상임위원으로 선출되어 초기 『문학예술*』의 편집위원도 맡았으며, 1961년에는 허남기, 남시우, 김민에 이어 재일조선인 작가로는 4번째로 조선 작가동맹 맹원이 되었다.

1961년 7월에 제68차 '귀국'선으로 '귀국'한 류벽은 『문학신문*』에 발표한 「자랑을 안고 만나자*」, 「춘궁*」 등에서 조선에서 보낸 유년시절이나 일본으로 건너간 후에 겪은 쓰라린 경험, 한국 군사정권 비판, '공화국' 인민으로서의 권리를 누리는 기쁨 등에 대해 썼다. 1962년의 '공화국' 최고인민회의 대회원 선거 때는 난생 처음 참정권을 가지게 된 날의 감격을 적어놓기도 했다.

'공화국' 작가로서의 행적은 당연히 '공화국'의 문예 정책을 따라 이루어졌다. 1950년대 후반부터 1960년대 전반까지 '공화국'에서는 '천리마 기수'인 근로자나 농민의 구체적인 생활 정서 가운데에서 작품을 형상화하도록 요구되었다. 이때 류벽도 지방에 파견되어 노동자와 함께 지닌 체험을 바탕으로 단편「거울*」을 발표한다. 일용품 공장의 공장장이 된 '귀국'자인 남성이 공장에서 문제가 생겨서 고민하고 있었는데 때마침 찾아온 도서관원의 지혜로 문제가 해결된다는 내용이다.

1964년에서부터 1965년까지 인민들의 공산주의 수양을 고양시킬 의도로 '혁명적 대작 장편 창작 방법론', 즉 역사적 과정 속에서 성장하는 조선인을 형상하는 사업이 추진되었을 때 류벽도 이 흐름을 타고 장편을 집필하려고 했다. 그가 선택한 주제는 '해방' 후 재일조선인들의 투쟁이었다. 집필에 즈음해서 "이국에서 조국의 귀중함을 사무치게 느끼며 투쟁하는 동포들의 열화같은 열정이 나를 추동하고 있다. 첫 장편의 완성을 나는 옛 벗들의 얼굴을 눈앞에 그리면서 완성해 나가고 있다"며 '귀국'자다운 감정을 토로한다.[32]

류벽은 '귀국' 후 직업작가가 되었다. 일본에서 교사로 일하면서 근근이 활동하고 있었던 인물이 '귀국' 후 곧바로 '공화국' 문학자로서 발표의 기회를 가진 것은 파격적 대우라고 할 수 있다. 거기에는 재일조선인에게 미칠 영향을 감안하여 '귀국'자를 대변시키려는 '공화국' 문학계의 의도도 있었을 것이다. '공화국'이 일본에서 대량 신규 유입자를 받아들일 때에 '공화국' 주민들이 재일조선인들을 좀 더 깊이 이해하도록 돕는 하나의 수단으로 류벽의 작품이 한 역할도 컸을 것이다.

'공화국'의 문예정책을 체화하기 위해 류벽이 노력을 기울이고 있었던 것은 분명하다. 그러나 한편에서 '해방' 후 일본에서 생활한 실체험이 있기에 자신이야말로 재일조선인의 진정한 모습을 그릴 수 있으며

---

32 류벽,「첫 장편의 추고를 앞두고*」,『문학신문*』, 1965.10.19.

또 그리고 싶다는 강한 의욕도 보였다. 장편 『해'빛 만리*』를 집필하던
중에 류벽은 다음과 같이 심경을 내보였다.

> 조국의 품속으로 돌아 올 때까지 바로 그 땅—일본에서 짧지 않은 세월을
> 동포들과 고락을 같이 하며 살아 온 나는 남달리 하고 싶은 말이 많았다. 그
> 것은 온 세상을 향해 소리 높이 웨치고 싶은 충동으로 되었다. 누를 수 없는
> 이 충동이 아직은 어린 자신의 함을 헤아릴 겨를도 없이 감히 이 장편에 붓
> 을 들게 하였던 것이다.[33]

『해'빛 만리*』라는 소설이 실제로 간행되었는지는 확인할 수 없다
[1972년에 발행된 작품일 가능성도 있다]. 여하튼 이 작품이 완성되었다면 그
것은 류벽의 첫 장편 작품이며 동시에 재일조선인 작가가 처음으로 쓴
조선어 장편이 되는 것이었다. '해방' 이후 조선어소설은 단편적으로 몇
편 쓰여졌지만 모두 단편이었다. 시간적으로도 경제적으로도 여유가 없
고 발표 매체도 안정되지 않았던 것이 그 이유로서 추측된다. 류벽은 '공
화국' '귀국'으로 드디어 장편을 집필할 수 있는 환경을 얻은 것이었다.
　같은 무렵에 일본에서도 장편 하나가 쓰이기 시작했다. 1976년부터
20년 넘게 연재된 일본어판 『화산도』의 원형이 된 김석범의 조선어 장
편 「화산도*」이다.

33　류벽, 「장편소설 『해'빛 만리』 중에서」, 『문학신문*』, 1966.6.21.

8. 일본과 한국 간의 거리

1) 한국적韓國籍자는 어디로 향했는가

한국을 지지하는 작가들도 역시 이동과 이산의 와중에 있었다. 예를 들면 그 대표적 인물인 최선과 소설, 연극, 영화제작 등 다양한 장르에서 활약한 김경식은 조선반도 북부 출신이다. 둘 다 부유한 지주 출신이었는데 '해방' 후 북에서 실시된 토지해방 정책과 그 후 일어난 조선전쟁으로 일가는 뿔뿔이 흩어졌다. 최선 등은 부모가 조선전쟁 시에 행방불명이 되면서 형제는 남쪽으로 달아나고, 여동생만이 북쪽에 남게 되는 대단히 복잡한 사정을 겪게 된다. 북에 고향이 있기 때문에 오히려 한국을 지지한다 — 나중에 최선도 김경식도 한국의 민주화를 지지했기 때문에 한국 정부나 민단이 꺼려했다는 것은 역설적인 것이기는 하지만 — 라는 아이러니는 남조선이 본래 고향인 사람들이 총련을 지지해 '공화국'으로 '귀국'하기에 이른 것과 묘하게도 평행 관계에 있다. '공화국' 방문에 사용될 원산과 니가타를 연결하는 만경봉호의 취항은 1971년의 일이다. 총련계열 사람들은 그 때까지는 '귀국'해서 일본을 영원히 떠난 경우를 제외하면 거의 일본에 갇힌 상태에 있었다. 그들에 비하면 남조선/한국—일본 간의 이동은 훨씬 동적인 것이었다.

우선 남조선/한국에서 일본으로의 이동을 살펴본다. 『한국문예』, 『와코우도若人』, 『한양*』 등의 편집을 맡은 시인 김윤은 조선전쟁이 한창이던 1951년에 일본으로 달아나온 인물이다. 재적하고 있던 동국대학교 국문과 강의는 전화를 피해 부산 자유시장에 있던 절에서 이루어 졌으며, 김윤은 포화 소리를 들으면서 선배 작가들과 다방에 들어박혀 종군작가들의 이야기를 듣곤 했다고 한다.[34]

　일본으로 건너온 당초 김윤은 조선학교 교원으로 일했던 우수한 젊은이들 ― 폴 엘뤼아르의 시를 번역한 강민성, 1960년대부터 다수의 미국 '흑인문학' 번역에 종사한 황인수 등이 포함된다 ― 이 모인 시 서클 '불씨동인회'에서 활동했지만 그 후는 『한국 문예』, 『한양*』 같은 한국계 매체로 주된 활동의 장을 옮긴다. 조선어시집인 『멍든 계절*』(1968)과 『바람과 구름과 태양*』(1971)은 모두 한국에서 간행되었다. '해방' 후 남조선에서 『독립신보*』의 편집위원이나 『중외신문*』의 편집국장으로 있다가 그 뒤 일본에서 『국제 타임스』의 편집국장을 맡은 이북만(1947년 도일), 조선반도 중립화론자이며 『코리아 평론』의 편집 발행인이 된 김삼규(1951년 도일), 『통일조선신문』을 창간한 이영근(1958년 도일) 등의 언론인들도 '해방' 후 남조선/한국에서 건너온 신규/재도일자들이다.

　예전에 프롤레타리아 작가로서 활동한 이북만은 식민지 조선에서부터 일본, 중국, 남조선, 일본을 전전했다. 한편 김삼규는 일제강점기 유학생으로서 도쿄제국대학 독문과를 졸업한 후 조선예술좌에 가입했고, '해방' 후에는 남조선에서 『동아일보*』의 편집국장겸 주필이 된 인물이다. 역시 '해방' 직후 서울에서 신문기자, 논설위원으로서 일했고 종군생활을 한 뒤 일본으로 건너온 임영수는 훗날 자신의 종군 체험을 바탕으로 소설 『아득한 '공화국'』을 일본어로 집필했다. 북영일 역시 조선전

---

34 김윤 씨의 증언, 2004.4.6.

쟁 체험을 쓴 소설가이다.

또한 한국 저항문학의 번역자, 소개자로서 공적을 남긴 김학현은 어느 수필에서 자신이 조선전쟁 피난민임을 고백했고, 세계적인 미술가 이우환도 1956년에 도일한 '해방' 후 유입자였다.

이런 사례와 반대로, 일본에서 남조선/한국으로 이동하는 사람들의 흐름도 '해방' 초기부터 있었다. 아래의 글은 1948년 전후에 쓰여진 걸로 보이는 오림준의 「대한민국에 간다는 사나이에게—어느 무대 배우를 앞에 두고大韓民國へ行くと云う男に―ある舞台俳優を前に」라는 시다.

땀과 눈물과

피와 기름 냄새가 난다

일하는 사람들, 가난한 동포들이 우글거리는 장소에서는

너의 '춘향전'이

거꾸로밖에 보이지 않고

'몽룡'은 관등상위됨직한 것을 가지고

먼지투성이가 된 수건을 목에 감은

일용직 노인

또는 무학무능

한글도 족히 읽지 못하는

역사의 희생자에게

예술적, 그리고 향기가 그윽한 열연은

아무래도 아깝다고

말씀하시는가

예전에는 광한루 장치가 흔들릴만큼

노래부르고 느긋하게 몸을 흔들어

봉건 세상을 뒤흔들며

악당을 혼내주고

미주(美酒)를 빼앗아 낸 자가

이제는 그 백골이 겹겹이 쌓인 대한민국에

가려고 한다[35]

    이 시의 대상은 일제강점기 때 최승희와 함께 쌍벽으로 이름을 떨친 무용가 조택원으로 추측된다. 조택원은 일제시대부터 '해방' 직후까지 일본, 미국, 프랑스 등지에서 공연 활동을 하며 한 번은 한국에 돌아간 듯하다. 그러나 이승만을 비판했다는 이유로 1949년에 한국 입국이 금지되어 일본과 미국을 거점으로 해 활동을 계속했다. 1960년에 다시 한국으로 되돌아간 뒤에는 군사정권과 양호한 관계를 유지하며 민단 문화활동의 활성화에도 관여했다. 최선이 비판했던 바로 그 예총 도쿄 특별지부의 설립이다.

    그 최선이 주재한 『백엽』은 일본어지이기는 했지만 지면에 글을 발표하지 않던 자도 동인으로 활동하고 있었는데 그중 다수가 한국에서 온 유학생이었고, 그래서 회합은 조선어로 진행되었다고 한다. 지면을 살펴보면 동인들의 한국 '귀국'도 빈번하게 보고되었다. 그중 정인훈은 1960년에 한국 사대당 결당에 관여해 서기장으로 당선된 인물이다. 뒷날 한국

---

35 오림준, 「대한민국에 간다는 사나이에게 ─ 어느 무대배우 앞에서」, 『마지막 어두운 밤에』, 공립인쇄, 1954[사가판].

문학가협회 사무국장 등을 역임한 소설가 박용구의 이름도 보인다.

1961년 민족일보사건으로 총련으로부터 정치자금을 제공을 받았다는 죄로 32세에 사형당한 조용수는 1951년에 일본으로 다시 건너온 후 1960년에 한국으로 '귀국'한 사람이었다. 훗날 한국에서 무죄선고가 내려져 명예회복되었지만 그것은 처형된 지 47년이 지난 2008년의 일이었다.

한국계 재일조선인들에게 독특한 현상은 구미를 중심으로 한 제3국으로 건너간 사람들이 있었다는 것이다. 유학생, 연구자, 기술자 등 주로 지식층 사이에서 이러한 움직임이 보였다. 미국으로 이동한 경우는 한국에서 미국으로 가는 게 상대적으로 용이해진 1965년에 제정된 미국 이민법 개정이라는 외적 요인도 관계되었다. 일본 국외로 이동하려면 한국적 보유 즉 한국 정부 지지 표명이 최소한의 조건으로 되었다. 일본 밖으로 나오기 위해서는 우선 조선적을 한국적으로 변경할 필요가 있었다는 것이다.

1951년에 유학생으로서 도일해 『백엽』 창간 동인이 된 문명자는 1961년에 한국 『여원*』의 특파원으로 케네디 대통령의 취임식을 취재하기 위해 미국으로 건너갔다. 그 후 미국으로 거점을 옮기는데 1973년에 일어난 김대중 납치사건 후 미국으로 정치망명한다.

한편 예전에 『한양*』에 조선어 시를 발표한 적이 있는 바이링궐 시인 최화국은 만년에는 딸부부가 사는 미국으로 거처를 옮겼는데 그 경력도 이러한 맥락에서 파악 가능하다. 그 『한양*』이 코리안 아메리칸들 사이에서 많이 읽혔다는 사실은 1960년대 후반부터 넓어진 새로운 조선인 네트워크를 보여주는 것이다.

2) 또 하나의 '귀국'

  이동하는 조선인들은 문학작품 속에서 어떻게 형상되었을까. 김랑의 「귀거래歸去來」(1962)와 김경식 「잿빛 구름灰色の雲」(1962)이라는 '공화국' '귀국' 실현 몇 년 후에 쓰여진 소설 두 편을 실마리로 해서 살펴본다. 그런데 김랑은 김경식의 필명이다. 즉 이 두 작품을 집필한 자는 동일인물이다. 「귀거래」는 도쿄 시모오치아이에 사는 재일조선인인 "나" 김영수를 김길용이라는 면식도 없는 청년이 한국에서 찾아오는 장면에서 시작된다. "나"의 고향인 평안북도 중학교의 동창으로 같은 시기 일본으로 유학온 김성수의 소식을 알리기 위해서 그는 왔다. 김길용과 김성수가 만난 곳은 학도출정으로 동원된 조선 내 일본군 부대였다. 둘은 '만주'로 탈주를 도모해 성공하지만 김성수는 머지않아 일본병사에 붙잡혀 참살된다. 손발과 목이 잘린 끔찍한 김성수의 사체를 본 김길용은 그의 마지막 모습을 가족에게 알려야 한다는 사명감에 사로잡혀 북조선으로 돌아간다. 이윽고 조선전쟁이 일어나 지주였던 김성수 집안은 일가가 뿔뿔이 흩어져 버린다. 김길용은 부산까지 남하해 마침내 김성수의 아버지를 찾아낸다. 다리가 불편하고 눈이 먼 거지로 변한 모습의 아버지는 아들의 죽음을 알고 며칠 후 자살한다. 이런 이야기를 "나"에게 전하고 나서 김길용은 행복했을 때의 김성수 사진을 "나"에게 맡기고 떠난다.

  그가 향한 곳은 조선전쟁 휴전 후에 그대로 정착했던 한국이 아니라 니가타였다. 물론 귀국선을 타기 위해서다. 그렇다고 해서 김길용이 북쪽을 향하는 것은 '공화국'에 대한 공감에서가 아니다. 가슴 속의 이야기를 김길용은 다음과 같이 풀어놓는다.

내 고향은 북선[공화국]입니다. 자기 고향에 돌아가고 싶다는 감정을 억누를 수 없습니다. 이것은 아까 말했듯 동물적 감성일지도 모르겠네요. (…중략…) 우선 자기가 가고 싶은 고향마을에 가 보고 거기에서 생각해 볼 작정입니다. 그리고 이래서는 도저히 안된다고 생각하면 거기에서 싸울 거고요. 조선사람을 위해서도요.[36]

정치적 입장이나 이념만으로는 시원하게 설명되지 않는 고향에 대한 정. 김길용에게는 남북 정치체제의 차이는 고향마을을 그리워하는 감정보다 나은 게 아니다. 이념적인 '조국'으로서 '공화국'을 택해 '귀국'한 재일조선인들에 섞여서 자기가 태어난 고향을 "동물적"으로 찾아가는 한 조선인의 존재를 이 소설은 새기고 있다. 한편 "나"는 니가타로 향하는 김길용의 뒷모습을 도쿄의 한 구석에서 단지 배웅할 뿐이다. 남쪽으로도 북쪽으로도 갈 수 없어 우두커니 서 있는 전형적인 재일조선인의 모습도 또한 이 작품에는 묘사되어 있다. 한편 김경식의 「잿빛 구름」에서는 한국을 지지하는 40대 남성들의 '귀국'이 그려졌져 있다. 일본 사회에서 삶의 목적을 찾아내지 못하는 사람들의 군상을 그린 이 소설은 시종 침울한 분위기가 감돈다. 주인공은 한국계 재일조선인과 일본인이 같이 꾸린 극단에 소속된 김영달이다. 사람 좋은 김영달은 고향인 전라남도로 돌아가겠다고 불쑥 말을 꺼낸 친구 윤광선의 '귀국' 수속을 도와주고 있었다. 사실은 일본인 아내와 아이 일곱 명을 본가로 돌려보낼 구실로 '귀국'을 꺼낸 듯하지만 진의가 불명인 채 윤광선은 사고로

---

36 김랑, 「귀거래(歸去來)」, 『백엽』 23, 백엽동인회, 1962.2.

죽어 버린다. 죽은 윤광선의 '귀국'의 진의를 둘러싸고 친구와 이야기를 나누다가 김영달 자신이 안고 있는 사정으로 이야기가 나아간다.

　　어떻게 좀 안될까? 실은 참 괴롭다. 조국에 돌아가고 싶어. 이 나이가 됐는데도 딱히 할 일도 없지. 조국에 간다고 해도 어디로 가겠어? 어차피 돌아간다면 자기가 태어난 고향에 가고 싶은 게 인지상정이 아닐까, 그렇지? 그런데 그 고향은 말이야, 문제는 그거야. 부모형제는 그 김일성에게 쫓겨나 남쪽으로 와 있지. 동란 때 피난민 무리에 섞여 간신히 남쪽으로 도망쳐 오긴 했지만 전래의 토지를 잃어버린 늙은이가 무엇을 할 수 있겠어. 거기서 기다리고 있던 건 과로와 굶주림과 추위 뿐, 아버지는 부산의 피난민수용소에서 끝내 죽어 버렸지. 형님은 형님대로 피난 도중 유탄에 맞아 지금도 아픈 모양이야. 고향마을로 돌아간다고 해도 도대체 남쪽으로 가야 할까 북쪽으로 가야 할까?[37]

　나고 자란 곳은 북쪽이라도 현재 가족은 남쪽에 살고 있다. 김영달은 자신이 돌아가야 할 곳이 어딘지 모른다. 일본에서 대학을 나오긴 했지만 졸업 후 일자리도 없고 일본에도 거처는 없다. 그의 결혼생활도 행복한 건 아니었다. 양쪽 부모의 반대 속에서 결혼했지만 아내의 오빠가 문제다. 예전에 인천에 주재한 대일본제국군 장교였던 그의 처남은 조선전쟁 때 사설 해군에 들어가 인천에 부설된 기뢰원 소해 작업에 참가했다. 조선을 희생물로 삼는 처남에 대한 김영달의 마음의 응어리는 풀

---

37 김경식, 「잿빛구름」, 『한국문예』 창간호, 한국문예사, 1962.11.

리지 않고 그를 괴롭히고 있는 것이다.

작품 종반에서 김영달도 역시 '귀국'할 결심을 굳히고 있었다는 게 밝혀진다. 행선지는 한국이다.

나라는 인간이 이 일본에서는 쓸모없었을지 몰라도 귀국하면 출발점으로 되돌아왔다고 생각하고 다시 시작하고 싶어. 그런 내 머리 위를 잿빛 구름이 덮을지라도 나는 그 모든 걸 좇아버릴 거야.

한국행은 김영달에게는 유일한 현상 타개책이다. 자기에게 남겨진 이 마지막 수단을 행사함으로써 그에 대한 기대를 간신히 이어간다. 그러나 '귀국'한 곳에서 그를 기다리는 운명은 작품 제목 그대로 "잿빛 구름"일 터인데, 김영달은 거의 체념하듯 그것을 받아들인다. 탈출지가 결코 전망이 밝은 세상이 아님을 충분히 이해하면서도 소거법으로 한국 '귀국'을 선택하게 된 인물을 그린 작품이다.

9. 종착지 없는 항로

1965년 이후 한국적 보유자는 일본 생활상 조선적 보유자보다 훨씬 우대를 받았다. 그뿐만이 아니다. 재일조선인들은 장단기 한국 체류도 가능하게 된 것이다. 이것은 재일조선인문학에 새로운 바람을 불어넣었다.

재일 2세인 이기승李起昇이나 이양지李良枝의 문학 작품의 근간이 되는 한국 체험은 한일관계의 변화가 가져다준 것이다. 이기승은 1976년에, 이양지는 1980년에 각각 한국 방문과 유학을 했다. 자신의 뿌리를 한국에서 찾을 — 이양지의 경우 '한국 전통무용'에 경도되어 갔지만 — 때 이양지가 그다지 망설이지 않았던 이유는 부모의 고향이 한국에 있다든가 아버지가 민단 간부였다는 사실만으로는 설명하지 못한다. 실제로 그 땅을 밟을 수 있게 됨으로 한국이라는 곳의 존재감은 재일조선인들 사이에서 점점 커져 갔다. 재일조선인들이 "한국"을 획득하게 됨으로서 그들이 일본어로 쓴 문학도 국민국가 문학과 같은 장에서 일본과 한국에서 논의하게 되었다. 재일조선인들이 쓴 작품들이 국가 간의 틈새나 경계, 가교라는 타자 의존적인 존재로서의 지위가 주어진 것은 필연적인 결과였다.

　한편 1971년 5월에 이루어진 만경봉호 취항으로 인해 재일조선인들은 '공화국'으로 단기방문할 수 있게 되었다. 그 이듬해인 1972년에는 재일조선 청년들을 대상으로 한 제1회 문학연수가 평양에서 열렸다. '공화국' 작가에게서 직접 문학창작을 배우는 기회를 얻음으로써 총련 문학운동은 새로운 전개를 보여주게 되었다. 또한, 앞에서 언급한 바와 같이 구 총련 작가들에게 한국 방문은 극도로 정치인 문제가 되었다. 정부 측인가 민주화 세력 측인가라는 한국에 대한 태도 표명이 요구되었기 때문이다. 1981년, 김달수는 "재일 한국인 정치범 구원"이라는 명목으로 한국을 방문했다. 그의 37년 만의 귀향은 재일조선인들과 한국 민주화운동 관계자들 사이에 큰 파문을 일으켰다. 예상한 대로 김달수는 얼마 되지 않아 한국적을 취득했다.『태백산맥』속편 집필에 있어서 장벽이 되어 있었다고 스스로 말한 바 있는 귀향이 실현되었지만 속편은 결국 쓰여지지 않았다.

그 후 1990년대 후반에 한국에서 민주화가 진전됨에 따라 이회성, 양석일, 김시종 등 주된 일본어 작가들 대부분이 한국적을 취득하게 되었다. 일본어로 작품 발표를 하면서 조선적을 계속 보유하는 이는 현재로는 김석범 — 조선적을 '준-통일 국적'이라고 정의한다 — 등 극히 소수이다. 실은 남북 쌍방이 전개한 첩보전이나 포섭 공작에 말려들지 않은 재일작가는 거의 없었다고 한다. 그러나 그 검증은 아직도 시기상조인 듯하다.

재일조선인문학은 '해방' 후에도 하염없이 계속된 이동과 이산의 소용돌이 속에 있었다. 어떤 작가들은 눈앞을 지나가는 동포들을 그렸고, 어떤 자는 스스로 이동자가 되었다. 식민지기에서 포스트 식민지기로 이행하는 과정에서 일어난 고향과 조국의 불일치로 인해 많은 재일조선인들이 향수와 정치 이념 사이에서 흔들리고 갈등해야 했다. 고향을 애타게 그리워하면서도 자기의 정치 신조와 맞지 않아 그 땅을 밟지 못한 채 일본에 머물다 죽어 간 사람들의 수는 헤아릴 수 없을 만큼 많다. 만약 고향과 조국이 처음부터 행복하게 일치했더라면 재일조선인에 의해 탄생한 문학작품은 지금 남겨진 것과는 전혀 달랐을 것이다. 그것이 보다 더 뛰어난 작품을 생산하는 결과를 가져왔을지의 여부는 또 다른 문제이지만.

5장

재일조선인문학,
혹은 언어가 대결하는 장

1. 일본어와 조선어 사이에서

1) 꼬여버린 언어문제

　재일조선인 작가들은 무엇을 위해 쓸 것인가, 누구를 위해 쓸 것인가라는 문학에서의 근원적인 물음과 예외 없이 마주했다. 그것은 늘 또하나의 물음, 즉 어떤 언어로 쓸 것인가라는 문제를 동반했다. 두 가지언어가 끊임없이 오고 가는 공간에서 작가들은 이 문제를 고민하며, 논의하고, 격투했다.

　김소운의 수필집 『아시아의 4등 선실』(1956)에는 다음과 같은 기술이나온다.

일본어라는 터무니없는 것 때문에 나는 심신을 소모시켰습니다. 정말 어수룩한 이야기입니다. 아무도 부손(蕪村)이나 료칸(良寬)에 대해서까지 참견하라고 부탁하지 않았는데도……. 그런 것은 일본인만 하면 충분한데 말이지요. 그런데 이쪽은 그럴 수는 없습니다. 일본인의 생활이나 문화나 …… 무엇이든 알아야 합니다. 단지 지식으로서가 아니라 피부로 느낄 때까지……. 실은, 나의 불균형한 생리 — , 그리고 거기서 새어나오는 신음 소리 — , 일본에게 어딘지 신기해 보이는 건 그것뿐인데요…….[1]

그 탁월한 일본어 능력으로 예전에 일본에서 인기가 있던 조선인 문학자의 '해방' 후의 이러한 술회는 식민지 출신 작가의 운명에 대해 정곡을 찌르고 있다. 그러나 김소운처럼 — 1952년부터 1965년까지 한국 입국이 금지되기는 했지만 — 한국이라는 '조국'으로 일찌감치 발판을 옮길 수 없었던 대부분의 재일조선인들은 그와 같이 자조적인 태도를 취할 여유도 없이 절대적 정답이 없는 언어 문제의 미로를 헤매고 있었다.

다시 한 번 1945년까지 거슬러 올라가 재일조선인 작가들이 처했던 언어상황을 되돌아보고자 한다. '해방' 당초는 작가를 지망했던 지식인 남성들의 다수는 탈식민지화의 지향과 일직선으로 이어져 있었다. 재일 1세 남성들 대부분이 읽고 쓰는 데 많든 적든 간에 곤란을 겪고 있었다고는 하나 적어도 생활 언어로서의 조선어는 가까이에 있었다. 따라서 어느 쪽을 선택해야 할지의 문제설정이 일단은 성립되어 있었고, 조선어 사용의 민족적 올바름을 공연히 부정하지는 못했다.

---

1   김소운, 『아시아의 4등 선실』, 고단샤, 1956, 26쪽.

'해방' 직후 인민대중을 위한 문화계몽운동이라는 지식인으로서의 사명감에 불탔던 어당은 재일조선인들을 대상으로 한 문해교육과 문화 창조를 동시적으로 진행하려 했다. 조선어로 쓴 문학작품이 계속 쓰여 지고 축적되어 어느 날 하나의 문학사가 되기를 꿈꾸었을 것이다. 한편 김달수 등 『민주조선』의 주변 작가들은 그 독자를 진보적 일본 지식인 으로 설정하고 일본어로 창작 활동을 해 나갔다. 어당이 말하는 "착취 와 폭압으로 강요된 일본어"와는 다른 일본인과 대화하기 위한 도구로 서의 측면에 초점을 두기로 한 것이었다. 하지만 그것이 변명처럼 된 것도 사실이다. 리은직이 1949년에 말했듯 "단지 쓸 수 있으니까 썼다" 라는 면이 없었다고 할 수는 없다. 김달수에 대한 비판은 재일조선인들 사이에서 맴돌고 있었지만 그가 일본인 독자들로부터 지지를 받았다는 사실은, 독자의 문제에 있어서도 출판 유통이나 작품평가 시스템 면에 있어서도, 조선어로 쓰는 게 압도적으로 불리하다는 점을 사람들에게 일깨워 주었다.

언어 문제를 더욱 꼬이게 만든 것은 조선이 남북으로 분단되었기 때 문에 조선어로 창작하는 게 이데올로기 표명과 거의 같은 의미가 된 것 이었다. 이것은 조선어 사용자가 거의 조련-민전-총련계열 작가들 에 한정되었기 때문에 야기된 것인데, 그 사상이나 방침에 찬동하지 않 을 경우 발표하려고 해도 발표할 자리 자체가 없었던 것이다. 조선인들 이 일본 주류 문화 속으로 비집고 들어가는 것은 시대적으로도 어려웠 다. 예술을 위한 예술을 추구할 수 있을 만큼의 행운을 재일조선인들은 누리지 못했다. 혹여 일본 주류 문화 속으로 들어가려면 무엇보다도 먼 저 '조선'의 흔적을 지워야 했다. 필요 이상이라고 느낄 정도로 일본인

화에 집착한 장혁주나 다치하라 마사아키 등의 예가 그것을 웅변으로 말해 준다.

1950년 전후에는 조선인학교 폐쇄, 조련강제 해산 등을 겪으며 일본 공산당과 강력하게 결부된 시기였다. 반제, 반미, 반요시다吉田 내각이라는 공통적인 목표를 향해 가는 가운데 일본어 사용은 긍정적인 의미를 띠게 되었다.

1953년 휴전협정 체결로 재일조선인들이 '공화국'으로 경도하기 시작하면서 상황은 다시 바뀌었다. 일본 공산당과 결별하고 총련이 결성됨으로써 조선어 우위의 시기가 찾아온 것이다. 다만 그 조선어는 '공화국' 국가어로 변모해 있었다. 총련 조직이 위로부터 일방적으로 일본어를 부정함으로써 젊은이들의 반발을 초래하기도 했다. 1920년대 후반에 출생한 2세들, 게다가 황국신민화 교육을 받은 김시종도 일본어 옹호에 나섰다. 그러나 그 당시는 총련의 세력 확대를 배경으로, 조선어로의 창작운동이 궤도에 오른 현실을 앞에 서 일본어 사용을 외친 이들의 목소리는 깡그리 지워졌다.

1960년에 들어가면서 총련 교육체계와 각종 기관지紙/誌 정비로 인해 조선어를 이해하는 일정수의 독자가 확보되었다. 1세 여성들의 학습열도 과거 어느 때보다 높아졌다. 그러나 조직 내의 창작 활동에서는 '공화국'의 문예정책 즉 사회주의 리얼리즘의 수법과 주제를 받아들이는 게 기본조건이었다. 그 결과 문학 장르나 문체가 다양화되지 않고 독자도 조직 내 사람들에 한정되어 버렸다.

한일조약 체결, '공화국' 유일사상체계의 시동 등이 일어난 1960년대 후반에는 일본어 사용자가 다수파가 되어 갔다. 총련 이탈에 따른 조선어 작품 발표지의 상실, 일본인 독자가 재일조선인 작가와 그 작품에 대한 이해와 관심을 높인 것, 재일 1세에서 2세로 세대교체가 이루어진 것 등이 그 배경이 된다. 무엇보다도 조선반도 분단이 고착화해 감으로써 민족, 국가, 민족어, 국가어, 국토가 완전히 일치되리라는 탈식민지화에 있어서의 이상적 이미지가 무너지지 않을 수 없는 현실이 있었다.

한편 총련에 대항하는 세력인 민단에서는 작품 주제나 창작언어에 대한 제한은 특히 없었다. 조선어 작품을 발표하는 매체를 자기들 역량으로는 키우지 못하기도 해서 보통 일본어를 사용했다. 그런데도 민단으로부터는 그 주변에 있던 이들을 제외하고는 작가가 태어나지 않았다. 이 사실도 재일조선인문학에서 언어 문제가 얼마나 복잡한가를 보여주고 있다. 쓰기 쉬운 언어를 사용한다고 해서 작품이 태어나는 것은 아니다.

불충분한 조선어의 부활과 계승, 조선반도와 인적교류의 단절, 일본에서의 조선어의 낮은 지위 등 몇 가지 조건들이 상호작용해 조선어를 배우지 못한 젊은 2세들은 일본어로 자기를 표현하기 시작했다. 언어를 선택할 여지도 없고 '조국'은커녕 민족조직과 관계가 희박했던 사람들에게 언어 문제는 이미 민족윤리 등의 문제가 아니게 된 것이다. 이리하여 1970년대에는 기존 작가들의 총련 탈퇴와 2세들의 문학 활동 개시가 겹치면서 일본어 작품이 급증했다.

총련에서는 그 후에도 조선어로의 창작 활동을 이어나갔다. 『문학예술*』은 1999년에 간행을 마쳤지만 현재는 문예동중앙에서 『문예통신*』, 총련 출신자와 일본에 거주하는 조선어 시인을 폭넓게 모아 시지 『종소리』 등을 발행한다. 『종소리』 멤버들의 다수는 김시종과 논전을 벌린 홍윤표도 포함해서 1960~1970년대에 창작 활동을 시작한 조선어 시인들이다. 그러나 일본어 우세라는 상황은 아마 앞으로도 변하지 않을 것이다.

2) 조선어 작품의 독자는 어디에 있는가

조선어로 쓰는 것은 작가의 언어능력, 발표지, 독자 등 일본어로 쓰는 것 이상으로 곤란이 가로막고 있었다. 독자의 문제도 또한 심각했다. '해방' 직후에는 남녀노소에 대한 문해교육 및 민족교육과 동시에 창작 활동이 이루어졌다. 거의 예외 없이 교육자를 겸했던 작가들은 자기 작품을 읽을 수 있는 독자가 드문 현실을 깨닫고 있었을 것이다. 게다가 거듭되는 탄압으로 인해 교육 성과도 뜻대로 나오지 않았다. 조선어 활판인쇄의 환경도 좀처럼 갖추어지지 않아 조선어잡지를 새로 창간해도 3호까지 버티면 형편이 좋은 편이었다.

총련 결성과 '귀국' 실현으로 인해 1960년대 초에는 조선어학습의 기운이 높아갔고 『문학예술*』이나 『조선신보*』 등 발표 매체도 순조롭게 기능하게 되었다. 그렇지만 조선어로 쓰는 것과 관련해서는 총련 - '공화국'의 문예정책을 따라야 한다는 제한이 늘 있었고 독자도 총련 조직 내 사람들에 거의 한정되었다. 일본이라는 자본주의 사회에서 사회주의적 리얼리즘의 창작 방법에 준하며, 게다가 조직 외의 독자를 기대할 수 없는 채 글쓰기를 계속하는 것은 작가에게는 용이한 일이 아니었던 게 틀림없다.

그러한 가운데 1950년대 후반에 김시종이 지적했듯이 재일조선인 독자들을 위해 쓰는 대신 '공화국'으로부터 평가받는 게 목적이 되는 "성적주의"에 빠졌다고 해서 놀랄 것까지는 없다. 가령 자신의 독자를 '공화국' 일반 독자 가운데서 구하기 위해서라도 우선은 '공화국' 문학계로부터 보증을 받지 않으면 안 되었다. 독자를 위해서 쓴다는 데까지 생각이 미칠 여지도 없었던 것이다.

　　재일조선인 독자를 건너뛰고 쓴다는 점에서는 한국계 조선어 작가들도 마찬가지였다. 예를 들어 1960년대 초에 창간된 조선어지 『한양*』은 한국문단 조류나 정치정세는 의식하면서도 재일조선인 독자에게는 거의 관심을 기울이지 않았다.

　　이러한 과정을 거쳐 '해방' 직후부터 현안이 된 언어 문제는 총련－'공화국' 방침을 따라 조선어로 창작을 한다, 그렇지 않으면 일본어를 사용한다는 식으로 1970년대에 들어가기 전에 일단 결착을 보았다. 총련에 남지 않은 작가들의 조선어 작품은 갈 곳을 잃었고 총련에 남아서 계속 썼다고 한들 읽는 독자의 감소와 관심 저하로 스스로를 책망하게 되었을 것이다.

　　그러면 지금까지 조선어로 쓰여진 작품의 거처는 어디에 있을까. 1990년대에 시작된 일본문학에서의 정통과 정전正典을 재고하는 흐름 속에서 재일조선인문학에도 수차례 조명이 비추어지게 되었다. '일본문학'을 '일본어 문학'으로 고쳐 부르는 움직임 등은, 일본인 작가 아닌 일본어 작가 — 물론 재일조선인에 한정되지 않는다 — 의 존재가 일본에서 이미 무시할 수 없게 되었다는 시대적 변화를 보여주는 것이었다. 그러나 공교롭게도 그것은 조선어작가나 그 작품을 다시 비가시화하고 억압하는 사태도 초래했다. 재일조선인 작가들이 쓴 일본어 작품이 종래 일본문학이나 일본어를 '풍부'하게 하거나 일본문학의 '또 다른 가능성'을 열거나 한 것으로 조명되면 될수록 조선어작품은 망각되어 갔다. 즉 재일조선인문학 중 일본어 문학이 일본문학이나 한국문학에 있어서 정전을 비판한 텍스트로 재평가되었는데, 이것은 결과적으로 조선어작품을 배제한 재일조선인문학의 정전화가 새롭게 진행된 것이다.

조선어작가나 그 작품의 대부분은 — 작가가 총련을 떠났을 경우는 특히 — 상기되는 일조차 거의 없다. 그런 의미에서도 재일동포들을 위해서 조선어로 쓴다는 시도는 지는 싸움이었다. 아마 당사자들도 그 점을 자각하고 있었을 터이다. 하지만 그것을 알면서도 작가들은 그 투쟁을 해 나간 게 아니었을까?

민족어로 쓰고 읽힌다는 '해방' 직후에 부풀어 오른 민족문학의 꿈은 국지적으로만 실현되었다. 그것은 구 지배자의 나라에 사는 식민지 출신자들이 더듬어 가야 할 당연한 길이었을지도 모른다. 그래도 남겨진 작품은 언제까지라도 그 독자를 기다릴 것이다.

3) 잊혀진 작가, 김민

1950년대 후반 김달수나 『진달래』에 대해 「문학전통에 대한 허무적 태도」, 「비교문학적 취미」 등 격렬한 비판을 쏟아낸 자는 김민이었다. 1950~1960년대밖에 그 이름을 볼 수 없는데, 김석범의 친우였다는 이 소설가는 대체 누구일까.

김민의 소설은 공격적인 조직 활동가로서의 그의 언사와는 놀라울 정도로 동떨어진 섬세한 것이었다. 초기의 몇 편을 제외하고 모두 조선어로 쓰여졌는데, 작품 속에는 주목받는 일이 적은 평범한 조선인들이 소박한 필치로 정중하게 그려져 있다. 그들은 '조국'에 대한 희망을 가슴에 안으면서 험한 일본 사회에 맞서 조선 민족의 자부심을 지니고 살아가는 당시 총련의 가치관을 구현한 듯한 재일조선인들이다. 작중인물이나 에피소드의 대부분은 『해방신문*』이나 『조선 민보*』 등 김민 자신이 편집에 참여한 민족신문 기사를 바탕으로 한 것 같다.

한편 그는 여성을 누구보다도 많이 묘사한 작가이기도 하다. 「이른 새벽*」에 등장하는 아들을 대학에 보내기 위하여 뼈 빠지게 일하는 어머니, 「포옹*」에 등장하는 부지런한 교사 영숙, 「어머니의 역사*」에서 자기의 반생을 털어놓는 호걸인 강 아주머니 등 진지하고 착실하게 사는 동시대 재일 여성들의 모습을 김민은 기록해 두었다.

김민은 자기가 믿는 '조국'의 문예정책을 따르면서 재일조선인들의 생활을 조선어로 꾸준히 그렸다. 한결같이 조선 사람을 묘사한 그의 작품에는 일본 문학의 영향이 전혀 느껴지지 않는다. 이런 그의 작품군을 앞에 두면 그 과격했던 1950년대의 언설도 차근차근 설득력을 띠어 간다. 김민의 문학활동을 통한 또 하나의 탈식민지화 실천은 화려하지는 못 할지라도 착실한 것이었다.

김민은 1970년 즈음 집필활동을 그만두고 총련 조직과는 거리를 두었다. 사후 평양에서 간행된 유고집 『이른 새벽*』(1986)이 그가 남긴 유일한 작품집이다.

2. 번역에 대하여

1) 번역자로서의 재일작가들

두 가지 언어 간의 번역 특히 조선어를 일본어로 옮기는 작업은 '해방' 이래 재일작가들에 의해 면면히 이루어져 왔다. 번역에 종사하지 않은 작가가 오히려 소수파다. 이 절에서는 '해방' 직후부터 재일조선인 번역사를 개관해 본다.

1946년 창간된 『민주조선』에서는 김태준의 「조선 소설사」, 김기림의 「시와 문화에 부치는 노래」, 임화의 「깃발을 내리자」 등 '해방' 직후 남조선작가가 쓴 작품이 허남기와 리은직 등에 의해 번역되었다. 반일본 제국주의, 반봉건주의, 반국수주의, 진보적 민족문화의 창조를 내건 서울의 조선 문학가동맹에 소속한 작가들의 작품들이다.

1950년에 조선전쟁이 발발한 후에는 '공화국'의 전쟁문학을 소개하는 데 중심이 옮겨졌다. 당시 일본의 민주주의 세력의 수요도 있어 허남기는 일본 출판사에서 번역시집 『조선은 지금 싸움의 한 가운데에 있다』, 조기천 외 『백두산』 등을 잇달아 간행했다. 일본 출판계에서 시인으로서의 데뷔와 번역자로서의 데뷔는 같은 시기에 일어났다.

1960년 전후 총련에서는 '공화국' 공민화 프로그램의 일환으로 1930년대 항일 조선인 빨치산들의 회상기를 읽는 캠페인이 전개되었다. 이때 조선어를 읽지 못하는 재일 독자들의 이해를 돕기 위해서 번역서가 다수 간행되었다. 5권으로 구성된 『항일빨치산 참가자들의 회상기』나 『마동

희동무의 생애와 활동』 등이다. 한설야의 『수령을 따라 배우자』, 『사랑』, 리기영의 『 빨간 수첩』, 『두만강』, 리북명의 『당의 아들』, 김복진의 『김일성원수의 어린시절』, 유세중의 『시련 속에서』, 『압록강―조선 소설집』, 황건의 『개마고원』(상·하) 등 당시의 주된 '공화국' 작품도 차례로 번역되었다. 총련 산하단체에 소속된 청년 학생 외에 안우식, 리은직, 김영일, 이승옥, 김석범 등 당시 문예동 멤버들이 번역에 종사했다.

한편 한국문학의 번역에 관해서는 1940~1950년대 작품이 몽땅 빠진 게 특징적이다. 그다지 주목을 받지 않았지만 김희명이나 시집 『기억의 하늘』(1967)의 작자인 이기동은 1960년대 초부터 한국에서 쓰여진 시를 일본에 착실히 소개했다. 그들은 정치색이 옅은 작품을 선택했지만 1960년대에서 1980년대에 걸쳐서 일본에서 번역된 한국문학은 주로 민주화운동 속에서 생긴 저항문학이었다.

군사정권의 압박을 피하여 유학이나 망명을 한 청년들을 포함한 한국계 조선인들, 그리고 총련작가들이 이 분야에 참여했다. 1959년에 창간된 『조선신문』(곧 『통일조선신문』으로 변경)에서는 이재용, 이추봉, 강남석, 윤화덕, 이지영, 조옥창, 김경식 등이 번역을 담당해 10년 동안에 40편 이상의 작품이 번역되었다. 이 잡지는 한국 사회를 풍자한 소설 『분지』의 작가인 남정현을 옹호하는 논의를 전개하는 등 한국에 대한 적극적인 활동도 했다. 또한 번역의 정확함이나 문학자의 평가를 둘러싸고 총련계인 오림준과 윤학준에 대해 통렬한 비판을 해 논쟁을 일으키기도 했다.[2]

---

2 임회, 「오역이 횡행하는 한국문학―오림준 『아리랑의 노랫소리』를 생각하며」, 『통일조선신문』, 1966.6.8; 「사이비 참여문학론에 속지 마라―윤학준 씨의 반론에 반론한다」, 『통일조선신문』, 1966.6.25.

대표적 '해방'초기 작가의 한 사람으로 손꼽을 수 있는 박원준은 총련을 이탈한 후 신흥서방을 설립해 리은직, 오림준, 강위당, 김석범 등이 집필한 일본어 작품을 발행하고 동시에 번역서 간행도 했다. 오림준 역의 『아리랑의 노랫소리─현대 남조선시선』(1966), 정공채의 『미8군의 차』(1967), 임계의 『세월─현대 남조선소설집』(1967) 등이 있다. 박원준은 1969년에 일본어잡지 『조선문학』을 창간해 고전을 중심으로 조선문학을 본격적으로 소개, 번역하는 데 정력을 기울였다.

1960년대 후반에 들어가면서 일본인 독자 사이에서 수요가 높아져 총련작가, 전 총련작가, 한국계 작가 등 다양한 배경을 가지는 이들이 한국문학 번역에 착수하게 되었다. 강순, 김학현, 이회성, 안우식, 이승옥, 변재수 등이 그들이다. 시인의 강순은 김지하의 『오적, 황토, 만어』(1972), 『김지하시집』(1974), 『신경림시집─농무』(1977), 『김수영시집─거대한 뿌리』(1978), 『양성우시집─겨울 공화국』(1978), 『이성부시집─우리들의 양식』(1981) 등을 번역했다. 한국계 연구자 김학현은 백낙천, 고은, 염무웅 등 한국 민족문학론 논객으로서 민주화운동을 견인한 문학자의 논문을 소개한 『제3세계와 민중문학─한국문학의 사상』(1981), 『조국의 별─고은시집』(1989) 등을 번역했다.

번역자들 층은 '해방' 전부터 일본에 거주한 1세대, '해방' 후 일본에 건너온 1세대, 그리고 2세대가 혼재한다. 조선어를 제1언어로 하는 자도 그렇지 않은 자도 포함된다. 이렇듯 재일작가들 대부분이 번역 행위를 통하여 언어 간 이동을 끊임없이 하고 있었다.

2) "자역目譯"이라는 행위 - 강순과 허남기

재일문학자들은 일본인들에게 소개하거나 재일조선인들의 학습이나 계몽에 활용하거나 할 목적으로 남북조선의 문학을 번역했다. 특히 일본 출판사에서 간행된 서적은 조선반도에 대해 일본인 독자가 가지는 관심의 추이와 밀접하게 연관되어 있다. 그런데 소개나 계몽과는 또 다른 번역 행위도 존재했다. 자기 작품을 번역하는 "자역"이다. 강순과 허남기라는 두 시인을 중심으로 살펴본다. 두 사람의 생몰년대는 강순이 1918년~1987년, 허남기가 1918년~1988년으로 거의 같다. 둘 다 조련―민전―총련계의 조직에 속했지만 1970년대 이후에 걸어 간 길은 정반대라고 할 수 있다.

현재에서는 번역자 혹은 『날라리』와 『단장』 같은 일본어시집의 작자로서 간신히 그 이름이 기억되는 강순은, 알기 쉽고 명료하면서도 세련된 어구를 구사한 토박이 조선어 시인이다. 이데올로기 대립이나 넘기 어려운 세대 간의 벽을 넘어 독특한 세계관으로 주위의 동포들을 애정을 담아 그려낸 재일조선인판 '민중시인'이라 부를 만한 존재다. 1930년대부터 조선어로 시를 쓰기 시작한 강순은 1960년대까지 개인 시집 『조선 부락*』(1953), 『강순시집*』(1964)을 간행했다. 『조국에 드리는 노래*』(1956(도쿄)/1957(평양)) 등 총련 시인들과 함께 낸 시집에도 많은 작품이 게재되었다. 그의 재능은 인정받고 있었던 것처럼 보이지만 총련―'공화국'의 문예방침으로부터 자주 일탈하는 일도 있어서 1957년에는 그의 시가 상징주의적이라며 남시우가 직접 비판한 적도 있다.

이러한 강순에게는 실은 또 하나의 얼굴이 있었다. 『백엽』, 『통일평론』 등 한국계나 중립계 일본어지에 자기 작품을 일본어로 바꿔 써서 발표하고 있었던 것이다. 거기에서는 이성하라는 필명을 사용했다. 이러한 애매하고 정체불명한 자신을 노래한 「가재의 재난」이라는 시가 있다. 원래는 1960년대 초에 쓴 「가재의 봉변*」이라는 조선어 작품이다.

　난 가재다
　그래도 전갈이 아니다
　애매한 모양으로 태어난 가재다
　불운이라고 하면 불운하지만
　본인이 그 애매함을 싫어한다
　연꽃이 겉잠든 늪의 시민의 하나다[3]

　주위에서는 이 "가재"에게 틈입자, 올드 리버럴리스트, 낙오자(『강순시집*』에서는 사기꾼, 스파이, 기회주의자)이라고 낙인을 찍는다. 자조 기미마저 보이는 이 시의 밑바닥에 흐르는 것은 이데올로기의 대립 이전에 우선 일본에서 사는 한 조선인으로서 존재하고 싶다는 의사일 것이다.

　강순이 첫 번째 일본어시집 『날라리』를 간행한 것은 총련 이탈 후인 1970년이었다. 수록된 시 56편의 대부분은 조선어로 먼저 쓰인 걸 손수 번역한 것이다. 강순은 그것을 "자역"이라고 불렀다. 강순이 "자역"을 하게 된 이유는 『날라리』의 저자 후기에 다음과 같이 설명되어 있다.

3　강순, 「가재의 재난[조선어 제목은 가재의 봉변]」, 『날나리』, 시초샤, 1970.

가까운 장래 아직도 충분히는 자국어를 이해하지 못하는 사람 중에서 내 작품의 일본어역을 읽고 싶다는 강한 요망에 밀려 나는 감히 수치를 누르고 이러한 시집을 간행하기로 결심하는 바이다.

총련을 탈퇴한 강순은 '공화국'에도 한국에도 독자를 구체적으로 상정하지 못하는 상황에 **빠졌다**. 물론 이제부터는 총련 주변 사람들에게 읽힌다는 것도 기대할 수 없었다. 그래도 강순은 조선어로 써 나갔다. 이러한 강순에게 일역이라는 행위는 일본인을 위한 것이 아니라 젊은 동포들을 향한 것이었다. 동포 독자들을 위해 쓴다는 지향성은 일본어로 번역해도 여전히 흔들리지 않았다.

그로부터 약 15년 후 제3시집 『강바람*』(1984)이 간행되었다. 아래는 그 저자 후기의 일부분이다.

[조선어로] 쓰는 이가 드물고 씀에 있어 그 달라붙는 氣迫이 희미하여 하나의 氣勢를 이룰 수 없었고, 짓는 이나 보는 이의 힘이 모자랜[원문 그대로]다는 日語萬能의 環境說에 휩쓸려 風化가 더욱 急進된 것 같다.*4

'해방'으로부터 40년의 세월이 지나도 여전히 조선어 문학공간은 갖추어지지 않았다. 시인은 재일조선인들을 둘러싼 이러한 언어상황에 대해 초조함을 감추지 않는다. 그것은 강순이 「달라붙는 기박氣迫」이라는 조선어 시로 시를 쓰기 시작했기 때문에 느낀 불만이었을 것이다.

---

4   강순, 『강바람*』, 리카쇼보, 1984, 317쪽.

『강바람』에 수록된 작품을 "자역"한 일본어시집 『단장』(1986)이 간행된 것은 그가 타계하기 전년이었다. 사실 이 마지막 시집 간행은 강순을 경애하는 재일 2세대와 일본인 유지들의 조력으로 실현했다. 총련이나 '공화국' 독자를 위한 것도 일본의 독자를 위한 것도 아니었던 강순이 쓴 1970년대 이후의 조선어 시는 일본어로 번역하지 않는 한 재일조선인에게마저도 가닿지 않았던 셈이다. 조선에서 그대로 가져온 듯한 강순의 시언어는 지극히 '조선어적'이다. 구어와 방언이 섞여 있는 것도 있어 일본어로 직역하기는 용이하지 않다. "자역" 된 시가 원형을 남기지 못할 만큼 변경된 것도 그 때문일 것이다. 아무런 계산도 없이 단지 쓰고 싶은 조선어로 시를 썼고, 때로는 일본어로 바꿔 쓰기를 되풀이한 강순은 바로 두 가지 언어 사이를 산 시인이었다.

한편 허남기는 '해방' 직후에는 일본어와 조선어 양쪽으로 시를 썼지만 총련 결성 전후부터 조선어로의 창작에 전념하게 된다. 그 과도기인 1957년에 쓰여진 자기비판의 글을 한 번 더 인용해 본다.

나는 최근 필요가 있어 지난 몇 해 동안의 나의 시작을 모조리 읽어 봤다. 그리고 역시 그 시의 대부분에서 나는 공허한 감을 금하지 못했다. 예술은 속일 수 없는 것이고, 예술은 어떤 방편을 위해 있을 수는 없는 것이다.[5]

같은 해 재일조선인으로서 처음으로 조선작가동맹의 정맹원이 된 허남기는 그 후에도 김일성훈장 수훈(1972), '공화국' 최고인민회의대의

---

5 허남기, 「단편－김시종 동무의 일문 시집 『지평선』에 관하여」, 『조선문예*』 7, 조선문학회, 1957, 12~13쪽.

원(1977), 국기훈장 제일급수훈(1982), '공화국'창건기념 훈장수훈(1983)
이라는 재일문학자로서는 최고의 후대를 '공화국' 정부로부터 받았다.
1950년대 후반 이후에는 판에 박은 듯한 '공화국', 김일성을 예찬하는
시도 많았지만, 풍자가 가미된 초기 작품과 비슷한 작풍으로 조선어시
를 썼다. 영화나 각본에 주력했던 사정도 있어 1960년대 이후에는 예전
처럼 활발하게 시를 쓰지는 않았다.

이러한 허남기가 만년에 종사한 게 구작의 조선어 번역이었다. 「선
물」, 「조선해협」, 「조선 겨울이야기」, 「화승총의 노래」, 「아이들아 이
것이 우리 학교다」, 「비수」, 「닭」, 「영춘」, 「대마도기행」 등의 일본어
작품이다. 그는 번역을 완성하지 못한 채 세상을 떠났고 가족 손으로
작업이 이어졌다. 그 후 1992년에 『조국에 바치여*』라는 제목으로 평양
에서 간행되었다.

허남기에게 '자역'하도록 이끈 것은 과연 책 제목 그대로 '조국'에 대
한 충성의 일관성을 보여주고 싶다는 생각뿐이었을까? 수록된 시 중에
는 50년대 후반에 허남기가 "공허"하다고 느낀 작품도 포함되어 있었을
것이다. 허남기가 만년에 조선어로 쓰는 것을 절대적인 정의라고 믿었
다는 것을 부정하려는 게 아니다. 그러나 조선어로 옮기면 그 시들이
"공허"해지지 않으리라고 허남기가 생각한 것도 아닐 것이다.

조선전쟁이 한창이던 때 허남기는 이렇게 노래했다. "내가 가짜 시인
인지 아닌지는 / 내가 언제 어느 때를 만나던 / 나의 시를 보고 이건 내
시라고 단언할 수 있는가 없는가에 달려 있다"(「나는 용기에 대해서 생각한
다」). 죽음이 다가오고 있었던 허남기는 어떠한 생각으로 이 시를 다시
읽었을까. 총련 결성 이전에 일본어로 쓴 시를 떼어버리기 힘든 자기

시작詩作의 일부라고 봤기 때문에 허남기는 생의 마지막에 '자역'을 하기로 한 것이다, 이렇게 볼 수는 없을까? 그리고 그것은 일본어와의 결별이라기보다는 일본어와 조선어라는 두 언어 사이를 살아온 재일조선인 시인으로서의 자신과 마주하는 작업이었던 게 아닐까?

번역이라는 행위를 통해서 재일조선인문학은 '해방' 후 갈라졌던 남북 두 개의 조선문학과 함께 걸었다. 그 번역은 공간적으로 떨어진 복수 문학을 잇는 데에 머무르지 않았다. 한 사람의 작가 속에 품었던 두 가지 말이 왕래함으로써 갈등이나 화해를 일으키거나 새로운 언어세계의 지평을 열거나 했던 것이었다.

3. 언어의 "주박"은 풀릴까

1968년에 총련을 탈퇴한 김석범에게 조선어로 작품을 발표하는 길은 닫혀 있었다. 총련-'공화국'의 매체는 물론 한국정부에 대한 지지를 표명하지 않아 한국 내 매체에 발표하는 것도 불가능했기 때문이다. 김석범은 「1949년경의 일지에서-「죽음의 산」 한 구절에서」(1951)나 출세작 「까마귀의 죽음」(1957) 등 몇 편을 발표한 후 포기했던 일본어를 다시 선택하기로 결심했다. "남의 집 거울 속에 비치는 자신을 보고 있는 의식 상태와 같아"[6]라는 부유감과 불안정 속에서 김석범은 스스로에 어떤

---

6 김석범, 「언어와 자유」, 『언어의 주박 : 재일조선인문학과 일본어』, 지쿠마쇼보, 1972, 78쪽.

과제를 부과했다.

　　나에게는 이러한 숙제가 있습니다 — 일본에 있으면서 일본어로 조선이
라는 것을 쓸 수 있을 것인가. (…중략…) 나는 조선을 자유롭게 왔다갔다
할 수 없는데 만약 그것을 쓸 수 있다면, 일본어로 다른 세계 — 조선을 그
릴 수 있었으니까 단지 조선을 쓸 수 있다는 것뿐만이 아니라, 이것은 하나
의 보편으로 통하게 되는 셈입니다.[7]

　일본어로 조선을 쓴다는 행위를 통해 김석범은 "보편"을 지향한 것이
다. "언어의 주박"(김석범), 즉 속박을 풀기 위해서 김석범은 다케우치 요
시로나 소쉬르를 인용하면서 언어를 "민족적 · 개별적 측면"과 "보편적
측면(번역가능성)"으로 분리시켰다. 그 다음으로 번역가능성을 "개념
적 · 설명적 요소"와 "표상적 · 감각적 요소"로 나눈다. 전자에 해당하
는 것이 일제강점기의 장혁주나 '해방' 후의 김달수가 주장한 "조선에
대해 일본 사람에게 알리기 위해"라는 전달 수단으로서의 측면이다.

　김석범이 착안한 것은 후자인 "표상적 · 감각적 요소"이다. 이것은
문학의 보편성에 관한 것으로 문학의 번역을 가능케 하는 언어의 기능
을 가리킨다고 한다.[8] 이렇듯 일본어를 한 번 분해해서 순화된 각각 부
품으로 추출했다. 그리고 작가 자신이 만들어 내는 상상력의 세계에 그

7　김석범, 『민족 · 언어 · 문학』, 소쥬샤, 1976, 58쪽.
8　김석범은 이렇게도 말한다. "만일 시 한 편을 번역하는 경우에도 음운이나 리듬, 시인의 이
　　미지를 한층 더 분명하게도 하는 형태(문자) 등이 사라져 버린다. 번역된 것은 거의 다른
　　게 된다. 그래도 번역된 것이 하나의 전체로서 작품의 질서를 가지는 것은 왜일까? 그것은
　　언어의 열린 성격의 작용 덕분이라고 할 수밖에 없다." 김석범, 「재일조선인문학」, 『이와
　　나미강좌 문학 8 - 표현의 방법 5 - 새로운 세계의 문학』, 이와나미쇼텐, 1976, 289~290쪽.

언어를 살게 하도록 한 것이다.

　말이 열린 그때는 이미 상상력의 작업으로 허구의 세계가 완성된 때이며 허구는 말에 뿌리를 두면서도 동시에 말을 초월한 것으로 존재한다. 허구에 있어서의 말은 자기초월적인 상상력에 의해 떠받쳐지고 동시에 그 버팀목이 되어 한결같이 봉사한다. 그것은 또한 이미지 자신이 말에 뿌리를 두고 그것에 구속되면서 동시에 그 말을 발판으로 해 날아오르는 것, 말을 부정하는 것으로서 존재하는 게 아닌가? 문학은 언어 이외의 것이 아니지만 동시에 언어 이상의 것이기도 하다는 것은 이것을 말한다. 허구의 세계에서 말의 변질이 생겨 언어는 그 자신이면서도 동시에 그렇지 않다는 관계가 생기는데, 이때 말의 개별적인 (민족적 형식에 의한) 구속이 거기에 내재하는 보편적 인자에 의해 풀어지는 순간의 지속이 출현한다.[9]

　일본어라는 "개별적인" 언어를 해체하고 그 분해된 언어의 조각을 사용해 작가가 재구축한다, 라고 하는 과정에서 김석범은 "일본적인 것"을 초월하는 단서를 찾아냈다. 그것은 일본어가 가지는 개별성을 일본어 자체에 내재하는 보편성에 의해 넘어서려는 시도다. "문학은 언어 이외의 것이 아니지만 동시에 언어 이상의 것이다." 이것은 또 조선어냐 일본어냐, 라는 이항대립으로부터의 해방을 기도하는 것이기도 하다.
　김석범은 『화산도』 연재를 1976년에 시작했다. 아니, 재개했다고 하는 것이 정확할지도 모른다. 등장인물 설정이나 배경은 대폭 변경되었

9　위의 책, 291쪽.

지만 1960년대 중반에 미완성인 채 끝난 「화산도*」가 그 도입부에 거의 다 사용되었기 때문이다.

한국이라는 국가의 기원적 폭력이라고도 할 만한 4·3사건이 이야기의 무대인 『화산도』에는 조선 근현대사에 농락된 조선인들이 그려져 있다. 그러나 그것은 일본어 독자에게 그 비참함이나 부정을 호소한다기보다는 일제강점기로부터 '해방' 이후까지의 조선인들의 사상, 역사, 사회를 오로지 내부로부터 좇아가는 것이다. 주인공 이방근을 비롯한 조선인 지식인들의 친일과 전향 — 재일조선인 작가들의 대부분이 언급하기를 피했던 주제이다[10] — 이 작품 밑바닥에 흐르는 것은 그것을 단적으로 나타낸다. 미군의 비인간성과 조선인 경찰의 비굴함을 그리는 데 상당한 비중을 두고,[11] 반권력과 권력이라는 구도가 작품 전체를 지배하는 「화산도*」에 반해[12] 『화산도』에서는 식민지 이전과 이후 조선인들의 사상과 행동에 보이는 연속성과 비연속성이 집요하게 물어진다. 그렇게 함으로 조선에 있어서의 구 친일파와 친미반공주의자, 일제강점기 공산주의자들의 '전향'과 '해방' 후 '재전향' 또는 좌익 조직에

---

10 김석범의 전향 문제에 대한 문제의식은 1961년에 이미 보인다. 『문예활동*』(문예동 오사카지부 기관지) 2호에 발표된 「전향과 문학」(1961.9)에서는 이 문제를 심각하게 검토해 오지 않았던 선배 작가들이 비판받았다. 여기에서는 전향 문제를 다룬 김달수의 『박달의 재판』이 심도가 얕다는 점도 지적되었다.

11 예를 들면 주요 인물 중 하나인 기준에게 "내부에서 문드러져 썩어가는 미국에[의] 구할 길 없는 정신세계가 두드러져 보이는 것 같았다. 문명의 화려한 광선 그늘에서 인간 정신의 무서운 퇴폐가 시작하고 있었던 것이다. / 제국주의 군대 기구에 휩쓸[리]면 인간 정신이 제 기능을 상실하고 이렇게 파괴되고야 마는 법일까? 또한 그들이 미개국으로 간주하는 조선땅에 들어오면 악덕의 가능성의 갖가지가 서슴없이 드러나고야 마는 것인가"(『문학예술*』 20, 재일본조선문학예술가동맹 중앙상임위원회, 67쪽)라는 식으로 제주도 여성들을 강간하는 미군정청 동료들에게 분노에 찬 비난을 하게 한다.

12 「화산도*」에 등장하는 거의 유일한 일본인은 나카무라라는 한때 군인으로서 제주도에 주둔했던 남성이다. 그는 오히려 정직하고 선량한 인물로 그려져 있다.

있어서의 경직성이나 교조주의라는 조선인 자신의 문제점에 초점이 맞추어졌다. 내부 문제를 철저하게 추궁함으로써 김석범은 인간 존재 자체에 다가가려고 한 것이다.

일본어에서 조선어로, 또 다시 일본어로. 이러한 과정을 거쳐 김석범은 글쓰기의 의미를 허구의 구축에서 찾아냈다. 탈식민지화를 지향하면서도 일본어로 쓴다는 견디기 힘든 모순과 격투하면서 말이다. 그 김석범도 역시 "자역"을 시도한 재일 작가의 한 사람이었다고 할 수 있다.

* * *

언어문제는 재일조선인문학이 짊어져야 할 십자가였다. 그 무거운 짐은 그러나 문학이란 무엇인가라는 원점으로 작가들을 끊임없이 되돌아오게 하고, 또 독자들에게도 같은 물음을 들이대는 독특한 작품군을 생산하는 원천이 되기도 했다. 어렵게 배운 글자로 자기가 살아온 증거를 남긴 이, 일본인 독자를 향해서 쓴 이, 조선어를 선택한다는 곤란한 길을 걸은 이, 두 가지 언어 사이에서 갈등한 이. 냉전 대립의 최전선에 서야 했던 '조국'으로부터 작은 바다 하나를 사이에 두고 일본어와 조선어 사이에서 흔들리면서 엮어지고 다양한 방향으로 확산한 목소리들. 그 모두가 재일조선인문학의 역사를 엮고 있다.

'해방'으로부터 70년의 세월이 흘렀다. 여전히 재일조선문학은 일본이나 한국이나 '공화국' 문학의 권위를 때때로 빌릴 일은 있어도 오리지널한 권위나 기준이나 정전을 가지고 있지 않다. 앞으로 또 다시 수정과 고쳐쓰기 등을 한다고 하더라도 여전히 일본(어) 문학사에는 아마 약속된 "연속성"도 "영속성"도 재일조선인 문학사에는 없을 것이다. 그것은 불행한 것일지도 모른다. 그러나 적어도 그러한 것으로부터 자유롭다는 고통을 껴안는 것에서밖에 '재일조선인 문학사'는 시작되지 않을 것이다.

장혁주(張赫宙, 1905~1997)

본명 : 장은중, 노구치 가쿠추(1952년 이후). 소설가〔조 · 일〕. 경상북도 출신. 「아귀도」
로『개조』현상모집에 당선되어 일본 문단에 데뷔(1932). 식민지 말기에는 「가토 기요
마사(加藤淸正)」, 「이와모토 지원병」 등, 대일 협력적인 소설을 발표. 1952년에『아아
조선』간행, 같은 해 일본에 귀화. 걸프전쟁 취재, 인도에서 영문소설 간행 등 만년까지
왕성히 집필 활동을 했다.

윤자원(尹紫遠, 1910~1964)

가인(歌人), 소설가〔일〕. 울산(蔚山) 출신. 1943년에 단가집『월음산(月陰山)』을 윤덕조
(尹德祚)의 필명으로 간행. '해방' 후에는『민주조선』,『신일본문학』,『문예』,『사회문
학』,『코리아평론』,『통일조선신문』 등에 소설, 평론, 수필을 발표.『38도선』(1950)을
비롯해 「폭풍」, 「헌병의 구두」, 「장안사(長安寺)」, 「밀항자의 무리」 등으로 일제강점
기부터 '해방' 직후에 걸쳐 조선인들의 삶을 그렸다.

김사량(金史良, 1914~1950?)

본명 : 김시창(金時昌). 소설가〔조 · 일〕. 평양 출생, 1932년에 도일. 사가(佐賀) 고등학
교, 도쿄제국대학에서 배웠다. 「빛 속으로」(1939)가 아쿠타가와상 후보가 된다. 주요
일본어 작품으로는 「토성랑」, 「천마」, 「풀속 깊이」, 「태백산맥」 등이 있다. 재지(支)
조선출신 학도병 위문단 일원으로서 베이징에 가다가 연안으로 탈출. 조선전쟁 시에
는 인민군에 종군했고 전쟁이 한창이던 때 소식이 끊긴다. 재일조선인 작가의 효시로
서 많은 재일문학자로부터 지지를 받았다.

리은직(李殷直, 1916~)

필명 : 송차영. 소설가, 교육재〔조 · 일〕. 전라북도에서 태어나, 16세에 도일. 1939년 장
편 「흘음(ながれ)」이 아쿠타가와상 후보가 된다. 일본대학(日本大學) 법문학부 예술
과 출신. '해방' 초기 재일조선인 문학운동에서 중심적 역할을 했다.
주요 작품으로『춘향전』(1948),『탁류』(1967),『임무*』(1984),『이야기 「재일」(物語「在
日」)』(2002~2003) 등이 있다.

박원준(朴元俊, 1917~1972)

필명 : 북재창. 소설개조 · 일]. 평양고등보통학교 출신이며 김사량의 후배가 된다. 도시샤대학에서 배웠다. '해방' 후에는 『해방신문*』 편집국장, 가나가와 조선중고학교 교장, 문예동 부위원장 등을 역임. 총련 이탈 후 잡지 『조선문학』을 창간(1969). 삼일서방, 신흥서방 설립자. 주요작품으로 「김양의 일」(1948), 희곡 「군중*」(1949), 「탈출*」(1965) 등이 있다.

허남기(許南麒, 1918~1988)

시인, 극작개조 · 일]. 경상남도 출신, 1939년에 도일. 일본대학, 중앙대학 등에서 배웠다. 초기 재일 문화 · 문학운동의 중심인물로서 다방면에서 활약. 가와구치 조련학원 교장, 문예동 초대 위원장, 총련 중앙상임위원회 부의장, '공화국' 최고인민회의 대의원을 역임. 대표작으로 『조선 겨울이야기』(1952), 『화승총의 노래』(1951~1952) 등이 있다. 1950년대 후반부터 조선어로 창작하는 데 전념했고 '공화국'에서 발표한 작품도 다수. 사후 평양에서 『조국에 바치여*』(1992)가 간행됨.

강순(姜舜, 1918~1987)

본명 : 강면성(姜冕星), 필명 : 리성하(李盛夏). 시인, 번역개조 · 일]. 와세다대학 중퇴. 1950~1960년대는 총련에 소속되어 조선학교 교원, 『조선신보』 기자로서 활동. 한편 총련 밖에서도 작품을 발표한다. 1970년대 이후는 한국 저항시 번역에 종사. 시집으로 『강순시집*』(1964), 『날라리(なるなり)』(1970), 『강바람*』(1984), 『단장(斷章)』(1986) 등이 있다.

최선(崔鮮, 1918~1968)

본명 : 최인박(崔仁樸), 필명 : 용골산인(龍骨山人), 산호인(山虎人). 평론가, 시인 [조 · 일]. 평안도 출신. 오산중학에서 배웠고 1936년에 일본 유학. '해방' 후 조선 문화교육회 회장, 건청 문화부장, 민단 도시마 연합지부 부단장, 조선 장학회 이사 등을 역임. 『문교신문』(1947), 『백엽』(1958)을 창간. 민단으로부터 정권처분과 제명처분을 받으면서도 남북의 울타리를 넘어 재일조선인 문화육성에 진력. 유고집으로 김경식 편 『배리에 대한 반항(背理への反抗)』(1968)이 있다.

김경식(金慶植, 1918?~?)

소설가, 영화감독[일·조]. 평안도 출신. 영화감독이었던 백부 최인규에 사사. 동양대학에서 배웠고 '해방' 후는『백민*』,『한국문예』편집, 발행에 종사한다. 1970년대 이후 영화감독으로서 근로기준법, 민주화 운동, 재일한국인 '정치범' 등, 한국 국내 사회문제에 관심을 돌렸고〈고발－재일한국인 정치범 리포트〉(1975),〈어머니〉(1978),〈한국 1980년－피의 항쟁의 기록〉(1980) 등을 제작.

어당(魚塘, 1919~2006)

교육자, 지리학자, 작가[조·일]. 서울 출생, 호세이대학 법문학부 졸업. 조선어 사용을 철저하게 주장했고 재일조선인문화, 교육사업에 헌신. 허남기, 박삼문과 함께『재일 조선문화연감 1949년판*』간행. 전 조선대학교 역사지리학과 과장. 저서에『조선 민속 문화와 원류』(1981),『조선 신풍토기』(1984) 등이 있다.

김달수(金達壽, 1919~1997)

소설가[일]. 경상남도에서 태어나 1930년에 도일. 일본대학 예술과에서 배웠다.「후예의 거리(後裔の街)」(1946~1947)로 주목을 받은 후 왕성한 창작 활동을 했다. '해방' 후 재일조선인 작가의 선구자로 불릴 때가 많다. 신일본 문학회 상임위원, 재일조선문학 예술가총회 서기장, 재일조선문학회 감사, 문예동 부위원장 등을 역임.『민주조선』,『새조선』,『조양 (朝陽)』,『계림』,『계간 삼천리』등 잡지 발행과 편집에 종사한다. 1960년대 이후는 일본－조선 고대 관계사의 해명에 주력했다. 주요 저서로『현해탄(玄海灘)』(1954),『박달의 재판』(1959),『밀항자』(1963),『태백산맥』(1969),『일본 속의 조선문화』(1970~1991) 등이 있다.

류벽(柳碧, 1920?~?)

소설가[조]. 도쿄조선중고학교 문학과 교원, 조선대학교 조선문학과 교원. 아동문학자, 시인으로서 1950년대 초부터「겐소년*」,「춘분 *」,「자랑*」등을 발표. 재일작가로서 네 번째로 조선작가동맹 정맹원이 된 후, 1961년에 '공화국'에 '귀국'. 그 후로도 작가로서 활약했다.

김일면(金一勉, 1921~?)
본명 : 김창규(金昌奎). 소설, 평론가[조·일]. 『백민』, 『백엽』『통일조선신문』, 『코리아평론』 등에 기고. 1970년대 이후 일본 출판사에서 저서를 다수 간행. 주요 저서로 『박열(朴烈)』(1973), 『천황의 군대와 조선인 위안부』(1976), 『조선인이 왜 '일본명'을 사용하는가─민족의식과 차별』(1978), 『유녀·가라유키·위안부의 계보』(1997) 등이 있다.

김민(金民, 1924~1981)
소설가[조·일]. 재일조선문학회 서기장, 부위원장을 역임. 조선작가동맹 정맹원. 조선어로 창작하기를 주장했고 스스로 실천했다. 「서분이의 항의」, 「포옹*」, 「어머니의 역사*」 등, 여성들의 모습을 그린 작품이 많다. 사후 평양에서 작품집 『이른 아침*』(1986)이 출판되었다.

려라/레이라(麗羅, 1924~2001)
본명 : 정준문(鄭俊汶). 소설가[일]. 경상남도에서 태어나 1934년에 도일. 특별지원병으로 조선 북부에서 '해방'을 맞이한다. 남조선 노동당 위원으로서 활동하여 체포, 고문당한 후 1948년에 다시 도일. 조선전쟁 시 연합군 사령부 통역으로 종군. 「루방섬의 유령」(1973)로 일본 문단에 데뷔. 『내 시체에 돌을 쌓아라(わが屍に石を積め)』(1980)이나, 『사쿠라코는 돌아왔는가』(1983) 등 추리소설을 썼다. 자전적 작품인 『산하애호(山河哀号)』(1979/1986), 『체험적 조선전쟁』(1992/2001) 도 있다.

김석범(金石範, 1925~)
본명 : 신양근(愼陽根). 소설가[조·일]. 오사카 출생, 교토대학 졸업. 대표작으로 제주도 4·3사건을 주제로 한 「까마귀의 죽음」(1957), 『화산도』(1976~1997). 1960년대에는 조선어만으로 창작 활동을 해 「화산도*」(1965~1967) 등을 발표. 『조선신보』 문화란이나 문예동 기관지 『문학예술*』 편집을 담당했고 1960년대 총련 조선어창작 운동에서 중심인물이 된다. 총련 이탈 후 펴낸 저서로 『만덕유령기담』(1970), 『언어의 주박 : '재일조선인문학'과 일본어』(1971), 『왕생이문』(1979), 『만월』(2001) 등이 있다.

남시우(南時雨, 1926~2007)

시인[조]. 재일조선문학회 위원장, 조선대학교 교장 등을 역임. 조선작가동맹 정맹원, '공화국' 최고인민회의 대의원. 조선어로의 창작을 주장했다. 시집으로 『봄 소식*』(1953), 『조국에 드리는 노래』(공저, 1956/1957), 『조국의 품안에로*』(1959/1960), 평론집으로 『주체적 예술론』(1984) 등이 있다.

다치하라 마사아키(立原正秋, 1926~1980)

본명 : 김윤규, 다치하라 마사아키(1980년 이후[일본에 귀화). 소설가, 시인 [일]. 경상북도 출신, 와세다대학 중퇴. '해방' 후 수년 동안 재일 한국계 단체가 발행한 매체에 작품 발표를 했지만 그 후 (반)일본인으로서 행동하며 유행 작가가 된다. 「흰 대추」(1966)로 제55회 나오키상 수상. 저서로 『츠루기가사키(劍ヶ崎)』(1965), 『다키기노(薪能)』(1970), 『겨울 여행』(1975), 『겨울의 유품으로』(1975) 등이 있다.

오림준(吳林俊, 1926~1973)

본명 : 오득식. 평론가, 시인, 화가[일]. 경상남도에서 태어나, 4세에 도일. 1944년 일본 육군 이등병으로 구 '만주'에서 복무. 1960년대 후반에 총련을 이탈, 평론과 시 등의 집필 활동에 전념했다. 시집으로 『바다와 얼굴』(1968), 평론으로 『기록이 없는 죄수』(1969), 『보이지 않는 조선인』(1972) 등이 있다.

리금옥(李錦玉, 1929~2019)

시인, 아동문학재[조·일]. 미에현 출생. 조선인 학교교원, 『민주조선』, 『조선화보』 등의 편집에 종사한다. 재일 여성문학자의 선구자. 1960년대에 일본어와 조선어로 시작을 해 그 이후 주로 일본어로 동시를 발표. 「삼년 고개」, 「줄어들지 않는 볏단」 등 조선의 옛이야기를 일본어로 번역한 작가로도 알려져 있다.

김시종(金時鐘, 1929~)

시인[일]. 원산 출생. 제주도 4·3사건 때 게릴라 투쟁을 이탈해 1949년에 도일. 50년대에는 오사카에서 간행된 시잡지 『진달래(ヂンダレ)』를 주도. 일본어 사용을 둘러싸고 총련 주류 작가들과 대립한다. 주요 저서로 『니이가타(新潟)』(1970), 『클레멘타인의 노래』(1980), 『'재일'의 틈새에서』(1986), 『원야의 시』(1991), 『경계의 시』(2005), 『잃어버린 계절』(2010) 등이 있다.

김윤(金潤, 1932~)
시인[조]. 경상남도 남해 출생. 동국대학 재학중이던 1951년에 도일. 『불씨*』, 『한국문예』, 『와코도(若人)』, 『漢陽*』 등의 편집인을 맡는다. 시집으로 『멍든 季節*』(1968, 서울), 『바람과 구름과太陽』(1971, 서울) 등이 있다.

김재남(金在南, 1932~)
본명 : 강득원(姜得遠). 소설가[조·일]. 전라남도 목포 출생. 1952년에 도일 후 와세다대학 러로문과에서 배우웠다. 문예동에 소속해 「남풍장주인*」, 「화해*」, 「남에서 온 사나이*」 등 조선어 소설을 다수 발표. 총련 이탈 후 1980년대 이후에는 일본어로 집필한다. 주요작품으로 『봉선화의 노래』(1992), 『아득한 현해탄』(2000) 등이 있다.

윤학준(尹學準, 1933~2003)
작가, 평론가, 번역가[조·일]. 1953년에 도일. 호세이대학에서 일본문학을 전공. 1960년대 중반까지 총련에서 활동. 총련 이탈 후 『온돌야화 : 현대 양반고』(1983), 『조선의 시심 : '시조'의 세계』(1992), 『타향살이의 노래 : 내 속의 일한 세 시기』(1996) 등을 간행함.

유묘달(庾妙達, 1933~1996)
시인[일]. 경상남도 출생. 교토여자대학 문학부 사학과 졸업. 『국제타임스』 기자를 거쳐 1950년대 후반에 시, 수필, 소설 집필을 시작. 「어머니」(1961)로 제2회 백엽문학상 수상. 시집으로 『이조추초(李朝秋草)』(1990), 『이조백자』(1992) 등이 있다.

안후키코(安福基子, 1935~)
소설가[일]. 경상도 출생, 다섯 살 때 도일. 시가현립 다카시마 고등학교 졸업. 고뇌하는 재일 2세들의 군상을 그린 「뒤늪(裏沼)」(1959)으로 제1회 백엽상을 수상. 그후 민단계 각 단체에서 1960년대를 통해서 소설, 르포, 수필을 다수 발표. 저서에 『아카사카(赤坂) 마계』(1994), 『파도의 군상』(2010) 등이 있다.

박수남(朴壽南, 1935~)

저널리스트, 작가, 영화감독 [일]. 도쿄 조선 고등학교 졸업. 고마쓰츠가와(小松川) 사건의 범인으로 여겨진 사형수 이진우의 구명 운동으로 알려진다. 주요 저서로 『죄와 죽음과 사랑과』(1963/1984), 『이진우 전서간집』(1979/1991), 『조선・히로시마・반일본인』(1973) 등이 있다. 다큐멘터리영화, 「또 하나의 히로시마─아리랑 노래」(1987), 「아리랑 노래─오키나와에서의 증언」(1991), 「누치가후(命果報─옥쇄장으로부터의 증언」(2012), 「침묵」(2016) 등을 제작.

이회성(李恢成, 1935~)

소설가 [일]. 사할린 출생. 와세다대학 제일문학부 러로문과를 졸업한 후 조선신보사 근무. 총련 시대에도 소설을 수몇 편 발표했다. 「또 다시의 이 길을(またふたたびの道)」(1969)로 군조신인문학상, 「다듬이질 하는 여인(砧をうつ女)」(1972)로 제66회 아쿠타가와상 수상. 주요 저서에 『못다 이룬 꿈(見果てぬ夢)』(1977~1979), 『백년 동안의 나그네(百年の旅人たち)』(1994) 등이 있다.

양석일(梁石日, 1936~)

시인, 소설가 [일]. 오사카 출생. 1950년대 후반에 시지 『진달래』에 참가. 긴 공백기를 거쳐 1980년대부터 다시 쓰기 시작한다. 『피와 뼈』(1998)로 야마모토 슈고로상 수상. 주요 저서에 『시집 몽마의 저편으로』(1980), 『광소조곡』(1981), 『아시아적 신체』(1990), 『밤을 걸고』(1994), 『어둠의 아이들』(2002) 등이 있다.

임전혜(任展慧, 1937~)

조선문학연구자 [일]. 문학박사(호세이대학 대학원 일본문학연구과, 지도교수는 오다기리 히데오). 「장혁주론」(1965)으로 친일문학 문제를 제기. 주요 저서에 『일본에 있어서의 조선인 문학의 역사─1945년까지』(1994) 등이 있다.

김학영(金鶴泳, 1938~1985),

본명: 김광정(金廣正). 소설가 [일]. 군마현에서 출생. 도쿄대학 대학원 과학계 연구과 박사과정 중퇴. 「얼어붙는 입(凍える口)」(1966)으로 문예상 수상. 주요작품으로 『돌길』(1974), 『끌』(1978), 『향수는 끝나고 그리고 우리는』(1983) 등이 있다. 46세 때 자살.

초출 일람

본서는 히토츠바시대학 언어사회연구과에 제출한 박사논문 「재일조선인문학의 역사
-1945년~1970년」(2011.3)을 대폭 수정한 것이다. 그 전후에 이미 발표한 논문은 아
래와 같다.

- 「남조선 신문에 보는 재일조선인(1945년~1950년)」, 『재일조선인사 연구』 33, 재일
  조선인운동사연구회, 2003.

- 「재일조선인 문학사(1945년~1970년) - 한국계 단체, 그룹의 문화 · 문학 활동」, 『재
  일조선인사 연구』 34, 재일조선인운동사연구회, 2004.

- 「재일조선인문학 조선어창작 활동의 변천(1945년~1970년)」, 국제 심포지엄 자료
  집, 『재일조선인 조선어 문학의 현황과 과제』, 와세다대학 조선문화연구회 · 해외
  동포 문학 편찬사업 추진 위원회 · 재일조선문학예술가동맹 공동 주최, 2004.

- 「『문학신문』에서 보는 재일조선인문학과 그 동향」, 『조선학보』 197, 조선학회,
  2005.

- 「『1949년경의 일지에서 - 「죽음의 산」의 한 구절에서』에 대하여」, 『김석범작품집』,
  헤이본샤, 2005.

- 「김석범 조선어작품에 대해서」, 『김석범작품집』, 헤이본샤, 2005.

- 「재일조선인문학에 있어서의 1950년대 - 시지 『진달래』 분석」, 『조선학보』 212, 조
  선학회, 2009.

- 「재일 조선 일세 여성과 문학 : 식민지 이후 여성들의 이동과 글쓰기를 둘러싼 고
  찰」, 『조선학보』 223, 조선학회, 2012.

참고문헌

-조선어 자료에는 *표를 붙였다.
-신문, 잡지, 서명 뒤의 (남)은 한국에서, (북)은 '공화국'에서 발간된 것을 나타낸다.
 (일)은 일본 매체, 그 이외는 재일조선인이 주체가 되어 일본에서 발행된 것이다.
-1949년까지 재일조선인 발행 신문이나 잡지에 대해서는 국립 국회도서관 헌정자료
 실 및 와세다대학 중앙도서관 소장 고든・W・프랑게문고를 참조했다.

| 1차 자료 |

신문
[조선어]

『노동신문*』(북), 『녀맹시보*』, 『동아일보*』(남), 『문학신문*』(북), 『조련중앙시보*』,
『조선민보*』, 『조선신보*[1940년대]』, 『조선신보*[1961~]』, 『조선일보도쿄*』, 『조선중
앙일보*』(남), 『해방신문*』

[일본어]

『국제예술신문』, 『문교신문』, 『문련(文連)시보』, 『민주신문』, 『신세계신문』, 『신조선
신보』, 『일본예술신문』, 『조선시보』, 『조선총련』, 『촉진신문(促進新聞)』, 『통일일보』,
『통일조선신문』, 『한국신문』

잡지
[조선어]

『건국*』, 『고려문예』, 『군중*』, 『문예활동*』, 『문학예술*』, 『문화공작*』, 『백민*』, 『봉
화*』, 『불씨*』, 『신맥*』, 『시표*』, 『우리문학*』, 『조련문화*』, 『조선문예*[문예동 가나
가와]』, 『조선문예*(재일(본)조선문학회)[1947~1948]』, 『조선문예*(재일(본)조선문학
회)[1956~1958]』, 『조선문학*[재일(본)조선문학회]』, 『조선문학*』(북), 『조선시*』, 『조
선화보*』, 『창조*』, 『청년회의*』, 『청년*』, 『한양(漢陽)*』, 『화랑*』, 『효고 문예통신*』

[일본어]

『가리온』, 『계간 민도』, 『계간 삼천리』, 『계림』, 『대동강』, 『리얼리즘』(일), 『문예수도』(일), 『문학보』, 『문화평론』(일), 『민생조선』, 『민주조선』, 『백엽』, 『새로운 세대』, 『새로운 조선』, 『새조선』, 『신일본문학』(일), 『예술과』(일), 『오늘의 조선』, 『오무라문학』, 『열도』(일), 『자유조선』, 『전진』, 『젊은 조선과 일본』, 『젊은이』, 『조선문예』, 『조선문제연구』, 『조선문학─소개와 연구』(일), 『조선연구』, 『조양(朝陽)』, 『조선평론』, 『조선평론[김일면]』, 『진달래』, 『청동』, 『총친화』, 『친화』, 『코리아평론』, 『통일 평론』, 『통일과 평화』, 『한국문예』, 『현대시』(일), 『현실과 문학』(일), 『화랑』, 『황해』

| 단행본 |

[조선어]

강순, 『姜舜詩集*』, 조선신보사, 1964.

___, 『강바람*』, 리카쇼보, 1984.

김민, 『이른 새벽*』, 문예출판사(북), 1986.

김윤, 『멍든 季節*』, 현대문학사(남), 1968.

___, 『바람과 구름과 太陽*』, 현대문학사(남), 1971.

김태경, 『보람찬 나날*』(시집), 조선신보사, 1963.

남대현, 『청춘송가*』, 문예출판사(북), 1987.

남시우, 『봄소식*』, 도쿄도립 조선인학교 어머니 연락회, 1953.

___, 『조국의 품안에로』, 재일조선문학회, 1959.

___, 『조국의 품안에로*』, 조선작가동맹출판사(북), 1960.

손창섭, 『잉여인간*』, 동아출판사(남), 1959/1995.

재일학도의용동지회 편, 『재일동포 6·25전쟁 참전사』(남), 재일학도의용동지회, 2001.

재일조선인 교육자동맹 편, 『재일조선인 아동작문집*』, 1951.

재일본 조선 민주녀성동맹 중앙상임위원회, 『재일 조선녀성들의 생활수기*』, 1966.

허남기, 『수령님께 드리는 노래*』, 학우서방, 1967.

___, 『조국에 바치여*』, 평양출판사(북), 1992.

『대렬*』, 재일본문학예술가동맹 가나가와지부, 1965.

『수령께 드리는 충성의 노래*』, 조선문학예술총동맹출판사(북), 1968.

『어머니 조국*』, 조선작가동맹(북), 1960.

『영광의 노래*』(시집), 재일본조선문학예술가동맹 중앙상임위원회, 1970.

『조국의 빛발아래*』, 조선문학예술총동맹출판사(북), 1965.

『주체의 한길에서*』, 재일본조선문학예술가동맹 중앙상임위원회, 1970.

『찬사*』, 재일본문학예술가동맹 중앙상임위원회, 1962.

『치마 저고리 : 재일조선인 '종소리' 시인회 대표 시선집*』, 화남(남), 2008.

『풍랑을 헤치고*』, 문예출판사(북), 1965.

[일본어]

강순, 『날나리(なるなり)』, 시초샤, 1970.

강순, 『단장』, 셔샤 가리온, 1986.

김달수, 『조선 ─ 민족·역사·문화』, 이와나미신서, 1958.

_____, 『김달수소설전집』, 지쿠마쇼보, 1980.

김석범, 『까마귀의 죽음』, 신코쇼보/고단샤, 1967/1971.

_____, 『언어의 주박 : '재일조선인문학'과 일본어』, 지쿠마쇼보, 1972.

_____, 『민족·언어·문학』, 소주샤, 1976.

_____, 『화산도』(전7권), 분게이슌주, 1983~1997.

_____, 『전향과 친일파』, 이와나미쇼텐, 1993.

_____, 『김석범작품집』, 헤이본샤, 2005.

김소운, 『하늘 끝에 살아도』, 신초샤, 1983.

김시종, 『지평선』, 오사카 조선시인집단, 1956.

_____, 『'재일'의 틈새에서』 릿푸쇼보/헤이본샤, 1986/2001.[한국어판 : 김시종, 윤여
    일 역, 『재일의 틈새에서』, 돌베개, 2018]

_____, 『원야의 시』, 릿푸쇼보, 1991.

_____, 『우리 삶과 시』, 이와나미쇼텐, 2004.

김재남, 『봉선화의 노래』, 가와대쇼보신샤, 1992.

_____, 『아득한 현해탄』, 소주샤, 2000.

김학현, 『황야에 외치는 목소리 ─ 한과 저항에 사는 한국시인 군상』, 츠게쇼보, 1980.

_____, 『민족·삶·문학 ─ 조선문화론 서론』, 츠게쇼보, 1989.

려라(레이라), 『산하애호』, 슈에이샤/도쿠마분코, 1979/1986.

_____, 『체험적 조선전쟁』, 도쿠마쇼텐/반세이샤, 1992/2002.

로만 김, 다카기 히데토 역, 『할복한 참모들은 살아 있다』, 고가츠쇼보, 1952.

박수남, 『죄와 죽음과 사랑과』, 산이치쇼보, 1963.

_____, 『조선·히로시마·반일본인』, 산세이도, 1973/1983.

_____, 『이진우 전서간집』, 신진부츠오라이샤, 1979/1991.

성률자, 『이국의 청춘』, 한료샤, 1976.

_____, 『이국으로의 여행』, 소주샤, 1979.

소냐 량, 나카니시 교코 역, 『코리안 디아스포라 : 재일조선인과 아이덴티티』, 아카시쇼텐, 2005.

송연옥, 『탈제국의 페미니즘을 찾아서』, 유시샤, 2009.

윤자원, 『38도선』, 하야카와쇼보, 1950.

윤학준, 『시조 : 조선의 시심』, 소주샤, 1978.

_____, 『온돌야화―현대 양반 생각』, 추오코론샤, 1983.

리은직, 『신편 춘향전』, 교쿠토출판사, 1948.

_____, 『탁류』(전3부), 신코쇼보, 1967~1968.

_____, 『이야기「재일」―민족교육의 새벽 1945년 10월~1948년 10월』, 고분켄, 2002.

_____, 『이야기「재일」―민족교육·고난의 길 1948년 10월~1954년 4월』, 고분켄, 2003.

장혁주, 『고아들』, 만리카쿠, 1946.

_____, 『우열한』, 후코쿠출판사, 1948.

_____, 『편력의 조서』, 신초샤, 1954.

_____, 『아아 조선』, 신초샤, 1952.

조국 평화통일 남북 문화교류 촉진 재일문화인회의, 『조국의 통일을 위해서―문화인회의 문집』, 1961.

종추월, 『이카이노·여자·사랑·노래』, 브레인센터, 1984.

_____, 『이카이노 타령』, 사상의과학사, 1986.

최선, 김경식 편, 『배리에 대한 반항』, 신코쇼보, 1968.

한구용·나카무라 오사무·시카타 신, 『아동문학과 조선』, 고베 학생 센터출판부, 1989.

허남기, 『조선 겨울 이야기』, 아사히쇼보/아오키쇼텐, 1949/1952.

_____, 『일본 시사시집』, 아사히쇼보, 1950.

_____, 『서정시집』, 아사히쇼보, 1950.

_____,『화승총의 노래』, 아사히쇼보/아오키쇼텐, 1951/1952.

_____,『조선해협』, 고쿠분샤, 1959.

| 자료집 · 작품집 |

[조선어]

『재일조선문화연감 1949년판*』, 재일조선문화연감 편집실(어당 · 허남기 · 박삼문),
    조선문예사, 1949.

[일본어]

국제 고려학회 일본 지부『재일 코리안 사전』편집위원회,『재일 코리안 사전』, 아카시
    쇼텐, 2010.

모리타 스스무 · 사가와 아키 편,『재일 코리안 시선집 : 1916년~2004년』, 도요비주츠
    샤, 2005.

민단30년사 편찬위원회 편,『민단30년사』, 재일본 대한민국 거류민단, 1977.

박경식 편,『재일조선인관계 자료집성(전후편)』(전10권), 후지출판, 2000/2001.

_____,『해방후의 재일본조선인운동 I(조선문제 자료총서 제9권)』, 아시아문제연
    구소, 1984.

송혜원 편,『재일 조선 여성작품집-1945~84(재일조선인 자료총서9권)』(전2권), 료
    쿠인쇼보, 2014.

_____,『재일조선인 문학집-1954~70(재일조선인 자료총서 14권)』(전3권), 료쿠
    인쇼보, 2016.

오자와 유사쿠 편,『근대민중의 기록10 재일조선인』, 신진부츠오라이샤, 1978.

우노다 나오야 편, 송혜원 해설,『재일 조선문학회 관계 자료집-1945~60(재일조선인
    자료총서17권)』(전3권), 료쿠인쇼보, 2014.

우노다 나오야, 호소미 가즈유키 해설,『진달래 · 가리온 : 오사카 조선시인집단 기관
    지』(전3권), 후지출판, 2008.

이소가이 지로, 구로코 가즈오 편,『재일'문학전집』(전18권), 벤세이출판, 2006.

이와나미쇼텐 사전편집부,『이와나미 세계인명대사전』, 이와나미쇼텐, 2013.

통일신문사 편,『통일 조선년감』, 통일신문사, 1964 · 1965 · 1967.

『재일조선인 단체중요자료집 1948년~1952년(현대 일본·조선 관계사 자료 제2집)』, 고호쿠샤, 1975.

| 연구논저 |

[조선어]

김석범, 「전향과 문학*」『문예활동』 2, 1961.9.

김윤식, 『한일문학의 관련양상*』, 一志社(남), 1974.

김학렬, 「재일조선인 조선어 시문학 개요*」『재일조선인 조선어 문학의 현황과 과제』, 와세다대학 조선문학연구회·해외동포문학 편찬 사업추진 위원회·재일본조선문학예술가동맹, 2004.

김학렬 외, 『재일동포 한국어문학의 전개양상과 특징연구*』, 국학자료원(남), 2007.

유숙자, 「一九四五년 이후 재일 한국인 소설에 나타난 민족적 정체성 연구」, 고려대 박사논문(남), 1998

_____, 『재일 한국인문학연구*』, 월인(남), 2002

이한창, 「재일교포문학연구*」, 『외국문학』 41, 외국문학(남), 1994겨울.

_____, 「민족문학으로서의 재일동포문학 연구*」, 『일본어 문학』, 한국일본어문학회(남), 1997.6.

임헌영, 「해외교포문학과 민족문학*」, 『해외동포』, 해외교포문제연구소(남), 1988 가을.

조선문학예술총동맹, 「재일조선문학예수가동맹 기관지 『문학예술』에 대한 몇가지 의견에 대하여*」(북), 1966.

한승옥 외, 『재일동포 한국어문학의 민족문학적 성격연구*』, 국학자료원(남), 2007.

호테이 도시히로, 「해방 후 재일 한국인 문학의 형성과 전개――一九四五년~一九六〇년대 초를 중심으로*」, 『서울大學人文論叢』 47, 서울대 인문대학(남),2002.

[일본어]

가와무라 미나토, 『태어나면 거기가 고향-재일조선인 문학론』, 헤이본샤, 1999.

_____, 「『재일』문학전집』을 둘러싸고」, 『도서신문』 2779, 2006.6.24.

고바야시 도모코, 「GHQ에 의한 재일조선인 간행 잡지의 검열」, 『재일조선인사 연구』 22, 재일조선인운동사연구회, 1992.9.

고바야시 소메이, 『재일조선인의 미디어공간 GHQ점령기에 있어서의 신문발행과 그 다이너미즘』, 후쿄샤, 2007.

고영란, 『「전후」라는 이데올로기 : 역사/기억/문화』, 후지와라쇼텐, 2010.

고전혜성 감수, 가시와자키 지카코 감역, 『디아스포라로서의 코리안-북미·동아시아·중앙 아시아』, 신칸샤, 2007.

기무라 히로시, 「안중근과 로만·김」, 『군조』 25-9, 고단샤, 1970.9.

_____, 「소련의 추리 작가 로만 김의 불가사의 부분」, 『분게이슌주』 62-1, 1984.1.

김달수, 「재일조선인의 문학」, 『강좌 일본 근대문학사』 5, 오츠키쇼텐, 1957.

김덕룡, 『조선학교의 전후사 : 1945~1972』, 샤카이효론샤, 2004.

김부자, 『식민지기 조선의 교육과 젠더-취학·불 취학을 둘러싼 권력관계』, 세오리쇼보, 2005.

김석범, 「재일조선인문학」, 『이와나미강좌 문학 8-표현의 방법 5 : 새로운 세계의 문학』, 이와나미쇼텐, 1976.

김찬정, 『조선인여공의 노래-1930년·기시와다방직 쟁의』, 이와나미쇼텐, 1982.

_____, 『재일의용병 귀환하지 않음-조선전쟁 비사』, 이와나미쇼텐, 2007.

나카이 야스유키·가지야 겐지, 「이우환 오럴히스토리」, 2008(일본미술 오럴히스토리 아카이브, http://www.oralarthistory.org/archives/lee_u_fan/interview_01.php).

남부진, 『문학의 식민지주의 : 근대 조선의 풍경과 기억』, 세카이시소샤, 2006.

남일룡 편, 『또 만나는 날에는-조선학생의 수기』, 리론샤, 1961.

노구치 도요코, 『김시종의 시』, 모즈고보, 2000.

다카노 마사오, 『야간 중학생다카노 마사오-무기가 되는 글과 말을』, 가이호출판사, 1993.

다카야나기 도시오, 「『조선 문예』에 보는 전후 재일조선인문학의 출발」, 『문학사를 다른 음으로 읽는 '전후'라고 하는 제도』, 임팩트출판, 2002.

_____, 「도일 초기 윤학준-밀항·호세이대학·귀국사업」, 『이문화』 5, 2004.4.

_____, 「단가와 재일조선인-한무부를 단서로 하여」, 『사회문학』 26, 2007.

다카이 유이치, 『다치바라 마사아키』, 신초샤, 1991.

다케다 세이지, 『'재일'이라는 근거』, 고쿠분샤/지쿠마분코, 1983/1995.

데라와키 겐, 「영화감독」, 『재일 코리안 사전』, 아카시쇼텐, 2010.

뎃테사・모리스・스즈키, 다시로 야스코 역, 『북조선에의 엑서더스ー「귀국 사업」의 그림자를 더듬어 간다』, 아사히신문사, 2007.

도노무라 마사루, 『재일조선인 사회의 역사학적 연구ー형성・구조・변용』, 료쿠인쇼보, 2004.

모리타 요시오, 『숫자가 말하는 재일한국・조선인의 역사』, 아카시쇼텐, 1996.

무라마츠 타케시, 「라이 속의 조선 (1~5)」, 『조선연구』, 일본조선연구소, 1970.1~5.

무쿠게노 카이 편, 『신세타령 재일조선인 여성의 생애』, 도토쇼보, 1972.

미야모토 마사아키, 「개제」, 박경식 편 『재일조선인관계 자료집성(전후편)』 8~10, 후지출판, 2001.

_____, 「김달수」, 조경달, 하라다 게이이치, 무라타 유지로, 야스다 츠네오 편, 『강좌 동아시아의 지식인』 5, 유시샤, 2014.

박일분, 「'빨간 새 문학상'을 수상한 시인, 아동문학자ー리금옥 씨」, 『조선신보』(WEB판), 2005.8.29. http://www1.korea-np.co.jp/sinboj/j-2005/06/0506j0829-00001.htm.

박정진, 「북조선에 있어서 '귀국 사업'이란 무엇이었나」, 다카사키 소지・박정진 편저 『귀국운동은 무엇이었나ー봉인된 일조 관계사』, 헤이본샤, 2005.

법무성 오무라 입국자수용소, 『오무라 입국자 수용소 20년사』, 법무성 오무라 입국자 수용소, 1970.

사토 히사시, 「귀국자의 그 후」, 박정진, 「북조선에 있어서 '귀국 사업'이란 무엇이었나」, 다카사키 소지・박정진 편저 『귀국운동은 무엇이었나ー봉인된 일조 관계사』, 헤이본샤, 2005.

서아귀, 「재일조선여성에 의한 「대항적인 공공권」의 형성과 주체구축ー오사카에 있어서의 야간중학교 독립 운동의 사례로부터」, 『젠더연구』 8, 오차노미즈여자대학 젠더연구센터, 2005.3.

_____, 『재일조선인 여성에 의한 「하위의 대항적인 공공권」의 형성ー오사카의 야간중학교를 중심으로 한 운동』, 오차노미즈쇼보, 2012.

소니아・량, 나카니시 교코 역, 『코리안 디아스포라ー재일조선인과 아이덴티티』, 아카시쇼텐, 2005.

손성조, 『망명기ー한국 통일운동가의 기록ー』, 미스즈쇼보, 1965.

손지원, 『닭은 울지 않고는 못 배긴다 : 허남기 이야기』, 조선청년사, 1993.

송연옥, 「'재일'여성의 전후사」, 『環』 11, 후지와라쇼텐, 2002 가을.

_____, 「재일조선인 여성이란 누군가」, 『계속되는 식민지주의』, 세이큐샤, 2005.

_____, 「재일조선인 여성의 창조하는 아이덴티티」, 『계간 전야』 12, 가게쇼보, 2007 여름.

시라카와 유타카, 『식민지기 조선의 작가와 일본』, 대학교육출판, 1995.

_____, 「전후의 장(노구치) 혁주(가쿠추)」 『슈카』 5, 세라비쇼보, 1993.6.

_____, 『조선 근대의 지일파작가, 고투의 궤적 : 염상섭, 장혁주와 그 문학』, 벤세이출판, 2008.

신기수 편, 『김달수 르네상스―문학·역사·민족』, 가이호출판사, 2002.

안우식, 『김사량 : 그 저항의 생애』, 이와나미쇼텐, 1972.

야마네 도시오, 『까마귀여 시체를 보고 짓지 마라 : 조선 인민 해방 가요』, 조세이샤, 1990.

오구마 에이지, 강상중 편, 『재일 일세의 기억』, 슈에이샤, 2008.

오규상, 『다큐멘트 재일본 조선인연맹 1945~1949』, 이와나미쇼텐, 2009.

오세종, 『리듬과 서정의 시학―김시종과 「단가적 서정의 부정」』세카츠쇼인, 2010.

요모타 이누히코, 『일본의 마라노 문학』, 진분쇼인, 2007.

이순애, 『2세의 기원과 「전후 사상」』, 헤이본샤, 2000.

이누즈카 아키오·후쿠나카 도키코 편, 『좌담 : 간사이 전후시사―오사카편 1945~1975』, 포이트리센터, 1975.

이소가이 지로, 『시원의 빛―재일조선인 문학론』, 소주샤, 1979.

_____, 『재일'문학론』, 신칸샤, 2004.

임전혜, 「장혁주론―부·1945년 이전의 재일조선인문학 관계 연표」, 『문학』 33-11, 이와나미쇼텐, 1965.11.

_____, 『일본에 있어서의 조선인 문학의 역사―1945년까지』, 호세이대학 출판국, 1994.

정영환, 『조선 독립으로의 험난한 길―재일조선인의 해방 5년사』, 호세이대학 출판국, 2013.

종추월, 「문금분 어머니의 사과(文今分オモニのにんご)」, 『신일본문학』 40-9, 신일본 문학회, 1985.3.

지동신, 「오무라 수용소의 실태를 고발한다」, 『사상의 과학』 88, 1969.6,

최석의, 「재일 일세의 한시인들」, 『동양경제일보』(WEB판), 2005.10.28. http://www.toyo―keizai.co.jp/news/essay/2005/post_1455.php.

츠보이 토요키치, 『재일조선인 운동의 개황[법무 연구보고서 제46집]』3, 법무연구소, 1959.

하야시 고지, 『재일조선인 일본어 문학론』, 신칸샤, 1991.

_____, 『전후 비일문학론』, 신칸샤, 1997.

하야시 고지·이소가이 지로 편, 「'재일'문학총람」, 『신일본문학』, 신일본문학회, 2003.5~6.

한덕수, 『주체적 해외교포운동의 사상과 실천』, 미라이샤, 1986.